ताश के पत्ते

सोहेल रज़ा

राजपाल

माँ, पापा, नगमा, सैफ़ और नानाजी
के लिए

स्थापित 1912
100 वर्षों की
श्रेष्ठ प्रकाशन परम्परा
राजपाल

ISBN : 9788194131885
पहला संस्करण : 2020
TAASH KE PATTE (Novel)
by Sohel Raza

राजपाल एण्ड सन्ज़
1590, मदरसा रोड, कश्मीरी गेट, दिल्ली-110006
फोन : 011-23869812, 23865483, 23867791
e-mail : sales@rajpalpublishing.com
www.rajpalpublishing.com
www.facebook.com/rajpalandsons

आभार

बड़े भाई और गुरु समान श्री अशोक कुमार पाण्डेय और शमीमउद्दीन अंसारी जी, रूपाली दीदी, प्रियांक, विभोर, मनोनीत, अमृत, प्रतीक, शिव किशोर, अभिषेक, विवेक, कपूर, शिवम, अफ़सर, हरीश जी, राकेश, निखिल, दीपक, अनूप, अश्वनी, पुरू और एसएससी की तैयारी करने वाले उन सभी अभ्यर्थियों का बेहद शुक्रिया जिन्होंने मुझे यह किताब लिखने का मौका दिया। एसएससी से चयनित और प्रयासरत सभी अभ्यर्थियों को उनके संघर्ष, धैर्य, त्याग, परिश्रम और समर्पण के लिए शुक्रिया। उस अजीज़ शख्स का भी शुक्रिया जिससे मैं आज तक मिल नहीं सका, बात नहीं कर सका लेकिन इस किताब के माध्यम से मिलने जा रहा हूँ, आप सभी का शुक्रिया।

भूमिका

'बेरोज़गार।' एक ऐसा शब्द जिसका दर्द हिन्दुस्तान का एक युवा ही समझ सकता है। वो शख़्स जो बारहवीं की परीक्षा पास करते वक़्त जवान तो होता है लेकिन जैसे-जैसे एक दो साल गुज़रते हैं बेरोज़गार कहलाने लग जाता है और कॉलेज खत्म होने के बाद ये 'बेरोज़गार' शब्द तो एक गाली जैसा हो जाता है। बेरोज़गार शब्द सुनते ही दिमाग में सबसे पहली जो छवि बनती है वो एक ऐसे शख्स की बनती है जो अपने घरवालों के पैसों पर पल रहा होता है। लेकिन कभी ये सोचा है कि वो खुद में कितनी ज़िम्मेदारियाँ और त्याग का बोझ लेकर चल रहा होता है। एक ऐसा बोझ जो सिर्फ़ और सिर्फ़ वो ही जानता है और उसे ही उठाना होता है।

'नथिंग इज़ इम्पॉसिबल इन दिस वर्ल्ड' और 'नैपोलियन की डिक्शनरी में ''असंभव'' शब्द था ही नहीं'—जैसे कथन हिन्दुस्तान का युवा बचपन से अक्सर सुनता आ रहा है। लेकिन यह युवा जब सरकारी नौकरी की तैयारी में लगता है तो यही 'असंभव' शब्द जो उसकी मेहनत के आगे कुछ नहीं होता है, पहाड़ बनकर खड़ा हो जाता है। ये 'असभंव' शब्द जो हम युवाओं के लिए कभी असंभव था ही नहीं, कु-व्यवस्था का साया पाकर हमारे लिए असंभव हो जाता है। लेकिन वो बेरोज़गार वाली गाली जब मन में कहीं लगती है तो मेहनत, तपस्या और लगन से यह 'असंभव' शब्द भरभरा के ढह जाता है।

यह किताब मैं एसएससी की तैयारी करने वाले अभ्यर्थियों के संघर्ष, उनकी मेहनत, उनके त्याग, उनके समर्पण, उनके दर्द, उनकी खुशी और दुख को ध्यान में रखते हुए लिख रहा हूँ। मैंने सरकारी नौकरी की तैयारी करते वक़्त यह महसूस किया कि हम संघर्षरत अभ्यर्थियों की भी एक कहानी होती है जो इस समाज में कहीं-न-कहीं अनछूई रह जाती है। और उस कहानी को मैंने इस किताब के माध्यम से एक सूत्र में पिरोने की कोशिश की है।

बाकी ज़्यादा कुछ तो नहीं कहूँगा, हाँ! किताब लिखते वक़्त मैंने अपना दिल एसएससी की तैयारी करते हर अभ्यर्थी के दिल में उतार देने का एक गुनाह किया है। गुनाह इसलिए भी कि बिना आप सबकी इजाज़त के मैंने आपके दिल में उतरने की कोशिश की। मुझे उम्मीद है कि आप सभी मेरे इस गुनाह के लिए मुझे माफ़ कर देंगे।

—सोहेल रज़ा

अगस्त, 2020
नई दिल्ली

ताश के पत्ते

"हैलो! आदिल बोल रहे हो का भाई? मैं मयंक बोल रहा हूँ कानपुर से।" अचानक अनजान नंबर से आए हुए कॉल ने मुझे थोड़ा हैरानी में डाला। हैरानी इसलिए कि मेरे जैसे सिंगल लड़के के पास एक तो कभी फ़ोन भी नहीं आते थे और आते भी थे तो केवल मोबाइल कम्पनियों के, "आपने जो दस रुपए का लोन लिया था महाराज, वो बाकी है। कृपा करके उसे उतारने का कष्ट करें।"

"हाँ! आदिल बोल रहा हूँ। तो... ?" मैंने उधर से लड़के की आवाज़ सुनने के बाद कहा।

"तो भाई बात ये थी कि मैंने फ़ेसबुक के एसएससी के ग्रुप्स पर तुम्हाई पोस्ट्स और कमेंट्स देखे हैं। बड़े ही एक्टिव बंदे मालूम पड़ते हो। दरअसल मैं भी एसएससी सीजीएल* की तैयारी कर रहा हूँ। सीजीएल-13 भी दिया है। तुम्हारी ही तरह मैं भी रिज़ल्ट में देरी को लेकर परेशान हूँ।"

"मैं क्या करूँ इसमें?" मैंने फ़ोन पर उखड़ते हुए कहा। "यहाँ अपनी ज़िन्दगी के भूत पीछा नहीं छोड़ रहे हैं और तुम्हाए अलग से सुनें अब। कोई काम की बात हो तो बताओ वरना हम धर रहे हैं फ़ोन।"

"अमा यार फ़ोन हम किए हैं, बैलेन्स हमा जा रहा है और आँतें तुम्हाई सिकुड़ी जा रही हैं।" मयंक ने कहा।

"हाँ सिकुड़ रही हैं हमाई आँतें, काहे से कि टाइम, टाइम तो बेमतलब में हमा ही जा रहा है।"

"बेमतलब नहीं है भाईजान! पहले पूरा सुन तो लेओ।"

"अच्छा! ठीक है। बोलो फिर।" मैंने अनमने से फ़ोन पे सर खुजाते हुए कहा।

"भाईजान, आपको तो पता ही होगा जैसा कि ग्रुप्स पर चल रहा है कि सीजीएल की परीक्षा में अनियमितता और पेपर लीक्स को लेकर इसके विरोध में पूरे देश से अभ्यर्थी लोग दिल्ली के जंतर-मंतर पर 28 जनवरी को इकट्ठा हो रहे हैं।"

---

*स्टॉफ सेलेक्शन कमीशन के कम्बाईंड ग्रैज्यएट लेवल परीक्षा जिसके तहत केन्द्र के मंत्रालयों, विभागों और संस्थाओं के लिए कर्मचारियों का चयन होता है।

मयंक की बात को बीच में काटते हुए मैंने कहा, ''हाँ! ये हमें भी पता है। आगे बताओ।''

''यार बता तो रहे थे, तुम्हीं बीच में डंडा कर देते हो, अब सुनो चुपचाप।'' मयंक आगे बोलता गया, ''बात ये है कि तुम भी चलो हमाए साथ प्रोटेस्ट में, जितना ज़्यादा जन सैलाब होगा, एसएससी और सरकार पर दबाव भी उतना ही ज़्यादा बना पाएँगे।'' मयंक ने अपनी बात पूरी की।

''लेकिन एक बात बताओ, तुमको हमारा ये फ़ोन नंबर कैसे मिला भाई?'' मैंने मयंक से पूछा।

मयंक हँसा और बोला, ''भाई! तुमने अपनी फ़ेसबुक प्रोफ़ाइल पर अपना मोबाइल नंबर डाल रखा है।'' मुझे याद आया कि हाँ मैंने इसी नंबर से ही तो फ़ेसबुक आईडी बनाई थी।

यहाँ जन संग्रह अति महत्त्वपूर्ण था। जैसे एक-एक सिक्के की ज़रूरत गुल्लक भरने में पड़ती है, जैसे एक-एक नंबर की ज़रूरत एग्ज़ाम हॉल में पड़ती है, जैसे एक-एक ईंट की ज़रूरत दीवार बनाने में पड़ती है, जैसे एक-एक वोट की कीमत चुनाव के टाइम पर पार्टियों को पता चलती है, जैसे एक-एक मंत्री की ज़रूरत मंत्री-परिषद के गठन में पड़ती है, ठीक वैसे ही एक-एक लड़के की ज़रूरत थी जंतर-मंतर पर धरना देने की। उसको बड़ा आंदोलन बनाने की।

''अच्छा। क्या-क्या ले चलना है वहाँ?'' मैंने कुछ सोचते हुए मयंक से पूछा।

''भाईजान! हनीमून पर तो जा नहीं रहे हैं, जो लुगाई की ज़रूरत पड़ेगी और न ही कोई एग्ज़ाम वगैरह देने जा रहे हो, जो पेन, एडमिट कार्ड की भी ज़रूरत पड़ेगी। भाईजान तुम जा रहे हो एक परीक्षा के आंदोलन में, जहाँ भागने की भी ज़रूरत पड़ सकती है। इसलिए अभी से ही अपनी टाँगों को कड़ुवा तेल पिलाना शुरू कर दो और हाँ रस्ते के लिए कंबल रख लेना। जाड़ा बहुत पेल के पड़ रहा है और ऐसे जाड़े में अगर दिल्ली पुलिस के एकाध लट्ठ ठीक-ठाक जगह पड़ गए तो अगली परीक्षा विकलांग कोटे में भर के देनी पड़ेगी।''

''ठीक है, घर पर बात करके शाम को तुमको बताता हूँ।''

''ओ.के।'' बोलकर मयंक ने फ़ोन काट दिया।

बेशक ये किसी परीक्षा हॉल में बैठकर दी जाने वाली परीक्षा नहीं थी, लेकिन ये किसी परीक्षा से कम भी नहीं थी, जो होनी थी खुले आसमान के नीचे, जंतर-मंतर की सड़कों पर और हज़ारों अभ्यर्थियों के बीच।

मैं छत पर धूप सेंकने के बाद हाथ में फ़ोन को अपने अँगूठे और तर्जनी उँगली

से घुमाते हुए ज़ीना उतर के नीचे आ रहा था, तभी अम्मी की एक तेज़ आवाज़ मेरे कान के पर्दे को भेदती हुई चली गयी, ''करमजली! जब दूध पीना था तो पी लेती, भगौना गिराने की क्या ज़रूरत थी।''

माँ को दूध फैलने का उतना दुख नहीं था, जितना कि दूध के फैलने से होने वाली अनहोनी से था और ये अनहोनी तो हमारे यहाँ एक परंपरा बन गयी थी। जैसे पिछली दो दफ़ा जब बिल्ली से दूध फैला था तो एक बार पड़ोस के तीसरे पड़ोसी का पालतू कुत्ता पील्हू उसी रात मर गया था और दूसरी बार मोहल्ले के रामसेवक शुक्ला जी के यहाँ जब बिल्ली से दूध फैला तो उनकी गाय ने चितकबरा बछड़ा दिया था, इन सबका दोष उस बिल्ली पे ही जाता था। बेचारी अभागिन बिल्ली! वैसे तो अखबारों में मतलब की खबरें कम ही निकलती थीं, खासतौर पर हम परीक्षार्थियों के मतलब की तो कोई खबर ही बमुश्किल होती थी, लेकिन ये दोनों खबरें ही हमारे यहाँ के अखबारों में तीन दिन तक ट्रेंड में रही थीं। देश के किसी कोने में जब तक कोई बड़ी वारदात न हो जाए तब तक ऐसी ही बिल्ली, बैल, कुत्ते, गाय, भैंस की खबरें हमारे यहाँ के अखबारों में छपा करती हैं।

मैं ज़ीना उतर के नीचे आँगन में आया ही था कि तभी घर के मुख्य दरवाज़े पर किसी ने दस्तक दी। मैं दरवाज़ा खोलने के लिए आगे बढ़ा, अम्मी सहम-सी गईं और एक निरीह बूढ़ी औरत की तरह आने वाली आफ़त का सामना करने के लिए इंतज़ार करने लगीं। मैं भी मन में सोच रहा था कि अब कौन-सा कुत्ता अपनी मौत लेकर आया है। दरवाज़ा खोलते ही एक अदना-सा पाँच फीट दो इंच का आदमी मेरे सामने खादी के कुर्ते में खड़ा है। उसके हाथ में चमड़े का एक ब्रीफ़केस है। दूसरे हाथ से अपना चश्मा ठीक करके वो आदमी घर में घुसने का प्रयास करते हुए बोला, ''अरे आदिल बेटा! कैसे हो?'' ये अदना आदमी और कोई नहीं मेरे सगे फूफा थे। मैंने उन्हें सलाम किया, ''अस्सलामो अलइकुम फूफाजान।''

''व-अलईकुम अस्सलाम।'' कहते हुए फूफा मेरे हाथ को दरवाज़े पर से हटा के घर में घुसे चले गए और सीधे जा के आँगन में पड़ी चारपाई पर बैठ गए। फूफा थे तो क्या हुआ, मैं इनसे उतनी ज़्यादा नफ़रत करता था, जितनी कि अम्मी उस बिल्ली से करती थीं। क्योंकि ये हर जगह हमाई सुलगाने में ही लगे रहते थे। अक्सर शादी-बारात के कार्यक्रम में मेरे करियर को ले के सवाल कर बैठते थे कि ''और बेटा! बहुतई चमक रहे हो आज! हैं? कुछ करोगे भी या फिर ऐसे ही मुफ़्त में मटर-पनीर और जे बिरयानी तोड़ते रहोगे?'' अरे यहाँ तक होता तो सब ठीक था, हमें अकेले में सुना लेते—चल जाता। लेकिन शादी में आई हुई लड़कियों को देखने के बाद ये अलग ही गियर में होते थे। उन सुंदर-सुंदर बालाओं के सामने ही ज़ोर-ज़ोर से मेरी बेरोज़गारी का मज़ाक उड़ा कर मुझे ज़लील किया करते थे। माना हम बेरोज़गार युवाओं के पास नौकरी नहीं होती है, पर आत्मसम्मान तो होता ही है लेकिन ये फूफा हमारा वो

आत्मसम्मान भी गिरा देते थे। समय जब नाच नचाता है, तब फूफा जैसे रिश्तेदार कोरियोग्राफ़र बन जाते हैं। इन्हीं सब वजहों से मैंने शादी-ब्याह जैसे पारिवारिक और सामाजिक कार्यक्रमों में जाना बंद कर दिया था, क्योंकि वहाँ कोई-न-कोई फूफा जैसा निकल ही आता था।

अम्मी ने सलाम करने के बाद उनसे पूछा, "अरे भाई साहब आप! सब खैरियत? कैसे आना हुआ?"

"बस कुछ नहीं बाजी! इधर से गुज़र रहा था तो सोचा कि आदिल के हालचाल लेता चलूँ!" फूफा ने तिरछी मुस्कान चीरते हुए कहा। मैं फूफा के मुस्कुराने के अंदाज़ से समझ गया था कि वे मेरे हालचाल लेने के बहाने मुझे फिर से ज़लील करने आए हैं। अम्मी ने फूफा के लिए नाश्ता-पानी ला के चारपाई पर रख दिया और बैठ के बातें करने लगी। मैं भी कुछ देर ज़लील होने के लिए बैठ गया, उसके बाद वहाँ से उठ के चला गया।

सूरज डूब चुका था, फूफा चारपाई पर ही सो गए थे। शाम हुई तो अम्मी ने उन्हें खाना खाने के लिए उठाया। अब्बा भी बाहर से आ चुके थे। अम्मी और शफ़क बरामदे में नीचे चटाई बिछा कर दस्तरख्वान लगा रही थीं, समर हाथ में कड़ाही लिए आ रहा था, अम्मी और शफ़क ने खाना लगा दिया। मुझे तो याद भी नहीं था कि कब मैंने सबके साथ बैठ कर खाना खाया था। शायद दो साल से भी ज़्यादा वक़्त हो गया था। करियर की चिंता, घर की ज़िम्मेदारी, समाज के तानों के बीच मैं दब-सा गया था और इसी दबाव की वजह से मैं अपने घरवालों तक के साथ ब-मुश्किल ही बैठता था।

अम्मी सब के लिए खाना परोस रही थीं, समर थाली में अपने लिए खुद से सब्ज़ी डाल रहा था, अम्मी उसको समझा रही थीं कि आराम से बेटा! गिरा मत लेना। लेकिन उसको भूख शायद ज़्यादा ही लगी थी। फूफा ने समर के हाथ से कलछुल लेकर उसकी थाली में थोड़ी-सी सब्ज़ी डाली और फिर अपनी थाली सब्ज़ी से पूरी तरह भर ली। फूफा की ये सामान्य आदत थी और इसी वजह से उनका पेट दो मटकों के बराबर हो गया था। मेरा तो मन होता था कि ये मटका अभी ही फूट जाए। सभी ने खाना खाना शुरू कर दिया था। मैं एक-एक निवाला तोड़ते-निगलते सोचे जा रहा था कि अब्बा से कैसे कहूँ कि मुझे प्रोटेस्ट के लिए दिल्ली जाना है।

दुनिया की आधे से ज़्यादा मीटिंग्स, निर्णय, सुझाव, मंत्रणा भी खाना खाते या चाय-कॉफ़ी के वक़्त पर ही होती होंगी। खुदा ने भी 'खाने' जैसी नेमत को बनाते वक़्त यही सोचा होगा। हिम्मत करके मैंने अम्मी की तरफ़ देखते हुए कहा, "अम्मी! मैं दिल्ली जा रहा हूँ। कुछ पैसों की ज़रूरत होगी।" ये कहा तो मैंने अम्मी से था लेकिन मैं प्रतीकात्मक रूप में सुनाना अब्बा को चाह रहा था। फूफा बड़े ही मौज में जल्दी-जल्दी खाना ऐसे ठूँसे जा रहे थे, जैसे कि खाना उनके लिए कम पड़ जाएगा।

जल्दी-जल्दी खाना खाने से उनके गले में कौर अटक गया था। मैं उनके सामने से पानी हटा देना चाहता था, लेकिन चाहने से सब कहाँ होता है।

''क्या? दिल्ली? काहे जाना है दिल्ली? इंटरव्यू वगैरह है का कौनो?'' इससे पहले कि मेरी बात पर अब्बा कुछ प्रतिक्रिया दे पाते, फूफा ने पानी गटकते हुए कहा।

''नहीं।'' मैंने फूफा को बस दोटूक जवाब दिया।

''किसलिए जाना है आदिल और कब जाना है?'' अब्बा ने गोभी की सब्ज़ी की कड़ाही फूफा के सामने से लेते हुए कहा। उनका ज़ोर 'किसलिए' पर ज़्यादा था।

मैंने रोटी का एक टुकड़ा तोड़ते हुए कहा, ''ये जो सीजीएल-13 की परीक्षा हम दिये थे अब्बा! तो इसमें कुछ नकलची परीक्षा में नकल करते हुए धरे गए हैं, उनके पास से आन्सर-की भी बरामद हुई। इस आधार पर कुछ बंदों ने दिल्ली के कैट कोर्ट में केस कर दिया है और बोला है कि बाकी सब जगह भी नकल हुई होगी। कोर्ट में केस चले जाने की वजह से रिज़ल्ट पर रोक लगी हुई है। बेवजह देरी होती जा रही है। अब हम लोग एसएससी पर रिज़ल्ट जारी करने और पूरी भर्ती जल्दी कराने के लिए धरना देकर दबाव बनाने जा रहे हैं।'' इस दौरान मैंने फूफा की तरफ़ देखा तक भी नहीं था।

''का! का मतलब? धरना देने जा रहे हो?'' फूफा ने आँखें चौड़ी करते हुए कहा।

''हाँ! धरना देने जा रहे हैं। और कुछ? आप भी चलोगे?'' मैंने फूफा की बात का जवाब तैश में देते हुए कहा।

''लेओ! देख रहे हो। लड़का अब आंदोलन करेगा। वाह! फ़ौज की नौकरी छोड़ के बैठे हैं लाटसाहब। फ़ौजी तो बने नहीं, अन्ना-हज़ारे बनेंगे लाला अब।'' फूफा ने ज़लील करने की हद को छूते हुए कहा।

''हाँ छोड़ी है नौकरी। कोई गुनाह नहीं कर दिया है, नहीं था मन करने का तो नहीं किए। जो नौकरी करने का मन करेगा वो ही करेंगे। आपको इत्ती दिक्कत काहे हो रही है?'' मैंने फूफा की आँखों में देखते हुए कहा। अम्मी तब तक बीच में बोल उठीं, ''आदिल ऐसे बात करते हैं अपने से बड़ों से?''

''तो इनको भी समझाइए कि छोटों को इतने ताने नहीं मारे जाते।'' मैंने फूफा की तरफ़ देखते हुए कहा।

''समझाओ इन्हें, आंदोलन करने जा रहे हैं, जब पिछवाड़े में एक लाठी पड़ेगी तो सारा जोश निकल जाएगा।'' फूफा ने आग लगाते हुए कहा।

''आपको मतलब?'' मैंने फिर से प्रतिरोध किया। इस बार अब्बा ने डाँटते हुए

कहा, ''खामोश हो जाओ आदिल! बहुत बोलने लगे हो तुम।'' मैं अब्बा की इस बात के बाद चुप हो गया। शफ़क और समर भी शांत हो के खाना खाते रहे। लेकिन फूफा के पेट में एक कीड़ा था। कुछ देर बाद वो बोले, ''अरे गफूर भाई! वो कमला नगर वाले चौहान साब को तो जानते हो आप। बता रहे थे कि लेखपाली में भर्ती निकली है, कौनो होए जान-पहिचान का तो बतइयो। सिफ़ारिशी और चंदा चढ़ाई दस लाख रुपए लगेंगे। और वो जो असलम भाई हैं ना उनकी दूसरे नंबर की बिटिया क्या खूबसूरत बच्ची है। माशाअल्लाह एकदम। इस ईद पर दावत में जब मैं उनके घर गया था तो वो बहुत ही अच्छी बिरयानी बनाई थी। लड़की बी.ए. है अंग्रेज़ी साहित्य में, अभी एम.ए. कर ही रही है। अब बताओ अपनी बिरादरी में कहाँ इत्ती पढ़ी-लिखी और अच्छी लड़की मिलती है, फिर अपने आदिल की कद-काठी की भी है।''

''अच्छा!'' अब्बा ने चावल लेते हुए कहा। अम्मी और मैं खामोश हो के फूफा की बातें सुने जा रहे थे।

''और तो गफूर भाई! असलम मियां पंद्रह लाख देने को भी तैयार हैं पर उनका कहना है कि लड़का कम-से-कम सरकारी नौकरी वाला हो।'' अम्मी ने इस बीच मेरी कटोरी में गोभी की सब्ज़ी और एक रोटी बढ़ा दी थी। ''मैं तो कहता हूँ गफूर भाई! कि आदिल की बात इधर चौहान साब से करते हैं और उधर असलम भाई से। दस लाख की व्यवस्था भी नहीं करनी पड़ेगी। हम असलम भाई को बता देंगे कि आदिल की लेखपाली में नौकरी लग गयी है, बस जॉइनिंग लैटर आना बाकी है। ऐसा बता कर हम उनसे एडवांस में दस लाख रुपए ले लेंगे और बाकी के पाँच लाख शादी और नौकरी के बाद।'' फूफा ने खाना और अपनी बात दोनों को खत्म करने के बाद बर्तन में ही हाथ धोकर एक लंबी डकार लेते हुए कहा।

मैंने अपने छोटे भाई और बहन को देखा, वो खाना खा के बाहर टहलने के लिए चले गए थे। फिर पानी पी कर कहा, ''वाह फूफा! का शैतानी दिमाग पाये हो। इतना हरामखोरी वाली बात सूझ कैसे जाती है आपको? आप बताइये, आपकी चौहान साब और शेख साहब से कितने में डील हुई है? आप भी इतने में दो-तीन लाख तो सीधा कर ही लेंगे। इधर लड़के का सौदा कर रहे हैं, और उधर लड़की का। खुदा का तो खौफ़ करिए।''

''कैसी बातें कर रहे हो आदिल बेटा?'' फूफा ने थोड़ा सँभलते हुए कहा।

''अपनी उम्र का तो लिहाज़ कीजिये रईस मियां। आप तो अपना ईमान ही बेच खाये हो।'' अब्बा ने फूफा की तरफ़ देखते हुए कहा।

''अरे मैं तो आप लोगों की भलाई के लिए कह रहा था।'' फूफा ने कहा।

''नहीं चाहिए हमें आपकी ऐसी भलाई। ईमान ज़िंदा है हममें अभी और इस तरह की नौकरी नहीं चाहिए मेरे बच्चों को, जो सौदे से मिले। खुद्दार हैं थोड़े हम। खुदा

के रहम पर और बच्चों की मेहनत पर भरोसा है हमें। एक दिन ज़रूर बड़ा आदमी बनेगा मेरा आदिल और रही बात शादी की तो आपको फ़िक्र करने की ज़रूरत नहीं है रईस मियां।'' अम्मी ने फूफा को झिड़की देते हुए कहा।

फूफा अपनी चाल उल्टी पड़ते देख वहाँ से उठे और अपना झोला उठा के सीधे दरवाज़े की ओर जाते हुए बोले, ''जा रहा हूँ अब मैं, लेकिन लड़का बड़ा हो रहा है, कब तक खिलाएँगे घर पर बैठा के। अच्छी बात तो किसी को अच्छी ही नहीं लगती।''

''जब तक आप खाते रहेंगे, तब तक खिलाते रहेंगे। खुदा हाफ़िज़!'' अब्बा ने जाते हुए फूफा को हँसकर जवाब दिया। मैं अपने कमरे में चला आया था, थोड़ी देर बाद मैं अपने दोनों भाई-बहनों का होमवर्क चेक करने लगा। पीछे-पीछे कुछ देर बाद अब्बा भी आ गए और बोले, ''ठीक है! तुम जा रहे हो दिल्ली।'' मुझे तो यकीन भी नहीं हो रहा था कि अब्बा मुझे दिल्ली जाने की इजाज़त दे देंगे।

'यूँ तो किसी एक के आंदोलन में जाने या न जाने से कोई खास फ़र्क भी नहीं पड़ना था, लेकिन इसी तरह अगर सभी के माँ-बाप यही सोच के अपने-अपने बच्चों को मना कर देते तो फिर ये आंदोलन, आंदोलन न रह जाता।' शायद ऐसा ही कुछ सोच कर अब्बा ने मुझे दिल्ली जाने की इजाज़त दी होगी। मैंने फ़ोन उठा कर तुरंत मयंक को कॉल दागी, ''मयंक भाई चल रहे हैं हम भी तुम्हाए साथ दिल्ली, कर लेना हमरा भी टिकिट। अब वहाँ जंतर-मंतर पर सिस्टम की छाती पर मूँग दलेंगे हम।''

~

अब्बा ने मुझे दिल्ली भेजने के लिए हाँ तो कर दी थी पर मैं ये अच्छे से जानता था कि अब्बा की पेंशन से घर का खर्च ही बमुश्किल चल पाता है। यहाँ से 400 किलोमीटर दूर दिल्ली जैसे बड़े शहर में जाने का मतलब था कि हज़ार दो-हज़ार का खर्चा। फिर ये भी तो कुछ पता नहीं था कि कितने दिन आंदोलन चलेगा। ऊपर से ठंड का कड़क मिज़ाज। मैं नहीं चाहता था कि अब्बा किसी से उधार माँग कर पैसे ला के दें। मैंने गुल्लक में शफ़क की पढ़ाई के लिए पैसे जमा कर रखे थे, वो मैं अभी नहीं निकालना चाहता था। मध्यमवर्गीय परिवारों की सबसे बड़ी समस्या खुद के स्टेटस को मैंटेन रख पाने की होती है। दाल, चावल, सब्ज़ी, तेल, राशन, बिजली का बिल, गैस का बिल, दवाई और बच्चों की पढ़ाई के खर्चे निकाल देने के बाद अगर महीने में कुछ सेविंग्स होती भी हैं तो आए दिन कोई-न-कोई त्योहार, मेहमान और शादियाँ आ जाती हैं, सो बची हुई सेविंग्स इसमें ही लुट जाती हैं। मैं अब्बा को मना करने जा रहा था कि मैं नहीं जाऊँगा दिल्ली कि तभी अम्मी मेरे कमरे में आयीं और अपने दुपट्टे के नीचे से दस-दस रुपए की दो गड्डियाँ थमाते हुए बोलीं, ''ले बेटा! ये रख ले। इससे हो जाएगा ना तेरा दिल्ली तक का सफ़र? ये पैसे तेरे अब्बा के पहले बोनस के हैं, सँभाल के रखे थे, कि जब तेरे नाना जी हज के लिए जाएँगे तो उनके लिए कुछ सामान खरीदूँगी। लेकिन अब इन पैसों की ज़रूरत इस वक़्त तुझे ज़्यादा है। फिर तेरी

नौकरी लग जाएगी तो तू ऐसी दूसरी गड्डियाँ ला के देगा।'' अम्मी बोलते-बोलते रुक गयी थीं और उनकी आँखों में आँसू छलक आए थे। अम्मी की आँखों में आँसू देख मैं खुद को रोक नहीं सका और अम्मी की कमर से लिपट के बोला, ''अम्मी! आप लोग इतना क्यों परेशान हो रहे हो, मैं नहीं जा रहा दिल्ली-विल्ली।''

''अरे ये मेरे बेटे की ईमानदारी की पढ़ाई से बढ़कर थोड़े ही ना है। जब तू इंस्पेक्टर बन जाएगा तो ऐसे जाने कितने पैसे तू कमा के ले आएगा और ख़ुदा ने चाहा तो नाना के साथ-साथ हम भी हज कर आएँगे।'' अम्मी ने मेरे बालों में ममता भरी उँगलियाँ फेरते हुए कहा।

घर की औरतों से ज़्यादा समझदार शायद ही आदमी कभी हो पाये, वो आने वाली परेशानियों के लिए पहले से जितना हो सकता है, उतना तैयार करके रखती हैं। अम्मी ने भी पैसे शायद ऐसे ही किसी वक़्त के लिए बचा के रखे थे। अम्मी ने मुझे वो पैसे दे दिये। मैंने उन पैसों को जैसे ही छुआ पूरे शरीर में एक सिहरन-सी उठ गयी। मैं अम्मी से बोलना चाह रहा था कि अम्मी ये पैसे आप रख लो। मैं नहीं जा रहा आंदोलन में। पर गला रुँध-सा गया था। गले की नीचे की साँस नीचे और ऊपर की साँस ऊपर ठंडी बर्फ़ की तरह जम गयी थी। आवाज़ हज़ार कोशिशों के बावजूद भी नहीं निकल पा रही थी। अम्मी कमरे से जा चुकी थीं। दरवाज़ा आधा खुला रह गया था। खिड़की पूरी खुली हुई थी, ज़ोर का हवा का एक झोंका आया, जिससे दरवाज़ा एक चरचराहट की आवाज़ के साथ धीरे-धीरे बंद हो गया। सामने दीवार पर टँगी घड़ी में सुई टिक-टिक चल रही थी। समय अपनी चाल से गुज़र रहा था। पर मेरा वक़्त रुका हुआ था। मेरी साँसें चल रही थीं पर ज़िन्दगी थमी हुई थी। वो पैसे अब मेरी मुट्ठी की जकड़ में थे। मैं उन पैसों को ऐसे सँभाल के रख रहा था जैसे एक पुजारी अपने पवित्र ग्रंथ को सँभाल के रखता है, जैसे एक माँ अपने नवजात बच्चे को दूध पिलाते वक़्त रखती है। मेरे लिए ये पैसे ज़्यादा अहमियत के थे।

''आखिर एक दिन तो अपना भी वक़्त बदलेगा ही, कब तक यूँ ही बेरोज़गार रहूँगा, तब नाना को हज कराने ज़रूर भेजूँगा।'' खुद से कहते हुए मैंने पैसे अपने वॉलेट में रख कर वॉलेट को बैग में रख दिया।

~

सवेरे मेरी नींद साढ़े पाँच बजे खुल गयी। मैं बिस्तर से उठा और अम्मी के हाथों से बुना हुआ हाफ़ स्वेटर पहना और उसके ऊपर तीन सर्दियाँ देख चुकी जैकेट को डाला। कान में मफ़लर बाँधकर टहलने निकल पड़ा। बाहर ठंड ज़ोरों की पड़ रही थी, कोहरा इतना तेज़ था कि आठ फ़ीट दूर का कुछ भी नहीं दिखता था। मोहल्ले के चौकीदार कुत्ते ठंड में पयाल में दुबके पड़े थे, उनके पिल्ले अपनी माँ से लिपटे दूध पी रहे थे। मद्धिम हवा बह रही थी जो मेरे गालों और नाक को सुन्न कर दे रही थी। पेड़ों की

डालियों पर फड़फड़ाते पत्तों की आवाज़ मेरे मफ़लर को चीरती हुई कानों को एक अजीब-सा सुकून दे रही थी। आज एक अजीब-सी खुशी थी। पता नहीं क्यों! उसी खुशी में एक अजीब-सी बेचैनी भी थी। शायद दिल्ली जाने की खुशी और धरने के सफल होने या न होने के द्वंद्व की बेचैनी।

घर से निकलकर आधा किलोमीटर की दूरी पर एकमात्र चौराहा है, जहाँ से रेलवे स्टेशन और रेलवे क्रॉसिंग दोनों विपरीत दिशा में बराबर-बराबर दूरी पर हैं। चौराहे पर ही काकू चौबे की चाय की दुकान थी। चौबे जी की चाय की दुकान में राजश्री, केसर, कमलापसंद से लेकर रजनीगंधा तक का पैकेट भी एक रुपए से लेकर बीस रुपए के दाम में मिल जाता था और चाय के साथ फूँकने के लिए सिगरेट भी अपने दाम में मिल जाती थी। हालाँकि बीड़ी के बंडल सिगरेट की अपेक्षा ज़्यादा चलन में थे। गाँव और छोटे कस्बों में पुराना आदमी अभी इतना मॉडर्न नहीं हुआ था कि वो सिगरेट पी सकता, लेकिन थोड़े-बहुत आदमी मॉडर्न हो भी गए थे जिन्हें अपने फेफड़ों को आग लगाने के लिए ज़्यादा पैसे फूँकने थे।

मैं चौबे जी की दुकान के सामने पड़ी लकड़ी के तीन पाये की बैंच पर जा कर बैठ गया। चौथा पाया ईंटों का सहारा लिए बना था। पेटी के आगे मिट्टी की बनी भट्ठी थी। उसमें जलने की पूरी कोशिश करते लिपटिस के गीले गिट्टक, थोड़े-बहुत कोयले के टुकड़े थे। पास में जलती लालटेन की रोशनी की वजह से अंगीठी के बीच से निकलता सफ़ेद और भूरे रंग का धुआँ ऊपर उठकर सफ़ेद कोहरे में मिलकर पीले और जोगिये रंग का एक नया रंग बनाए दे रहा था। चौबे जी लिपटिस के गीले गिट्टक कुल्हाड़ी से चीर रहे थे। उन्होंने अंगीठी के ऊपर एक पतीले में चाय खौलने के लिए रख दी।

चौबे जी की दुकान के ठीक बगल में सटी हुई सात फ़ीट चौड़ी और बारह फ़ीट लंबी एक खलिहर जगह थी। उस खलिहर जगह के बगल में रफ़ीक़ चाचा की दुकान तीन तरफ़ से बाँस के टट्टर से और पीछे की तरफ़ एक पुरानी और टूटी दीवार के सहारे बनी थी। रफ़ीक़ चाचा की पंक्चर की दुकान थी, वो राहगीरों की गाड़ियों के पंक्चर जोड़कर और उनके टायरों में हवा भरकर अपना गुजारा किया करते थे। ज़मीन पर पीला तिरपाल बिछा हुआ था। चाचा की दुकान की छत भी टट्टर की ही बनी थी।

चौबे जी और रफ़ीक़ चाचा का इस दुनिया में कोई नहीं था, लेकिन उनकी दुकानें ही उनकी पूरी दुनिया थीं। यही उनका परिवार थीं। यही उनकी किस्मत और यही उनका भविष्य। मौत और ग्राहक का कोई समय नहीं होता कि कब आ जाए इसलिए चौबे जी और रफ़ीक़ चाचा दिन भर और देर रात तक अपनी-अपनी दुकानें खोले रहते थे। रफ़ीक़ चाचा की तबीयत ठीक नहीं रहती थी, वो हालाँकि पचास पार कर चुके थे लेकिन लगते सत्तर के थे। टीबी के मर्ज ने उनको और भी बूढ़ा कर दिया था। रफ़ीक़ चाचा की खाँसी का भी कोई समय नहीं था, कभी भी आ जाती थी।

रफ़ीक़ चाचा अभी उस तिरपाल पर चेकदार नीले सफ़ेद रंग का मैला-सा तहमद पहने और अपने सिरहाने एक पुराना फटा गमछा रखे लेटे थे। हाथ में तस्बीह थी जो समय के साथ-साथ उनकी उँगलियों के बीच चल रही थी। फज़िर की अजान सुनाई पड़ गयी थी। चाचा के नमाज़ पढ़ने का वक़्त हो गया था।

''और बेटा! आँखें आज चढ़ी-चढ़ी-सी लग रही हैं? इत्ता काहे पढ़ते हो बेटा? बन जाओगे अफ़सर तुम एक रोज़, लेकिन शरीर को आराम की भी ज़रूरत होती है।'' चौबे जी ने गिट्टक तोड़ने के बाद खौलती चाय को अंगीठी से हटाते हुए मुझसे कहा। चौबे जी ये नहीं जानते थे कि नींद देर रात तक पढ़ने की वजह से नहीं बल्कि पढ़ाई की मेहनत बेकार जाने की वजह से नहीं आ रही आजकल।

मैं हमेशा की ही तरह दो चाय के पैसे दे के बढ़ जाता था, एक चाय मेरी और एक चाय मेरी तरफ़ से रफ़ीक़ चाचा की होती थी। रफ़ीक़ चाचा मुझे बहुत मना करते थे पैसे देने के लिए लेकिन मैं नहीं मानता था। बचपन में उन्होंने मेरी साइकिल के पंक्चर और हवा फ्री में भरी थी। चौबे जी का मैं रोज़ का ग्राहक था, ग्राहक से ज़्यादा वो मुझे मानते थे पर कभी जताते नहीं थे। वो चाय के दिये हुए मेरे पैसे लेने से मना कर दिया करते थे। मैं इसलिए हफ़्ते में रोज़ तो नहीं पर उनसे मिलने सुबह-सुबह दो-तीन दिन में चला ही जाया करता था। वो खलिहर जगह जो चौबे जी और रफ़ीक़ चाचा की दुकानों के बीच थी, उसमें दोनों लोगों ने मिल कर गुलाब, गेंदे, चमेली और सूरजमुखी के पौधे लगा लिए थे। तुलसी के भी कुछ पौधे थे, जो चौबे जी अपने ग्राहकों के लिए चाय में इस्तेमाल किया करते थे। उस खाली जगह में उन्होंने मिलकर एक फुलवारी बना ली थी। ये फुलवारी हिन्दुस्तान और पाकिस्तान के बीच कश्मीर की तरह ही खूबसूरत थी। लेकिन ये कश्मीर असल के कश्मीर से बहुत अलग था। चौबे जी और रफ़ीक़ चाचा में एक-दूसरे के लिए बहुत ही प्यार और इज़्ज़त थी। दोनों ही अपने कश्मीर को सुबह-शाम मिलकर पानी दिया करते थे। मैं भी उठकर बगल के हैंडपम्प से बाल्टी में पानी भर-भर के इस कश्मीर को पानी देने लगा। मैं फुलवारी में पानी दे के फिर से अंगीठी के पास बैठ के आग से हाथ तापने लगा। रफ़ीक़ चाचा नमाज़ पढ़ के आ गए थे। चौबे जी ने तीन कुल्हड़ चाय छानी, हम तीनों ने साथ बैठकर चाय पी।

''का बात है, आदिल, आज इत्ती सवेरे? सब ठीक तो है?'' रफ़ीक़ चाचा ने चाय सुड़कते हुए मुझसे पूछा।

''हाँ चाचा! बस नींद नहीं आ रही थी तो आ गया इधर।''

''काहे, का बात है?'' चौबे जी ने पूछा।

''वही पढ़ाई की टेंशन। पता नहीं कब नौकरी लगेगी।'' मैंने कहा।

''अरे लग जाएगी बेटा। तुममें लगन है, बस पढ़ते रहो और दुनिया का कह रही

है, उसे मत सोचो।'' रफ़ीक़ चाचा ने कहा।

''हाँ चाचा। मैं नहीं सोचता। आप बस ख़याल रखा करो अपना।'' मैंने कहा।

चाय पीने के बाद मैंने वहाँ थोड़ी देर हाथ तापे और फिर घर लौट आया। पत्तों की सरसराहट अब भी तेज़ थी। धीरे-धीरे होते उजाले में कुत्तों का भौंकना अब बंद हो चुका था। मैं घर आ के फिर से अपने बिस्तर पर रज़ाई ओढ़ के लेट गया।

~

''अबे आदिल कहाँ हो, तैयार हो गए? 20 मिनट में ट्रेन रूरा रेलवे स्टेशन पहुँच जाएगी। हम सब डी-12 कोच में हैं। सीट नंबर 38 से 42 अपनी सीटें हैं। तुम निकलो अब घर से जल्दी।'' मयंक ने इतना बोलकर फ़ोन काट दिया।

''अम्मी ट्रेन आने वाली है, कहाँ है बैग मेरा? जल्दी दो।'' मैंने जैकेट पहनते हुए कहा।

अम्मी दौड़ के कमरे से बैग ले आयीं फिर उसमें पूड़ी और आलू जीरे की सब्ज़ी को टिफ़िन में रखते हुए कहा, ''रास्ते में टाइम से खा लेना खाना।''

''हाँ अम्मी! खा लूँगा, टाइम से तुम इतनी फ़िक्र क्यों करती हो?'' मैंने कहा।

''अरे जल्दी करो। लड़के की ट्रेन छुड़ा दोगी का? चलते टाइम ही माँ की ममता निकलती है।'' अब्बा ने अम्मी से कहा, ''और टिफ़िन रख दिया है ना, बाहर का खाने से अच्छा है, घर का ताज़ा और पौष्टिक खाओ। खस्ते और नमकपारे रखे कि नहीं?'' अब्बा ने अम्मी को याद दिलाते हुए कहा।

''अरे सब रख दिये हैं, आप ही का लड़का थोड़े है, हमें भी याद रहता है। कल जो आप इसके लिए रीबुक के नए जूते लेकर आए हैं, वो भी दे दिये हैं। देखिये! पहने हुए है, कितने बढ़िया लग रहे हैं।'' अम्मी ने कहा।

''अरे अम्मी! वो रीबुक नहीं, रीबॉक होता है।'' मैंने अम्मी से कहा।

''अरे वही रीबुक-रीबौक, है तो एक ही चीज़ ना।''

अब्बा जलदिया रहे थे। अम्मी का स्नेह खत्म नहीं हो रहा था। मेरे मन में उत्साह था।

''अच्छा जाते समय, कोई कुछ दे तो खाना-पीना बिलकुल भी नहीं और अपना और सामान का ख़याल रखना। सुने हैं दिल्ली में चोर बहुत हैं। ये अपने मोहल्ले के रामविलास गुप्ता हैं ना, अपनी साली की शादी में तीन साल पहले दिल्ली गए थे, ट्रेन दिल्ली पहुँची भी नहीं थी, सवेरे-सवेरे आऊटर पर ही कपड़े-मिठाई और शगुन के सामान से भरा हुआ इनका झोला कोई मार ले गया था साथ में तीन बड़े वाले बैग,

जूते चप्पल सब उठा के ले गए थे। तुम अपने बैग का और जूतों का ध्यान रखना।'' अम्मी ने दो रुपए का सिक्का ले कर मेरी नज़र उतारी।

असल में मैं घर से बाहर कभी भी कहीं भी सफ़र पर जाता था तो अम्मी पैसों से या कभी-कभी एक-दो प्लेट गेहूँ से मेरी नज़र उतारा करती थीं।

''हाँ! हाँ! आज ही सारा प्यार दिखा लो तुम। ट्रेन है, तुम्हाई मायके की रोडवेज़ बस नहीं कि हाथ दे के रुकवा लोगी।'' अब्बा ने ज़ोर देकर कहा। मैं घर से निकलकर बाहर आ गया। मुझे भाई-बहन, अम्मी दरवाज़े तक छोड़ने आए थे जैसे मैं धरने पर न जा के बॉर्डर पर युद्ध लड़ने जा रहा हूँ। चौराहे पर पहुँच कर मैंने चौबे जी से राम-राम और रफ़ीक़ चाचा से सलाम किया। दस मिनट बाद हम स्टेशन पर थे। ट्रेन की सूचना हो चुकी थी, कोहरा अभी छटा नहीं था। ट्रेन प्लेटफ़ॉर्म नंबर-3 पर रेंगती हुई आ रही थी। कोहरे में ट्रेन की केवल हैडलाइट ही दिख रही थी, रेंगती ट्रेन की हैडलाइट ऐसी लग रही थी, जैसे चंद्रमा रेंगता हुआ बढ़ा चला आ रहा हो।

डी-12 कोच के दरवाज़े पर खड़े मयंक ने हवा में अपना हाथ हिलाते हुए ज़ोर से कहा, ''इधर आदिल!''

मयंक तो हाथ से ऐसे इशारा कर रहा था जैसे ट्रेन रुकनी ही नहीं थी और मुझे इसी रेंगती ट्रेन में चढ़ना होगा। ट्रेन रुकी और मैं लपक के उसमें चढ़ गया। मयंक और मैं अपनी सीट्स की तरफ़ बढ़ गए। थोड़ी ही देर में ट्रेन चल दी।

''अच्छे से जाना बेटा लोग!'' अब्बा ने हाथ हिलाकर हम सब से कहा। फिर बढ़ती ट्रेन में अब्बा प्लेटफ़ॉर्म पर पीछे छूट गए।

''अहाऽऽ...आ गए भाईजान! चलिये बैठिए इधर। एक सीट तो आपके लिए ही बचा के रखे हैं।'' मयंक ने खुद खिड़की वाली सीट पर बैठते हुए कहा और मुझे सामने वाली सीट पर बैठने का इशारा किया।

''कुर्सी और लड़की का बड़ा मारा-मारी है, सबको चाहिए।'' मेरे बगल में बैठे एक लड़के ने कहा।

''तुम साला बहुत बोलते हो विवेक! लड़का अभी-अभी चला आ रहा है, इसे सही से साँस भी नहीं लेने दिये हो तुम और शुरू हो गयी तुम्हाई बकैती!'' मयंक ने उस लड़के से कहा। उसने बस खींसें निपोर दीं।

फिर मयंक ने बारी-बारी से मेरा विवेक, योगेश और राहुल से परिचय कराया। मैंने भी सबसे कड़क अंदाज़ में हाथ मिलाया। विवेक का हाथ मैंने लगभग दबा ही दिया था। खिड़की चूँकि खुली हुई थी, तो चेहरे पर हवा तेज़ लग रही थी। ''बहुत जाड़ा है यार!'' मैंने अपनी हथेलियों से गालों को दबाते हुए कहा।

''बैठो-बैठो, अगले स्टेशन पर तुम्हाए लिए गर्मी का जुगाड़ करते हैं।'' योगेश ने खींसें निपोरते हुए कहा। सीट नंबर 38 से 42 तक ठहाकों से भर गया। मैं ये समझने में लगा था कि इसमें हँसने जैसा क्या था। सबको हँसता देख मैं भी उनके साथ हँस दिया।

मयंक ने बात को आगे बढ़ाते हुए कहा, ''आदिल, ये जो तुम्हाए बगल में सन्नी देओल पा जी की कद-काठी में ओसवाल का टोपा लगाए बैठे दिख रहे हैं, ये हैं सरऊ के विवेक राठौड़। उम्र इनकी 28 हो चली है लेकिन देखने में अब भी 21 के लगते हैं। देखो ना! अपने जीवन के ऐसे पड़ाव पे हैं कि अबकी दो साल इनकी नौकरी न लगी तो पूरा ज़िन्दगी इन्हें संन्यास धारण करके रहना पड़ेगा। संन्यास इसलिए कि इनके पिताजी ने इन्हें धमकी भरी आखिरी चेतावनी दे के कहा है कि लौंडे की शादी तभी करेंगे जब ये सरकारी नौकरी ले लेगा। ऐसे किसी लड़की का घर तबाह नहीं करेंगे।''

''फिर तो ये संन्यासी ही रहेगा।'' योगेश ने मयंक की बात बीच में काटते हुए कहा।

''अबे! तुम बहुत बोलते हो बे योगेश! चुपचाप सुन नहीं सकते, बीच में अपनी 'बकैती' पेल देओ बस।'' मयंक ने योगेश से कहा।

''चलो-चलो सुनाओ इनका जीवन वृत्तान्त।'' योगेश ने सीट पर टाँग पर टाँग रखते हुए कहा।

''हे-हे-हे-हे, हाँ हाँ मयंक भाई सुनाओ।'' मुझे भी अब तक कहानी में दिलचस्पी पैदा हो गयी थी।

मयंक ने आगे बोलना शुरू ही किया था कि बीच में ही विवेक ने टोक दिया, ''काहे को यार दादा! बच्चों को बना रहे हो। चुप्पे सो जाओ।''

''नहीं-नहीं! दादा तुम बताओ इनकी कहानी। आखिर सबको पता भी तो चले, इत्ता लंबा सफ़र है कुछ बकैती तो होती रहनी चाहिए।'' योगेश ने अपनी बत्तीसी चीर दी।

मयंक ने अपने कान से मफ़लर को उतारते हुए आगे कहा, ''सब चुप बैठ जाओ। ये हद टोपा आदमी हैं। इन्फ़ॉर्मेशन टेक्नोलॉजी से बी.टेक. होने के बाद गुड़गाँव में एक सॉफ्टवेयर कंपनी का चालीस हज़ार रुपया महीना का पैकेज ठुकरा दिये हैं, वो भी दो-दो बार। बस बाप की बात दिल को लग गयी इनके कि लेनी है तो सरकारी नौकरी वरना नहीं।''

''हाँ! और नहीं तो का! अपने इकलौते बाप की औलाद हैं, सरकारी नौकरी तो ले के ही रहेंगे, चाहे हमें जंतर-मंतर पर जान ही काहे न देनी पड़ जाये।'' विवेक ने कहा।

"भाई, यहाँ सब इकलौते बाप की ही औलाद होती हैं और जब तुम साला जान दे ही दोगे तो सरकारी नौकरी का यमराज से करवाओगे?" योगेश ने फिर से विवेक की बात को काटते हुए कहा।

"ससुर के तुम बात की तह में घुस के उसका पोस्टमार्टम ही कर दो पहले।" विवेक ने योगेश से कहा।

"हाँ! तुम बे ज़्यादा न उछलो, तुम्हाए भी कम चर्चे नहीं हैं बर्रा-दो में। ये ससुर योगेश जब से सीजीएल की परीक्षा दिया है तब ही से पेपर पार होना शुरू हुआ है। ऐसा पनौती मारा है ये साला कि अब लगता है कि ये पेपर न देता तो शायद पेपर पार न होता।" मयंक ने व्यंग्य भरी मुस्कान चीर दी।

"हाँ तो हैं पनौती। और इस पनौती में हमरा भी तो नुकसान हो रहा है।" योगेश ने कहा।

"लेओ! आदिल! तुम्हाए लिए गर्मी की व्यवस्था भी कर दीन। भैया पाँच चाय देना।" विवेक ने बगल से 'चाय-चाय' चिल्लाते हुए गुज़रते वेंडर को रोककर कहा। अभी तक खामोश और गंभीर मुद्रा में बैठे राहुल ने एकदम शांत स्वर में कहा, "चार चाय दीजिएगा भैया। मैं नहीं पीता।"

"का? चाय नहीं पीते? टोपा आदमी हो का बे? तुमने अपने छात्र जीवन में चाय नहीं पी तो खाक तुम विद्यार्थी। जैसे बुढ़ापे में तीर्थ करने से पाप उतर जाते हैं, वैसे ही विद्यार्थी जीवन में चाय पीने से पढ़ाई के वक़्त नींद उतर जाती है।" विवेक ने चाय के निरर्थक गुण-धर्म बताए।

"भैया आप पाँच चाय ही दो। ये पी लेगा। चाय ही तो है, कोई दारू थोड़े पिला रहे है।" योगेश ने चायवाले से कहा।

"देखो राहुल! चाय एक नशा है, लेकिन चाय तहज़ीबदार लोगों का नशा है। जैसे मोहब्बत का नशा होता है बिलकुल वैसा ही चाय का नशा होता है।" मयंक ने वेंडर से चाय लेते हुए राहुल की तरफ़ मुँह करके कहा। राहुल ने मन मार के मुस्कुरा के चाय ले ली और पीते हुए कहा, "वैसे मैं बहुत कम ही चाय पीता हूँ।"

"पीते हो ना! बस ये ही काफ़ी है। खामखा में वैरागी बन रहे हो।" योगेश ने कहा।

हम सब के हाथों में चाय का पेपर कप था और उस पेपर कप में भारतीय रेल की चाय। मैंने घर से लायी हुईं कचौड़ियाँ बैग से निकालते हुए सबकी ओर बढ़ा दीं।

"जे वाला काम तुम बढ़िया करे हो आदिल! कचौड़ियाँ ले आए, हम तो ट्रेन पकड़ने के चक्कर में सवेरे जल्दी-जल्दी में कुछ बनवा भी न पाये।" योगेश ने

कचौड़ी उठाते हुए कहा। मैं मुस्कुरा दिया और कहा, ''खाओ-खाओ भाईलोगों और भी तो लो।''

''अरे मयंक भाई...!'' मैं बोलने ही वाला था।

''एक मिनट, ये मयंक भाई क्या होता है? मयंक दादा है हमारी मंडली का और तुम भी हमारी मंडली में अब शामिल हो चुके हो। तो तुम भी अब इसे दादा बुलाना शुरू कर दो।'' विवेक ने मुझे बीच में टोकते हुए कहा।

''अबे यार! क्या फ़र्क पड़ता है भाई। दादा बोलो या भाई।'' मयंक ने कहा।

''अरे फ़ीलिंग ही नहीं आती यार दादा, है ना योगेश?'' विवेक ने कहा।

''और नहीं तो क्या!'' योगेश ने हाँ में हाँ मिला दी।

''अच्छा मयंक दादा! तो मैं ये कह रहा था कि आप भी तो बताओ अपने बारे में कुछ। योगेश और विवेक का तो बता दिये हो।'' मैंने चाय सुड़कते हुए कहा। मेरा इतना बोलते ही सीट नंबर 38 से 42 में सन्नाटा छा गया, ऐसे जैसे कि ये सवाल कोई राष्ट्रीय शोक हो। मैंने शायद गलत सवाल कर दिया था। स्थिति की गंभीरता को समझते हुए मैंने कहा, ''सॉरी दादा! कोई वैसी बात हो तो मत बताइये, नहीं जानना मुझे। ये कचौड़ी और लेलो आप लोग।''

''अरे आदिल! ऐसी कोई बात नहीं है, जो बताई न जा सके और फिर तुम तो अब अपने ही साथी हो।'' दादा ने एक गंभीर मुस्कान में कहा। तभी विवेक ने मोर्चा सँभाला और कहा, ''अरे आदिल भाई! जे का बताएँगे। हम बताए देते हैं इनका दर्द। कौनो से छिपा थोड़े है, पूरे कानपुर शहर में इनके ही चर्चे हैं। जे मयंक ठहरे राजपूत। एक बार इनने जो कमिटमेंट कर दी तो फिर जे अपने बाप की भी नहीं सुनते। जब जे बारहवीं कक्षा में थे तो इन्हें हुआ था एक बड़ा कर्रे वाला प्यार। बिलकुल वैसा ही जैसा सलमान खान को ऐश्वर्या राय से हुआ था। फिर मोहतरमा एकदम शरीफ़ लड़की...अरे रे-रे...सॉरी। शरीफ़ भाभी थीं और जे ठहरे पढ़ाई में एकदम आइन्स्टीन। इनने पी.पी.एन. कॉलेज से राजनीति शास्त्र में खूब रगड़-रगड़ के कर लिया स्नातक और उधर भाभी ने भी पी.पी.एन. कॉलेज से ही अर्थशास्त्र में स्नातक की डिग्री ले ली। कॉलेज के तीन सालों में इनका प्यार भी घूम-घूम के कभी फूलबाग तो कभी मोतीझील, चिड़ियाघर, तो कभी जेके टैम्पल में खूब उफान मारा। तभी एक रोज़ भाभी के बाप ने इन्हें भाभी के साथ मोतीझील के बाहर गुप्ता चाटवाले के यहाँ देख लिया। फिर वो इनके हाथ-पैर तोड़ने की धमकी दे गए। जैसा कि पुरानी फ़िल्मों में हुआ करता था कि हीरोइन के बाप ने अगर हीरो के साथ अपनी बिटिया को रंगेहाथों पार्क, बगीचे, मार्केट में या कहीं पकड़ लिया तो हीरो का बुरा करने की धमकी देकर लड़की की आज़ादी पर पाबंदी लगा दी जाती थी। ठीक वैसा ही भाभी के बाप ने भी भाभी के साथ किया। भाभी को महीना भर घर से निकलने नहीं दिये। इधर जे भाभी

के विछोह में परेशान होकर ठेका का राजकोष बढ़ाने में लग गए। रोज़ की दो लीटर अकेले ही गटक जाते थे। रांझा से भी ज़्यादा बुरा हाल हो गया था इनका। रांझा अगर इस ज़माने में होता तो दादा के प्यार में विछोह के दर्द को देख के इनके चरणों पर लोट जाता। एक रोज़ तो भाई गज़ब हो गया, घर लौटते वक़्त नाली में ही डले मिले थे जे। शाम से रात हो गयी थी। लौंडा चाहे कितना भी बेरोज़गार क्यों न हो, कितना ही निकम्मा क्यों न हो, देर शाम तक जब घर नहीं पहुँचे तो माँ-बाप को फिकर होने ही लग जाती है। इनके पिताजी हमको फ़ोन कर इनको ढूँढवाने के लिए बोले। हम भी मोहल्ले के दुई-चार मवाली लेकिन भरोसेमंद लड़कों को दो बाइक पर लेकर इन्हें ढूँढने निकल पड़े। फ़ोन करे, तो घंटी तो जा रही थी लेकिन तीस-पैंतीस कॉलों के बाद मोबाइल इनका स्विच ऑफ़ हो गया। अब हम इन्हें ढूँढें कहाँ। फिर इनके पुट्ठा में कौनो जीपीएस तो सेट था नहीं तो हम दिमाग लगाए कि कहीं जे भाभी के साथ तो नहीं हैं। भाभी को फ़ोन किए हम तो वहाँ से मालूम चला कि वो कमरे में बन्द अपनी किस्मत को कोस रही थीं। बेचारी। हमें लगा जे भाभी की याद में पक्का उन स्मारकों, पार्कों और मन्दिरों में होंगे, जहाँ इनका प्रेम जवान हुआ था। फिर क्या... हम घुमा दिये बाइक मोतीझील की तरफ़। पार्क का एक-एक कोना, एक-एक पेड़, सब छान मारे। लेकिन जे नहीं मिले। फिर हम चिड़ियाघर, जेके टैम्पल, लाल इमली, फूलबाग सब जगह ढूँढ आए। कहीं न मिले। अब हमाए हाथ-पैर फूलना शुरू हो गए कि कहीं इनने आत्महत्या तो नहीं कर ली, कहीं मर तो नहीं गया। हमने घर पर इनके फ़ोन करके कह दिया कि अंकल पुलिस थाने में जा के इनकी फ़ोटो लेकर गुमशुदा की तलाश की रिपोर्ट करवा दो। हिम्मत करके हम गंगा बैराज की तरफ़ बाइक बढ़ा दिए कि कहीं शायद कोई आदमी पुल से कूदा होगा तो मछुआरे बता तो देंगे। लेकिन वहाँ जा के भी कुछ पता नहीं चला। हमने मान लिया था कि दादा ने अपनी जान दे दी है। बाइक स्टार्ट करके हम लोग लौट रहे थे कि तभी हमको याद आया कि कहीं जे सुल्तान ठेकेवाले के यहाँ तो नहीं मरा रहे हैं। भुर्र से हम सबने बाइक गोविंद नगर में सुल्तान ठेकेवाले के यहाँ दौड़ा दी।'' विवेक बोले जा रहा था नॉन-स्टॉप। दादा अपना माथा पकड़े सर नीचा किए बैठे चुपचाप बस मुस्कुरा के विवेक को सुन रहा था। हम सब भी बड़े मन से मयंक की कहानी का एक हिस्सा सुन रहे थे।

''अरे योगेश इसको साला पानी दो तुम, कुछ भी बके जा रहा है बस।'' मयंक ने हँसते हुए कहा।

''हम पानी पी के और बोलेंगे। इसलिए चुप्पे बैठो तुम दादा।'' विवेक ने मयंक को चुप कराते हुए कहा। ''अच्छा आगे सुनो तुम लोग।'' विवेक ने कहा।

''हाँ! हाँ! सुनाओ यार, मज़ा आ रहा है बहुत।'' योगेश ने कहा।

''फिर सुल्तान ठेकेवाले के यहाँ पहुँचे हम लोग, अंदर ठेके पर तो कोई मिला नहीं। फिर जे ठेके के पीछे की बाउंडरी की नाली में इस तरह डले मिले कि इनका

एक तिहाई हिस्सा ही नाली के पानी से भीगा नहीं था। इनके सूखे हिस्से पर मच्छर लोट रहे थे और गीले हिस्से को मक्खी और कुत्ता लोग चाट रहे थे। हम सब से पहले भगवान का शुक्र अदा किए कि कम-से-कम लौंडे का शरीर तो मिला, फिर नब्ज़ टटोल के देखी तो एकदम सामान्य थी। बस जे ही होश में नहीं थे। दम भर पिये थे जे। और उससे भी दम भर जे उगल भी दिये थे। शर्ट और पैंट बुरी तरह से उल्टी से सने थे। मलिच्छ कहूँ का। फिर सबसे पहले तो हम अपना मोबाइल निकाल के इनका फ़ोटो उतारे। उस फ़ोटो से हम इनको कई बार ब्लैकमेल भी कर चुके हैं। लौंडों से बोल के जैसे-तैसे इनको वहीं सरकारी नल के नीचे डाल दिये फिर नल चला-चला के इनको स्नान कराये। साला! दोस्ती में इंसान को अपने यार की टट्टी तक धोनी पड़ जाए! हे भगवान!'' विवेक बोलते-बोलते थोड़ा रुका और आगे बोला, ''जब इन्हें नहला चुके तो फिर बाइक पर लाद के घर ले गए और घर ले जा के इन्हें इनके बाप के सामने चारपाई पर पटक दिये। फिर अपने मोबाइल में इनकी फ़ोटो दिखाये जिसमें कुतिया इनके गाल चाट रही थी।'' इनको जब घर ले के गए तो बेचारी आंटी खुशी से रो तक दी थीं लेकिन अंकल ने तौल के पसेरी भर गाली सुनाई इन्हें, इनके हिस्से की गाली भी हमें ही सुननी पड़ी।''

'' 'यही दिन देखने के लिए पैदा किए थे इनको, पीना ही है तो इत्ती पिए जिससे होश रहे। देखो अभी तक साला होश में नहीं है। सब दोस्तों की बुरी संगत का फल है।' अंकल ताव-ताव में हमको भी लपेट लिए। माना दोस्त बिगाड़े हैं, पर इत्ता भी तो नहीं कि पी के कुतिया को अपने साथ रोमैन्स करने दें। वो दिन बीत गया। इसी तरह कुछ और दिन भी बीत गए। फिर उधर भाभी ने भी रो-धो के जैसे-तैसे अपने बाप को मना ही लिया था। लड़की की ज़िद के आगे बाप आखिर झुक ही गया। लेकिन बाप तो बाप ही होता है ना, झुका तो था लेकिन शर्त के साथ और शर्त थी कि दो साल के भीतर-भीतर मयंक एक सरकारी नौकरी पा ले तो करा दी जाएगी शादी।''

''अबे तुम जे 'बकर' बंद नहीं करोगे?'' मयंक ने थोड़ा बनावटी गुस्सा दिखाते हुए कहा।

''अरे दादा! देखो ना अभी इटावा भी नहीं आया। कैसे टाइमपास होगा। फिर अब तो लौंडों को भी आपकी कहानी में इन्टरेस्ट आ रहा है। सुनने दो ना सबको।'' विवेक ने दाँत दिखाते हुए कहा। ''सुना डालो बे।'' इतना कहकर मयंक अपनी मुंडी घुमा के खिड़की के बाहर देखने लगा।

''हाँ! फिर ठीक पैंतीस दिन बाद भाभी और जे दादा पी.पी.एन. कॉलेज के इतिहास वाले भवन में मिले। उस दिन इतिहास के प्रोफ़ेसर आए नहीं थे। इसलिए कक्षा खाली थी। बच्चे बाहर कैंटीन में भाग गए थे। इन दोनों ने मौका पाकर एक-दूसरे को गले लगा लिया। भाभी की आँखों से आँसू बह पड़े। राजनीतिशास्त्र का अर्थशास्त्र से इतिहास के भीतर ये अनोखा मिलन था।''

"अब भाभी हैं कहाँ?" मैंने उत्सुकतावश विवेक की ओर देखते हुए पूछा।

"बता रहे हैं, बता रहे है, काहे जलदिया रहे हो यार! ठंड रखो।" विवेक ने मेरे से कहा।

"हाँ तो जल्दी बताओ ना।" राहुल ने कहा।

"भाभी के बाप ने दादा को दो साल का वक़्त दिया था कि ये इतने समय में सरकारी नौकरी पकड़ लें तो वो अपनी बिटिया का हाथ दादा के हाथ में दे देगा। लेकिन ससुर! कोई उस बुढ़ऊ को समझाता कि सरकारी नौकरी दो साल में पाना बिलकुल वैसा ही है जैसा सीरिया को आज़ाद करा लेना। वो बुढ़ऊ अगर हाफ़िज़ सईद की गर्दन माँग लेता तो दादा एक बार को दो साल में दो हाफ़िज़ सईद की गर्दन लाने की व्यवस्था कर लेता। लेकिन नहीं। बुढ़ऊ ने शर्त रखी भी तो काहे की! सरकारी नौकरी की, वो भी दो साल के भीतर। बताओ दो साल में कोई सरकारी नौकरी भी लगती है का? यहाँ साला साल-साल भर इंतज़ार करो तब जा के नोटिफ़िकेशन निकलता है, फिर प्री-मेंस की डेट आती है। पेपर लीक होता है, परीक्षा दोबारा होती है। कोर्ट केसेस चलते रहते हैं, तारीख पर तारीख मिलती रहती है। इस चक्कर में इंसान की ज़िन्दगी की लंका लग जाती है। दो साल के बाद एक साल और निकल गया। ऊपर से जनरल कैटेगरी का भूत भी। भाभी अब किसी और के घर की बहू हैं और तुम लोग यकीन नहीं करोगे वो एक अधेड़ से बियाह दी गई हैं। और उस अधेड़ के पास था क्या—एक सरकारी नौकरी! साला पोस्ट ऑफ़िस में क्लर्क है वो और लोग बताते हैं कि उस उजड़े चमन ने ये नौकरी पाँच लाख रुपए दे के ली थी। गज़ब हद है भाई।" बोलने के बाद विवेक ने बैग से पानी निकाल कर पिया।

"यही तो हमारे समाज की विडम्बना है कि बस लड़का कैसा भी हो, अगर सरकारी नौकरी में है तो लड़की की शादी मानो उसी से होगी। मतलब लड़की की कोई वैल्यू ही नहीं है।" राहुल ने दार्शनिक अंदाज़ में कहा।

"भाड़ में जाए वो और उसकी नौकरी। कम-से-कम उसके पास दिव्या तो है आज। वो हूतिया विनर है और मैं आज भी लूज़र! देखो साला नौकरी के लिए धरना देने जा रहे हैं। हाह!" दादा ने कहा।

"दादा! आपको जब वे दो साल दिये थे तो आप कहीं और ट्राई काहे नहीं किए? यूपीएससी या बैंक में ट्राई करते।" मैंने मयंक से पूछा।

"कौन कहता है कि ट्राई नहीं किए थे भाईजान। दिये थे परीक्षा। बहुत ही हौंक के पढ़े थे। दिन और रात, दूध-घी, फ़र्श-मेज़ सब एक कर दिये थे लेकिन ऊपरवाले को कुछ और ही मंजूर था। यूपीएससी का प्री ही नहीं निकला भाई। जिस तरह समाज में उच्च वर्ग, मध्यम वर्ग, निम्न वर्ग और अति निम्न वर्ग होता है वैसे ही बौद्धिकता में भी वर्ग होते हैं। हम साला यूपीएससी के लिए नहीं बने हैं। और देखो एसएससी में

भी जे योगेश पनौती मारे बैठा है।'' मयंक ने सभी के खाली हो चुके पेपर कप समेट कर एक पन्नी में भरते हुए कहा। मयंक का दर्द उभर आया था, वो अब खिड़की के बाहर देखने लगा। वो चलती ट्रेन में पीछे छूटते पेड़ों, मैदानों, घरों, झोपड़ियों के बीच खो गया था। योगेश ने राहुल की ओर सवालिया निगाहों से देखते हुए कहा, ''क्या रे! तुमको अलग से न्योता देना पड़ेगा का? जब सब लोग अपनी-अपनी जीवनी बता रहे हैं तो तुम भी सुना दो अब अपनी कहानी।''

''नहीं। मुझे किसी के न्योते की ज़रूरत नहीं है। मैं खुद ही बता दूँगा।'' राहुल ने अपना मफ़लर टाइट करते हुए कहा।

''तो बताओ ना।'' योगेश बोला।

''चढ़ जाओ तुम लौंडे पर! इतनी जल्दी काहे की है तुमको साला!'' विवेक ने योगेश से कहा।

हम सब एक साथ हँस दिये। राहुल ने कहा, ''अपनी ज़िन्दगी में कुछ खास तो नहीं है। घर का बड़ा लड़का हूँ। पिता जी सब्ज़ी की दुकान लगाते हैं, माता जी घर के बाहर छप्पर के नीचे लोगों के कपड़ों में प्रैस करती हैं। इस तरह वे दोनों घर का खर्चा चलाते हैं। तीन छोटी बहनें हैं, सभी अच्छे से पढ़ रही हैं। मैं ट्यूशन्स पढ़ाकर माताजी और पिताजी की मदद करता हूँ। सीजीएल निकल जाएगा तो सबसे पहले माताजी को प्रैस कराना बंद कराऊँगा और पिताजी को कनफ़ेक्शनरी की दुकान खुलवाऊँगा।'' राहुल बोलते-बोलते कुछ सोचने लगा और पल भर का हाल्ट लेने के बाद आगे बोला, ''मेरी ज़िन्दगी में एक लड़की है, जिससे मैं बहुत प्यार करता हूँ। वो लड़की भी मेरे से उतना ही प्यार करती है। प्रेम अमीरी-गरीबी, धर्म-अधर्म, जात-पांत, ऊँच-नीच कहाँ देखता है। लेकिन प्रेम के दुश्मन ये ही सब देखते हैं। लड़की के माँ-बाप को हमाए घर की स्थिति से दिक्कत थी और एक दिन, लड़की के बाप ने मुझे कॉलेज जाते वक़्त अपनी फटफटिया स्कूटर रोकते हुए कहा था कि तुम्हाई औकात ही क्या है, जो तुम मेरी बिटिया से प्यार किए। एक वक़्त का खाना नहीं खिला पाओगे तुम उसे। तुम्हारी खैर इसी में है कि तुम हमारी बिटिया से दूर रहो। उसके बाद हम ठान लिए कि इनकम टैक्स इंस्पेक्टर बनना है और पोस्टिंग भी यहीं कानपुर में लेनी है। इनके बाप जो आरटीओ ऑफ़िस में क्लर्क हैं, उन्हें उनके मुँह पर जवाब देना और इनकी नाक के नीचे से इनकी बिटिया को ले भी जाना है।''

''वाह! क्या जज़्बा है लौंडे का। हौंसला होये तो राहुल के जैसा।'' योगेश ने राहुल की पीठ थपथपाते हुए कहा।

''हाँ पनौती! लेकिन तुम शांत नहीं बैठना।'' मयंक ने योगेश की तरफ़ देखते हुए कहा।

ट्रेन अब तक तीन घंटे ले चुकी थी। और इटावा पहुँचने वाली थी। कोहरा अब

भी छँटा नहीं था। जो 95 किमी की दूरी डेढ़ घंटे में पूरी हो जानी चाहिए थी, वो कोहरे में ट्रेन की धीमी चाल की वजह से अपने निर्धारित समय का दोगुना समय ले चुकी थी। तभी विवेक ने खिड़की की ओर देखते हुए कहा कि ''ट्रेन की चाल निकाल के बताओ भैया!'' हम तो दूरी और समय पता करने में ही लग गए तब तक राहुल ने जवाब दे दिया, ''28 किमी प्रति घंटा।''

''चलो! हम नहीं मानते 28 किमी प्रति घंटा। न दूरी पता, न समय।'' योगेश ने कहा।

''तुमको नहीं पता तो किसी को नहीं पता क्या? कानपुर से इटावा तक की दूरी 140 किमी और बैठे-बैठे 5 घंटा तो हो ही गए हैं। तो दूरी बटे समय से चाल निकाल लो या भाग दे के वो भी बताएँ।'' राहुल ने तीखा व्यंग्य कसते हुए कहा।

''हाँ बे योगेश! राहुल एकदम सही है, उसने सही चाल निकाली है। इसकी रीज़निंग और गणित एकदम लल्लनटॉप है।'' विवेक ने योगेश से कहा।

''वाह राहुल! वाह! तुम ही एकदम असली वाले आर.एस. अग्रवाल की गणित लगाये हो। बढ़िया है यार। तुम्हाए जैसे ही लड़कों की तो ज़रूरत है देश को।'' मयंक ने राहुल से कहा।

''पर दादा! नेट पर कानपुर से इटावा तक की दूरी तो 139 किमी दिखा रहा है।'' योगेश ने हाथ में मोबाइल लिए दादा को दूरी दिखाते हुए कहा।

''अरे ओ विवेक! ये ससुर कितना चेपू आदमी है यार! अब एक किलोमीटर के चक्कर में दिमाग लगा रहा है। ये नहीं देखेगा कि अगले बंदे का कितना तेज़ दिमाग है। यही तो है प्रेज़ेंस ऑफ़ माइंड। जब हम सब दूरी और समय ही पता करने में लगे थे तो अंदाज़न इसने 140 किमी दूरी मान ली और समय तो हमारी तशरीफ़ ही बता रही है इत्ती देर से। तब इसने चाल निकाल ली। कुछ सीखो रे योगेश तुम।'' मयंक ने राहुल की तारीफ़ करते हुए कहा।

''हाँ दिमाग तो तेज़ है इसका। मानना पड़ेगा। कहाँ से पाये हो रे इतना तेज़ दिमाग?'' योगेश ने राहुल से खींसें निपोरते हुए पूछा।

''वैसे तुमको हर स्टेशन की दूरी मालूम है का?'' योगेश ने फिर पूछा।

''नहीं! दरअसल इटावा में हमरी मौसी रहती हैं तो पता है दूरी।'' राहुल ने कहा।

''लेओ! फिर काहे का तेज़ दिमाग। ऐसे तो किसी को भी दूरी पता होती, तो...'' योगेश ने कहा।

''काहे? तुम्हाई भी तो गर्लफ्रेंड इटावा की है, तुमको फिर काहे नहीं पता दूरी?'' विवेक ने कहा।

''अरे प्यार-मोहब्बत में ये दूरी और चाल की बातें थोड़ी होती हैं। फिर दूरी और चाल देखकर प्यार-मोहब्बत किया जाने लगा तो हो गया फिर।'' योगेश ने हवा में अपना हाथ घुमाते हुए कहा। ''अरे आदिल बाबू! तुम भी कुछ सुना डालो अपनी दास्ताँ-ए-ज़िन्दगी, या तुमको भी न्योता चाहिए?'' योगेश ने खुद को फँसता देख गोटी मेरी तरफ़ उछाल दी।

''का योगेश भाई! कुछ भी नहीं है मेरी ज़िन्दगी में। वही 24 घंटे हैं रोज़ के। वही रात में सो जाना, सवेरे उठना, थोड़ी-बहुत पढ़ाई करना, खाना, खेलना यही सब है।'' मैंने खुद को बचाते हुए दो लाइनों में अपनी ज़िन्दगी बता डाली।

''अरे ऐसा थोड़े होता है, सबकी कहानी सुनी तुमने, खूब मौज ली और जब खुद की बारी आई तो कल्टी मारे दे रहे हो। हाँ!'' विवेक ने आगे कहा, ''चलो सुनाओ भी अब कुछ।''

खुद को मझदार में फँसे देख लहर के साथ चलने में ही फ़ायदा था सो मैं आगे बोलता गया, ''डी.ए.वी. कॉलेज से गणित और भौतिकी में स्नातक किए हैं। रुरा से रोज़ ट्रेन में अप-डाउन किए। बारहवीं के बाद नौसेना में बतौर नौसैनिक चयन हुआ, लेकिन ये सोच के जॉइन नहीं किए कि स्नातक करके सेना में अधिकारी बनेंगे, माँ-बाप और देश का गौरव बढ़ाएँगे। लेकिन नहीं। चार एसएसबी इंटरव्यू दे चुके हैं लेकिन एक बार भी क्लियर नहीं होता। स्नातक के बाद वायुसेना में भी चयन हुआ। अबकी बार वायुसेना जॉइन कर लिए लेकिन ट्रेनिंग में ही फ़ौज से दिमाग उचट गया कि बनेंगे तो अधिकारी ही नहीं तो ऐसे नहीं करनी नौकरी। फिर छोड़ दिये वायुसेना भी। और बस अधिकारी बनने के चक्कर में चुन लिए एसएससी-सीजीएल। हमें का पता था कि यहाँ एग्ज़ाम के साथ-साथ धैर्य की भी परीक्षा होती है।''

''का यार आदिल! इत्ती बढ़िया-बढ़िया नौकरी छोड़े बैठे हो, एसएससी की हालत देख के तो बहुत खराब लगता होगा तुमको?'' योगेश ने मुझसे हमदर्दी दिखाई।

''हाँ! कभी-कभी खराब लगता है बहुत। लेकिन ये जानता हूँ कि एक दिन ज़रूर बनूँगा अधिकारी।'' मैंने कहा।

''गर्लफ्रेंड नहीं है कौनो?'' योगेश ने अपने मुद्दे की बात छेड़ते हुए पूछा।

''का भाई तुमको हमाई शकल देख के लगता है कि कोई हमारी गर्लफ्रेंड बनेगी? फिर ये पढ़ाई के चक्कर में कभी सोच ही नहीं पाये इस तरफ़।'' मैंने कहा।

''काहे! इतना तो स्मार्ट लड़का हो तुम। तुम एक कोशिश तो करते तुमसे कटरीना कैफ़ भी सेट हो जाती।'' योगेश ने मेरी टाँग खींचते हुए कहा।

''हाँ! अगर कहीं जेनेलिया जैसी दिखी कोई तो पक्का कोशिश करूँगा।'' मैंने हँसते हुए कहा।

''तथास्तु वत्स!'' विवेक ने अपने दाएँ हाथ की हथेली मेरी तरफ़ दिखाते हुए आशीर्वाद दिया।

ट्रेन की चाल बहुत सुस्त थी, कोहरा था कि छँटने का नाम ही नहीं ले रहा था। विवेक पैंट की जेब से सिगरेट का पैकेट निकालकर हमारी तरफ़ बढ़ाते हुए बोला, ''कौन-कौन पिएगा सिगरेट?''

''नेकी और पूछ-पूछ!'' योगेश झट से बोला।

''सरऊ के तुमसे सिगरेट भला कैसे ही छूट सकती है, फिर फ्री की तो बिलकुल भी नहीं। चल आजा।'' विवेक ने कहा।

''लेकिन ट्रेन में धूम्रपान करना गैर-कानूनी है। ये अपराध की श्रेणी में आता है।'' राहुल ने एकदम आदर्शवादी नागरिक की तरह ट्रेन की खिड़की के ऊपर लाल और काले रंग की स्याही में लिखी लाइन को पढ़ते हुए कहा...

''ट्रेन में धूम्रपान करना कानूनी अपराध है। धूम्रपान करते हुए पकड़े जाने पर छह माह का कारावास या 500 रुपए का जुर्माना अथवा दोनों ही हो सकते हैं।''

''का बके जा रहे हो राहुल भाई! देख ये! क्या लिखा है? 'स्मोकिंग इज़ इंजूरीयस टू हैल्थ।' मतलब धूम्रपान करना सेहत के लिए हानिकारक है। हम सिगरेट पीने के लिए जब अपनी ज़िन्दगी दाँव पर लगा सकते हैं तो ये 500 रुपए का जुर्माना का चीज़ है यार।'' योगेश ने राहुल को सिगरेट का पैकेट दिखाते हुए कहा। ''और राहुल बाबू कौन-सी दुनिया में जी रहे हो तुम, वो देखो ट्रेन के दरवाज़े पर लौंडे, बुड्ढे लटक के सफ़र कर रहे हैं, वो देखो, गुटखा चबा रहे हैं, वो उधर बोगी की कपलिंग पर बैठ के बाबा लोग बीड़ी सुलगा रहे हैं और ये देखो अपनी सीट के नीचे ही मूँगफली के छिलके पड़े हैं। ये सब ट्रेन में कानूनी अपराध है लेकिन फिर भी जनता कर रही है, किसे फ़र्क पड़ता है। हेंह! जे देश ऐसे ही महान थोड़े बन गया है। वो डियू वाला डाइलॉग सुने हो ना 'डर के आगे जीत है' बस यही ज़िन्दगी है राहुल बाबू।'' योगेश ने सिगरेट के पैकेट से दो सिगरेट निकालकर एक विवेक को थमाते हुए कहा।

''फिर ससुर सिगरेट फूँकने वाले इंसान ने ऐसी घोर सर्दी में भी अगर चलती ट्रेन में एक सिगरेट न फूँकी तो क्या खाक सफ़र किया उसने। हम ट्रेन के टॉयलेट में जा के फूँक रहे हैं सिगरेट, यहाँ लोगों के बीच नहीं।'' विवेक ने ट्रेन के टॉयलेट के महत्त्व को समझाते हुए कहा।

''अरे साला तुम दोनों टॉयलेट में साथ जा रहे हो? वाह ससुर! सिगरेट ही फूँकना और कुछ नहीं...हाँ!'' मयंक ने एक साथ विवेक और योगेश की मौज लेते हुए कहा।

''का गज़ब करते हो मयंक दादा! चलो बे योगेश! वरना हम जा रहे हैं।''

विवेक ने योगेश का हाथ पकड़कर खींचते हुए कहा।

किसी चीज़ का नशा इंसान को गैर-कानूनी चीज़ों को भी जस्टीफ़ाई करना सिखा देता है। योगेश के लिए सिगरेट का नशा भी वैसा ही था। मैं जो अभी बीस मिनट पहले टॉयलेट हो के आया था, वहाँ की छीछालेदर और बदबू देख के उल्टी होने को हो रही थी। नाक और आँख बंद करके जल्दी हल्का हो के लौट आया था। अब वहाँ विवेक और योगेश सिगरेट फूँकेगे, ये सोच के मेरा दिल बैठा जा रहा था।

"पर मयंक भाई! ये गलत है ना, इस तरह से ट्रेन में सिगरेट पीना। जब हमारे जैसा पढ़ा-लिखा युवा ही इस तरह चीज़ों को समझेगा नहीं तो देश कैसे सुधरेगा?" राहुल ने देश के एक विचारशील युवा की तरह मयंक से कहा।

"हाँ राहुल! ये बिलकुल गलत है। मैं योगेश को अच्छे से जानता हूँ वो सिगरेट और चाय के लिए सारे बंधन तोड़ देता है। इसलिए उसे समझाना बेकार है।" मयंक ने राहुल से कहा।

"पर विवेक? वो क्यों?" राहुल ने आगे कहा।

"क्योंकि नशा दो लोगों के बीच ही अच्छा होता।" राहुल के इस प्रश्न का मयंक ने लगभग निरुत्तर होते हुए बेकार-सा कारण दिया।

योगेश विवेक के साथ पाँच मिनट में लौट आया। "ससुर भारतीय रेल का टॉयलेट और ओसामा बिन लादेन का थोबड़ा एकदम एक जैसा है।" योगेश ने अपनी सीट पर बैठकर मुँह सिकोड़ते हुए कहा।

~

ट्रेन धीरे-धीरे ही सही लेकिन दिल्ली के लिए दूरी तय कर रही थी। छोटे-बड़े स्टेशनों पर रुकती-रुकाती तो कभी स्टेशनों से पहले आउटर्स पर ही मिनटों रुकती ट्रेन में हमारे साथ बैठे और खड़े हज़ारों यात्रियों का सफ़र जारी था। इस सफ़र के दौरान हमारी गपशप जारी थी। समय, जो कट नहीं रहा था, काटा जा रहा था—पानी-पूरी जैसे हल्के मज़ाक के बीच।

रास्ते में स्टेशनों पर मिलते समोसे और ब्रेड-पकौड़े खा-खा कर हम अपना पेट भर रहे थे। स्टेशनों पर धीरे-धीरे चढ़ती-उतरती भीड़ के बीच सीटों पर बैठे हुए यात्री सीट के नीचे टाँगें फैला कर आँखें बंद करके लेटे थे। नींद तो मुझे भी आ रही थी पर मुझे नींद से ज़्यादा अपने बैग और सामान की फ़िक्र थी। माँ द्वारा रामविलास गुप्ता जी के दिल्ली यात्रा का वर्णन दिमाग में पूरी तरह ठुँस चुका था। इसलिए मैंने जाग कर सफ़र करना ही ठीक समझा।

शाम के सवा पाँच हो रहे थे। ट्रेन अलीगढ़ स्टेशन पहुँची थी। कोहरा जो पूरे

दिन छँटा भी नहीं था, फिर से और घना होना शुरू हो गया था। चढ़ते और उतरते यात्रियों के बीच मयंक की नींद खुली, उसने घड़ी देखी और ट्रेन की चाल को कोसा। उसने घूसा मार-मार के सबको जगाते हुए कहा, ''सालों! तुम सब इधर सो रहे हो और उधर ये आदिल तब से जागकर तुम लोगों की रखवाली कर रहा है। चलो उठो! और चाय पियो।'' पास से जाते हुए वेंडर को रोकते हुए मयंक ने कहा। मयंक ने वेंडर को पैसे देते हुए पूछा, ''दिल्ली पहुँचने में और कितना वक़्त लगेगा भैया?''

''इसी चाल से चलती रही तो यही कोई तीन-साढ़े तीन घंटे तो आराम से रख लीजिये।'' वेंडर ने चाय के साथ-साथ मयंक के प्रश्न का उत्तर भी ऐसे दिया जैसे उसने भी उत्तर समय बराबर दूरी बटे चाल से निकाला हो।

जैसे-जैसे अँधेरा गहरा रहा था, वैसे ही मन में कल के धरने को लेकर एक डर भी गहराता जा रहा था। तरह-तरह के ख़याल आ रहे थे और उसी तरह जा भी रहे थे। मैं चाय पिये जा रहा था। चाय की गर्मी से जेहन में एक सकारात्मकता उमड़ रही थी, कल केस का डिसीज़न ले के ही रहेंगे।

''असल में पूरे देश से पच्चीस से तीस लाख अभ्यर्थी हर साल एसएससी सीजीएल (स्टाफ़ स्लैक्शन कमीशन द्वारा कम्बाइंड ग्रेजुएट लैवल) एग्ज़ाम का फ़ॉर्म भरते हैं। सवा से डेढ़ लाख अभ्यर्थी पहले चरण को पार करके दूसरे मुख्य चरण में प्रवेश करते हैं। अपने भाग्य और मेहनत के दम पर इन सवा-डेढ़ लाख अभ्यर्थियों में से इंटरव्यू के लिए पच्चीस से तीस हज़ार अभ्यर्थी पास होते हैं और फ़ाइनल लिस्ट में वेकेंसी के आधार पर टॉप लड़का चयनित होता है। देश में जहाँ इतना सारा अभ्यर्थी सीजीएल की परीक्षा देता है फिर भी देश का एक विशाल तबका ऐसा भी है जो इस परीक्षा के बारे में और इस परीक्षा से नौकरी लेने के बारे में अनजान है। ये हमारे देश की विडम्बना ही है कि इस देश में हमेशा बड़े लोगों को ही कवरेज मिला है। मध्यमवर्गीय और छोटे लोगों की पूछ कम ही होती है। इस देश में लड़के के पैदा होते ही उसके बाप, चाचा, मामा, मौसी, दादा, नाना, उस एक लड़के को इंजीनियर, डॉक्टर, वकील, आईएएस, आईपीएस अधिकारी बनाने का ख़्वाब पाल लेते हैं, फिर जब वही लड़का बड़ा होता है और अपने सगे-संबंधियों के पाले गए ख्वाबों को किसी भी कारणवश पूरा कर पाने में असमर्थ होता है तो संसार और समाज के डर से जिस सरकारी नौकरी की शरण में आता है वो है एसएससी सीजीएल। ये सीजीएल हमारे जैसे लोगों का मिनी आईएएस है। हममें से जो लोग आईआईटी, आईआईएम, सीए, सीएस, एमबीबीएस, वकालत इत्यादि की तैयारी सिर्फ़ इसलिए नहीं कर पाते हैं कि इन कोचिंग संस्थानों और कॉलेजों की फ़ीस बहुत ज़्यादा होती है तो इन सबके दुख को सीजीएल ही दूर करता है। जो लोग इंजीनियरिंग या मैनेजमेंट की पढ़ाई करने के बाद ढंग की नौकरी नहीं ले पाते तो वो भी जाते हैं सीजीएल में। यूपीएससी और स्टेट पीएससी की नौकरी में असफलता को ढँकता है सीजीएल। हज़ारों अभ्यर्थी और

उनसे जुड़े परिवारों की ज़िन्दगी है सीजीएल। तमाम टूटे रिश्तों को जोड़ने वाला है सीजीएल। कम सुंदर लड़के को भी गर्लफ्रेंड या बीवी दिलाने वाला है सीजीएल।''

~

गोमती एक्सप्रेस नयी दिल्ली रेलवे स्टेशन पहुँच चुकी थी। प्लेटफ़ॉर्म पर उतरकर सबसे पहली चीज़ जो मैंने देखी वो था मेरा पर्स। सही सलामत था। मैंने उसे पीछे की जेब से निकालकर पैंट की साइड वाली जेब में रख लिया था। ट्रेन प्लेटफ़ॉर्म नंबर 12 पर पहुँची थी। प्लेटफ़ॉर्म पर लगी बड़ी सी आयताकार इलेक्ट्रोनिक घड़ी पर मैंने नज़र दौड़ाई तो 2,1,2 और 7 अंक लाल रंग में मोतियों की भाँति चमकते हुए नौ बज कर सत्ताईस मिनट बता रहे थे। मैं, मयंक, योगेश, विवेक और राहुल अपना-अपना बैग लेकर प्लेटफ़ॉर्म से बाहर निकले। बाहर निकलकर हम पाँचों के सामने जो सबसे पहली समस्या थी वो ये कि इस ठंडी रात में पौने दस बजे रुकने का ठिकाना कहाँ किया जाए। तय हुआ कि विवेक और राहुल, विवेक की मौसी के यहाँ उत्तमनगर में रुकेंगे। मयंक और योगेश, योगेश के चाचा के यहाँ वैशाली रुकने को ठहर गए। बचा मैं। मैंने उनको बोला कि मेरा एक जूनियर गोपाल इधर दिल्ली विश्वविद्यालय से इतिहास में स्नातक कर रहा है। वो लाजपत नगर के पास ही नेहरूनगर में रहता है। मैं उसी के पास ठहर जाऊँगा।

योगेश और विवेक दोनों ने मुझे अपने-अपने साथ उनके चाचा और मौसी के यहाँ चलने को कहा, लेकिन मैंने उन्हें ये बोल कर मना कर दिया कि मैं चला जाऊँगा भाई, अपना जूनियर है। वो भी बुलाता रहता है। इसी बहाने उससे भी मिल लूँगा।

''ठीक है! लेकिन फिर भी कोई परेशानी हो तो तुम हमारे साथ चलो।'' मयंक ने मुझसे कहा।

''अरे दादा! कोई दिक्कत नहीं होगी। आप लोग पहुँचो घर। मैं भी गोपाल के यहाँ पहुँचता हूँ।''

''अच्छा! चलो। यहाँ से हम राजीव चौक मेट्रो स्टेशन उतरकर मेट्रो चेंज कर लेंगे और तुम आगे केंद्रीय सचिवालय से लाजपत नगर के लिए मेट्रो बदल लेना।'' मयंक ने कहा।

''अच्छा दादा।'' मैंने कहा।

''हाँ! हाँ! चलो।'' योगेश और राहुल एक साथ बोले।

''और हाँ बे तुम लोग उधर का ताड़ रहे हो? दिल्ली में इतनी लड़कियाँ और भाभियाँ देखने को मिलेंगी कि देख-देख कर ही तुम्हारी आँखों के दीदे चौड़ा जाएँगे। अभी उधर ताड़ना बंद करो। घर चलो जल्दी। कल कर लेना ये योगा तुम लोग।'' मयंक ने लगभग मौज लेते हुए कहा।

हम पाँचों नयी दिल्ली रेलवे स्टेशन से बाहर निकलकर मेट्रो स्टेशन की तरफ़ चलने लगे। मयंक, विवेक और योगेश पहले भी दिल्ली किसी-न-किसी काम से आ चुके थे। इसलिए उन्हें दिल्ली शहर, यहाँ की मेट्रो लाइंस के बारे में पता था। लेकिन मेरे और राहुल के लिए दिल्ली शहर, यहाँ की हवा, मेट्रो सब नया था। मुझे दिल्ली की चमचमाती मेट्रो देखने की बहुत इच्छा थी। रेलवे स्टेशन से बाहर एक अलग ही दुनिया थी। रात में खंभों में लगी लाइटों से आती पीली रौशनी में कोहरे की सफ़ेद चादर ऐसी लग रही थी जैसे हवा में सोने और चाँदी का बरक फैला हुआ है। प्लेटफ़ॉर्म की ओर जाते और उधर से भागे चले आ रहे यात्री, बाहर खड़ी काली-पीली वैनें, ऑटो, रिक्शा वालों की सवारियों को बुलाती भारी आवाज़ें उस ठंडी रात की ठिठुरन को तोड़ रही थीं। प्लेटफ़ॉर्म से लेकर, बाहर सड़क किनारे तक यात्री लोग दरी, पन्नी, अखबार बिछाए लेटे हुए थे। पास में पाँच-छह कुत्तों का झुण्ड एक आवारा कुत्ते को लतियाए भौंकते हुए निकल गया। ये कुत्ते पुलिस वालों के डर से बेखौफ़ थे, शायद ही कोई दिल्ली रेलवे स्टेशन पर इन कुत्तों से बेखौफ हो। ये कुत्ते पूरे प्लेटफ़ॉर्म पर बिना टिकिट और बिना किसी चेकिंग के राउंड लगा के आ जाते हैं। एक दिन पहले ही 26 जनवरी थी। गणतन्त्र दिवस बहुत ही धूमधाम से मनाया गया था। स्टेशन की सड़कों के ऊपर होर्डिंग्स, बैनर्स और वहाँ की दीवारों, पुलिस बूथ, रेलवे काउंटर, पूछताछ केंद्र पर गणतन्त्र दिवस की बहुत-बहुत मुबारकबाद के पोस्टर्स चिपके हुए थे। सभी राष्ट्रीय और क्षेत्रीय पार्टियों के नेता, स्व-घोषित नेता अपने-अपने हीरो लुक में पोस्टर्स में दाँत चीरे हुए गणतन्त्र दिवस की बधाई दे रहे थे। ये नेता लोग पोस्टर्स में इस तरह खुश दिख रहे थे जैसे मुद्दतों बाद अपनी शादी के दिन के बाद से दूसरी दफ़ा खुश हुए हों। देश का तिरंगा झण्डा एक दिन पहले अखबारों में एक-एक पेज में दम भर छपा था, आज उसी अखबार को लोग ज़मीन पर बिछाए हुए बेखबर लेटे हुए थे।

"भाई वाह दिल खुश हो गया, दिल्ली आकर!" विवेक ने कहा।

"काहे बे ऐसा का हो गया, जो तुम्हाए दिल को खुशी मिल गयी?" योगेश ने पूछा। मयंक, राहुल और मैं विवेक को अचानक मिली इस खुशी को जानना चाहते थे।

"वो देखो! उस दीवार पर वो कुत्ता कैसे टाँग उचका कर इन नेता लोगों के पोस्टर पर पेशाब करके उनका आगामी चुनाव के लिए स्वागत कर रहा है।" विवेक ने अपने दाहिने हाथ की तर्जनी उँगली से इशारा करते हुए कहा। पूरी दीवार ऊपर से लेकर नीचे तक तरह-तरह के नेताओं के मुबारकबाद से भरी पड़ी थी। कुत्ता भी उस नेता के चेहरे पर मूत्र-विसर्जन कर रहा था, जिसकी बत्तीसी सबसे ज़्यादा चिरी हुई थी। ये देख कर हम सभी एक साथ हँस दिये।

रेलवे स्टेशन से मेट्रो स्टेशन की ओर आते वक्त एक पोस्टर पर लिखी लाइन को मयंक ने ज़ोर से पढ़ा, "अबकी बार, हमारी सरकार!"

''हाँ साला! इन्हीं की सरकार होगी। जब जानते ही हैं तो काहे इलैक्शन हो रहा। सीधे न बैठ जाएँ गद्दी पर।'' योगेश ने आगे कहा।

मेट्रो स्टेशन आ चुका था। हम पाँचों मेट्रो स्टेशन की गुफ़ा में घुस गए थे। मैंने पहली बार मेट्रो स्टेशन देखा था। इतना साफ़-सुथरा! मेरी आँखें फटी की फटी रह गईं।

''तुम लोग इधर रुको! मैं टोकन ले के आता हूँ।'' कहते हुए विवेक टोकन लेने चला गया।

''दादा! ये मेट्रो में जो कर्मचारी काम करते हैं, वो कौन-सी भर्ती से लगते हैं इसमें? कितना मस्त माहौल है नौकरी का, सब जगह साफ़-सुथरा।'' राहुल ने मेट्रो परिसर को देखते हुए पूछा।

''दिल्ली मेट्रो रेल कॉर्पोरेशन (डीएमआरसी) कराती है इसकी परीक्षा। और तुमको कानपुर में इन्कम टैक्स इंस्पेक्टर नहीं बनना क्या?'' मयंक ने हँसते हुए राहुल को उसका लक्ष्य याद दिलाया।

''बनना है ना दादा! और आरटीओ ऑफ़िस में चरस बोना है।'' राहुल ने आगे कहा।

विवेक सबके लिए टोकन ले के आ गया था। ''ये लो।'' सबको एक-एक टोकन पकड़ाते हुए विवेक ने कहा। ''का रे भाई! का ले आए? टिकट मँगाए थे, समोसे के टोकन ले आए तुम।'' मैंने हाथ में टोकन लेते हुए कहा।

मेरी इस बात पर विवेक, योगेश, मयंक हँस दिये। फिर हँसी रोकते हुए मयंक ने कहा, ''अरे भाईजान! ये ही टिकट है मेट्रो का।''

''अच्छा! टिकट है। हमाए इधर मुन्ना समोसे वाले की दुकान पर समोसा लेने से पहले ऐसा ही टोकन लेना पड़ता है।'' मैंने कहा।

''हाँ! वो ससुर मुन्ना भी इधर दिल्ली मेट्रो का टोकन वाला आइडिया चोरी करके अपनी दुकान पर लगा लिया।'' विवेक ने आगे कहा।

''और मेट्रो का एटीएम कार्ड की तरह भी कार्ड बनता है, जिसे लोग मशीन में छुआ-छुआ के अंदर जाते और बाहर निकलते हैं।'' योगेश ने मुझे उधर यात्रियों को मशीन में कार्ड छुआते दिखा कर आगे समझाया।

''चलो रे अब जल्दी! कि यहीं बकवास पेलते रहोगे।'' मयंक ने कहा।

''अरे दादा! बकवास नहीं है। लड़के को सिखा रहा था।'' कहते हुए योगेश ने मशीन में टोकन छुआ कर एंट्री मारी। मैं भी योगेश की तरह मशीन में टोकन छुआ कर सर्र से घुस गया जैसे ज़रा-सी देर के लिए मैं पुच्छल तारा बन गया होऊँ।

''अच्छा सुनो सब लोग!'' मयंक ने हमारा ध्यान अपनी ओर आकर्षित किया, ''कल सुबह सात बजे हम राजीव चौक मेट्रो स्टेशन के गेट नंबर 7 के बाहर मिलेंगे। ठीक है ना? 7 बजे!''

''हाँ ठीक है दादा।'' हम सब ने हामी भरी।

हुडा सिटी सेंटर वाली मेट्रो पकड़कर हम पाँचों अपनी-अपनी रात के ठहराव की ओर बढ़ रहे थे। मयंक, विवेक, योगेश, राहुल, राजीव चौक मेट्रो पर वैशाली और उत्तम नगर जाने के लिए उतर गए। इनके उतरते ही मेट्रो कोच में एक साथ तीन सुंदर सी दिल्ली-टाइप लड़कियाँ और उनके साथ पाँच दिल्ली और गुड़गाँव टाइप लड़के घुस गए। उनके एंट्री करते ही मेट्रो कोच पर्फ़्यूम की खुशबू से भर गया। तीनों लड़कियाँ अपने घुटनों के ऊपर तक वन पीस में थीं और उन्होंने पैरों में घुटनों के नीचे तक हाइ एंकल शू पहन रखे थे। होंठों पर सुर्ख लाल लिपस्टिक लगी थी। बड़े शहरों में काजल की जगह आइलाइनर्स ने ले ली थी। उनमें से दो लड़कियों की आँखों में नीचे की आइलिड्स में आइलाइनर लगा था और एक की ऊपर की आइलिड में। उन कूल लड़कों ने काले रंग का पैंट और गुलाबी रंग की शर्ट पहन रखी थी। उनकी शर्ट के ऊपर के दो बटन खुले हुए थे। शर्ट के ऊपर लड़कों ने नीले रंग का ब्लेज़र डाल रखा था। ये लड़के जो अभी-अभी मेट्रो में घुसे थे, ठंड की वजह से सिकुड़े जा रहे थे। इतने हाइ क्लास लड़कों और इतनी स्मॉर्ट लड़कियों को देख कर मैं खुद में लो फ़ील करने लगा। मैं अपनी जैकेट की चेन जो गर्दन के कुछ नीचे तक बंद थी उसे ठीक करने लगा, बालों को अपने हाथों की उँगलियों से कंघा बना कर सेट करने की असफल कोशिश की। मेट्रो के भीतर गर्माहट भरे वातावरण में उन मोहतरमाओं की खूबसूरती और पहनावे ने उस गर्मी में एक उत्प्रेरक का काम किया। उन हाइ प्रोफ़ाइल लड़कों और लड़कियों के सामने मेरी नज़रें अपने आप फ़र्श पर चली गयी थीं जो अब उठ नहीं पा रही थीं। मेरे रीबॉक के जूते जिन्हें अब्बा बड़े ही मन से लेकर आए थे, उन हाइ एंकल शूज़ के सामने नीचा महसूस कर रहे थे। मेरी जैकेट जो तीन साल से मुझे सर्दी में गर्माहट का एहसास दिलाती आ रही थी, वो भी आज उन तीनों लड़कों की गुलाबी चमकदार शर्ट को देखकर लजा रही थी। मेरी नज़रें बहुत हिम्मत करके अगर थोड़ी-सी ऊपर उठी भी थीं तो उनमें से एक लड़की की टाँगों की उस जगह पर जा के ठहर गईं जहाँ उसके वनपीस और हाइ एंकल शू के द्वारा उसकी टाँगों को ढँकने के बाद भी बची हुई थी। मुझे पहली दफ़ा एहसास हुआ कि लड़कियों के गालों जितने ही खूबसूरत उनके घुटने भी होते हैं।

''अगला स्टेशन केन्द्रीय सचिवालय है, दरवाज़े बायीं तरफ़ खुलेंगे। कृपया दरवाज़ों से दूर हट कर खड़े हों।'' मेट्रो की इस आवाज़ ने मुझे मेरी फ़िल्मी दुनिया से बाहर निकाला। उन खूबसूरत लड़कियों को मैं पीछे मेट्रो में छोड़ आया। वायलट लाइन पर मेट्रो चेंज करके मैं मूलचंद मेट्रो स्टेशन पहुँच गया। वहाँ पर पहले से ही गोपाल मेरा इंतज़ार कर रहा था। मैं उसके साथ ऑटो करके नेहरूनगर उसके कमरे

पर आ गया। हम दोनों ने साथ खाना खाया। बिस्तर पर लेटते ही मैं नींद की गिरफ़्त में कैद हो गया।

अगली सुबह। दिन 28 जनवरी! मेरी नींद 6 बजे खुली। जल्दी-जल्दी तैयार होकर मैं गोपाल के हाथ की बनी चाय पीकर वहाँ से राजीव चौक के लिए निकल लिया। ऑटो बुक करके मैं राजीव चौक के गेट नंबर 7 पर पहुँच गया। घड़ी में अभी सात बजने में ग्यारह मिनट बाकी थे। ठण्ड अपने शबाब पर थी। कोहरा पूरे गुस्से में था। दिल्ली में वैसे भी ठण्ड जब पड़ती है तो अपने साथ कश्मीर और शिमला की सर्दी भी ले के पड़ती है, अकेले पड़ना उसे नागवार गुज़रता है। मैंने फ़ोन निकाल कर मयंक को कॉल किया मयंक का नंबर पहुँच से बाहर था। फिर मैंने विवेक को कॉल की। दूसरी रिंग पे उसने काल रिसीव की।

''कहाँ हो तुम लोग? मैं राजीव चौक गेट नंबर 7 पर खड़ा हूँ। कितना टाइम लगेगा तुम लोगों को यहाँ आने में?'' मैंने विवेक से फ़ोन पर पूछा।

''बीस मिनट। और तुम खड़े काहे हो बे! कहीं पर तशरीफ़ रख लो अपनी।'' विवेक ने इतना बोल कर फ़ोन काट दिया।

मैं अब दिल्ली के दिल कनॉट प्लेस में सुबह के सात बजे घने कोहरे में अकेले टहल रहा था। कनॉट प्लेस एक विशालकाय गोल घेरे में दुनिया की सबसे महँगी मार्केट्स में से एक है। उस विशालकाय गोल घेरे में हर दुकान अपना प्रतिबिंब लगती है। जैसे एक ही दुकान बनाकर उसका साँचा लेकर पूरे कनॉट प्लेस की नक्काशी कर दी गयी हो। मैं सीपी की मार्केट का हिसाब लगाते हुए उसका क्षेत्रफल जोड़ने में लग गया। कँपकँपाती ठंड थी, एक भयंकर सन्नाटा पसरा हुआ था। और तकरीबन हर तीन से चार सौ मीटर पर दो-तीन दिल्ली पुलिस के सिपाही तैनात थे। मैं पास खड़े दिल्ली पुलिस के एक सिपाही से जाकर बोला, ''साहब! इधर से जंतर-मंतर कितनी दूर है?''

''उधर।'' उस सिपाही ने हाथ से अपने दायीं ओर इशारा करते हुए कहा।

'साला, ये तो अपने उत्तर प्रदेश पुलिस से भी ज़्यादा स्मार्ट हैं, पूछा कुछ और बताया कुछ। हमारे इधर तो हाथ से इशारा भी नहीं करते।' मैं मन में सोचने लगा। तब तक वह सिपाही ऑन ड्यूटी ही अपनी जेब से गोल्ड फ़्लेक की डिब्बी से एक सिगरेट निकालकर कोहरे में सिगरेट का धुआँ फूँकने लगा। ''क्या करते हो?'' मेरी तरफ़ सिगरेट बढ़ाते हुए उस सिपाही ने पूछा।

''जी! शुक्रिया। मैं पीता नहीं। सरकारी नौकरी की तैयारी कर रहा हूँ।''

''तो इधर प्रोटेस्ट में आए हो? सीजीएल का प्रोटेस्ट तो नहीं है ना?'' सिपाही ने कहा।

“हाँ! हाँ! सीजीएल का ही प्रोटेस्ट है। पर आपको कैसे पता?” मैंने आश्चर्यचकित होते हुए पूछा।

“शायद तुम भूल रहे हो कि मैं कौन-सी नौकरी करता हूँ। अरे हम दिल्ली पुलिस वालों से कुछ छिपा है क्या? हमारी माँद में आ के तुम धरना दे जाओ और हमको मालूम भी न पड़े, ऐसा हो सकता है क्या!” सिपाही ने अपने हाथ में लिए डंडे से ज़मीन पर पहले से पड़ी दूसरी सिगरेट को मसलते हुए कहा।

“ओह अच्छा! अब समझा। आपको तो पहले से ही खबर हो जाती है होशियार रहने की।” मैंने कहा।

“हाँ! एकदम सही समझे तुम। कभी-कभी धरने उग्र हो जाते हैं, जिससे आम जनता को अनावश्यक हानि होती है तो प्रशासन को तैयार तो रहना ही पड़ता है कि कहीं कोई बड़ी वारदात न हो जाए। लेकिन एक बात बता भाई, इस परीक्षा में कोई बहुत बड़ी धांधली हुई है क्या?” सिपाही ने कहा।

“पता नहीं, क्या हुआ है लेकिन बस चार महीने से मेंस का रिज़ल्ट नहीं आया है, परेशान हैं सारे अभ्यर्थी।” मैंने कहा।

“अच्छा? वैसे मैंने भी दिया है सीजीएल। ये पुलिस की नौकरी में बस लाठी ही भाँजते रहो और कुछ न रखा, ऊपर से घूसखोरी में जनता ऐसे देखती है जैसे हर पुलिसवाला घूसखोर ही होता है।” उस सिपाही ने सिगरेट का धुआँ उड़ाया। तब तक विवेक की भी कॉल आ गयी। कुछ ही देर में विवेक और राहुल दोनों हमारे साथ थे।

“चाय?” जंतर-मंतर कूच करने से पहले मयंक ने सवेरे का भोग लगा लेने की आमंत्रण रूप में सलाह दी।

“हाँ-हाँ चलो। बिना भोग लगाए कोई काम नहीं करना चाहिए।” विवेक ने कहा।

हम पाँचों सीपी की सड़क पर घने कोहरे में चाय की तलाश में आवारा प्यासे की तरह चल दिये। थोड़ा भटकने के बाद फुटपाथ पर एक सज्जन बुज़ुर्ग बंद सीसीडी की दुकान के सामने चाय की रेहड़ी लगाए चाय बना रहे थे। मुझे अनायास ही काकू चौबे की याद आ गयी। मयंक ने आगे बढ़ कर पाँच चाय ऑर्डर कीं और हम सामने पड़ी बैंच पर लाइन से बैठ गए। योगेश और विवेक अपनी-अपनी सिगरेट के धुएँ से दिल्ली के प्रदूषित वातावरण को और बढ़ाने में अपना छोटा-सा योगदान देने लगे।

“अच्छा दादा! एक बात बताओ, अगर सरकार और आयोग की तरफ़ से कोई निर्णय नहीं आया तो हम क्या करेंगे?” विवेक ने सिगरेट फूँकते हुए मयंक से सवाल किया।

''क्या करेंगे?'' दादा मुस्कुराया। ''कुछ नहीं करेंगे, यहीं डटे रहेंगे। तब तक, जब तक निर्णय नहीं आ जाएगा, बैठेंगे यहीं कुंडली मार के और क्या ही करेंगे भाई, हम लाचार लोग।'' मयंक ने चाय का कप उठाते हुए कहा।

''कब तक दादा! आखिर कब तक डटना होगा यहाँ?'' योगेश ने लगभग अधीर होते हुए सवाल किया।

''योगेश भाई! देख। मुझे इतना तो यकीन है कि ये जो जन-आंदोलन है, इसमें बहुत बड़ी ताकत होती है, हम अपनी माँगों पर अडिग रहेंगे तो एक-न-एक दिन सरकार को हमारी माँग माननी ही पड़ेगी। आज नहीं तो किसी दिन तो निर्णय आएगा ही, ज़रूर आएगा।'' मयंक ने निगाहें धुँधले कोहरे की ओर करके कहा।

''और वो दिन हमारी एज ओवर हो जाने के बाद आएगा!'' योगेश ने फिर कहा।

''नहीं रे पगले, निराशावादी मत बनो। हम यहाँ आए हैं तो कुछ-न-कुछ तो लेकर जाएँगे ही। हर चीज़ शुरू होने से पहले कठिन ज़रूर लगती है, और उससे भी कठिन तब, जब हम वो काम शुरू कर देते हैं। लेकिन सफलता तो उसी मार्ग पर चल कर मिलती है, मार्ग चाहे कितना भी दुष्कर क्यों न हो, हमें तो उस मार्ग पर चलना ही होगा।'' मयंक ने कहा।

''पर दादा! इतना भी क्या आशावादी बनना। मेहनत हमारे हाथों में है लेकिन हमारी किस्मत इन आयोग वालों के हाथों में है। ये ससुर हमारी किस्मत को एन्टी-ब्रह्मास्त्र बना कर हमारी मेहनत पर पानी फेर रहे हैं।'' विवेक ने चाय का एक लंबा घूँट लेने के बाद कहा।

''यारों! निर्णय कुछ भी आए लेकिन जल्दी आए। मैं कोर्ट की तारीखों से परेशान हो चुका हूँ। बहुत उम्मीद के साथ हम आने वाली तारीख का इंतज़ार करते हैं और जब वो तारीख आती है तो पता चलता है कि अगली तारीख अब महीने भर बाद है। फिर शुरू होता है, इंतज़ार का सफ़र। इस इंतज़ार के चक्कर में किसी और काम में मन भी नहीं लगता। आलसियों और निकम्मों जैसी ज़िन्दगी हो गयी है। रिश्तेदार और पड़ोसी हर बात पर सुना देते हैं। और हम सज़ा पा भी रहे हैं तो उस गलती की जो हमने की ही नहीं। परीक्षा दोबारा ही लेनी है तो ले लें, ये एग्ज़ाम कर दें कैन्सल। मुझे ये भी मंजूर है। लेकिन बस जल्दी करायें।'' मैं भी बोलता चला गया।

''किसी और काम में मन लगेगा भी कैसे आदिल? सीजीएल को हमने अपनी ज़िन्दगी जो बना लिया है। इसके सिवा और कोई चारा भी तो नहीं है हमारे पास।'' विवेक ने सिगरेट खतम करने के बाद उसे ज़मीन पर अपने पैरों से मसलते हुए कहा।

''भाइयो! क्यों परेशान होते हो? अभी तो हम मैदान में ही नहीं गए हैं। परिणाम

की चिंता अभी से ही करने लगे? युद्ध में अच्छे से लड़ेंगे तो जीत निश्चित ही हमारी होगी। उनसे फ़ैसला लेने के लिए, हमें जो करना होगा, हम करेंगे। अनशन की नौबत आएगी तो अनशन भी करेंगे। लाठी खानी पड़ेगी तो लाठी भी खाएँगे लेकिन किसी भी कीमत पर यहाँ से खाली हाथ नहीं जाएँगे।'' राहुल जो अब तक खामोश था, वीर रस से लबरेज़ हो उठा।

''बेशक!'' मयंक ने राहुल के कंधे पर हाथ रखते हुए कहा, '' ज़िल्लत की ज़िन्दगी जीने से अच्छा है कि सिस्टम से लड़कर मरें।''

हम पाँचों चाय खत्म करने के बाद वहाँ से पैदल जंतर-मंतर की तरफ़ कूच कर गये। घड़ी में साढ़े सात हो चुके थे। सड़कें वीरान थीं। कोहरा पूरे जोश के साथ पड़ रहा था। घने कोहरे में एक सफ़ेद रंग की कार सड़क किनारे खड़ी थी। कार में आगे की साइड स्टील की तख्ती पर नीले रंग से 'आयकर विभाग' लिखा था। कार से निकलकर आस-पास की दुनिया से बेपरवाह एक प्रेमी-जोड़ा कनॉट प्लेस के संगमरमर जैसे एक गोल खंभे से जा लगा। पलभर में ही लड़के ने लड़की को अपने बाहुपाश में समेट लिया। लड़की भी पूरे समर्पण के साथ उस बाहुपाश में ढह गयी। हवा में अचानक से गर्मी का एहसास हुआ। दोनों के हाथ एक-दूसरे की पीठ पर थे। हम उन्हें देख रहे हैं, इसकी उन्हें कोई परवाह नहीं थी। दिल्ली का प्रेम ऐसे कोनों में निडर होता है—ये मैंने उस दिन जाना। मयंक ने योगेश को रुके देखकर वहाँ से चलने को कहा, ''साले! तुम उनको सही से गले भी न लगने दोगे! चलो बे यहाँ से।''

''अरे दादा! देखो न कितनी खूबसूरती से वो एक-दूसरे के गले लगे हैं। ये होती है हनक! साला प्रेम भी पूँजीपतियों का है, हम बेरोज़गार लोग तो कमरे की तलाश में उम्र निकाल देते हैं और ये नौकरी वाले लोग खुलेआम! हाय!'' योगेश ने कमीनेपन की हद को लगभग छूते हुए कहा।

''अमा! एक ढंग की चीज़ देखने को मिली है, जब से दिल्ली आए हैं। और तुम लौंडों को वो भी नहीं देखने दे रहे। देखो बे, धरने तो होते रहेंगे।'' विवेक ने योगेश का समर्थन किया।

''आदिल! तुम भी? अब तुम लोग चलोगे भी, या फिर यहीं धरना दोगे?'' मयंक ने मेरा कंधा खींचते हुए कहा।

मैं मयंक के साथ चल दिया। पीछे-पीछे योगेश भी आ गया। मैंने एक बार पीछे मुड़कर फिर देखा। दूरी बढ़ जाने से कोहरे में उस प्रेमी जोड़े का एक धुँधला-सा चित्र बनते-बनते खत्म हो रहा था लेकिन उनके चेहरे अब तक एक-दूसरे के बेहद करीब आ चुके थे। मैं ये देख फिर से सीधे चलने लगा। मुझे लगा प्रेम जगह देख कर नहीं किया जाता बल्कि प्रेम की वजह से उन जगहों से भी प्रेम हो जाता है।

~

जंतर-मंतर। सड़कें इतनी चौड़ी थीं कि उनमें आराम से चार ट्रक एक साथ समानान्तर चल सकते थे। सड़क के दोनों तरफ़ तकरीबन पंद्रह-पंद्रह फीट चौड़ा पैदल चलने का रास्ता था। इन्हीं रास्तों पर सड़क के दोनों तरफ़ देश की व्यवस्था के मारे हुए इंसान अपने बोरिया-बिस्तर से भी भारी उम्मीदों के साथ वहाँ ठहरे हुए थे।

''जानते हो भाई! इस जंतर-मंतर को बनाने वाले ने भी कभी ये नहीं सोचा होगा कि ये जंतर-मंतर जो समय और ग्रहों की दिशा दिखाने के लिए बनाया गया था वो कभी देश के आंदोलनों के दिशा और दशा तय करने की पृष्ठभूमि बनेगा और ये जब बन रहा होगा तो न ही किसी ने ये भी सोचा होगा कि ये इंसाफ़ के लिए लड़ी गईं, और आगे भी लड़ी जाने वाली कई लड़ाइयों का मुहाना बनेगा।'' मयंक ने जंतर-मंतर का इतिहास और महत्त्व एक ही में घुसेड़ते हुए हम चारों को बताया।

''और जानते हो तुम लोग! ये जंतर-मंतर तुम जो देख रहे हो यहीं से ही निर्भया के इंसाफ़ की लड़ाई शुरू हुई। देश के जवानों को 'वन-रैंक-वन-पेंशन' अधिकार भी इसी जंतर-मंतर ने दिलवाया।'' मयंक ने आगे अपनी बात जारी रखते हुए कहा।

''अच्छा! फिर तो अपने को भी निर्णय पक्का मिल कर रहेगा।'' राहुल ने कहा।

''बिलकुल भाई।'' मयंक ने कहा।

मयंक, विवेक, योगेश, राहुल और मैं पाँचों जंतर-मंतर की सड़कों पर अपनी सामान्य चाल से चल रहे थे। चलते-चलते हम उस मंच के पास पहुँचे, जो हमारा मंच था। एसएससी-आंदोलन का मंच जो दूसरे दो मंचों से बराबर दूरी पर था। उस मंच को कुछ छात्र तख़्तों, लकड़ी के पाटों से जोड़-जोड़ कर तैयार कर रहे थे। माइक और लाउडस्पीकर की व्यवस्था हो चुकी थी। छात्रों का एक ग्रुप पोस्टर्स और बैनर्स तैयार करने में जुटा हुआ था।

मैं ये सब देख रहा था। फिर मेरे कदम जंतर-मंतर की सड़क पर बढ़ चले। मैं जेब में हाथ डाले अपने दोनों तरफ़ आन्दोलनकर्मियों को देखता जा रहा था। थोड़ा आगे चलने पर देखा कि एक पच्चीस से तीस लड़कों और लड़कियों का झुंड हाथों में बैनर्स लिए समलैंगिकता की माँग कर रहा है। उनमें से कुछ ज़मीन पर बिछी दरी पर रज़ाई और कंबल ओढ़े लेटे हैं। उनकी इस माँग से मेरे शरीर में एक डर-सा घुस गया। मुझे याद आया जब मेरे पास के गाँव धनीपुरवा में दो लड़कों ने शादी कर ली थी तो गाँव के प्रधान ने पूरे गाँव में उनके गले में जूतों का हार डाल कर उन्हें नंगा घुमाया था। मुझे उनकी मांग पर तरस-सा आ गया। थोड़ा आगे बढ़ा तो देखा एक साठ साल के बुजुर्ग अपने कंबल में से सिर बाहर निकाले फुटपाथ पर लेटे हुए हैं। उसके दायीं तरफ़ कपड़े की एक पोटली है जिसमें से एक मोज़ा बाहर आधा निकला हुआ है। उसी के पास एक स्टील की छोटी-सी डोलची रखी है। बुजुर्ग के सिरहाने उसके

रगजीन के फटे जूते रखे हुए हैं और पास में ही एक चमचमाती लकड़ी की भूरे रंग की बेंत रखी है। बुज़ुर्ग के सिर के पास तीन बाइ दो फ़ीट के सफ़ेद पोस्टर में नीली स्याही से लिखा है, 'मुझे विश्व व्यवस्था में बदलाव चाहिए।' उसी के नीचे काली स्याही में लिखा था, 'ये विश्व चोरों के हाथों में है, ये विश्व पूँजीपतियों के हाथों में है, मैं चाहता हूँ कि ये विश्व गरीबों और किसानों के हाथों में हो।' और आगे बढ़ा तो देखा कि एक करीब-करीब चालीस साल का एक प्रौढ़ एक गद्दे पर कंबल ओढ़े बैठा है जिसके बगल में एक बैनर रखा था, उसमें लिखा था, 'जब नेता लोगों को ज़ेड प्लस-प्लस सुरक्षा मिल सकती है तो मुझे भी पुलिस सुरक्षा दी जाए। मुझे मेरे गाँव में रामू तेलवाले से जान का खतरा है।'

मैं जैसे-जैसे आगे बढ़ता जा रहा था वैसे-वैसे मैं इस देश की और भी समस्याओं से अवगत होता जा रहा था। कुछ देर के लिए तो मैं भूल भी गया था कि मैं आयोग के खिलाफ़ धरने में अपना हक़ भी माँगने आया हूँ। फिर मैं भारी कदमों से अपने मंच की तरफ़ लौटने लगा। जंतर-मंतर लिंग भेद में यकीन नहीं करता। उसके दिल में हर किसी के लिए, हर धर्म-जाति-वर्ण के व्यक्ति के लिए बराबर जगह है। हर कोई यहाँ आकर अपनी माँग के लिए इबादत कर सकता है।

''किधर निकल गया था रे, आदिल? मयंक तेरे को ढूँढ के लाने के लिए बोल रहा था।'' विवेक ने हँसते हुए कहा।

''कहीं नहीं भाई! बस देख रहा था कि जंतर-मंतर में इतने सारे लोग किन-किन हकों की लड़ाइयाँ लड़ रहे हैं।'' मैंने सड़क पर देखते हुए कहा, ''आओ! चलो चलते हैं।''

मैं और विवेक मंच की ओर बढ़ चले। मयंक मंच के पास प्रोटेस्ट टीम के लीडर्स के साथ खड़ा बातें कर रहा था। मयंक ने मुझे देखते ही कहा, ''कहाँ चले गए थे आदिल! आओ इनसे मिलो। ये हैं प्रज्ञान, इस प्रोटेस्ट के लीडर। और ये नितिन। समीरा अभी पहुँच रही होगी।''

मैंने प्रज्ञान और नितिन से बारी-बारी से हाथ मिलाया। प्रज्ञान करीब पाँच फुट पाँच इंच का पतला-सा बंदा था। उसकी आँखों में जो चश्मा था वो महँगा लग रहा था। उसके पाँव में वुडलैंड के जूते थे। और उसने नीले रंग की जैकेट डाल रखी थी। उसके हाथ में प्लास्टिक फ़ाइल का एक फ़ोल्डर था। नितिन प्रज्ञान से एक फुट लंबा था। उसने आर्मी ड्रेस की चितकबरी जैकेट पहन रखी थी। बाल भी बकायदा आर्मी हेयरकट में थे। प्रज्ञान ने मेरे और दादा की तरफ़ देखते हुए कहा, ''चाहे कुछ भी हो जाये, आज तो निर्णय ले कर ही रहेंगे।''

ठंड बढ़ती जा रही थी। कोहरा छँटने की बजाय बढ़ रहा था। सूरज जो आसमान में निकला हुआ था, कोहरे की चादर से ढँके होने की वजह से पूर्णिमा के चाँद जैसा

नज़र आ रहा था। चिड़ियाँ आसमान में उड़ती हुई अपने बच्चों के लिए दाना चुगने जा रही थीं। हवा जो हल्की-हल्की बह रही थी उसमें पास के नीम, शीशम, अशोक के पेड़ों के पत्ते भी हल्के-हल्के हिल रहे थे। धीरे-धीरे मंच के सामने धरने के लिए अभ्यर्थियों का जमावड़ा लगना शुरू हो गया था। घड़ी में नौ बज रहे थे। अभ्यर्थियों से भरी दो बसें हमारे मंच के पास आ चुकी थीं। अभ्यर्थी लोग फ़ेसबुक, व्हाट्सऐप, फ़ोन कॉल्स, एसएमएस जिससे जैसे बन रहा था, उस तरह से अपने-अपने दोस्तों को, तैयारी करने वालों को इधर प्रोटेस्ट के लिए बुला रहा था। जिसको जैसे ही खबर मिल रही थी वो कैब, ऑटो, बस, मेट्रो से हमारे प्रोटेस्ट में शामिल होने के लिए चला आ रहा था। दस बजते-बजते करीबन दो हज़ार अभ्यर्थियों की भीड़ जुट चुकी थी। इस प्रोटेस्ट में दिल्ली, जयपुर और चंडीगढ़ से नामी-गिरामी कोचिंग संस्थानों के अध्यापक भी जुट चुके थे। इस आंदोलन को और सशक्त बनाने के लिए दिल्ली की एक प्रख्यात कोचिंग मालकिन अपने साथ पाँच बसों में भर के अभ्यर्थियों को लेकर आयी थीं। पोस्टर्स, बैनर्स तैयार करने वाली टीम ने पोस्टर्स और बैनर्स तैयार कर लिए थे। हर आठ-दस बंदों के हाथ में प्रोटेस्ट के पोस्टर्स और बैनर्स थे। मंच पर एक बड़ा-सा बैनर लगा दिया गया था। कुछ बैनर्स पास के पीपल के पेड़ पर भी लगा दिये गए थे। इन पोस्टर्स और बैनर्स में साफ़-साफ़ नीले रंग से लिखा था, 'आयोग हमें इंसाफ़ दो। लेटलतीफी नहीं चलेगी। आयोग मुर्दाबाद!'

मंच पर पाँच लड़के और तीन लड़कियाँ बैठे हुए थे। प्रज्ञान मंच पर बायीं ओर माइक लिए खड़ा था। मयंक और नितिन अपने हाथों में कुछ कागज़ों को बेलन बनाए पकड़े हुए मंच पर दायीं ओर खड़े थे। बाकी आंदोलनकारियों की भीड़ मंच की ओर मुँह किए सड़क पर बैठी थी। प्रज्ञान ने मोर्चा सँभालते हुए धरने पर आए सभी आंदोलनकारियों का अभिनंदन किया। प्रज्ञान ने मंच से सभी को संबोधित करते हुए कहा, ''साथियों! हम सभी को मालूम है कि सीजीएल-13 पर केस हुआ है। केस इसलिए कि टीयर-2 में कुछ सेंटर्स पर नकल हुई है। इसी वजह से टीयर-2 का रिज़ल्ट नहीं आ रहा है। ये आयोग जिसकी ज़िम्मेदारी हम लोगों की सीजीएल की परीक्षा कराने की है वह आयोग आज अपनी ज़िम्मेदारियों से भागते हुए चयन प्रक्रिया में देरी करके हमारे और हमारे भविष्य के साथ खिलवाड़ कर रहा है। मीडिया को भी नेताओं और उनके टीआरपी वाले मुद्दों से फ़ुर्सत नहीं है। मीडिया को भी इस देश के युवाओं के प्रति अपनी नैतिक ज़िम्मेदारी समझते हुए इस देश के इन बीस लाख से भी ज़्यादा युवाओं की समस्याओं को सुनना चाहिए और देश के सो चुके ज़मीर को बहरे हो चुके लोगों के कानों तक पहुँचाने का काम करना चाहिए।''

प्रज्ञान एक मँजे हुए नेता की तरह धाराप्रवाह बोले जा रहा था। पास के धरने पर बैठे दो-चार आंदोलनों वाले कुछ लोग भी प्रज्ञान के भाषण को सुनने चले आ रहे थे। नहीं आ रहे थे तो वे थे...नेता लोगों के कदम और मीडियावालों के कान। मंच पर से आवाज़ आती है 'आयोग' तो आंदोलनकारी जवाब में 'हाय-हाय' बोलते हैं।

मंच : आयोग!

आंदोलनकारी : हाय-हाय!

मंच : आयोग!

आंदोलनकारी : मुर्दाबाद!

मंच : हमारी माँगें!

आंदोलनकारी : पूरी करो—पूरी करो!

मंच : अन्याय!

आंदोलनकारी : अब हम और नहीं सहेंगे!

इस बीच एक-एक करके अलग-अलग कोचिंग संस्थानों से आए टीचर्स भी अभ्यर्थियों का हौसला बढ़ाते जा रहे थे और अन्याय के खिलाफ़ इस धरने में हमारे साथ खड़े रहने का वादा भी कर रहे थे।

मयंक ने माइक थामते हुए अपनी जोशीली आवाज़ में कहा, ''दोस्तों! आखिर हमारा गुनाह क्या है? किस बात की सज़ा मिल रही है हमें? यही कि ईमानदारी से हम अपनी परीक्षा देते हैं। एक अदद नौकरी के लिए रात-दिन पढ़ाई कर के महीनों-सालों बिना किसी स्वार्थ के परीक्षा की तैयारी करते हैं। मैं इस मंच से आप लोगों के माध्यम से इस परीक्षा को कराने वाले आयोग से ये सवाल करना चाहता हूँ कि वे हम सवा लाख अभ्यर्थियों के भविष्य के साथ क्यों खेल रहे हैं? क्यों खेल रहे हैं इन सवा लाख अभ्यर्थियों के परिवारवालों की ज़िन्दगियों से? क्यों खेल रहे हो हमारी उम्मीदों से? क्यों खेल रहे हो हमारी मेहनत से, हमारे सपनों से? क्या हमको हक़ नहीं बनता है कि हम अपनी ईमानदारी से, पूरी मेहनत से एक परीक्षा का रिज़ल्ट ले सकें? हम ही तो एक उम्मीद की किरण हैं अपने घरवालों की, अपने बूढ़े होते माँ-बाप की। क्या हमें ये भी हक़ नहीं है कि हम अपने छोटे भाई-बहनों के लिए होली-दिवाली-ईद-बकरीद-क्रिसमस आदि त्यौहारों पर अच्छे कपड़े और गिफ़्ट्स ले के घर जा सकें?'' मयंक बोलते-बोलते एक पल के लिए रुका और फिर बोला, ''हाँ है! हक़ है हमें, पूरा हक़ है इन सभी ख़्वाहिशों को पूरा करने का। लेकिन कैसे... ? इसी तरह से धरना देकर। सो चुके आयोग को जगाकर। अपने जोश और जुनून से भ्रष्ट हो चुकी संस्था को उसका कर्तव्य याद दिला कर।'' मयंक आज अपने रौद्र अवतार में था। इस नस जमा देने वाली ठंड में भी मयंक ने अपना मफ़लर खोल दिया था। जैकेट की आस्तीनें ऊपर कर ली थीं, मानो किसी युद्ध में जाने की तैयारी कर रहा हो। मयंक की आवाज़ में भारीपन के साथ जोश छलक आया था। मयंक बोलता जा रहा था। हम आंदोलनकारी बस उसको खामोश सुने जा रहे थे। उसके बोलने पर मुझमें भी जोश उफान मार रहा था, मुझमें वीर रस पूरी तरह भर चुका था। मेरे बगल में बैठे राहुल ने मेरे कान के पास

अपना मुँह ला के कहा, ''का बे आदिल! दादा को कौनो इंजेक्शन दे दिया है या फिर पक्का इसे कोई भांग खिला दिया है जो इत्ता जोशीले अंदाज़ में सरपट बोले चले जा रहा है। हमाई तो मंच पर जाने में ही फट जाती है।''

''अच्छा! तो चलें फिर?'' मैंने राहुल से हँसते हुए कहा।

''कहाँ?'' राहुल ने पूछा।

''मंच पर, और कहाँ! हम भी तो तुम्हाई फटते हुए देखना चाहते हैं!'' मैंने हँसते हुए जवाब दिया।

''चुप करो तुम। तुम भी योगेश जैसे हो गए हो। और दादा को सुनो। इसको तो किसी राजनैतिक पार्टी का नेता होना चाहिए था। कहाँ सीजीएल के चक्कर में माथा फोड़ रहा है ये।'' राहुल ने मयंक की ओर देखते हुए कहा।

''हाँ! मुझे भी ऐसा ही लग रहा है।'' मैंने भी मयंक को सुनते हुए कहा।

मयंक गरज रहा था, ''हाँ! हम उन्हें उनका कर्तव्य याद दिलाकर ही रहेंगे और उनसे अपना हक़ लेकर रहेंगे। यहाँ से हम तब तक नहीं हटेंगे जब तक हमें लिखित में नहीं मिल जाता कि आयोग अब फलां तारीख को रिज़ल्ट देगा। तो दोस्तों एक साथ मिलकर बोलो, 'आयोग...मुर्दाबाद!' ''

''मु...र्दा...बा....द!''

दादा अपने हिस्से का दहाड़ चुका था। उसका गला भर्रा आया था लेकिन उसकी आँखों में सिस्टम के खिलाफ़ जंग साफ़ तौर पर देखी जा सकती थी।

आयोग मुर्दाबाद! और आयोग हाय-हाय! के नारे लगा-लगा कर अभ्यर्थियों का गला सूख चुका था। वे अपने बैग से पानी की बोतल निकाल कर पानी पी रहे थे। अभ्यर्थी लोग बारी-बारी से मंच पर आकर अपने-अपने राज्य, ज़िले, शहर, गाँव की बातें बता कर मंच से हम लोगों का मनोरंजन कर रहे थे। पटना से आया एक अभ्यर्थी बता रहा था कि उसके मास्टर बोल रहे थे कि दिल्लीवाले बड़े लोग हैं। बड़े लोग छोटे लोगों की नहीं सुनते, इसलिए तुम्हारा दिल्ली जाना बेकार है। चंडीगढ़ से आया अभ्यर्थी गाना गा-गा कर हमको सुना रहा था। जयपुर के पास एक कस्बे से आया अभ्यर्थी अलग-अलग नेताओं और अभिनेताओं की मिमिक्री करके हमारा मनोरंजन कर रहा था। बलिया, उत्तर प्रदेश से आया अभ्यर्थी बता रहा था कि उसके पिता ने अपने खेत गिरवी रखकर उसकी कोचिंग की तैयारी की व्यवस्था की है तो एक लड़की जो हरियाणा से आई थी उसने बताया कि उसका बड़ा भाई खेती कर के उसे पढ़ा रहा है।

कहानी, किस्से, चुटकुले, गाने और आपबीती तो बस एक बहाना था असली मकसद तो दिन भर अभ्यर्थियों को इस धरने में बाँधे रखना था। जैसे-जैसे सूरज

कोहरे के पीछे चढ़ रहा था, अभ्यर्थियों की संख्या भी बढ़ती जा रही थी। इससे बाकी के अभ्यर्थियों में जोश बढ़ रहा था। कोहरा धीरे-धीरे छँटना शुरू हो चुका था लेकिन आसमान में बादलों की रेशमी चादर-सी सज चुकी थी। हवा धीरे-धीरे धीमी होकर भारी हो चली थी। मंच पर अनशन करने वालों की संख्या सात लड़कियों और दस लड़कों को मिला कर अब सत्रह हो चुकी थी। एक तरफ़ कागज़ों में अपने-अपने खून से हस्ताक्षर करने के लिए एक ब्लड सिग्नेचर कैम्पेन शुरू किया जा चुका था, जिसकी संख्या छह सौ पैंतालीस पहुँच चुकी थी। कोचिंग संस्थानों ने हम सब अभ्यर्थियों के लिए फल, बिस्किट्स, पानी, नमकीन की व्यवस्था कर दी थी।

अभ्यर्थियों की एक टीम ने नाश्ता बाँटना शुरू कर दिया था। सभी को नाश्ता मिल रहा था। मेरी ओर भी एक खूबसूरत हाथ ने एक सेब बढ़ाया। एकदम दूध से सफ़ेद और मखमली हाथों की गोरी उँगलियाँ और उन उँगलियों के करीने से कटे नाखूनों में गुलाबी रंग की नेल-पॉलिश लगी थी। उन हाथों को देखने पर ऐसा लगा मानो मुद्दतों से प्यासी इन आँखों ने पानी देख लिया हो। वो हाथ खूबसूरत, प्यारा और नाज़ुक तीनों एक साथ था...या शायद इससे भी ज़्यादा। मैंने अपने काँपते हाथों से वो सेब उसके हाथ से लिया। मेरी नज़रें उसके दाहिने हाथ के अँगूठे और उसकी सबसे पास वाली उँगली के बीच की जगह में तिल पर जा रुकी। वो तिल उसके सफ़ेद मखमली हाथों में ऐसा लग रहा था जैसे एक चाँदनी रात में बर्फ़ के मैदान में काले कपड़े पहने एक छह महीने का कोई मासूम-सा बच्चा हो। मैं इस ख्वाब से बाहर तब आया जब वो खूबसूरत हाथ मुझे सेब थमाने के बाद अपने चेहरे पर आ गयी ज़ुल्फ़ों को सँभालने के लिए बढ़े। उस वक़्त...उस वक़्त मैंने दुनिया की सबसे खूबसूरत चीज़ देखी थी—उसका चेहरा। वो पहली दफ़ा था जब मेरी नज़रें उसकी नज़रों से मिलीं- जैसे मिलती है एक नदी समुद्र से। उसकी आँखें बड़ी और पुतलियाँ काली थीं। आँखों में समुद्र से ज़्यादा गहराई थी। ढंग से कोई देख भर ले तो उसमें डूब सकता था। मैं भी डूब जाता अगर मैं वक़्त पर खुद को उन गहरी आँखों से निकाल नहीं लेता। उसकी आँखों में पतला-सा आइलाइनर लगा था। उसकी नाक पतली और लंबी थी। होंठ न ज़्यादा पतले थे और न ज़्यादा मोटे। होंठों पर चमकीला हल्का गुलाबी लिपग्लॉस लगा था जो चाहे-अनचाहे भी मुझे उन्हें जी भर के देख लेने से रोक नहीं पा रहा था। उसके गाल इतने मुलायम मालूम पड़ रहे थे जितने कि नयी धुनी हुई रुई। मेरा दिल उन गालों को छू लेने का हो रहा था। उसके होंठों से कोई डेढ़ सेंटीमीटर बाएँ गाल पे तिल था जो उस पूरे गाल पर अपना हक़ जमाये बैठा था। वो तिल उस गाल की खूबसूरती को और बढ़ा रहा था। उसकी गर्दन पर हल्का आसमानी रंग का वूलेन स्कार्फ़ डला हुआ था। ब्लू जीन्स और ऊपर उसने हल्के भूरे रंग का फुल जैकेट पहना हुआ था। जूते उसके भी हाई एंकल के थे, जैसे दिल्ली में सारी लड़कियाँ हाई एंकल शूज़ ही पहनती हैं।

मैं उसे देखते हुए एक खूबसूरत सी दुनिया की सैर कर रहा था और मेरी ये सैर अचानक उस प्यारी-सी आवाज़ से रुक गयी, "बस? या और दूँ?" उस खूबसूरत

हाथ ने मेरे हाथ में एक सेब और थमाते हुए कहा।

उस आवाज़ से मेरी तंद्रा अचानक से टूटी और मैं फिर से जंतर-मंतर की सड़क पे हजारों अभ्यर्थियों के बीच लौट आया लेकिन उसे अपने इतना पास देखकर उसके सवाल के ही जवाब में मैंने उससे सवाल कर दिया, ''क्या?''

''क्या?'' उसने भी मेरे 'क्या' के जवाब में अपनी आँखें सिकोड़ते हुए जवाब दिया।

''हाँ!'' मेरे मुँह से यही एक शब्द काँपते हुए निकला।

''और कुछ चाहिए?'' उस आवाज़ ने थोड़ा-सा सख्त होते हुए कहा।

''हाँ! तुम!'' मैं अपनी काँपती आवाज़ को फिर से नहीं रोक सका।

''तुम?'' उसने अपनी आँखों को और गोल करते हुए प्रश्न किया।

''नहीं...नहीं। वो...तुम...तुम...तुम्हारा नाम! हाँ! तुम्हारा नाम क्या है?''

''नाम? आर यू मैड?'' उसने अपने हाथ से मेरे हाथ में बिस्किट का एक पैकेट थमाते हुए कहा।

हवाओं ने अचानक से रफ़्तार पकड़ ली थी और साथ ही मेरी धड़कनों ने भी। कोहरे से सफ़ेद और ठंडे हो चुके पेड़ों के पत्ते उड़कर मेरे और उसके ऊपर बिखर रहे थे। आसमान में बादलों की टोली उमड़-घुमड़ कर आलिंगन कर रही थी। बादलों के आलिंगन करने से उत्पन्न घर्षण से आवाज़ के साथ वो गरज रहे थे। मैं धीरे-धीरे उसकी आँखों में डूबता जा रहा था। ये दूसरी दफ़ा था जब मैं डूब रहा था, पहली दफ़ा तो मैं गोता लगाकर बाहर निकल आया था लेकिन इस बार निकलना मुश्किल हो रहा था। उसकी नाक पर गिरी बारिश की पहली बूंद को मैंने अपने गाल पर महसूस किया था। शायद एक बड़ी बूँद दो अलग-अलग बूँदों में बँटकर एक साथ ही हम पर गिरी थी या फिर दो अलग-अलग बूँदों ने आपस में कोई प्रतिस्पर्धा कर ली हो कि उनमें से कौन पहले उसके मखमली गुलाबी होंठों को छुएगा। फिर ऊपर से गिरती इन बूँदों में बराबरी होगी कि तभी अचानक से एक बूँद ने दूसरी बूँद को ज़ोर का धक्का दे दिया होगा जिससे टक्कर लगने से दोनों बूँदों का निशाना चूक गया होगा और एक बूँद मेरे गाल पर और दूसरी बूँद उसकी नाक पर एक ही वक़्त गिरी होंगी।

एक पल के लिए बारिश की बूँदें अचानक से तेज़ हो गईं और फिर तुरंत शांत भी हो गईं। उस पल पहली बार मुझे बारिश में भीगने का एहसास खूबसूरत लगा। वो उठकर चली गयी थी और मैं हाथ में सेब और बिस्किट का पैकेट लिए बस मुँह बाए उसे देखता रहा। वो दूसरी पंक्ति में अभ्यर्थियों को फल बाँटने लगी। मुझे अगल-बगल के अभ्यर्थियों से एक सेब ज़्यादा मिला था।

"का बे आदिल भाई! का देख रहे हो तुम? ऐसे उसे देखोगे तो एसएससी की हाय कौन करेगा?" राहुल ने मेरे कंधे पर धौल जमाते हुए चुटकी ली।

"समीरा! तुम यहाँ हो और मैं कब से तुम्हें ढूँढ रहा हूँ। वो कोर्ट केस वाली फ़ाइल की कॉपी ले आयीं तुम?" अचानक से प्रज्ञान समीरा के पास आकर बोला। प्रज्ञान की इस आवाज़ ने कम-से-कम मुझे ये बता दिया था कि इस खूबसूरत-सी लड़की का नाम 'समीरा' है।

"यहीं तो हूँ तब से, और वो फ़ाइल ले आई हूँ, नितिन को दे दी है। लेकिन प्रज्ञान! कोई मीडियावाला हमको और हमारी माँगों को कवर नहीं कर रहा है। ऐसे कोई कवर नहीं करेगा तो देश भर में कैसे पहुँचेगी हमारी बात?" समीरा ने कहा।

"पहुँचेगी ज़रूर। लेकिन थोड़ा वक़्त लगेगा। खैर! चलो तुम मंच पर, लोगों का हौसला-अफ़जाई करो चलकर।" प्रज्ञान ने कहा।

"अरे नहीं। तुम लड़के लोग अच्छा बोल रहे हो। तुम लोग बोलते रहो। मैं कोई ढंग का न्यूज़ चैनल वाला ढूँढकर लाती हूँ।" समीरा ने कहा।

इस बीच मयंक प्रज्ञान के पास आया और उसने प्रज्ञान से पूछा, "क्यों भाई! इधर कोई खबर आई क्या हैड ऑफ़िस से? उनके कानों तक हमारी बात पहुँची भी या नहीं?"

"बात तो पहुँच ही गयी होगी, वो देखो पीछे। ये सफ़ारी सूट पहने और चश्मा लगाए तीन आदमी टहल-टहल के सुन रहे हैं ना हमको, वो सरकारी आदमी हैं। हमारे धरने पर नज़र रख के आलाकमानों को खबर दे रहे हैं।" प्रज्ञान ने मयंक से कहा।

"लेकिन तुम इतने विश्वास के साथ कैसे कह सकते हो कि ये लोग वही हैं?" मयंक ने पूछा।

"अरे मयंक बाबू! आयोग के दफ़्तर के इत्ते चक्कर काटे हैं कि वहाँ के सरकारी आदमियों से लेकर चायवाले तक की शक्ल याद हो गयी है।" प्रज्ञान ने मुस्कुराते हुए कहा। "अरे समीरा! इनसे मिलो, ये हैं मयंक राजपूत। कानपुर से हैं। अपने चार साथियों के साथ यहाँ आए हैं। इलाहाबाद के प्रोटेस्ट को ये ही लीड किए हैं। बहुत ही कुशल वक्ता हैं ये।" प्रज्ञान ने मयंक का परिचय समीरा से कराया।

"नमस्कार! मयंक जी!" समीरा ने दोनों हाथ जोड़ते हुए मयंक से अभिवादन किया।

"नमस्कार समीरा!" मयंक ने भी हाथ जोड़ कर कहा। और प्रज्ञान की तरफ़ देखते हुए कहा, "अरे नहीं प्रज्ञान भाई! कोई कुशल वक्ता नहीं हैं हम। हम तो बस एक साधारण से व्यक्ति हैं जो समय और व्यवस्था के मारे हुए हैं। समय और

व्यवस्था की मार बहुत बुरी होती है भैया, उसे सहन करने की शक्ति हमें अपने अधिकार के लिए व्यवस्था के खिलाफ़ आवाज़ उठाने की हिम्मत देती है और यही आवाज़ ही हमारा एकमात्र साधक भी है। समाज में जब भी निर्दोष और सताये हुए लोगों की दबी आवाज़ उठती है तो फिर वो कुछ बड़ा कार्य करके ही दम लेती है। पहला स्वतंत्रता संग्राम हो या फिर सन् सैंतालीस की आज़ादी, या फिर कोई भी धर्म सुधार या सामाजिक सुधार आंदोलन ही क्यों न हुए हों, सब पहले एक दबी हुई आवाज़ थे फिर बुलंद हुए।''

''वाह! आपके विचार तो बड़े ही मजबूत और अच्छे हैं। ज़रूर एक दिन आप बढ़िया नेता बनेंगे।'' समीरा ने मयंक की प्रशंसा करते हुए कहा।

''अरे नहीं! नहीं! बस इन्कम टैक्स इंस्पेक्टर बना दे भगवान तो वो ही बहुत है।'' मयंक ने हँसते हुए कहा।

''बिलकुल! इंसान को जो बनना होता है वो एक दिन बन के ही रहता है।'' समीरा ने मंच की तरफ़ निगाह करते हुए कहा। ''अच्छा! आपके बाकी साथी लोग कहाँ हैं?'' समीरा ने मयंक से सवाल किया।

''अरे यहीं तो थे..., ये रहे।'' मयंक ने बारी-बारी से विवेक, योगेश, राहुल और मेरी तरफ़ उँगली से इशारा करते हुए परिचय कराया। मयंक की उँगली जब मेरी तरफ़ थी तो समीरा की दोनों भौं कुछ सिकुड़ीं, आँखें गोल होकर छोटी हुईं और फिर बड़ी हो गईं। होंठों ने भी गोल होकर कुछ कहा।

''पागल!'' या फिर पागल जैसा ही कुछ बहुत धीरे से कहा गया।

''क्या?'' मयंक ने सवाल किया।

''कुछ नहीं।'' समीरा ने मेरी तरफ़ से मुँह फेरते हुए कहा, ''क्या ये आपके साथ हैं?''

मयंक ने समीरा के इस विस्मय भरे सवाल में अपनी पंद्रह किलो की खोपड़ी हाँ में हिला दी।

''अच्छा मयंक भाई! अब समीरा भी अगर मंच पर से अभ्यर्थियों को कुछ बोलेगी तो महिला अभ्यर्थियों में भी कुछ जान आएगी।'' और प्रज्ञान समीरा का हाथ पकड़ कर उसे हमारे बीच से खींचकर मंच की ओर ले गया। मेरे दिल के किसी कोने में धुआँ-सा उठने लगा। समीरा अब मंच पर थी। पूरे अभ्यर्थियों का ध्यान मंच के बीच में माइक पकड़े समीरा पर था। मेरा भी पूरा ध्यान समीरा पर था।

समीरा को मंच पर प्रज्ञान और नितिन के बीच देख ऐसा लग रहा था जैसे लकड़बग्घों के बीच कोई अप्सरा उतर आई हो। समीरा को यूँ एकटक देख मैं एक

पल को खुद को भूल गया था कि मैं एक बेरोज़गार हूँ और व्यवस्था का मारा हुया अभागा अभ्यर्थी हूँ। और मेरा ये दिवास्वप्न भी जल्दी ही टूट गया जब एक खनखनाती हुई आवाज़ मेरे कानों में प्रवेश करके गले के रास्ते होते हुए मेरे पेट में कैद होती गई।

समीरा मंच पर एक हाथ में माइक थामे हुए बोल रही थी...

''दोस्तों! हम सबको पता है कि हम यहाँ पर क्यों इकट्ठा हुए हैं। मैं बार-बार वही बात दोहराना नहीं चाहूँगी लेकिन इतना यकीन ज़रूर दिलाती हूँ कि चाहे कुछ भी हो जाए बिना डिसीज़न लिए हम यहाँ से नहीं हटेंगे।'' समीरा ने दायें हाथ से माइक पकड़े हुए ही अपने बाएँ हाथ की जैकेट की बाँह कुछ ऊपर की और फिर अपने चेहरे पर आ गयी जुल्फों को अपने कान के पीछे एक तरफ़ करते हुए कहने लगी—

''दोस्तों! इस दुनिया में हम ताश के पत्ते हैं और एक-एक ताश के पत्ते मिलकर एक गड्डी बनाते हैं। ताश के पत्ते जब तक गड्डी में बंद होते हैं तो इनका वजूद होकर भी कोई वजूद नहीं होता। जब तक गड्डी खोली नहीं जाती और ताश के पत्ते फेंटे नहीं जाते तब तक असल खेल शुरू नहीं होता। हाँ! बिलकुल इसी तरह हम सब भी ताश के पत्ते हैं। ज़िन्दगी हम सबको ताश के पत्तों की तरह खेल खिलाती हैं। इस खेल में बाज़ी विषम परिस्थितियों से, भ्रष्ट हो चुकी व्यवस्था से और सो चुकी किस्मत को अपने अटल विश्वास रूपी धैर्यवान मेहनत के माध्यम से जीतना है और इस खेल में अहम किरदार होंगे 'हम'—'ताश के पत्ते'। ताश के पत्ते। ताश के पत्ते।''

''जब तक हम खुद से, खुद के कर्म से अनजान हैं तो हमारा कोई वजूद नहीं है। हम ताश के पत्ते तो होंगे लेकिन डिब्बी में बंद ताश के पत्तों की तरह निष्क्रिय होकर नहीं जिएँगे हम। खेल जीतने के लिए ताश के पत्तों को डिब्बी से बाहर आना पड़ेगा। उन्हें कई चालों और बाज़ियों में घूमना पड़ेगा। वो बार-बार ज़मीन पर, मेज़ पे, गमछे पर फटके जाएँगे। लोग इन परिस्थितियों पर कभी ठहाका मारकर हँसेंगे तो कभी किस्मत पर। हमें यहीं धैर्य रखना होगा और अपने दिमाग से और मेहनत से परिस्थितियों और किस्मत को अपने अनुकूल बनाना होगा।''

समीरा थोड़ा रुकी और फिर बोलती गयी...

''यही तो खूबसूरती है ज़िन्दगी की कि यहाँ अपना वजूद बनाने के लिए हमें लड़ना पड़ेगा, लड़ना पड़ेगा हमें समाज में इज़्ज़त के साथ सिर उठाकर जीने के लिए और इसके लिए हममें से हर किसी को अपनी-अपनी चालें चलनी पड़ेंगी। हर एक पत्ते को अकेला होकर भी सारे पत्तों को साथ लेकर संगठित प्रयास करना होगा। साथियों! आज हम यहाँ एक इम्तहान दे रहे हैं जिसमें हमारे साथ आप लोग भी हो। आपके एक-एक पल का योगदान हममें से हर एक की व्यक्तिगत सफलता और असफलता का सूत्रधार होगा। हममें से कुछ जीतेंगे और कुछ हारेंगे भी। लेकिन इस हार-जीत का खेल होने के लिए हमें मिलकर आज ये एक और खेल खेलना होगा।

खेल भ्रष्ट व्यवस्था को आईना दिखाने का। खेल विषम परिस्थितियों में भी हौसला बनाए रखने का। खेल सोयी हुई किस्मत को जगाने का। दोस्तों हम सब को ये अच्छे से पता है कि सीजीएल का फ़ॉर्म करीबन सत्रह लाख बच्चों ने भरा है और अंतिम रूप से चयनित होंगे केवल बारह-पंद्रह हज़ार योग्य अभ्यर्थी। लेकिन इस चयन होने और न होने के लिए आज जंतर-मंतर की इस सड़क पर हमें ये इम्तहान जीतना होगा। अपना हक़ लेना होगा और ये तभी संभव हो पाएगा जब हम यहाँ पर एक साथ अपनी आवाज़ बुलंद रखेंगे, आखिर तक डटे रहेंगे। मैं वादा करती हूँ आप सब से साथियों! कि मैं अन्न-जल तभी ग्रहण करूँगी जब कोई निर्णय आ जाएगा।''

ऐसा लग रहा था जैसे कोई शेरनी दहाड़ते-दहाड़ते रुकी हो और उसकी दहाड़ की गूँज हवा में घुल गयी हो जो कि हवा के चलने पर बार-बार सुनाई पड़ रही थी। समीरा ने जब अपनी बात खत्म की तो सड़क पर बैठे सभी अभ्यर्थियों ने खड़े होकर समीरा के प्रभावशाली भाषण के लिए तालियाँ बजाईं। तालियों की गड़गड़ाहट भी शेरनी की दहाड़ के साथ हवा में मिल गयी। इस दहाड़ और गड़गड़ाहट के मिल जाने से जो आवाज़ उत्पन्न हो रही थी उससे पास के सभी पेड़ों पर बैठे पक्षी आकाश में तेज़ गति से पंखों को फड़फड़ा कर मँडराने लगे। उनके पंख हवा में तैरते हुए धीरे-धीरे ज़मीन की ओर आ रहे थे। हल्की-हल्की बारिश हो चुकने के बाद से मौसम बेहद रूमानी हो गया था। ठंडी हवा बह रही थी। उस हवा ने एक साथ मेरे और समीरा के गाल को छुआ, इस छुअन को मैंने तब महसूस किया जब समीरा ने अपनी दोनों हथेलियों से अपने गालों को छुपाया। हवा बेहद ठंडी हो चली थी। आकाश में उड़ती चिड़ियों, पेड़ों से गिरती पत्तियों और हल्की बहती मीठी हवा ने भी शायद समीरा के भाषण पर अपना दिल खो दिया था और एक मैं था जो समीरा की खनखनाती आवाज़ में उसके पूरे भाषण को जी रहा था। मैं जैसे कोई टेप रिकॉर्डर बन गया था, समीरा के हर एक शब्द मेरे ज़ेहन में बस गए थे और साथ ही बस गई थीं समीरा की बनती, सिमटती मुखाकृतियाँ।

समीरा मंच पर चुपचाप बैठ गयी थी। अभ्यर्थी लोग भी अपनी-अपनी जगह चुपचाप बैठे हुए थे। आसमान में उड़ते पक्षी भी अपने-अपने घोंसलों में दुबक कर जा बैठे थे। हवा धीमी होकर थम सी गयी थी। लेकिन सड़क पर एक साथ कई हौंसले उफान मार रहे थे। इन हौंसलों के उफान मारने से ऐसा लग रहा था जैसे सुनामी आने को है। कोहरे के पीछे छिपे सूरज के साथ धीरे-धीरे अभ्यर्थी लोग थककर खामोश हो गए थे। कुछ अभ्यर्थी बारी-बारी से मंच पर आकर अपनी पढ़ाई करने का तरीका और अपना अनुभव बाँट रहे थे। उधर दिन भी धीरे-धीरे अपनी संध्या से मिलने को उतावला हो रहा था। शायद संध्या भी सूरज से मिलने के लिए उतनी ही उतावली हो रही थी। इसलिए शाम अब दूनी रफ़्तार से पास आ रही थी। शाम के पाँच बज चुके थे। बादलों की वजह से अँधेरा अपने समय से पहले महसूस होने लगा था। लेकिन निर्णय के इंतज़ार में बैठे अभ्यर्थियों को कोई आस नहीं मिली। प्रज्ञान और मयंक के

साथ दो लड़के आयोग के दफ़्तर चले गए।

इधर मंच पर से कुछ अध्यापक जा चुके थे। पचास से साठ की गिनती में छिटपुट छात्र भी अब तक धरने से जा चुके थे। लेकिन बाकी के अभ्यर्थियों ने मैदान नहीं छोड़ा था। एक बार फिर से आयोग मुर्दाबाद के नारे लगने शुरू हो गए। समीरा के कुम्हलाते चेहरे से ऐसा लग रहा था जैसे कई फूल मुरझा के झड़ रहे हों। दिन भर भूखे रहने से समीरा के साथ-साथ उन सत्रह अनशन-कर्ताओं के चेहरे उतर आए थे लेकिन उनके जज़्बे की वजह से चेहरे पर चमक ज़रूर थी। इधर नितिन ने साक्षी मैम की सलाह से हम सारे अभ्यर्थियों को अब संसद भवन कूच करने के लिए कहा। साक्षी मैम मुखर्जी नगर के एक विशाल कोचिंग की मालकिन हैं और अंग्रेज़ी पढ़ाती हैं। वो सुबह से ही हम बच्चों का ख़याल रख रही हैं। उन्होंने ही हम बच्चों के लिए फल और पानी की व्यवस्था की थी। साक्षी मैम ने माइक थामते हुए कहा था, ''बच्चों! अगर हमें अपने इस धरने को सफल बनाना है तो हमें शांतिपूर्वक अपनी संख्या की शक्ति का प्रदर्शन करना होगा। ये मीडियावाले आखिर कब तक हमें इग्नोर करेंगे। लेकिन मेरे बच्चों! हम सब को ये ध्यान रखना होगा कि हम बैरीकेडिंग को तोड़कर या फाँदकर आगे नहीं जाएँगे। ये दिल्ली पुलिसवाले हमको जहाँ भी रोकेंगे, हम वहीं रुककर पूरे अनुशासन के साथ अपनी माँगें रखेंगे। इस बात का भी हम लोग ध्यान रखेंगे कि सड़क पर किसी भी तरह के ट्रेफ़िक नियम का उल्लंघन न हो, राह में चलने वाले वाहनों को पर्याप्त जगह देंगे। बेटा यही छोटी-छोटी चीज़ें एक धरने को विशाल जन-आंदोलन बनाती हैं। हमारी एक ज़रा-सी भी गलती इस पुलिस प्रशासन को फ़ायदा उठाने का मौका दे देगी और हमारी अब तक की सारी मेहनत बेकार चली जाएगी। पुलिस प्रशासन तो बैठा ही है लाठीचार्ज करने के लिए। फिर वो हममें से कुछ को उठाकर जेल भी ले जा सकती है। इसलिए बच्चों हमें पूरे अनुशासन के साथ आगे बढ़ना है।

''आयोग...मुर्दाबाद!'' के ज़ोर के नारे के साथ अभ्यर्थियों के जन-सैलाब ने जंतर-मंतर की सड़क से उठ कर संसद भवन की ओर कूच कर दिया।

''आदिल!'' राहुल ने मेरे पास आकर कहा।

''क्या भाई ?'' मैंने धरने में साथ चलते हुए कहा।

''क्या लगता है भाई ?'' राहुल ने पूछा।

''कहाँ ? कुछ भी नहीं लगता है दोस्त। बस लगता है कि कुछ बड़ा होगा।'' मेरी आँखें इस भीड़ में समीरा को खोज रही थीं, लेकिन वो प्रोटेस्ट को लीड करते हुए आगे-आगे चल रही थी। मैं, राहुल, योगेश और विवेक इस जन सैलाब में दबे हुए आगे चले जा रहे थे।

''फिर भी मान लो भाई! अगर हम हार गए और इस एग्ज़ाम को कैन्सल करके

दोबारा प्री-मेंस हुआ तो... ?'' राहुल ने सवाल किया।

''तो... ? तो क्या राहुल ? तब तो और भी अच्छा है, इस कोर्ट केस से छुटकारा तो मिलेगा कम-से-कम, इन तारीखों ने तो जान ले के रखी है। फिर हम पढ़ने वाले लड़के हैं यार! कितनी ही बार परीक्षा काहे न करा लो।'' मैने राहुल के कंधे पर हाथ रखते हुए कहा। ''अच्छा! तुमने समीरा को कहीं देखा है ?''

''कौन समीरा रे ?'' राहुल ने मुस्कुराते हुए पूछा।

''ज़्यादा नौटंकी न झाड़ो हमसे। देखा है तो बता दो।'' मैंने कहा।

''अरे कौन समीरा, मैं नहीं जानता किसी समीरा को।'' राहुल ने मुँह से 'आयोग हाय हाय' बोलने के बाद कहा।

''अरे वही समीरा जिसने कुछ देर पहले मंच से ज़बरदस्त भाषण दिया था।''

''अच्छा वो समीरा। हाँ देखा है। वहीं मंच पर ही तो देखा था।'' राहुल ने लगभग हँसते हुए कहा।

''साले ज़्यादा न बनो तुम। तब तो मैंने भी देखा था। अभी कहीं देखा है तो बता दो।'' मैंने अधीर होते हुए कहा।

''नहीं भाई। अभी तो कहीं नहीं देखा। लेकिन साला तुम ये उसके बारे में इतना परेशान काहे हो रहे हो ? कहीं तुम लट्टू तो नहीं हो गए उस पर ?'' राहुल ने तिरछी नज़र से मेरी तरफ़ देखते हुए पूछा।

''ऐसा ही समझ लो कुछ तुम। तो का अब हम ये पूछ भी नहीं सकते ?'' मैंने सीधा जवाब नहीं दिया।

''अरे भैया! खूब पूछो। डेमॉक्रसि है। हक़ है तुम्हें जानने का। हम तो कहते हैं अभी आरटीआई भी लगा दो एक। लेकिन ज़रा सँभल के आदिल भाई! ये दिल्ली है। कानपुर नहीं। यहाँ कांड बाद में होते हैं, पेल पहले दिये जाते हैं। और वैसे भी हम लोग धरने पर हैं, कुछ भी गड़बड़ किए तो ये लोग सूत देंगे तुम्हें।'' राहुल ने पूरी तरह से हँसते हुए कहा।

''अच्छा! तुम दिल्ली पहली बार आए हो ना! इसीलिए गलतफ़हमी में हो। चुप्पे चलो बस।'' मैंने कहा।

''आप भी तो पहली बार आए हैं।'' राहुल ने अपनी बत्तीसी फिर से चीर दी।

मेरा उसके दाँत तोड़ देने का मन हुआ। पर 'आयोग हाय-हाय' ज़ोर से बोल कर मैंने अपनी भड़ास निकाल ली।

शाम धीरे-धीरे आसमानी हुई, फिर नारंगी, फिर हल्की भूरी...पूरी भूरी और आखिर में स्याह काली, इतनी काली जितनी समीरा की ज़ुल्फ़ें थीं। आसमान को काले बादलों की चादर ने ढँक रखा था। बादलों में ढेर सारी पानी की बूँदें थीं। बारिश अचानक से फिर होने लगी। जंतर-मंतर की सड़क पर हज़ारों उम्मीदें अपना हक़ माँगने इस बरसात वाली ठंड में बिना अपनी परवाह किए खड़ी थीं। उम्मीदों को भी उम्मीद थी कि कोई निर्णय आयेगा ही। दाना लेने गए परिंदे तेज़ उड़कर अपने आशियाने की ओर जा रहे थे। हवा से पेड़ों की डालें झुककर उस स्याह काली शाम में हमारे हौसले को बढ़ा रही थीं। ऐसा लग रहा था जैसे पूरा आसमान, बादल, बारिश, पेड़, उनकी टहनियाँ, परिंदे, हवा, शाम सब हमारे साथ उस निर्णय का इंतज़ार कर रहे हों और निर्णय सुनने से पहले बेचैन हो रहे हों।

प्रज्ञान, मयंक और उनके साथ गए दो लड़के भागे चले आ रहे थे। प्रज्ञान ने समीरा से माइक लगभग छीना और हाँफते हुए ज़ोर से अपनी साँसों को फेफड़ों में भरते हुए कहा ''दोस्तों! हमारी आधी जीत हुई और आधी हार!''

''आधी जीत और आधी हार?'' भीड़ से एक साथ कई आवाज़ें आयीं।

''हाँ! आधी जीत और आधी हार!'' प्रज्ञान ने फिर कहा। ''आयोग ने सात शहरों का दोबारा से एग्ज़ाम कराने को कहा है और बाकी के शहरों में जिन अभ्यर्थियों ने एग्ज़ाम दिया था, उनकी पुनः परीक्षा नहीं होगी। और वो सात शहर हैं—दिल्ली, जयपुर, इलाहाबाद, लखनऊ, पटना, देहरादून और कलकत्ता।''

''ऐसा कैसे हो सकता है? मतलब ऐसा कैसे कर सकते हैं ये लोग?'' राहुल ने मुँह फाड़ के कहा।

मैं प्रज्ञान की बात सुनकर हक्का-बक्का रह गया था। मैंने जब अपने चारों ओर अभ्यर्थियों को देखा तो वे भी उतने ही हैरान थे जितना कि मैं था।

अभ्यर्थियों का जन-समूह एकदम से खामोश हो गया जैसे खामोश हो जाता है कोई इंसान, दिल टूट जाने के बाद। जैसे खामोशी छा जाती है सुनामी आ जाने के बाद। अभ्यर्थियों का जन-समूह अब तितर-बितर होने लगा था। हमारा जन-समूह जो सुबह से एक साथ धरना दे रहा था, अब बँट गया था और बँटता भी क्यों नहीं, बाँट ही तो दिया था। सात शहरों में और बाकी देश में।

''हम सात शहर वाले अभ्यर्थी कुछ ज़्यादा पढ़े-लिखे हैं क्या या फिर हमने ही नकल की थी? दोबारा परीक्षा होगी तो सभी की होगी वरना किसी की नहीं होगी।'' भीड़ में से गुस्से से लदी हुई एक भारी आवाज़ आई। इस आवाज़ के समर्थन में फिर एक-एक कर के कई और आवाज़ें आयीं।

''भाइयों! शांत हो जाओ तुम लोग। आपस में ही लड़ बैठोगे क्या? जो भी निर्णय आया है उससे हममें से ज़्यादातर लोगों का नुकसान ही है। लेकिन हमारे पास

और कोई चारा भी तो नहीं है सिवाय इस निर्णय को स्वीकार करके तैयारी में जुट जाने के। मैं खुद दिल्ली से परीक्षा दिया हूँ। मुझे भी तो दोबारा परीक्षा देनी है। मैं नहीं घबरा रहा परीक्षा देने से तो आप लोग क्यों घबरा रहे हैं? दोस्तों! क्या हम इस बात की तसल्ली नहीं कर सकते कि कम-से-कम अब कोर्ट की लंबी फ्रस्टेटेड तारीखों से मुक्ति मिल जाएगी।'' प्रज्ञान ने उग्र होते अभ्यर्थियों को शांत करते हुए कहा।

''लेकिन भाई! बात एग्ज़ाम देने या न देने की नहीं है। बात है बराबर मौका मिलने की। इस तरह हमको बराबर मौका कैसे मिलेगा? फिर पुन:परीक्षा का पेपर पहले से कठिन या सरल आ गया तो? ये कहाँ का न्याय है?'' भीड़ में से ही एक तेज़ आवाज़ कई आवाज़ों के बीच से बुलंद हुई।

''कहीं का न्याय नहीं है ये। ये ही हमारी नियति है। इसे ही हमें स्वीकार करना होगा भाइयों। फिर हमारी प्री की परीक्षा भी तो कई शिफ़्ट्स में होती है, उनमें भी तो पेपर के लेवल में अंतर होता है। साथियों! स्वीकार कर लो इस निर्णय को और आगे की तैयारी में जुट जाओ।''

''पर इसकी क्या गारंटी है कि पुनः परीक्षा में नकल नहीं होगी?'' भीड़ से उसी आवाज़ ने फिर से एक जायज़ प्रश्न किया।

''कोई गारंटी नहीं है, लेकिन हमारे पास और कोई रास्ता भी तो नहीं है।'' प्रज्ञान ने कहा, ''डिवाइड एंड रूल वाली नीति अपनाकर हम अभ्यर्थियों को इन्होंने बाँट दिया है लेकिन हमें आपस में बँटना नहीं है साथियों।''

फिर भीड़ ऐसे छिटक गयी जैसे ये अभ्यर्थी कभी एक साथ आए ही नहीं थे। सब अपने-अपने रास्ते चल दिये। पास में मायूस खड़े मयंक, विवेक, योगेश, राहुल जैसे बाकी अभ्यर्थियों के चेहरे एक साथ कई खामोशियों को लपेटे अपने अंदर कई सैलाबों में डूबते शांत खड़े थे।

''दादा! कोई ना! ये कम नहीं है। आप तो सिकंदर हो, आप सौ दफ़ा भी परीक्षा दोगे तो पास हो जाओगे। काहे परेशान होते हो?'' मैंने मयंक के पास जाकर उसके कंधे पर अपना दाहिना हाथ रखते हुए कहा।

''हम्म! आदिल! बात ये नहीं है, बस सोच रहा हूँ कि ये लोग कितने स्वार्थी हैं, कैसे बाँट दिया हम लोगों को। खैर छोड़ो। घर चलते हैं।'' मयंक ने सड़क पर नीचे देखते हुए कहा।

''हाँ! हाँ चलिये।'' मैंने भीड़ में दूर तक अपनी निगाह से समीरा को ढूँढने का असफल प्रयास करते हुए कहा।

मयंक और राहुल की परीक्षा लखनऊ में हुई थी। उन्हें अपनी तैयारी के लिए जुटना था।

''साला! ये पूरी सरकारी व्यवस्था होती ही खराब है। देखो, हरामखोरों ने हम लोगों को आपस में किस तरह बाँट दिया है। मुझे तो लगता है ये लोग परीक्षा ही नहीं कराना चाहते। ऐसे ही हम लोगों को बेवक़ूफ़ बनाते रहेंगे। गधे तो हम पहले से ही थे जो सीजीएल की तैयारी करने का आत्महत्या जैसा पाप कर बैठे। न तो तैयारी से पहले सुकून था और न अब सुकून है। बल्कि अब तो ज़िन्दगी नरक हो गयी है।'' विवेक ने अपना माथा पकड़ते हुए कहा।

''विवेक भाई! तुम सरकारी व्यवस्था से इतना क्षुब्ध क्यों हो? जब देखो तंत्र का अवगुण करते रहते हो। ये सरकारी व्यवस्थाएँ देश की पचपन प्रतिशत गरीब जनता का सहारा हैं, उनकी दो वक़्त की रोटी की उम्मीद हैं। सरकारी बसें, सरकारी ट्रेनें, सरकारी स्कूल, सरकारी योजनाएँ, ये सब देश की जनता के लिए ही तो हैं।'' राहुल ने विवेक से कहा।

''अबे तुम मेरा दिमाग और खराब मत करो। और ये ज्ञान तो दो ही नहीं। हमें भी पता है। मैं सरकारी व्यवस्था के संचालन की बात कर रहा हूँ। यही व्यवस्था सरकारी आदमी सही चलाएँ तो देश की जनता जो परेशान है, वो कभी परेशान न हो।'' विवेक ने राहुल पर खीझते हुए कहा।

''तो भाई एक-दो भ्रष्ट सरकारी कर्मचारियों की वजह से पूरे तंत्र को कठघरे में खड़ा कर दोगे?'' राहुल ने फिर सवाल किया।

''काहे नहीं? इन्हीं एक-दो की वजह से ही बाकियों का भी हौसला बढ़ जाता है और कुछ इनकी शक्तियों की वजह से उनके खिलाफ़ आवाज़ उठाने की हिम्मत नहीं कर पाते।'' विवेक ने कहा।

''सो तो है। लेकिन हर किसी को अपने काम को पूरी ज़िम्मेदारी से करना होगा तभी तो कुछ सही हो पाएगा।''

''कैसे? कैसे कर पाएँगे सही से निर्वहन? हाथ बाँध रखे हैं नेता लोगों ने इनके। सरकारी कर्मचारियों को अपनी उँगलियों की कठपुतली बना रखा है।'' विवेक ने कहा।

''तो फिर दोष पूरा का पूरा नेताओं का है?'' अब योगेश भी इस बहस में कूद पड़ा था।

''नहीं, पूरा नहीं। थोड़ा-बहुत दोष सरकारी कर्मचारियों का भी है, क्योंकि वो स्वार्थहित के लिए नेताओं के आगे झुक जाते हैं या फिर अपनी कमज़ोर इच्छाशक्ति के कारण झुका दिये जाते हैं। फिर बहुत हद तक हम भी ज़िम्मेदार हैं क्योंकि हम अपने ऊपर किए जा रहे अत्याचारों के खिलाफ़ आवाज़ नहीं उठाते और जब कभी आवाज़ उठाते भी हैं तो इस आवाज़ को बुलंद नहीं रख पाते। संघर्ष नहीं कर पाते हम। इसलिए

इस व्यवस्था में हम सब भी भागीदार हैं।''

''भागीदार हैं तो क्या सज़ा दें हम खुद को? और कौन-सी सज़ा दें भाई?'' योगेश ने सवाल किया।

''सज़ा? हा...हा! सज़ा। योगेश बाबू सज़ा की बात करते हो तुम? ये क्या सज़ा से कम है, जो हम अपना ही हक़ नहीं ले पा रहे? बरसों मेहनत करके, माथा फोड़ के, गर्मी, बरसात, धूप, लपट, कुहरा, पाला देखे बिना हम पढ़ाई करते हैं और बदले में क्या मिलता है हमें—ये धरना। ये टूटा हुआ धरना। और तोड़ा गया धरना... '' बोलते-बोलते अचानक से विवेक अपने पैंट की जेब से रुमाल निकाल कर अपनी आँखों के कोरों पर छलक आए आँसुओं को पोंछकर वहीं सड़क पर बैठ गया।

मयंक जो अब तक खामोश था, विवेक के कंधे पर हाथ रखते हुए बोला, ''हौसला मत हारो दोस्त! हमको यहाँ धरने में ही तो बाँटा है, कौन-सा दोस्ती में बाँट दिया है! और यही तो वक़्त है हमें अपने इरादों को मज़बूत रखने का। चाहे कितनी भी विषम परिस्थितियाँ क्यों न हों, हमें अपने इरादों को मज़बूत रखना होगा, हमें अपना कर्तव्य पथ नहीं छोड़ना होगा। हमने सीजीएल के लिए कमर कसी है तो अब इसे पूरा करके ही दम लेना होगा। यही हमारा खुदा है, यही हमारा भविष्य और यही हमारा जीवन है। इसको जीना है मेरे दोस्त! लड़कर और हँसकर।''

''दादा! ये सारी किताबी बातें हैं, धर्म-शास्त्र और किताबों में ही अच्छी लगती हैं। असल ज़िन्दगी में इसका स्वाद झेलना होता है।'' विवेक ने सड़क पर बैठे हुए ही कहा।

''विवेक! धर्म-शास्त्र की बातें हैं, तभी तो अच्छी हैं। हमें जीना है, हालातों से लड़ना है और लड़कर ही आगे बढ़ते रहना है।'' मयंक ने विवेक के कंधे पर हाथ रखे हुए ही कहा। मयंक ने अपने दायें हाथ की हथेली आगे बढ़ा दी। फिर योगेश ने अपनी हथेली मयंक की हथेली के ऊपर रख दी। योगेश की हथेली के ऊपर राहुल की हथेली, फिर मैंने अपनी हथेली रखी और सबसे आखिर में विवेक ने भी अपनी हथेली रख दी। मैं अचानक से समीरा को मिस करने लगा। फिर हमने मयंक के साथ एक साथ तेज़ आवाज़ में कहा...''आगे बढ़ते रहना है।''

''अच्छा! चलो उठो बे विवेक! बहुत सेंटिया लिए तुम। कल गोमती एक्सप्रेस से निकलते हैं घर। मुझे और राहुल को तैयारी में जुट जाना है, पता नहीं कब रि-एग्ज़ाम का बम फोड़ दे आयोग।'' मयंक ने कहा।

''हाँ! हाँ! चलो बे सब। ये राहुलवा ज़्यादा सेंटिया रहा है।'' ठहाका लगाते हुए योगेश ने राहुल के कंधे पे धौल जमाते हुए कहा। विवेक हँस दिया।

''चलो रे पूरा दिन हो गया है, सही से कुछ खाये नहीं हैं।'' योगेश ने आगे-

आगे चलते हुए कहा, ''कहीं कोई ढंग की दुकान दिखे तो कुछ खाया-पिया जाए।''

''हाँ ससुर! हम देख रहे थे प्रोटेस्ट में तुमको कि कैसे भर-भर के तुम पारले-जी के बिसकुट के पैकेट अपनी जैकेट में छिपा रहे थे।'' मयंक ने योगेश को हम सबके सामने लगभग नंगा करते हुए कहा।

दिल्ली में चाय और सिगरेट की दुकान ढूँढना उतना ही आसान था जितना यहाँ सुंदर-सुंदर लड़कियों का फुल मेकअप में पाया जाना। यही कोई दो-ढाई सौ कदम चले होंगे, एक चायवाला अपने ठेले पर गैस स्टोव पर पतीली में चाय रखकर एमिनेम के गाने बजा रहा था। बगल में दो कुत्ते उस गाने पे अपनी-अपनी जीभ निकाल के दुम हिला रहे थे। दुकान पर एक अद्‌भुत मधुर बैंड चल रहा था। मुझे याद आया कि चौबे जी की चाय की दुकान पर भजन और किशोर दा के गाने बजा करते थे। बड़े शहरों में चायवाले भी होलिवुडिया जाते हैं। शायद ये उनकी मार्केटिंग का एक हिस्सा भी होता होगा। मयंक ने पाँच ब्रेड पकौड़ों के साथ पाँच चाय का ऑर्डर किया। तब तक योगेश ने बगल की दुकान से दो सिगरेट ले लीं। चाय बन के आ चुकी थी। राहुल और मैं ब्रेड पकौड़ों पर ऐसे टूट पड़े जैसे वर्षों से भूखे हों। अपने-अपने ब्रैड पकौड़े खत्म करके मैंने और राहुल ने एक-एक ब्रेड पकौड़ा और ले लिया। मयंक खामोश चाय पर चाय पिये जा रहा था। और विवेक और योगेश चाय और सिगरेट के कॉम्बिनेशन के साथ चाय सुड़कते हुए धुआँ उड़ा रहे थे। सिगरेट से निकलता धुआँ रात के अँधेरे में हवा में सफ़ेद साँप-सा बना रहा था। ये सफ़ेद साँप ऊपर को उठ कर, टूट कर हवा में मिल जा रहा था। ये धुआँ मुझे अपनी सीजीएल की परीक्षा का ख़याल करा रहा था। मैं काँपने-सा लगा था। तुरंत ही मैंने अपनी आँखें बंद कर लीं और एक ही सांस में बची हुई पूरी चाय पी गया। चाय गरम थी जिसकी वजह से मेरी जीभ जल गयी। लेकिन जीभ के जलने का दर्द उस चूर-चूर होते भविष्य के दर्द से कम था। अपनी-अपनी चाय खत्म करने के बाद, हम अपने-अपने ठिकाने पर चल दिये। उस ठिकाने पर जहाँ एक रात पहले हम रुके थे। मयंक, योगेश साथ हो लिए, विवेक के साथ राहुल चल दिया और मैं अकेला नेहरू नगर की ओर चल दिया।

''कल गोमती से चलेंगे। बारह बजे तक नई दिल्ली रेलवे स्टेशन आ जाना। मैं अभी रिज़र्वेशन कराने की कोशिश करूँगा।'' मयंक ने मेरी तरफ़ हाथ हिला कर मुस्कुराते हुए कहा।

''हाँ! बिलकुल दादा! मिलते हैं कल बारह बजे स्टेशन पर।'' मैंने भी हाथ हिला कर अलविदा करते हुए कहा।

मैं कुछ देर में राजीव चौक मेट्रो स्टेशन पर था। प्लेटफ़ॉर्म पर इतनी भीड़ थी कि ऐसा लग रहा था जैसे दिल्ली के सारे यात्री इसी प्लेटफ़ॉर्म पर छोड़ दिये गए हों। मुझे रह-रह कर वो उठता हुआ धुआँ, उस धुएँ में बनता साँप और फिर उस साँप का पूरा

बनने के बाद चूर-चूर हो जाना याद आ रहा था। मन एकदम बेचैन-सा हुआ जा रहा था। सिर भारी हो रहा था। पैरों में जैसे लोहे की भारी बेड़ियाँ बँध गई हों। कदम चाह कर भी हिल नहीं पा रहे थे। मेट्रो आ रही थीं, जा रही थीं। उनमें से यात्री उतर रहे थे, चढ़ रहे थे। भीड़ कम होने का नाम नहीं ले रही थी। सिर अब और भी चकराने लगा था। मैं उन बेड़ियों से मुक्त होने के लिए छटपटाने लगा और बहुत ज़ोर की कोशिशें करने लगा। अचानक ही एक ज़ोरदार कर्कश आवाज़ हुई और मैं बेड़ियों की कैद से आज़ाद हो गया। बेड़ियों की कैद से आज़ाद होते ही मैं प्लेटफ़ॉर्म पर पटरियों की ओर दौड़ा कि तभी अचानक से किसी ने मुझे मज़बूत भुजाओं से अपनी ओर खींचा और एक ज़ोरदार थप्पड़ मेरी कनपटी पर जड़ दिया। थप्पड़ लगते ही मैं अपने दिमाग और मन के साथ राजीव चौक मेट्रो स्टेशन पर आ गया, जो कुछ देर पहले टूटते साँप और लोहे की भारी बेड़ियों में कैद होकर छटपटा रहा था। सेक्योरिटी गार्ड ने मेरी जैकेट पकड़े हुए ही मुझपे अपनी त्योरियाँ चढ़ाते हुए चिल्ला कर कहा, ''साले मरने का ज़्यादा शौक है बे? मरना ही है तो बाहर जाकर मर यहाँ नहीं। मेरी नौकरी ले के मानता अगर कुछ देर और हो जाती।''

गार्ड के चिल्लाने से भीड़ का एक झुंड घेरा बना के खड़ा हो गया था, उस घेरे के केंद्र में मैं और सेक्योरिटी गार्ड थे। वो भीड़ जो कुछ देर पहले अपने काम से मतलब रख रही थी, अपने-अपने ठिकाने पर तेज़ रफ़्तार से भागी चली जा रही थी, ठहर नहीं रही थी, उसका कुछ हिस्सा मेरे और गार्ड के चारों ओर जमा हो गया था। उस गार्ड की पकड़ से अपनी जैकेट छुड़ाते हुए मैंने कहा, ''मैं कोई मरने-वरने नहीं जा रहा था। मुझे नहीं पता कि अचानक से मुझे क्या हो गया था।''

''मरने नहीं जा रहा था तो क्या स्टंट मारने जा रहा था बे? किसी फ़िल्म की शूटिंग चल रही है क्या? अपने आपको सलमान खान समझता है क्या बे कि ट्रेन के आगे-आगे से बच के निकल जाएगा तू?'' सेक्योरिटी गार्ड ने मेरी तरफ़ कम, भीड़ की तरफ़ ज़्यादा देखते हुए कहा। गार्ड ने भीड़ को बढ़ता देख तमतमा कर कहा, ''कोई नुमाइश चल रही है क्या यहाँ? तमाशा हो रहा है क्या इधर जो घेरा बनाए खड़े हो? चलिये, जाइए इधर से और अपना-अपना रास्ता देखिये।'' गार्ड का गुस्सा देख भीड़ एक ही हड़की में छिटक गयी। बड़े शहरों में भीड़ भी फ़ुर्सत में नहीं होती। नहीं तो छोटे शहरों में जेसीबी की खुदाई तक देखने के लिए भीड़ जमा हो जाती है।

यात्रियों की भीड़ का अपनी तरफ़ से ध्यान हटते देख मैं भी मेट्रो स्टेशन से बाहर आ गया। ठंडी हवा बह रही थी। चेहरे पर ये ठंडी हवा लगते ही एक अजीब-सा सुकून मिला। मैं गेट नंबर चार से बाहर आ गया। मैं देश की राजधानी 'दिल्ली' के दिल कनाट प्लेस में था। बाहर संगमरमर जैसा सफ़ेद एक विशालकाय भवन है। उस विशालकाय भवन में कई बड़े-बड़े शोरूम्स, और दुकानें थीं। इन शोरूम्स में रईस लोग शॉपिंग करने आ रहे थे और करके जा रहे थे। मैं बिना सोचे 'सभ्यता' के एक

शोरूम में चला गया। मैंने उस शोरूम में चार खूबसूरत जोड़ों को वूलेन वेयर्स के कई जोड़े पसंद करते देखा। मेरी भी नज़र एक क्रीम कलर के लॉन्ग वूलेन गाउन पर जा टिकी। तुरंत ही अपनी अम्मी का चेहरा सामने आ गया। और इस गाउन में अम्मी की तस्वीर की कल्पना करके सोचने लगा कि ये अम्मी पर कितना प्यारा लगेगा। मैंने अगले ही पल गाउन का प्राइस टैग देखा। एमआरपी 3499/- रुपये। मेरे बैग में दस-दस के कुल 137 नोट, केवल तेरह सौ सत्तर रुपये ही बना पा रहे थे। मुझे उस वक़्त एहसास हुआ कि पसंद की कीमत होती है। एक बेरोज़गार लड़के के ऐसे ही न जाने कितने ख्वाब पैसे न होने की वजह से दबे रह जाते हैं। मन मसोस कर मैं शोरूम से बाहर आ गया और दोबारा किसी भी शोरूम की तरफ़ देखने पर खुद की औकात का आईना दिखाई पड़ने लगा। वहाँ से मैं अगले पल ही उठकर चल दिया। थोड़ा आगे चलकर गुप्ता पानवाले की दुकान के पास सीमेंटेड बैंच पर मैं बैठ गया।

सड़क पर फैल रही पीली और दूधिया रोशनी में अपने पास से गुज़रती बड़ी-बड़ी कारें और उनमें बैठे सेठ लोग मुझे मेरी ज़िन्दगी में सीजीएल से नौकरी लगने के बाद के सपने दिखा रहे थे। इंस्पेक्टर बनने पर क्या मैं भी ऐसी ही लग्ज़री कारों में से किसी में अपने घरवालों को घुमा पाऊँगा, उन्हें ऐसे बड़े-बड़े रैस्टोरेंट में खाना खिला पाऊँगा, शॉपिंग करा पाऊँगा... ? मन में ऐसी ही न जाने कितनी उठा-पटक चल रही थीं कि पास से गुज़रते करीबन चौदह-पंद्रह साल के एक बच्चे के हाथ में चाय की केतली देखकर मैंने उसे रोका और चाय देने को कहा, ''कितने की दी, एक चाय देना।''

''साहब दस रुपये की।'' उस लड़के ने पेपर कप में चाय उड़ेलते हुए कहा।

उस लड़के के मुँह से 'साहब' शब्द सुनकर ऐसा लगा जैसे मैं कोई इंस्पेक्टर या कोई अधिकारी बन गया हूँ। ज़िन्दगी में ये पहली बार था जब किसी ने इतनी इज़्ज़त मुझे बख्शी थी, वरना हिन्दुस्तान में एक बेरोज़गार को इज़्ज़त भरे शब्द से तो तब भी नहीं बुलाया जाता जब किसी रिश्तेदार को बाइक पर बैठाकर बस-स्टैंड से घर तक या घर से बस-स्टैंड तक छोड़ने जाना हो या फिर पड़ोस वाली भाभी का गैस का सिलेंडर भरवाना हो। बेरोज़गार लड़के को उसके माँ-बाप भी अगर बेटा कहकर के बुलाते हैं तो ज़रूर ही उस लड़के ने पिछले जन्म में कोई पुण्य के काम किए होंगे।

चाय का एक घूँट लेते हुए मैंने उस लड़के से उसका नाम पूछा।

''सुनील कुमार, सन ऑफ़ बहादुर कुमार, मोहल्ला-ओमगंज, शहर-पटना, बिहार।'' लड़के ने एक साँस में ही कह डाला।

''अरे वाह! नाम पूछने पर तुमने तो पूरा पता ही बता दिया।'' मैंने हँसते हुए कहा।

''हाँ साहब! क्या फ़ायदा आप फिर आगे पूछते, तो एक ही बार में बता दो

सब। वैसे हमरी माताजी, प्यार से हमका सोनू बुलाती हैं।'' उस लड़के ने मुस्कुराते हुए कहा।

''अच्छा सोनू! कितने साल के हो तुम?'' मुझे कनॉट प्लेस की अमीरी के बीच ये चाय बेचता लड़का ही बस अपने जैसा लग रहा था, इसलिए मुझे उससे बात करने में भी अच्छा लग रहा था।

''जी! सोलह साल के हो जाएँगे इस जुलाई में। वैसे आपको एक राज़ की बात बताएँ?'' उस लड़के ने कहा।

''हाँ, हाँ, बताओ।'' मैंने उस लड़के की ओर इस तरह देखते हुए कहा जैसे सीजीएल पर सरकार का लिया गया सात शहरों को पूरे देश से बाँट देने वाले फ़ैसले का कारण उस लड़के को पता हो और वो बस बताने ही वाला हो।

''वो...हमरी जन्मतिथि स्कूल में 13 जुलाई लिखी है लेकिन अम्मी कहती हैं कि हम जनवरी में पैदा हुए थे। कहाँ जुलाई की बरसात और कहाँ जनवरी की ठंडी। हमरे स्कूल में सब चलता है। ही-ही-ही-ही...।'' सोनू बोलते-बोलते खिलखिला कर हँस दिया।

सोनू की इस बात पर मुझे याद आया कि हमारे स्कूल में भी न जाने कितने बच्चे दसवीं से पहले अपनी जन्मतिथि का साल दो साल या उससे भी ज़्यादा कम करके लिखाते हैं। इनमें दोष उन विद्यार्थियों का नहीं है, बल्कि ये तो सिस्टम का एक हिस्सा-सा है क्योंकि इन विद्यार्थियों के अभिभावक लोग पहले से ही ये मार्जिन लेकर चलते हैं कि जब उनका बच्चा दसवीं, बारहवीं या स्नातक करके स्कूल अथवा कॉलेज से बाहर नौकरी के लिए हाथ-पैर मारेगा तो वे ये सुनिश्चित कर सकें कि उनके बच्चों को कम-से-कम सरकारी नौकरियों के फ़ॉर्म भरने के लिए पर्याप्त और ज़्यादा-से-ज़्यादा मौके मिल पाएँ। ऐसे अभिभावकों को सिस्टम पर पूरा भरोसा होता है और वे अच्छे से जानते हैं कि सरकारी नौकरी में कितना वक़्त लगता है और इसमें भी उनके बच्चे फ़ॉर्म भरने से वंचित रह जाएँ तो ऐसे अभिभावक खुद को ज़िन्दगी भर कोसते रह जाते हैं, इसके इतर उनके बच्चे भी अपने अभिभावकों को इस पूरी व्यवस्था का दोषी मानते हैं। बेचारा अभिभावक। और तो और हिन्दुस्तान में ऐसे अभिभावकों की बहुलता है जो अपने बच्चों को पैदा तो ज़रूर इस साल कर देते हैं लेकिन सरकारी दस्तावेज़ों में साल, दो साल या उससे भी ज़्यादा देर बाद पैदा करते हैं। मज़ेदार बात तो तब होती है जब स्कूल के मास्टर साब लोगों को भी अपने दिये गए ज्ञान और उन विद्यार्थियों के द्वारा ग्रहण किए गए ज्ञान पर पूरा भरोसा होता है, फिर वो खुद ही ऐसे विद्यार्थियों की उम्र पहले से ही कुछ कम करके लिख देते हैं।

''अच्छा। तो तुम पढ़ने भी जाते हो?'' मैंने चाय पीकर कुछ देर बाद सोनू से कहा।

"जाता था, दसवीं में।" सोनू ये कहते हुए वहीं मेरे सामने ज़मीन पर बैठ गया।

"क्या मतलब कि जाता था? अब नहीं जाते क्या?" मैंने सोनू से सवाल किया।

"अरे आप बाबू लोगों के जैसा किस्मत कहाँ हमारा! हमार किस्मत तो काले कागज़ पर काली स्याही से ही लिखा गया है।" सोनू कुछ रुका और फिर बोलता गया, "पटना शहर के आखिरी छोर से हैं हम। पिता जी किसान हैं, ज़मीन है नहीं। तो मज़दूरी करके घर चलाते हैं। माता जी को किडनी में इन्फ़ैकशन है। पहले तो हल्का-फुल्का दर्द होता था तो वो बताती नहीं थीं। बाद में धीरे-धीरे इन्फ़ैकशन और दर्द बढ़ता चला गया। डॉक्टर लोग बोले कि एम्स ले जाकर ही ठीक होगा। दोनों किडनी ट्रांसप्लांट होंगी। यहीं रहते हैं हम लोग बदरपुर में, एक छोटे से कमरे में। माताजी, पिताजी, मैं और मेरा छोटा भाई गोलन। जब सब ठीक था तो हम भी शहर के सरकारी स्कूल में पढ़ने जाते थे। फिर अचानक से माता जी की तबीयत खराब रहने लगी, पिताजी का सारा पैसा माताजी के इलाज में जाने लगा। माता जी की हालत में कोई सुधार होता दिख नहीं रहा था तो वहाँ के डॉक्टरों की सलाह पे हम माताजी को दिल्ली ले आए, इलाज के लिए। लेकिन इधर इमर्जेंसी में भी लाइन बहुत लगती है। इलाज में दिन और पैसा दोनों लगने लगे। पिताजी की अकेली कमाई से इलाज और खर्च चल नहीं पा रहा था। तो फिर पिताजी ने हमरी और गोलन की पढ़ाई छुड़वा कर हमें ये काम करने को बोला। मैं और भाई इधर सीपी में चाय बेचते हैं और पिताजी दिन में ऑटो चलाते हैं, शाम को नौ बजे तक वो इंडिया गेट पर चाय बेचते हैं। तब जा कर माताजी के इलाज के खर्चे के लिए थोड़ा-बहुत बचा पाते हैं।" बोलते-बोलते सोनू का गला रुँध गया।

मैं बस चुपचाप उसकी बातें सुने जा रहा था। जैसे-जैसे मैं सोनू की बातें सुन रहा था, मुझे अपना दर्द कम लगने लगा था।

फिर कुछ रुक कर सोनू आगे बोला, "का साहब! पढ़-लिख कर भी का करना? सरकारी नौकरी? अरे साहब, हम अपने शहर पटना में देखा करते थे कि मार लड़का-लड़की लोग कोचिंग में दुई-दुई सालों से पढ़े चले जा रहे हैं, कोई-कोई तो पाँच साल से पढ़ रहा था और कोई तो उससे भी ज़्यादा सालों से। हमें आज तक नहीं समझ आया कि वो लोग ऐसा क्या तैयारी कर रहे हैं जो उनकी इतने सालों तक पढ़ाई जो है वो खत्म ही नहीं हो रहा। फिर इस पढ़ाई में खर्चा भी बहुत आता होयेगा। हमरे पिताजी के पास अब इतना तो पैसा था नहीं जो वो हम भाइयों को पढ़ाने के साथ-साथ माताजी के इलाज का भी खर्च उठा सकते। फिर यही सब सोच कर छोड़ दिये पढ़ाई हम लोग। और साहब! सच बताएँ तो हमें तो यहाँ ई चाय का धंधा ही जम गया है। हम दोनों भाई मिलकर चाय बेचकर रोज़ का सारा खर्चा निकाल लेने के बाद भी हज़ार-बारह सौ बचा लेते हैं।"

मैं चुपचाप सोनू की बातें सुने जा रहा था। उसकी बातें सुनकर मेरा मन अंदर ही अंदर कहीं बहुत हिल-सा गया था, जैसे कोई तीर बहुत अंदर तक घुसा चला गया हो। सुनील ने मेरी अर्धचेतना को तोड़ते हुए कहा, "अब आप ही बताओ साहब! हम कहीं कोई सरकारी बाबू लोगों से कम हैं का, महीने का तीस-पैंतीस हज़ार बचा लेते हैं। वो अलग बात है कि हम दो भाई मिलकर कमाते हैं इतना।" और सोनू इतना कहकर मुस्कुरा दिया।

"अरे नहीं! नहीं! सोनू, तुम उन लोगों से कहीं से भी कम नहीं हो। लेकिन पढ़-लिख कर इंसान में एक तहज़ीब आती है, उठने-बैठने, बोलने-चालने का ढंग आता है। ऐसे इंसान की इज़्ज़त होती है समाज में, वो और भी तरक्की करता चला जाता है।" लेकिन मैंने कहीं-न-कहीं उस वक़्त सोनू से खुद की तुलना करते हुए हर आयाम से अपने को कम महसूस किया।

"क्या मतलब साहब ? मुझमें बात करने की तमीज़ नहीं है क्या ? हमारे मोहल्ले वाले तो मेरी समझदारी के लिए मेरी तारीफ़ किया करते हैं। हाँ! पर साहब! हो सकता है कि आपकी दुनिया में हमारे जैसे लोग उतने तमीज़दार या समझदार न हों। पर क्या फ़ायदा साहब, यही ज़्यादा पढ़े-लिखे लोग ही तो सबसे ज़्यादा नुकसान करते हैं समाज का, देश का।" सोनू ने अपनी चाय की केतली उठाते हुए चलने के लिए तैयार होते हुए कहा।

सोनू की इस बात का मेरे पास कोई जवाब नहीं था। मैंने देखा कि सोनू के मस्तक पर गर्व का एक अजीब-सा तेज है और उसके साँवले गालों पर नीलापन चमक आया है।

"अच्छा साहब! चलता हूँ। माताजी के लिए दुआ करिएगा कि वो जल्दी से ठीक हो जाएँ।" सोनू की आँखों ने मेरी आँखों से निवेदन करते हुए कहा। "दुनिया के किसी कोने में मुलाक़ात हुई तो आपको चाय फिर पिलाऊँगा...ही...ही...ही...!" और इतना कहकर सोनू वहाँ से 'चाय...चाय ले लो चाय...गरमागरम चाय...ययय...' कहते हुए आँखों के सामने से चलते हुए सीपी की भीड़ में गायब हो गया।

सोनू की बातें सुनकर, उसकी किस्मत को देखकर खुद की किस्मत से थोड़ा प्यार-सा होने लगा था। सच ही है यहाँ, हम अपनी ज़िन्दगी के दुखों को सबसे ज़्यादा मान लेते हैं लेकिन किसे पता कि दुनिया में हमसे भी ज़्यादा बदकिस्मत लोग हैं जो सोनू की तरह अपनी पढ़ाई पूरी नहीं कर पाते और लग जाते हैं अपने परिवार की ज़िम्मेदारियाँ पूरी करने।

दिन भर की थकावट, धरने पर चीख-चीख कर मुर्दाबाद और हाय-हाय के नारे लगाने के बाद, मेट्रो में सिर चकराने से और सोनू की बातों के भंवर में फँसे मेरे शरीर, दिमाग और मन तीनों ही थक चुके थे, चलने की हिम्मत नहीं बची थी। शरीर

टूट रहा था। मैंने जैकेट की आस्तीनों को हथेलियों से खींच कर अपनी मुट्ठी में दबा लिया और दोनों हाथों को अपने सीने में छिपा लिया। मेरा शरीर नींद माँग रहा था। मैं वहीं बैंच पर अपने बैग को तकिया बना कर लेट गया। आँखें बहुत भारी हो रही थीं जैसे उन पर एक साथ कई भारी पत्थर लाद दिये गए हों। लेटते ही मुझे नींद ने अपने आगोश में ले लिया। मैं सपना देखने लगा।

एक बहुत चौड़ी सड़क है जो बहुत दूर तक चली गयी है। सड़क के दोनों तरफ़ गुलमोहर, अशोक, चमेली, गुलाब के पेड़ और पौधे लगे हैं। उन पेड़ों में बड़े-बड़े फल लगे हैं। पौधों में लाल, पीले, सफ़ेद, नारंगी, गुलाबी रंग के छोटे, बड़े, कई आकार के प्यारे-प्यारे फूल लगे हैं। बड़े फूल इतने बड़े हैं जितना कि शुतुरमुर्ग का अंडा और छोटे फूल इतने छोटे हैं जितने कि चींटी की देह। उस सड़क पर सैकड़ों इन्सानों की भीड़ है, जिनका शरीर, धड़, हाथ, पैर सब पत्थर का है लेकिन मुँह इन्सानों जैसा सजीव है। उनके हाथों में बेरोज़गारी, परीक्षा समय पर न होने से नौकरी में देरी होने की वजह से जो रोष है, उसे बोर्ड, बैनर के माध्यम से लिखकर अपने हाथों में पकड़ रखा है। उनके मुँह से 'आयोग मुर्दाबाद-मुर्दाबाद! बेरोज़गारी—दूर करो, दूर करो!' के शब्द नारों के रूप में निकल रहे हैं और ये शब्द तैर कर पूरे वातावरण में फैले जा रहे हैं। ये शब्द जब आपस में टकरा रहे हैं तो उनसे धमाके जैसी एक आवाज़ आ रही है फिर वो आवाज़ एक ज़ोर की 'हाय-हाय' के साथ गायब हो जा रही है। मूर्तियों का नारे लगाना जारी है, शब्दों का उनके मुँह से निकलकर बाहर हवा में तैरते हुए आपस में दूसरे शब्दों से टकराकर कई 'हाय-हाय' और 'मुर्दाबाद-मुर्दाबाद' आवाज़ निकालकर गायब हो जाना जारी है। इन कई आवाज़ों के आपस में अलग-अलग आवृत्ति के साथ निकलने से वातावरण में एक कर्कश माहौल-सा बन गया है। पर ये डरावना-सा नहीं लग रहा है क्योंकि वे पत्थर अपनी-अपनी जगह स्थिर खड़े हैं। मैं अकेला ही उस सड़क पर बढ़े चला जा रहा हूँ कि तभी अचानक से मैंने देखा एक पीली चमकदार रोशनी उस सड़क पर दूर से मेरी तरफ़ चली आ रही है और पास आते-आते वो पीली रोशनी हल्की गुलाबी रोशनी में बदल गयी है। धीरे-धीरे वो गुलाबी रोशनी हल्की होती गयी और उसमें से बर्फ़ जैसी एक उजली सफ़ेद काया मेरे सामने खड़ी थी।

मेरी आँखें अब उस खूबसूरत काया पर थीं। उसकी आँखें स्याह काली और गहरी थीं। उसकी आँखों में तीखा पतला काजल लगा था। कमर तक आते उसके हल्के भूरे रेशमी बाल हवा में लहरा-लहराकर उड़ रहे थे जैसे रेशमी कपड़े से रेशम के धागे निकल आये हों। होंठ सुर्ख गुलाबी और गाल हल्के गुलाबी थे। ऐसा लग रहा था जैसे मानो सैकड़ों गुलाब के फूलों की हज़ारों पंखुड़ियाँ लेकर उसे पवित्र गंगाजल में डालकर उससे बने रस का उसके गालों पर लेप किया गया हो। बदन पर उसके हल्का आसमानी रंग का फ्रॉक-सूट था, जो उसके पंजों को चूमता हुआ ज़मीन पर सजदा कर रहा था। उसकी बाज़ुएँ एकदम गोरी और चिकनी थीं कि कोई हाथ भर

रख दे तो हाथ फिसल जाए। वो अपने कानों में काले रंग के बड़े से गोल ईयर-रिंग्स पहने हुई थी और गले में उसने रोज़ गोल्ड रंग का पतला-सा मोतियों का हार पहन रखा था। कलाइयों में आसमानी रंग की ही चूड़ियाँ थीं। उन आसमानी चूड़ियों में चार आसमानी चूड़ियाँ छोड़कर दो-दो काली चूड़ियाँ थीं। माथे पर छोटी-सी काले रंग की एक बिंदी थी। मेरे सामने जैसे कोई अप्सरा उतर आई थी। मेरा दिल ज़ोर-ज़ोर से धड़क रहा था। मैं उसे पहचानने की कोशिश करने लगा, ऐसा लग रहा था कि इस अप्सरा को कहीं तो देखा है। वो अप्सरा मेरे पास आई और मुझसे बोली, ''आदिल!'' ये आवाज़ मुझे समीरा की आवाज़ जैसी लगी पर नहीं ये समीरा जैसी आवाज़ नहीं थी बल्कि सच में ही समीरा की आवाज़ थी। समीरा के मुँह से अपना नाम सुनकर मुझे ऐसा लग रहा था जैसे दुनियाभर की सारी खुशियाँ इकट्ठी होकर मेरे सामने खड़ी हों। उस पल मैंने महसूस किया जैसे ज़मीन एक मखमली मुलायम गद्देदार कालीन में बदल गयी है और इस कालीन की गुदगुदाहट मेरे पैरों के तलवों से होते हुए मेरे पेट में ज्वार-भाटा उत्पन्न कर रही थी। उसी पल मैंने महसूस किया कि मेरे सीने में भूकंप जैसा कम्पन हो रहा है और दिमाग में सुनामी आ चुकी है।

समीरा मेरे पास आकर बोली, ''ऐसे क्या देख रहे हो? दिन में देख कर मन नहीं भरा था?'' और बोलते-बोलते वो मुस्कुरा दी। उसके गालों पर गुलाब की पंखुड़ियाँ उभर आयीं।

''हाँ! देखा तो था पर मन नहीं भरता, जितना देखता हूँ, उतना और भी देखने का मन करता है।'' मैंने समीरा की आँखों से अपनी नज़रें चुराते हुए कहा।

''ऐसा है तो मत देखा करो!'' समीरा ने मुस्कुराते हुए कहा।

''नहीं देखूँगा तो साँस नहीं ले पाऊँगा।'' मैंने समीरा की आँखों में देखते हुए कहा।

''अच्छा! तो मैं ऑक्सीजन हूँ?''

''नहीं। लेकिन तुम मेरी ज़िन्दगी से कम नहीं हो।'' मैंने उसकी आँखों की कोरों को देखते हुए कहा।

''चलो, झूठे कहीं के।'' कहते हुए उसने मेरे दायें हाथ की तर्जनी उँगली अपने बाएँ हाथ की मुट्ठी में कैद कर ली और खींचते हुए आगे चल दी। मैं भी समीरा के साथ उस मखमली गद्दे पर चल दिया। ये पता नहीं था कि कहाँ जाना है, पर मैं इस तरह उसके साथ हमेशा चलना चाह रहा था। कभी-कभी जिस सफ़र की मंज़िल पता नहीं होती उस राह पर एक खूबसूरत साथ का हाथ पकड़े हुए चलते रहना भी खूबसूरत लगता है।

कुछ देर तक हम यूँ ही उस गद्देदार कालीन पर खामोश चलते रहे। उसकी मुट्ठी

की पकड़ की गर्माहट मेरी उँगली से होती हुई पूरे शरीर में सिहरन सी पैदा कर रही थी। उस खामोशी के जाल को मैंने तोड़ते हुए कहा, ''मैं सच ही बोल रहा हूँ, तुमको जितना देखता हूँ, उतना ही और भी मन होता है देखने का।''

''अच्छा बाबा! मान लिया। आदिल एक बात बताओ?''

''हाँ, बोलो!'' मैंने उत्सुकतावश पूछा।

''तुम सीजीएल की परीक्षा से क्या बनना चाहते हो? इंस्पेक्टर या फिर डेस्क-जॉब वाले अधिकारी?''

मुझे तो पहले लगा था कि समीरा कुछ ऐसा पूछेगी कि तुम मुझे प्यार करते हो?, करते हो तो कितना करते हो? मेरे लिए क्या कर सकते हो? फलाना-ढिकाना। लेकिन समीरा ने पूछा भी तो किसी इंटरव्यू वाला एक सवाल।

''कुछ भी बन जाऊँ। परीक्षा की हालत देखते हुए तो ये ही लगता है कि कभी बन भी पाऊँगा या परीक्षा देते-देते ही उम्र निकल जाएगी।'' मैंने चलते-चलते उसकी तरफ़ गर्दन घुमाकर कहा।

''अरे फिर भी कुछ तो सोचा होगा कि क्या बनना है, जैसे मुझे तो विदेश मंत्रालय लेकर विदेश घूमना है बस। अम्म...तुम ये ही बता दो कि तुमको कौन-सा डिपार्टमेंट अच्छा लगता है।''

''सीबीआई! मुझे बस सीबीआई ही पसंद है।'' मैंने कहा।

''अच्छा! तो मिस्टर आदिल को इंस्पेक्टर इन सीबीआई बनना है।'' उसने खिलखिलाते हुए कहा।

''हाँ! तुम्हारे दिल में रेड जो मारनी है।'' मैंने सीने में साँस भरते हुए कहा।

''लेकिन आदिल मान लो तुम कभी इंस्पेक्टर या ऑफ़िसर न बन पाये, तब क्या करोगे, क्या बनोगे?'' उसने मेरी उँगली को अपनी उँगली से सहलाते हुए पूछा।

''मुझे अपनी मेहनत पर भरोसा है कि कभी-न-कभी कुछ-न-कुछ तो बन जाऊँगा। हाँ! किस्मत का कुछ नहीं कहा जा सकता।'' मैंने उसकी आँखों में झाँकते हुए कहा, ''अच्छा! तो तुम ही बताओ, मैं इनमें से कुछ भी न बन पाया तो क्या बनूँ फिर?''

''तुम एक अच्छे इंसान बनना।'' उसने अपने दाहिने हाथ की हथेली मेरे बाएँ गाल पर फेरते हुए कहा। उसने अपने आखिरी वाक्य से बचा-खुचा मेरा दिल जीत लिया था। उसकी हथेली के मेरे गाल से स्पर्श करते ही मेरे शरीर में एक साथ सौ बिजलियाँ कौंध गईं। पूरे शरीर में उथल-पुथल मच गयी। पास के पेड़ों से रंग-बिरंगी पत्तियाँ झड़ने लगीं और लहराकर हवा में तैरती हुई हम दोनों के ऊपर गिरने लगीं। एक

पत्ती लहराती हुई समीरा की आगे की लट पर जा ठहरी। उस पत्ती को मैंने अपने दायें हाथ से काँपते हुए हटाया। समीरा ने आँखें बंद कर लीं। मैंने पहली बार किसी को बंद आँखों से मुस्कुराते हुए देखा। उसकी आँखों से गुलाब की पंखुड़ियाँ झड़ आयीं।

अचानक से मुझे एक ज़ोर का झटका लगा और मैं तुरंत ही उल्लू की तरह अपनी दोनों आँखें खोलकर उस जन्नत से बाहर आ गया। कुछ पल तो मुझे यह समझने में लगे कि मैं यहाँ कब और कैसे आ गया और समीरा जो मेरे साथ थी वो कहाँ गयी? मैंने चारों तरफ़ अपनी शुतुरमुर्ग जैसी गर्दन घुमाकर देखी पर समीरा कहीं नहीं दिखी। लेकिन मुझे अपने गालों पर मुलायम और लबलबेदार कोई चीज़ घूमती हुई महसूस हुई। इससे पहले कि वो चीज़ मेरे गाल के साथ और कुछ कर पाती मैंने खुद को बैंच पर से उठा लिया।

"ए...ए...ए हट! भाग साले कुत्ते यहाँ से। पूरा गाल गंदा कर दिया। छी! पता नहीं साला कहाँ-कहाँ से चले आते हैं।" मैंने पैर से जूता लगभग निकालते हुए उस कुत्ते को भगाते हुए कहा।

पास में ही अग्रेज़ी नॉवेल्स और मैगजीन्स की दुकान लगाए करीबन बाईस-तेईस साल के एक लड़के ने मौज लेते हुए कहा, "अरे भैया काहे भगा दिये। बढ़िया था ना। मज़ा आ रहा था बहुत। कितना बढ़िया सीन बन रहा था। आप इधर और वो कुत्ता उधर।" आखिरी लाइन बोलने में उस लड़के ने अपनी पूरी बत्तीसी लगभग चियांर दी और इस रात में भी उसकी दुकान पर जलती और बुझती सीएफ़एल में मैंने पान से लाल उसके दाँत देख लिए थे।

"काहे बे...कनपुरिया हो?" मैंने उसकी तरफ़ न देखते हुए अपना बैग उठाकर झाड़ते हुए कहा।

"हाँ यार! बिलकुल सही पहचाने हो। लेकिन इत्ता सटीक कैसे जाने तुम?" उसने हैरत भरी नज़रों से मेरी तरफ़ देखते हुए कहा।

"अरे! इत्ती हैरानी काहे की? हम एसएससी वाले हैं, ऑप्शन मिलते ही गोला लगा देते हैं।"

"एसएससी?" ई एसएससी का बला है?" उसने पान थूकते हुए कहा।

"कुछ नहीं है। बस बला ही है, इतना ही समझो।" मैंने उससे एसएससी के बारे में बात करना ज़रूरी नहीं समझा।

"लेकिन भाई यार तुम, पहचाने कैसे हमें कि हम कानपुर से हैं?" उसने इस बार लगभग अधीर होते हुए मुझसे सवाल किया।

"अबे यार गुटखा खा-खा कर तुम अपने दाँत जो पोत लिए हो, यही तुम्हारे

कनपुरिया होने की अटल पहचान है।''

''ओह! जे बात है! छोड़ो। पर तुम कहाँ से हो?'' उसने मुझसे पूछा।

''हम भी कानपुर से ही हैं।'' मैंने कहा।

''पर तुम्हारे दाँत तो एकदम सफ़ेद चमक रहे हैं।'' उसने कहा।

''हाँ! सब तुम्हाई तरह थोड़े होते हैं।'' मैंने उसकी ओर देखकर मुस्कुराते हुए कहा।

''वैसे भाई! तुम कुछ देर और सोते रहते तो तुम्हारा यहीं पर काम पैंतीस हो जाता। दिल्ली में लड़कियाँ जितनी खतरे में हैं, उतना ही खतरे में तुम जैसे सड़क पर सोते हुए लड़के भी हैं।'' उसने फिर से अपनी खींसें निपोरते हुए कहा लेकिन इस बार उसने अपने दाँतों को अपने हाथों से छिपा लिया था।

''भक्क बे! कुछ भी मतलब।'' मैंने उसकी ओर गुस्से से देखते हुए कहा।

''अरे भाई! नाराज़ काहे होते हो। मज़ाक कर रहे हैं हम तो। फिर से आना और वो कुत्ता भी साथ लाना।'' उसने फिर से मौज ली।

मैं उसके इस बेहूदा मज़ाक पर केवल उसकी तरफ़ देखकर हाथ हिलाते हुए अलविदा कहकर आगे बढ़ गया। मुझे उस दिन पक्का एहसास हो गया कि क्यों कानपुर वाले पूरे हिन्दुस्तान में इतना बदनाम हैं।

घड़ी पौने दस बजा रही थी। ठंड होने की वजह से रात और भी बूढ़ी लग रही थी। बड़े-बड़े रईस लोग भी सोते हैं, मैंने ये तब जाना जब उन लोगों के शोरूम्स में काम करने वाले कामगार उन शोरूम्स का शटर गिरा रहे थे। शोरूम्स के बाहर रोड साइड में अपनी-अपनी रोज़ी लगाए छोटे-मामूली दुकानदार भी अपना-अपना 'शटर' गिरा कर अपने-अपने ठिकाने जाने की तैयारी कर रहे थे। मुझे एहसास हुआ कि अब देर हो चुकी है, मैं तेज़ कदमों से चलते हुए मेट्रो स्टेशन आकर मेट्रो पकड़ कर मूलचंद आ गया। वहाँ से ऑटो करके गोपाल के कमरे पर आया।

''आ गए भैया! कैसा रहा धरना?'' गोपाल ने दरवाज़ा खोलते ही मुझसे सबसे पहले यही सवाल किए।

''कैसा क्या? बस समझ लो कि हो गया। बाँट दिये हैं हम लोगों को आपस में। पूरा दिन चिल्ला-चिल्ला कर नारे लगाकर जान निकल गयी साला। लेकिन इन नेता लोगों को कोई परवाह नहीं है हमारी।'' मैंने अंदर आकर जूते और मोजे उतारते हुए कहा। ''सरकारी नौकरी लेना एक ऐसी तपस्या है जिसमें आपको ये भी नहीं पता कि इसमें कितने आराध्य हैं आपके।''

''अच्छा भैया! आप खाना खा लीजिये। आंटी से कहकर आप के लिए बनवाए

हैं। थक गए होंगे आप। खाकर फिर सो जाइएगा आप।'' गोपाल ने कहा।

''नहीं गोपाल ! तुम चाय बना दो बस। अदरक कूट के। तब तक मैं मुँह-हाथ धोकर आता हूँ।''

''लेकिन भैया, खाना ?''

''कल सुबह खा लूँगा बेटा। अभी बिलकुल मन नहीं है।'' मैंने कहा।

''लेकिन सुबह तक खाना बासी हो जाएगा।'' गोपाल ने कहा।

''अरे कुछ बासी नहीं होगा। मैं खा लूँगा सुबह, जैसा भी होगा।'' मैंने कहा और कह कर सीधे बाथरूम में चला गया।

बाथरूम में जब मैं मुँह धो रहा था तो बंद आँखों में भी मुझे समीरा का चेहरा नज़र आ रहा था। शायद मैं प्यार की उस अवस्था में पहुँच गया था, जहाँ से इंसान दीवाना कहलाने लगता है।

''ये लो चाय।'' गोपाल ने चाय का कप मेरी तरफ़ बढ़ाते हुए कहा। मैं बिस्तर पर जाकर रज़ाई के अंदर पैर डाल कर बैठ गया और चाय पीने लगा।

गोपाल ने उत्सुकतावश मुझसे फिर से पूछा, ''क्या निर्णय हुआ भैया ?

''गोपाल ! सात शहरों के बच्चों का पूरा एग्ज़ाम दोबारा होगा। और बाकी शहर वालों का नहीं।''

''आपका भी एग्ज़ाम दोबारा होगा ?'' गोपाल ने चाय पीते हुए सवाल किया।

''नहीं। मैं उन शहर वालों में से नहीं हूँ, जिन्हें दोबारा एग्ज़ाम देना है।'' मैंने कहा।

''फिर तो सही है आपके लिए ये। कम-से-कम दोबारा नहीं पढ़ना पड़ेगा।'' गोपाल ने हल्की-सी मुस्कान चेहरे पर लाकर मेरी तरफ़ देखते हुए कहा।

''पता नहीं बेटा ! ये अच्छा हुआ या बुरा। मैं चाहता हूँ कि जो भी हो सबके लिए बराबर हो, इससे सभी को बराबर अवसर मिले और समानता बनी रहे।''

रज़ाई ने पैरों को गरम करना शुरू कर दिया था। ये गर्माहट पैरों से होती हुई पेट तक आ चुकी थी और चाय पीने से गरम चाय की गर्माहट पेट में पहुँच रही थी। दोनों गरमाहटों ने और दिन भर की थकावट ने मुझे नींद में भरना शुरू कर दिया था। चाय खत्म करने पर मैंने गोपाल से कहा, ''अच्छा बेटा ! मैं सोता हूँ अब। तुम पढ़ाई करने के बाद लाइट ऑफ़ करके सो जाना।''

''ठीक है भैया !'' गोपाल ने सिर हिला कर कहा।

मैं कुछ ही देर में सो गया। इस दुनिया से दूर अपनी दुनिया में चला गया। जहाँ मैं सोच रहा था कि काश, वो कुत्ता न आया होता तो कितना अच्छा होता! काश, कि वो सपना अब वहीं से शुरू हो जहाँ से खत्म हुआ था। फिर मैं ऐसा सोया कि मुझे कुछ होश ही नहीं रहा और सीधे सुबह साढ़े सात बजे ही नींद खुली। मैंने फ़ोन उठाया और देखा तो मयंक का फ़ेसबुक पर मैसेज था, *आदिल! गोमती से टिकट हो गया है। 12.20 पे ट्रेन है। 12 बजे तक नयी दिल्ली रेलवे स्टेशन पहुँच जाना।*

ओके दादा। पहुँच जाऊँगा टाइम से। मैंने टाइप कर के दादा को मैसेज भेज दिया।

गोपाल सुबह चाय ले आया। सुबह देर से उठने के बाद अगर दूसरी कोई गंदी आदत थी मेरी तो वो थी बिना ब्रश किए चाय पीने की। मेरा मानना है कि चाय जीवन जीने के लिए एक अहम तत्व है, जिसके लिए दाँत माँजने जैसी मामूली क्रिया की कोई आवश्यकता नहीं है। जिस तरह से पानी पीने के लिए दाँत माँजने की कोई आवश्यकता नहीं है, ठीक उसी तरह चाय पीने के लिए भी दाँत माँजने की कोई ज़रूरत नहीं है। मैंने पानी और चाय में से कभी भी किसी को भी लो फ़ील नहीं होने दिया। मेरे लिए दोनों बराबर हैं। गोपाल के हाथ से चाय लेकर मैं उसे सुड़कने लगा। ''और बेटा कैसी चल रही है तुम्हारी पढ़ाई?'' मैंने गोपाल से सवाल किया।

''अच्छी चल रही है भैया।'' गोपाल ने कुर्सी पर लुढ़कते हुए *जनसत्ता* अखबार पढ़ने के लिए उठा लिया।

''सही है बेटा! मन लगा कर पढ़ते रहो। वैसे आगे क्या करने का विचार है?'' मैंने गोपाल से सवाल किया।

''हाँ भैया! मन लगाकर ही पढ़ते हैं। सोच रहे हैं कि आगे पत्रकारिता में कदम रखें। पत्रकारों का अलग ही भौकाल होता है भैया।'' गोपाल की आँखों में चमक आ गयी थी।

''हाँ बेटा! बिलकुल, तुम एक बढ़िया पत्रकार बनो। दुआ है तुम्हारे लिए।'' मैंने उसके कंधे पर हाथ रखते हुए कहा।

''वैसे भी कनपुरिया बकैत तो होते ही हैं।'' गोपाल ने हँसते हुए कहा। मैं भी चाय पीते-पीते हँस दिया और कहा, ''हाँ! ये एकदम सही बोले तुम।''

''अच्छा गोपाल, अब निकलना है, गोमती में टिकट करा दिया है दोस्त ने।''

''अरे भैया, इत्ती जल्दी जाना है? रुकिए थोड़ा, दिल्ली घूमकर जाइएगा।'' गोपाल ने कहा।

''नहीं बेटा। घर पर भी काम हैं।'' मैंने गोपाल से झूठ बोला। मैं दिल्ली रुककर

घूमना चाहता था पर जेब से कमज़ोर होने की वजह से जल्दी जाना ही बेहतर समझा। ''फिर कभी आऊँगा, तब घुमाना।'' मैंने कहा।

''अच्छा! मुझे अब भूख लगी है। मेरा कल का बचा हुआ खाना ले आओ, पनीर बनवाए थे ना!'' मैंने विषय को बदलते हुए कहा।

''अरे भैया! अब आप बासी भोजन नहीं खाएँगे। थोड़ी देर में आंटी आ जाएँगी वो बना देंगी खाना। तब खा कर जाइएगा।'' गोपाल ने कहा।

मैंने गोपाल की बात को अनसुना किया और खुद ही किचन में जाकर खाना निकाल लाया और रूम में आकर चारपाई पर बैठ के खाने लगा।

''तो आप नहीं मानेंगे भैया?''

''नहीं।'' और मैं पूरे चाव से खाने लगा।

''वाह! कितना स्वादिष्ट पनीर बनायी हैं आंटी। तुम खाओगे?'' मैंने गोपाल से पूछा।

''नहीं। आप खा लीजिये। मुझे भूख नहीं है।'' गोपाल ने कहा।

गोपाल कॉलेज जाने के लिए तैयार होने लगा। मैं खाना खत्म करने के बाद पानी पी कर गोपाल की किताबें देखने लगा। पूरी अलमारी किताबों से भरी पड़ी थी। इतिहास का भंडारगृह था जैसे वो। गोपाल दिल्ली विश्वविद्यालय के एक कॉलेज से इतिहास में स्नातक कर रहा था। उसका स्नातक का ये आखिरी साल था। गोपाल तैयार हो चुका था। हम दोनों घर से साथ-साथ बाहर निकले। वो अपने कॉलेज के लिए और मैं दिल्ली रेलवे स्टेशन के लिए। बस स्टॉप पहुँच कर मैंने गोपाल को गले लगाया और शुक्रिया बोलकर उसे अपना ख़याल रखने को कहा।

''हाँ भैया! और आप भी अपना ख़याल रखिएगा।'' गोपाल ने कहा।

~

कोहरा आज भी अपनी जवानी पर था। हवा भी पूरे ज़ोर से चल रही थी। मैं मूलचंद मेट्रो स्टेशन से मेट्रो लेकर केन्द्रीय सचिवालय मेट्रो आ गया। घड़ी में सवा नौ बज रहे थे। 12 बजने में अभी पौने तीन घंटे थे। नई दिल्ली रेलवे स्टेशन जाने से अच्छा, जानकर मैं केंद्रीय सचिवालय मेट्रो से निकलकर दिल्ली की हवा लेने बाहर आ गया।

मैं केंद्रीय सचिवालय के मेट्रो के गेट नंबर-2 से बाहर निकल आया था। बाहर बड़ी चाक-चौबन्द व्यवस्था थी। दिल्ली पुलिस और सीआईएसएफ वाले अपनी-अपनी वर्दी में डटे थे। छब्बीस जनवरी जा चुकी थी। गणतन्त्र दिवस की परेड हो चुकी थी, फिर भी सुरक्षा व्यवस्था में कोई कमी नहीं थी। मैंने इतनी चौड़ी सड़कें

अब तक केवल टीवी में ही देखी थीं। आज पहली बार मैं उन्हें सामने से देख रहा था। बाहर आते ही एक अजीब-सा सुकून मिला। देश की कार्यपालिका और प्रशासिका के विशालकाय भवनों को देखकर आँखें खुशी से चौड़ी हो गई थीं। मेरे कदम मुझे लेकर उन सड़कों पर चल पड़े। आगे राजपथ चौराहा था। मेरे दाहिने तरफ़ नॉर्थ-ब्लॉक और साउथ ब्लॉक थे, इन दोनों ब्लॉकों के बीच में सड़क के ऊपर राष्ट्रपति भवन था। मेरे बाईं तरफ़ सड़क इंडिया गेट की ओर ले जा रही थी। कोहरे की वजह से इंडिया गेट की एक धुँधली-सी काया नज़र आ रही थी। मन रोमांच से भर उठा। मुझे कुछ सूझ नहीं रहा था कि किस तरफ़ चला जाये। बिना ज़्यादा सोचे मेरे कदम दायीं ओर रायसीना हिल की तरफ़ बढ़ गए। उस सड़क पर चलने पर पूरे शरीर में एक अलग ही ऊर्जा का संचार हो रहा था। ऐसा लग रहा था जैसे इस सड़क पर ज़रूर कोई जादू है। मैं चला जा रहा था। थोड़ा आगे चला ही था कि जो चौराहा मैं पीछे छोड़ कर आ रहा हूँ, उससे भी चार गुना बड़ा एक और चौराहा था। मैंने जेब से मोबाइल लेकर उसकी फ़ोटो ली। आगे रायसीना हिल चढ़ते हुए मैं देश की उस जगह पर खड़ा था जहाँ पर देश के सबसे अहम दस्तावेज़ अलमारियों में कैद होते हैं। जहाँ देश की सबसे छोटी इकाई से लेकर सबसे बड़ी इकाई की सारी जानकारियाँ फ़ाइलों में बंद होती हैं। इस जगह से देश के छोटे से गाँव की झोपड़-पट्टी के लिए नीतियाँ बनकर निकलती हैं। मैं नॉर्थ-ब्लॉक और साउथ-ब्लॉक के बीच में खड़ा था। कभी नॉर्थ-ब्लॉक को देखता तो कभी मैं साउथ-ब्लॉक को। दोनों विशालकाय भवन एक-दूसरे के प्रतिबिंब लग रहे थे, जैसे सड़क पर बीच में कोई एक विशाल अदृश्य दर्पण लगा हो और एक-दूसरे का प्रतिबिंब अपने-अपने सामने बना रहे हों। अगर किसी को दिशा का सही से ज्ञान न हो तो वो इन भवनों को एक बार देखकर नॉर्थ ब्लॉक और साउथ ब्लॉक में अंतर ही न कर पाये। मैं साउथ ब्लॉक की तरफ़ पीठ करके बैठ गया और सामने नॉर्थ-ब्लॉक को देख कर सोचने लगा, 'कितने खुसकिस्मत हैं यहाँ पर काम करने वाले। उन्हें देश के लिए, देश की आवाम के लिए काम करने का मौका मिलता है।' फिर एक ख़याल और आया, 'देश के नेता लोग भी तो यहीं मंत्रालयों में बैठते होंगे। यहीं कहीं से एसएससी का नोटिफ़िकेशन भी निकलता होगा। काश! अंदर जा पाता तो इन नेता लोगों को बेरोज़गारी का दर्द दिखा पाता और उनसे भीख माँगता कि परीक्षा जल्दी करा दो।'

मुझे ख़याल आया कि अरे सीजीएल की परीक्षा से भी तो इन्हीं मंत्रालयों में भर्ती होती है। फिर लगने लगा कि बस जल्दी से रि-एग्ज़ाम हो और जॉइनिंग हो तो यहीं कहीं हम भी आकर देश के नीति निर्माण का हिस्सा बनें। ख़यालों का सिलसिला दिमाग में चल पड़ा। कभी लग रहा था कि सीएसएस लूँगा तो कभी लग रहा था कि इंस्पेक्टर बनूँगा। उधेड़बुन के बाद निष्कर्ष निकला कि कुछ भी मिल जाये। नौकरी लगे बस। किस्मत का हवाला देकर मैं वहाँ से उठते हुए खुद से बोला, "देखा जाएगा अब, जो भी होगा। लोड नहीं लेने का।" जब दुख और अवसाद ज़्यादा होते हैं तो

सबसे अच्छे मित्र हम खुद होते हैं। खुद से अकेले बातें करना हमें अच्छा लगता है। मुझे भी इस वक़्त ये अकेलापन अच्छा लग रहा था।

यहाँ पास में ही संसद भवन है, जहाँ देश की हर नीति-नियम और कानून पर चर्चा-परिचर्चा होती है, जहाँ नेता लोग घर से अपनी बीवी और गर्लफ्रेंड का गुस्सा भर कर इधर संसद में आपस में अन्य नेता लोगों पर चिल्ला-चिल्ला कर उतारते हैं। ये नेता लोग काम की बातें कम और हुज्जतियों की तरह एक-दूसरे पर आरोप ज़्यादा लगाते हैं। सरकार चिल्ला-चिल्ला कर अपने कामों को बढ़ा-चढ़ा कर पेश करती है और विपक्ष सरकार की सही नीतियों का भी अतार्किक स्पष्टीकरण दे-देकर विरोध जताता है। मेरा फ़ोन बजा। मयंक की कॉल थी।

''कहाँ हो आदिल?''

''मैं केन्द्रीय सचिवालय पर हूँ।''

''वहाँ का कर रहे हो?''

''घूम रहा हूँ दादा! बढ़िया लग रहा है इधर। आप कहाँ हो?''

''बढ़िया। घूमो, घूमो। हम लोग रेलवे स्टेशन पहुँचने वाले हैं। तुम भी आ जाना 12 बजे तक। समझे।''

''हाँ दादा! बस निकलता हूँ मैं भी इधर से।''

''ओके। आराम से आओ।''

फ़ोन डिसकनेक्ट करके मैंने इंडिया-गेट जाने का विचार त्याग दिया और नई दिल्ली रेलवे स्टेशन के लिए मेट्रो पकड़ ली। दुनिया भर की तमाम भीड़ को चीरता-फाड़ता और उच्चस्तरीय चेकिंग के बाद मैं प्लेटफ़ॉर्म संख्या 12 पे पहुँचा। घड़ी साढ़े ग्यारह बजा रही थी। मयंक और राहुल पहले से ही ट्रेन में मौजूद थे। मयंक ने मुझे मैसेज करके डी 6 कोच में आने को बोल दिया था।

''आ गए आदिल भाई?'' मुझे देखते ही राहुल ने पूछा।

''नहीं रास्ते में हूँ अभी।'' मैंने उसकी पीठ पर धौल जमाते हुए कहा, ''साला तुमको ये पाँच फ़ीट सात इंच का शरीर नहीं दिखाई पड़ रहा। आ गए!''

''अरे आदिल भाई आप भी ना।'' राहुल ने मेरे से हाथ मिलाते हुए कहा।

''और नहीं तो क्या, ऐसा भी कोई सवाल होता है क्या!'' मैं हँस दिया।

''अच्छा दादा, ट्रेन कितने बजे चलेगी?'' मैंने मयंक से सवाल किया।

''12:20 का टाइम है चलने का। बाकी भारतीय रेल और भारतीय नारी समय

पर चली हैं का कभी?'' मयंक ने कहा।

''हा-हा-हा...सही बात दादा। अच्छा ये विवेक और योगेश कहाँ हैं? पहुँचे नहीं अभी तक!'' मैंने मयंक से पूछा।

''आ गए हैं। यहीं कहीं प्लेटफ़ॉर्म पर घूम कर लड़कियाँ ताड़ रहे होंगे ससुर। थक जाएँगे तो आ जाएँगे।'' मयंक ने प्लेटफ़ॉर्म की तरफ़ देखते हुए कहा।

''और आदिल भाई! कल मज़ा आया? क्या ज़बरदस्त भीड़ थी?'' राहुल के मुँह में छोटा-मोटा सा बवासीर था। बात-बात में बात छेड़ ही देता था।

''हाँ! भीड़ तो थी। पर क्या फ़ायदा रहा! कुछ हासिल हुआ?''

''अरे भाई! कम-से-कम अब परीक्षा तो होगी। पहले तो कोर्ट-कचहरी की तारीखों में ही फ्रस्ट्रेटिया जा रहे थे।''

''हम्म...!'' मैंने ज़्यादा बात न करने का मन बना लिया था। पिछले दिन भर का थका था तो शरीर टूट रहा था। शरीर आराम ज़्यादा माँग रहा था। मैंने खिड़की के पास वाली सीट पकड़ी और मफ़लर ठीक से बाँध कर आँख बंद करके खिड़की की तरफ़ टेक लगा कर बैठ गया। प्लेटफ़ॉर्म पर यात्रियों की भीड़ की आवाज़, स्टेशन पर आती और जातीं ट्रेनों की आवाज़ और पटरियों पर बदलते और लगते इंजनों की आवाज़, बगल में बैठे मयंक और राहुल की आवाज़ सब धीरे-धीरे धीमी होती चली गईं...और भी धीमी। मैं शून्य में चला गया, जहाँ पर मैं था और मेरी नींद। बीच में और कोई नहीं।

ट्रेन कब चली। कहाँ पहुँची, कब विवेक और योगेश ट्रेन में आकर बैठ गए पता भी नहीं चला। मुझे ठंडी ज़्यादा लग रही थी। मेरी आँख तब खुली जब बगल वाली सीट पर दो महिलाएँ एक ही सीट को लेकर लड़ रही थीं। एक ही सीट पर वे दोनों अपना-अपना अधिकार इस तरह दिखा रहीं थीं जैसे एक मनुष्य पर उसकी प्रेमिका और पत्नी अधिकार दिखाती हैं। दोनों औरतों के बीच चल रही संवाद प्रतियोगिता धीरे-धीरे उष्ण होकर उग्र होती गई। सामान्य बोलियाँ कब एक-दूसरे के परिवार वालों के जिस्मों से होती हुई पूरी ट्रेन में पहुँच गईं, पता ही नहीं चला। मैं, जो कुछ देर पहले सोया हुआ था अब पूरी तरह जाग चुका था। उस कोच में बैठे यात्री भौंचक्के थे। कुछ शर्म से पानी-पानी थे तो कुछ इस लड़ाई का लुत्फ़ उठा रहे थे। उन औरतों के कथित पति भी अब मैदान-ए-जंग में कूद पड़े थे। उन्होंने भी एक-दूसरे की मम्मी-दीदी को पूरी शिद्दत से याद करना शुरू कर दिया था। अब ये लड़ाई ट्रेन की गति से भी तेज़ चल रही थी। लड़ाई अब लड़ाई नहीं रह गयी थी, ये युद्ध जैसी बन कर दो भागों में विभाजित होकर महामारी की तरह फैल गयी थी। पुरुषों ने एक-दूसरे पर थप्पड़ और मुक्कों की बरसात शुरू कर दी थी। इससे पहले कि ट्रेन में कुछ ज़िम्मेदार यात्री उन पुरुषों को अपने बाहुपाशों में कैद कर पाते, उधर उन दोनों महिलाओं में से एक ने

दूसरी महिला के केशों को उसके जूड़े से अलग कर दिया और उन अच्छे-भले केशों का झुतरा बना दिया। दूसरी स्त्री ने इसे अपना अपमान समझकर पहली वाली स्त्री को एक ज़ोर का मुक्का धर दिया। पूरे कोच में सन्नाटा छा गया, यहाँ तक कि चलती ट्रेन की भी आवाज़ नहीं आ रही थी।

"आखिर मामला क्या है?" मैंने अपने बगल में बैठे मयंक से पूछा।

"अरे आदिल भाई, कुर्सी का लफड़ा! कुर्सी का!" मयंक की जगह विवेक ने जवाब दिया।

मयंक जो अब तक शांत बैठा था एकदम खड़ा हो गया और चिल्लाकर बोला, "क्या तमाशा लगा रखा है इतनी देर से? आप ही लोग अकेले यात्रा नहीं कर रहे हो और भी यात्री हैं जो सफ़र कर रहे हैं। कम-से-कम उन्हें तो सुकून से सफ़र करने दो। लड़ना ही है तो अगले स्टेशन पर उतर कर आराम से लड़ लीजिएगा। इतनी देर से लड़-लड़ के हमारा दिमाग बजा डाला है।"

"अरे बबुआ! ये देखो उत्ती देर से हमाई सीट पर बैठी है। हमाए पास टिकट भी है डी 6 सीट नंबर 48, 49 और 50। करमजली कहीं की। कीड़े पड़ेंगे इसे। इसकी सात पुश्तों को। चोरी तो चोरी ऊपर से सीना जोरी।" बूढ़ी औरत ने कहा।

इससे पहले मयंक कुछ समझ पाता, अपनी सात पुश्तों का भविष्य जानकर जवान औरत तैश में आ गयी और उसने बूढ़ी औरत के गाल पर एक तमाचा रसीद कर दिया। पाँचों की पाँचों उँगलियाँ बूढ़ी औरत के गाल पर छप गयीं। बूढ़ी औरत ने फिर से गालियों का पिटारा निकाला और जवान औरत पर ये पिटारा खोल दिया।

"आप दोनों शांत रहोगी या अभी दोनों को इस चलती ट्रेन से बाहर फेंकूँ?" मयंक ने दोनों औरतों को हड़काते हुए कहा।

मयंक का उन दोनों महिलाओं को उठाकर ट्रेन से बाहर फेंकने को सुनकर मेरे कान एकदम से खड़े हो गए। मैं अपनी दोनों आँखों को फाड़े मयंक को देखे जा रहा था। फिर मैंने विवेक और योगेश की तरफ़ भी देखा और उनसे इशारे-इशारे में पूछ लिया कि दादा ने कल रात में भांग तो नहीं फाँक ली थी। मैंने इतनी ही देर में सोच लिया था कि दादा इन दोनों को बाहर फेंक देगा तो कितनी धाराएँ लगेंगी? फिर अगर दोनों मर गईं तो दादा को इतने चश्मदीद गवाहों को भी मारना पड़ेगा। खुद को बचाने के लिए क्या दादा हम चारों को भी इस चलती ट्रेन से बाहर फेंक देगा? नहीं। नहीं। दादा इनको उठा ही नहीं पाएगा। अगर उठा भी लिया तो मैं गेट बंद कर दूँगा। मैं दादा को इन दोनों औरतों को बाहर फेंकने नहीं दूँगा, चाहे ये कितना भी लड़ती रहें।

"तुम कौन होते हो बे हमारे बीच में बोलने वाले?" उन स्त्रियों के पति एक-एक करके मयंक से भिड़ बैठे।

''हम कोई भी होते हों, उससे आपको क्या मतलब लेकिन आप लोग ट्रेन में इस तरह मछली बाज़ार बनाने वाले कौन होते हो? बुलाते हैं अगले स्टेशन पर आरपीएफ वालों को। निकलवाते हैं आपकी हेकड़ी।'' मयंक ने उन दोनों आदमियों को धमकाते हुए कहा।

''लेकिन ये सीट हमाई है। हम इसपे दिल्ली से बैठ के आ रहे हैं।'' जवान महिला के पति ने सीट पर हाथ रखते हुए कहा।

''अरे नहीं बबुआ, ये देखो हमरो टिकट। अलीगढ़ से लखनऊ तक को। कोच डी 6 सीट 48 से 50।'' बूढ़ी महिला ने अपने पति को टिकट दिखाने के लिये इशारा करते हुए कहा। उसके पति ने अपने कुर्ते की जेब से टिकट निकालकर मयंक को पकड़ा दिया। मयंक ने टिकट पर अंकित प्रविष्टियाँ ठीक से पढ़ीं। फिर पहले वाले के पति से उसका टिकट दिखाने को कहा। जवान औरत ने अपने बाल सँभालते हुए अपने बैग से टिकट निकाल कर मयंक को दे दिया। मयंक ने गौर से दोनों टिकटों को एक-एक हाथ में पकड़ कर पढ़ा और फिर कुछ सोचते हुए बोला, ''अमा यार! तुम लोग इंटरनेट पर पीएनआर नंबर से सर्च करो इनका टिकट डिटेल्स। साला ये रेलवे वाले भी ना, यात्रियों का कत्ल करा के मानेंगे एक दिन। एक ही सीट पर दो लोगों के टिकट हैं।''

योगेश ने मयंक के हाथ से टिकट लिये और पढ़ कर दे दिये। बिना कुछ बोले वो अपने मोबाइल में पीएनआर स्टेटस देखने लगा।

मयंक ने टीटीई को कोसते हुए कहा, ''पता नहीं ससुर ये लोग कहाँ मर जाते हैं। यहाँ ये लोग महाभारत-महाभारत खेल रहे हैं और उधर वो एसी में मस्त नींद ले रहे होंगे। ट्रेन को चले तीन घंटे से ज़्यादा हो गए लेकिन ये चेकिंग करने अभी तक नहीं आ पाये।''

मैंने मयंक से वो टिकट्स उत्सुकतावश ले लिए। मैंने वो टिकट्स देखे और मयंक से कहा, ''क्या दादा! आप कैसे चूक सकते हैं?''

''क्या मतलब?'' मयंक ने मेरी तरफ़ सवाल भरी नज़रों से देखते हुए कहा।

''अरे मतलब-वतलब कुछ नहीं दादा। ये देखो, ये जो दिल्ली से बैठे हैं इनका टिकट का प्रिंट हल्का है और ये कोच डी 8 को डी 6 समझ के इधर बैठ गए हैं। और ये बेचारे जो अलीगढ़ से चढ़े हैं, ये डी 6 वाले हैं। ये सीट इनकी ही है।'' मैंने हँसते हुए कहा। अब तक योगेश ने भी पीएनआर स्टेटस के माध्यम से दोनों के टिकट से उनकी सही सीट और कोच संख्या पता कर ली थी।

इतना सुनते ही बूढ़ी महिला ने अपना सामान सीट के नीचे डालते हुए जवान महिला को कहा, ''उठ भी अब यहाँ से कि इधर बैठे-बैठे घर तक ही जाएगी?''

जवान महिला और उसके पति ने बारी-बारी से अपना और उसका टिकट देखा। फिर गलती समझकर अपना सामान उठाकर वे दोनों अपने बच्चे के साथ वहाँ से डी-8 कोच की तरफ़ चले गए।

''वाह! आदिल कमाल कर दिये तुम, बड़ी पैनी नज़र है तुम्हारी तो।'' मयंक ने मेरी पीठ थपथपाते हुए कहा।

''हाँ दादा, वो अंग्रेज़ी में स्पॉटिंग इरर्स का कमाल है ये।'' मैंने हँसते हुए कहा।

बगल वाली सीट पर वो बूढ़ी औरत अब भी उस जवान औरत को कोस रही थी ''नाशपीटी! करमजली! भड़वी और पता नहीं न जाने कौन-कौन से विशेषण लगा रही थी।

''माताजी! आपको सीट मिल गयी न अब? अब आप शांत हो जाइए। ज़्यादा बक-बक करोगी आप तो अगले स्टेशन पर टीटीई को बोलकर उतरवा देंगे आपको।'' मयंक ने अपनी दोनों भौंहों पर ज़ोर देते हुए कहा।

पीछे से टीटीई भी आ गया। टीटीई से वो माता जी उलझ पड़ीं और बोलीं, ''करमजली गयी है डी-8 में। देख लेना फिर से किसी दूसरे की सीट पर न बैठ जाए।''

मैं इस बूढ़ी औरत की उस जवान औरत के प्रति फ़िक्रमंदी देख कर हैरान था। तभी मयंक ने टीटीई को इशारा करते हुए अपने पास बुलाया, ''इधर आइये!''

टीटीई भी एक भोले बच्चे की तरह दादा की ओर मुड़ा और पास आकर बोला, ''बताइये कहाँ तक का टिकट बनाना है?''

''अच्छा तो आप सीधे टिकट बनाने पर आ गए? ट्रेन दिल्ली से छूटे साढ़े तीन घंटे हो रहे हैं, टूंडला पहुँचने वाली है और आप लोग अभी तक टिकट चेक करने नहीं आए। ऐसे करेंगे आप लोग अपनी ड्यूटी?'' मयंक टीटीई पर बिफर पड़ा।

''देखिये भाई, पहले तो आप अपना लैंगवेज सुधारिए। बहुत खराब है आपका मोरल। फिर इधर हम डी 1 से देखते हुए आ रहे हैं, देर नहीं होगी तो का होगी?'' टीटीई ने अपने चश्मे को नाक पर रखकर आँखें फाड़ते हुए कहा।

''आप लोगों को काम करना हो तब ना, बड़ा देर हो जाती है।'' मयंक ने कहा।

''अच्छा तो आप अब हमें काम करना बताएँगे!'' टीटीई ने अपने बोलने के लहज़े में सख्ती लाते हुए कहा।

''काम करना बता नहीं रहे हैं, काम याद दिला रहे हैं। आपकी देरी के चक्कर में दो लोग आपस में लड़े जा रहे थे। देखिये, इस औरत का गाल। कैसे खमीर की तरह फूल गया है। पाँचों उँगलियाँ कैसे छपी पड़ी हैं।'' मयंक ने उस बूढ़ी औरत का

गाल टीटीई को दिखाते हुए कहा।

''तो हमने यात्रियों के व्यक्तिगत लड़ाई-झगड़ों की ज़िम्मेदारी थोड़े ले रखी है। कुछ भी करें वे लोग, हमें क्या?'' टीटीई ने पूरी लापरवाही से कहा।

''आप ही ज़िम्मेदार हैं। अगर आप टाइम पर टिकट चेक करते तो इन लोगों को ये दिक्कत न उठानी पड़ती। और न ही बाकी यात्रियों को।'' मयंक ने पूरा प्रतिरोध किया।

''लगता है पहली बार ट्रेन में सफ़र कर रहे हो!'' टीटीई ने हँसते हुए कहा।

''नहीं! पहली बार आपसे बहस कर रहे हैं।'' मयंक ने गुस्साते हुए कहा।

मामले को बढ़ता देख मैंने और विवेक ने मयंक को समझाया और चुप हो जाने को कहा। फिर विवेक ने टीटीई से हाथ जोड़ते हुए कहा, ''साहब! रहने दीजिये ना। इसकी दिमागी हालत ठीक नहीं है, अभी दिल्ली से उसी का ही इलाज करा कर लौट रहे हैं।''

''दिमागी हालत ठीक नहीं है।'' सुनकर मयंक ने विवेक की ओर एक भौंह उचका कर गुस्से भरे अंदाज़ में देखा और कुछ ऐसा बुदबुदाया मानो कह रहा हो, ''पहुँचो बे तुम कानपुर, बताते हैं तुमको दिमागी हालत के बारे में।''

''अच्छा ठीक है, ठीक है। लेकिन टिकट कहाँ हैं तुम्हारे?'' टीटीई ने विवेक से पूछा।

विवेक ने अपने मोबाइल से ई-टिकट और अपनी आईडी टीटीई को दिखा दी। टीटीई बाकी सब यात्रियों के टिकट चेक करके उस कोच से अगले दूसरे कोच में बढ़ गया। टीटीई के जाते ही मयंक को छोड़ कर हम चारों हँस पड़े। ''दादा! बताए नहीं, आपकी दिमागी हालत ठीक नहीं है। वैसे कब से है ये?'' योगेश ने पूरी मौज लेते हुए कहा।

''हाँ, तुम भी मौज ले लो। इस ससुर विवेक को तो हम कानपुर पहुँच के देख लेंगे कि कितना खराब है हमारा दिमाग!'' मयंक ने कहा।

''अमा यार दादा! तुम खामखा ही उलझ रहे थे उस टीटीई से। का ज़रूरत थी उससे बेमतलब बहस करने की?'' विवेक ने आगे कहा।

''वो अपना काम ही नहीं कर रहा था ढंग से, तो गुस्सा आ गया।'' मयंक बोला।

''ऐसे कितनों पर गुस्सा करेंगे मयंक भाई आप?'' राहुल ने कहा।

''जितने गलत लोग सामने पड़ेंगे।'' मयंक ने ट्रेन की खिड़की से बाहर की ओर देखते हुए कहा।

''यार टीटीई को देखे नहीं कैसे मुँह उतर गया था, बेचारा।'' योगेश ने कहा।

''तुम्हें साला बड़ा बुरा लग रहा है उसका। रिश्तेदार था क्या वो तुम्हारा?'' विवेक ने योगेश से कहा।

राहुल इस बात पर फिर हँस दिया। टीटीई जा चुका था, वो बूढ़ी औरत फिर चालू हो गयी, ''पता नहीं कैसे-कैसे लड़के लोग हैं! पहले तो हमको बाहर फेंकने को बोल रहा था और उसके बाद हमरे लिए टीटीई से भी लड़ लिया।''

''माताजी बस कीजिये ना। दर्द से माथा फटा जा रहा है। अपनी बातें बाद में कर लीजिएगा, नहीं तो इस बार सच में बाहर फेंक देंगे।'' मयंक ने झल्लाते हुए कहा। बूढ़ी औरत नाक, भौंह, मुँह, आँख सिकोड़ कर चुपचाप बैठ गयी।

टूंडला स्टेशन आ गया था। विवेक ने मयंक का मूड गरम देखते हुए हम सब के लिए चाय ऑर्डर की। चाय पीकर मेरे शरीर को भी राहत मिली। रेल का बाकी का सफ़र काटने के लिए विवेक ने बैग से ताश की गड्डी निकाल ली। मेरी खेलने की हिम्मत नहीं हो रही थी। मैंने खेल न खेलकर उनको खेल खेलते हुए देखना ज़्यादा मुनासिब समझा।

''आदिल! तुम आराम करो। तुम ज़्यादा थके हुए लग रहे हो।'' इससे पहले कि विवेक मुझसे खेलने के लिए पूछ पाता, मयंक ने मुझे आराम करने के लिए बोल दिया।

अब चारों के बीच गमछा बिछ चुका था। ताश की गड्डी खोली जा चुकी थी। विवेक ने ताश के पत्ते फेंटने शुरू कर दिये थे। मैं खिड़की के करीब वाली सीट पर और सिकुड़ कर बैठ गया। ठंड अचानक से बढ़ गयी थी। मैंने खिड़की ठीक से बंद कर ली। ताश के पत्ते फेंके जा रहे थे। पत्ते उन चारों में बँट चुके थे। इन चारों के हाथों में उनके अपने-अपने ताश के पत्ते थे। मेरी आँखें नींद की वजह से धीरे-धीरे बंद होती जा रही थीं। मेरे दिमाग में समीरा की आवाज़ का सुरूर धीरे-धीरे चढ़ता जा रहा था। पहली बाज़ी चली गयी और समीरा के शब्द मेरे दिमाग में दौड़ चले। मैं फिर से जंतर-मंतर की सड़कों पर हज़ारों अभ्यर्थियों के बीच था। मंच पर समीरा थी। उसके हाथ में वही माइक था। समीरा दहाड़ रही थी—

''दोस्तों! इस दुनिया में हम ताश के पत्ते हैं और एक-एक ताश के पत्ते मिलकर एक गड्डी बनाते हैं। ताश के पत्ते जब तक गड्डी में बंद होते हैं तो इनका वजूद होकर भी कोई वजूद नहीं होता। जब तक गड्डी खोली नहीं जाती और ताश के पत्ते फेंके नहीं जाते तब तक असल खेल शुरू नहीं होता। हाँ! बिलकुल इसी तरह हम सब भी ताश के पत्ते हैं। ज़िन्दगी हम सबको ताश के पत्तों की तरह खेल खिलाती है। इस खेल में बाज़ी विषम परिस्थितियों से, भ्रष्ट हो चुकी व्यवस्था से और सो चुकी किस्मत को अपने अटल विश्वास रूपी धैर्यवान मेहनत के माध्यम से जीतना है और इस खेल में

अहम किरदार होंगे 'हम'—'ताश के पत्ते'। ताश के पत्ते। ताश के पत्ते।''

समीरा की आवाज़ वहाँ पूरे वातावरण में गूँजने लगी और गूँजते-गूँजते अचानक से आसमान में एक रोशनी हुई और फिर कई रंग-बिरंगे, सफ़ेद, गुलाबी, पीले, लाल, नीले, नारंगी, आसमानी तमाम रंग के फूलों की पंखुड़ियों से बने ताश के पत्ते के आकार के पत्तों की वर्षा होने लगी। सभी के हाथ में एक-एक पत्ता आकर चिपका जा रहा था। फिर वातावरण में एक साथ कई आवाज़ें गूँजने लगीं, 'असफलता, मेहनत, प्रतिज्ञा, सफलता, मुकाम, ज़िद, संयम, व्यवस्था, भ्रष्टाचार, संकल्प, किस्मत'। ये आवाज़ें गूँज कर गायब होती चली गईं। मैंने अपनी बाँह पर चिपका सफ़ेद पत्ता उठाया और धीरे से पढ़ा, ''किस्मत।'' मेरी ये आवाज़ एक अजीब तरह की भयानक हँसी के साथ उस वातावरण में गूँज कर समा गयी। फिर मैंने समीरा की तरफ़ देखा। वो मंच पर से हम सब को देख कर मुस्कुरा रही थी। उसका चेहरा एकदम सफ़ेद-सा चमक रहा था। मैं दौड़कर समीरा के पास चला गया। उसी बीच मैंने भीड़ में से मयंक की आवाज़ सुनी, ''व्यवस्था''। ये आवाज़ भी भयानक हँसी के साथ गूँज कर वातावरण में समा गयी। समीरा की बाँह को पकड़ कर मैंने उसके पत्ते को देखा। वो हल्का आसमानी रंग का था। जैसे ही मैंने पढ़ना चाहा तो उसमें से शब्द अपने आप गायब हो गया। मुझे नहीं पता था कि उसमें लिखा यूँ इस तरह मिट जाएगा। अभ्यर्थियों की भीड़ का मुख एकदम से मेरी तरफ़ हो गया और एक भयानक ज़ोर की आवाज़ के साथ मेरी तरफ़ हर कोई उँगली किए खड़ा था, ''हत्यारा!''

इस आवाज़ के साथ-साथ वो अभ्यर्थी भी गायब होने लगे। कुछ ही देर में जंतर-मंतर की उस सड़क पर मैं और समीरा ही थे। मेरे हाथ में मेरा और समीरा का पत्ता था। समीरा खामोश थी। मैंने समीरा का हाथ पकड़ते हुए कहा, ''समीरा! तुम ऐसे खामोश क्यों हो? कुछ बोलतीं क्यों नहीं? मुझे डर लग रहा है समीरा। देखो! मैं तुम्हारा आदिल। मुझे पहचानोगी भी नहीं समीरा?''

समीरा ने खामोश रहते हुए ही मुस्कुराकर मुझे गले से लगा लिया। मैं इसी तरह समीरा के गले लगा रहना चाहता था।

''याहू! मैं जीत गया। मैं जीत गया। देखो आदिल मैं जीत गया ये खेल। फ़र्स्ट मैं, सेकंड राहुल, तीसरे पर योगेश और दादा भक्खी।'' विवेक ने एक ज़ोर की आवाज़ में अपने जीतने की खुशी ज़ाहिर की। मेरी तंद्रा विवेक के इस तरह चिल्लाने से टूट गयी थी और साथ ही टूट गया था समीरा के साथ वक़्त बिताने का एक और मौका।

''अरे आदिल, इस ठंड में भी तुम्हें इतना पसीना आ रहा है। सब ठीक तो है ना?'' विवेक ने मुझसे पूछा।

''साला तुम कुत्ते की तरह भौंककर चिल्लाओगे तो कौन नहीं डर जाएगा?''

मैंने अपने तंद्रा वाले सपने को छिपाते हुए झूठ कहा।

राहुल फिर हँस दिया।

''तुम बे यार राहुल बहुत हँसते हो? कंटाप पर देंगे अभी तो बुद्धि ठीक हो जाएगी। हर बात पर हँस देते हो।'' विवेक ने राहुल को हड़काते हुए कहा।

''काहे चढ़े जा रहे हो लौंडे पे? हैं? अब आदमी अपनी खुशी से हँस भी नहीं सकता क्या? कुत्ता हो तुम तो बस। हमको तुम उस टीटीई के सामने का बोले थे कि हमरा दिमागी हालत ठीक नहीं है! लेओ, अब कुत्ते की तरह कुकुआते रहो।'' मयंक ने मौका देखते ही पूरी खीझ विवेक पर हँसते हुए उतार दी।

''हें हें हें हें...!'' राहुल इस बार पहले से ज़्यादा ज़ोर से हँसा था।

''देखो दादा! ई ससुर राहुलवा फिर से हँस दिया। हमको तो लगता है ये ससुर पैदा भी हँसते हुए ही हुआ होगा।'' विवेक ने राहुल पर मज़ाक कसा।

''तुम लोग यार भाई कसम से बात ही हँसने वाली करते हो। हँसे न तो क्या करें! नाचें का?'' राहुल ने हँसते हुए कहा।

इस बात पर हम सब फिर से एक साथ ज़ोर से हँस पड़े। ऐसे ही हल्के-फुल्के मज़ाक के बीच सोते-जागते अपने घर पहुँच गए। मयंक, विवेक, योगेश और राहुल से विदा लेकर मैं रुरा रेलवे स्टेशन पर उतर गया।

''अच्छे से पढ़ना आदिल!'' मयंक ने चलते वक़्त कहा।

~

उधर अब्बा दूर से साइकिल पर बैठे जल्दी-जल्दी पैडल मारे चले आ रहे थे। आते ही अब्बा ने मेरा बैग मेरे कंधे से उतारकर साइकिल पर रख लिया और कुछ दूर पैदल-पैदल साथ में चलते हुए कहा, ''अरे बता देते कि स्टेशन आ गए हो, तो पहले से ही लेने आ जाते तुमको। इतनी दूर से आ रहे हो थक गए होगे। झोला भी तो भारी है।''

''अरे कहाँ भारी है अब्बा, आ जाता मैं। खामखा आप परेशान हुए। फिर देखो, लोग क्या कहेंगे कि कैसा लड़का है ये दस किलो का झोला नहीं लाद सकता।'' मैं मुस्कुराते हुए बोला।

''अच्छा तो दिल्ली जाकर तीन दिन में ही बड़ी-बड़ी बातें सीख ली हैं तुमने। लोग क्या कहेंगे, क्या सोचेंगे, ये उनका काम है। भला हम क्यों सोचें कि वो क्या सोच रहे हैं। चलो चुपचाप।'' अब्बा ने सामने देखते हुए कहा।

अब्बा का मेरे प्रति इतना स्नेह देखकर मुझे लग रहा था कि मैं कार्गिल से लौटा हुआ कोई एक सैनिक हूँ जो पाकिस्तान की गोलियों से बाल-बाल बचकर आ गया

है। थोड़ी देर बाद मैं और अब्बा अपने घर के सामने थे। दरवाज़े पर अम्मी खुशी से आँखें फाड़े मुझे देख रही थीं। दरवाज़े पर पहुँचते ही अम्मी ने मुझे गले लगाते हुए कहा, ''आ गया मेरा बेटा! चलो अब हाथ-मुँह धोकर खाना खा लो फिर आराम से सो जाना। इतनी दूर से आ रहा है। थक गया है मेरा बच्चा।'' अम्मी ने तीन दिन से बटोर के रखी सारी ममता मेरे पर एक साथ उड़ेल दी थी। बोलते-बोलते अम्मी रुक गईं और फिर बोलीं, ''अरे बेटा! ये क्या? तुम्हें तो बुखार है। चलो जल्दी मुँह हाथ धो के आओ। मैं तब तक अदरक, शहद, काली मिर्च का काढ़ा बनाकर लाती हूँ। खाना खाने के बाद इसे पीकर सो जाना तुम।''

''काढ़ा तब पिलाओगी जब इसे घर के अंदर आने दोगी।'' अब्बा ने कहा।

''हाँ! हाँ! आओ बेटा!'' अम्मी ने कहा।

कुछ देर बाद मैं बाथरूम से हाथ-मुँह धोकर कमरे में आ गया। जहाँ छोटी बहन पढ़ रही थी। वहीं कमरे के एक कोने में छोटा भाई अलमारी में किताबों के बीच कुछ ढूँढ रहा था। मेरे आने के डर की वजह से उसने अपने बैग से सारी किताबें निकालकर फ़र्श पर बिछी दरी पर फैला दीं, जैसे वो कोई बहुत बड़ा साहित्यखोर आदमी हो।

''और शफ़क क्या कर रही है?'' अपनी बहन के गाल पर हाथ फेरते हुए मैंने पूछा।

''अरे भाई आप कब आए? अस्सलाम ओ अलाइकुम भाई।''

''वालईकुम अस्सलाम! बस थोड़ी देर हुई। कैसी हो बेटा?''

''मैं ठीक हूँ भाई। ये मैथ्स के सवाल लगा रही थी मैं। ये वाले सवाल नहीं आ रहे मुझे, आप आ गए हैं तो अब आप बता दोगे।'' शफ़क ने अपनी समस्या और उसके समाधान के लिए एक साँस में बोला।

''हाँ बता दूँगा बेटा। थोड़ा-सा आराम कर लूँ। इन छोटे नवाब से भी मिल लूँ तब तक।'' मैंने कहा।

''हाँ तुम समर! उधर अलमारी में क्या ढूँढ रहे थे? किताबें तो तुम्हारी इधर बिखरी पड़ी हैं।'' मैंने छोटे नवाब से पूछा।

''भैया वो शार्पनर खो गया है, वही ढूँढ रहा हूँ।'' समर ने मेरी तरफ़ तिरछी नज़रों से देखते हुए कहा।

''कौन-सी क्लास में पहुँच गए हो तुम?''

''ये फ़ोर्थ में है भैया अभी।'' इससे पहले कि समर कुछ जवाब देता, शफ़क बीच में बोल पड़ी।

''तुमसे पूछा मैंने ?'' शफ़क को धमकाते हुए मैंने कहा। वो सहम-सी गयी। और फिर खोपड़ी नीचे करके अपने मैथ्स के सवालों में उलझ गयी।

''क्या ढूँढ रहे हो उधर समर ?'' मैंने छोटे भाई से फिर पूछा।

''चूहे मारने वाली दवा।'' समर ने कहा।

चूहे मार दवा से मुझे आत्महत्या या किसी की हत्या की साजिश लगी। फिर मैंने कुछ पल रुककर समर से पूछा, ''किसलिए चाहिए तुम्हें दवा ?''

''बैग में मेरी एक कॉपी चूहे ने कुतर दी है। इसलिए बैग में रखने के लिए दवा ढूँढ रहा था। पता नहीं अम्मी ने कहाँ रख दी ?'' समर ने बड़ी मासूमियत से कहा।

''अच्छा तो इतने चूहे हो गए हैं कि तुम्हारे बैग में घुसकर तुम्हारी कॉपी-किताबें खाएँगे ? उन्हें ये अलमारी में रखी इतनी किताबों का स्वाद पसंद नहीं आया क्या ?'' मैंने पूछा।

''मुझे क्या पता ? ये तो चूहा ही जाने, देख लीजिये आप खुद ही मेरी ये साइंस वाली कॉपी चूहों ने खा ली है।'' उसने दरी पर पड़ी किताबों-कॉपियों के बीच में से एक कॉपी उठाई और मुझे बड़ी ही मासूमियत से दिखाते हुए कहा, ''ये देखिये भाई ! कैसे बुरी तरह से कुतरी है ?''

कॉपी को देखते ही मैं समझ गया था कि ये चूहों ने नहीं बल्कि समर ने ही कुछ देर पहले चबाई है। जो फटते-फटते रह गयी और उसमें समर के आगे के दाँतों के निशान बने हुए साफ़ दिख रहे थे।

''अच्छा चूहा तो बहुत बड़ा हो गया है। बड़ी बुरी तरह से कुतर के चला गया है तुम्हारी किताब।'' मैंने समर की तरफ़ आँख दिखाते हुए कहा। वो समझ गया कि उसे अब डाँट पड़ने वाली है और तुरंत ही वहाँ से उठ कर भाग गया। भागते-भागते उसने कहा, ''ओये! ओये! मैंने ही दाँत से चबाई थी वो कॉपी, मेरा होमवर्क नहीं हुआ था।'' इतना बोलते ही वो अम्मी से जाकर लिपट गया। मैं बस हँस दिया। अम्मी कमरे में आयीं और उनके पीछे-पीछे समर भी आया। अम्मी ने कमरे में घुसते ही कहा, ''ये सब क्या फैला रखा है तुम लोगों ने ? चलो खाना लगा दिया है। खा लो चलकर और आदिल तुम खाना खाने के बाद ये काढ़ा पी लेना। यहाँ मेज़ पर रख दे रही हूँ।'' अम्मी ने काढ़ा मेज़ पर रखते हुए कहा। ''और शफ़क तुम भाई को याद से दे देना काढ़ा।'' अम्मी ने आगे कहा।

''जी अम्मी! ये सब इस छोटे ने फैलाया है। मैं तो पढ़ रही हूँ तब से। देखो ना।'' शफ़क ने अपने हाथ में गणित की किताब उठाते हुए कहा।

''अच्छा। ठीक है। चलो सभी लोग आकर खाना खा लो।'' अम्मी ने कमरे से

जाते हुए कहा। उनके पीछे-पीछे समर, शफ़क की चोटी खींचकर खरगोश की तरह उछलता-कूदता भाग गया। मैं भी शफ़क की चोटी खींचकर बाहर बरामदे में खाना खाने के लिए आ गया।

अम्मी ने आज छोले बनाए थे। दूर से छोलों की महक श्वसन नलिकाओं में समा रही थी। हम सब खाना खाने के लिए बैठ गए। खाना खाते हुए अब्बा ने पूछा, ''क्या हुआ तुम्हारे प्रोटेस्ट का? कुछ हल निकला?''

अम्मी ने अब्बा को बीच में टोकते हुए कहा, ''अरे आप भी ना, खाना तो खा लेने दीजिये बच्चे को। इतनी दूर से थका हुआ आया है। बाद में पूछ लीजिएगा। तुम खाना खाओ बेटा।'' अम्मी ने मेरी तरफ़ देखते हुए कहा।

अब्बा कुछ बोल पाते उससे पहले ही मैं बोल दिया, ''ठीक ही रहा। बहुत भीड़ थी। देश के कोने-कोने से अभ्यर्थी आए थे। पटना, कलकत्ता, भोपाल, देहरादून, जयपुर, इलाहाबाद, लखनऊ, बनारस, गोरखपुर, जोधपुर, मुंबई, चेन्नई, बेंगलोर और भी पूरे देश से जगह-जगह से अभ्यर्थी आए हुए थे। दो हज़ार से भी ज़्यादा की भीड़ थी। शाम को निर्णय आया कि सात शहरों की परीक्षा दोबारा होगी। आयोग वाले बोल रहे हैं कि इन सात शहरों में नकल हुई है, बाकी शहरों में नहीं।''

''हम्म! तुम्हारी भी होगी फिर से परीक्षा?'' अब्बा ने मुझसे पूछा।

''नहीं अब्बा! मैं बच गया। मेरी नहीं होगी परीक्षा।''

''क्या फ़र्क पड़ता है, हमारा आदिल तो हर परीक्षा पास कर जाएगा।'' अम्मी ने बीच में ही कहा।

''हाँ! बिलकुल,'' अब्बा ने रोटी के कौर में छोले भरते हुए सहमति दी।

फिर सभी ने खाना खाया। शफ़क ने मुझे काढ़ा पिला दिया। तीन दिन की थकावट से शरीर अब टूट रहा था और बस बिस्तर माँग रहा था जैसे प्यासा पानी माँगता है और विछोही प्रेम। बिस्तर पर जाते ही मैं रज़ाई ओढ़कर सो गया।

~

सुबह कब हुई, सूरज अपना रथ लेकर कब निकला और कब सवेरे के नौ बज गए। पता ही नहीं चला। शरीर नींद पूरी हो जाने के बाद राहत महसूस कर रहा था। अब बुखार भी नहीं था। उठते ही मैंने सबसे पहले अखबार पढ़ा। उसमें कहीं भी हमारे एसएससी आंदोलन का ज़िक्र नहीं था। उस अखबार के छोटे से कोने तक में भी हम अभ्यर्थियों के परिश्रम, मजबूरी और लाचारी की कोई जगह नहीं थी। पूरा का पूरा अखबार चुनावी पार्टियों, उनके नेताओं और उनकी विकृत मुस्कान से भरा पड़ा था। अखबार में जगह-जगह चुनावी वादों की बाढ़ थी। विज्ञापनों की छीछालेदर से

अखबार भरा पड़ा था, लेकिन हम अभ्यर्थियों का दर्द उस अखबार में कहीं नहीं था। मैंने अखबार की एक-एक हैडिंग फिर से पढ़ी कि शायद गलती से पहली बार में कहीं मैंने कोई खबर मिस तो नहीं कर दी। लेकिन दोबारा पढ़ने के बाद भी मुझे सिवाय निराशा के कुछ भी हाथ नहीं लगा। मैंने हतोत्साहित होकर अखबार सामने चारपाई पर पटक दिया और भारतीय मीडिया को कोसने लगा। थोड़ी देर बाद मैं मन को बहलाने के लिए काकू चौबे और रफ़ीक़ चाचा के यहाँ चला गया।

चौबे जी अपनी अंगीठी पर रखी पतीली में चाय गरम कर रहे थे। चाय उबलकर पतीली से बाहर आ रही थी। चौबे जी की दुकान पर हर वक़्त तीन-चार लोग दुनियाभर की गप्पें मारा करते थे। कुछ तो कभी-कभी अपने बचपन से लेकर जवानी और बुढ़ापे तक की महागाथाओं का वर्णन किया करते थे। आज भी वहाँ कुछ चाय के नशेड़ी चाय की चुसकियाँ लेते हुए बीड़ी सुलगा रहे थे। बगल में रफ़ीक़ चाचा एक दूधवाले की साइकिल का टायर बदल रहे थे।

चौबे जी ने मुझे देखते हुए कहा, "आओ! आओ! आदिल बेटा, कब आए दिल्ली से? सब कुशलमंगल?"

"हाँ ताऊ सब बढ़िया है। आप बताओ। कैसे हो? और आप रफ़ीक़ चाचा? कैसी है आपकी खाँसी?" मैंने चाचा से उनकी खैरियत पूछी।

"सब बढ़िया है बेटा! बस तुम्हारे रफ़ीक़ चाचा की खाँसी ठीक नहीं हो रही। कितना मना करता हूँ कि बंद कर दो ये काम और चुपचाप बस आराम करो लेकिन इनको तो सनक सवार है काम की।"

"काहे चाचा! क्या सुन रहा हूँ मैं ये, आपकी खाँसी नहीं ठीक हो रही? हैं!" मैंने चाचा की तरफ़ देखते हुए कहा, "ज़रूर चौबे ताऊ आपको अदरक वाली चाय नहीं पिलाते होंगे।"

रफ़ीक़ चाचा पानी से आधे से ज़्यादा भरे एक ज़ंग लगे तसले में ट्यूब को डुबो-डुबो कर पंक्चर ढूँढ रहे थे। वे अपने काम में इस तरह तल्लीन थे जैसे कोई डिटैक्टिव अहम सबूतों और दस्तावेज़ों को खोजने में होता है। चाचा पानी में ट्यूब घुमाते जा रहे थे। जहाँ से पानी के बुलबुले उठने लगे वहाँ चाचा ट्यूब में निशान लगाकर उस पर टिक्की लगा कर पंक्चर बना रहे थे।

"आ गए बच्चे? कैसे हो?" चाचा ने गीले हाथों से अपनी सफ़ेद दाढ़ी को खुजाते हुए पूछा।

"हाँ चाचा। हम ठीक हैं। हमारी फ़िकर छोड़ो आप। पहले आप ये बताओ कि आप क्यों नहीं ठीक हो? आपको इतनी खाँसी आ रही है, फिर भी आप ये काम करना नहीं छोड़ रहे हैं। अब आपकी उम्र काम करने की नहीं रही है चाचा।"

''अरे बेटा! ये खाँसी, बुखार तो चलता रहता है। फिर मेरा इस दुकान, चौबे जी और तुम्हारे सिवा है ही कौन इस दुनिया में। काम करता हूँ तो मन लगा रहता है। जिस दिन काम करना बंद कर दूँगा तो खाऊँगा क्या?'' चाचा ने खाँसते-खाँसते कहा।

रफ़ीक़ चाचा की बात सुनकर मुझे अपने बेरोज़गार होने पर घृणा-सी हो आई। मैं असहाय शांत खड़ा रहा। कुछ रुककर मैं चौबे जी से बोला, ''अरे क्या चौबे जी! आप भूल गए कि हम आपके यहाँ चाय पीने आए हैं। चलिये लाइये एक चाय हमारे लिए और एक चाय रफ़ीक़ चाचा के लिए। ऐसी चाय बनाइएगा जिससे चाचा की खाँसी एकदम छू-मंतर हो जाए।''

थोड़ी देर बाद चाय बनकर तैयार थी। चौबे जी चाचा की तरफ़ चाय बढ़ाते हुए बोले, ''लो रफ़ीक़ मियां! ये अदरक वाली चाय। इससे तुम्हारी खाँसी ठीक हो जाएगी। लेकिन पहले ये चुनही चबाना बंद कर दो!''

''हाँ चाचा ये बहुत गलत बात है आप चुनही खाओगे तो चाय नहीं मिलेगी आपको।'' मैंने कहा।

चाचा बस खामोश अपनी मेहंदी लगी दाढ़ी पर हाथ फेरते जा रहे थे और चाय सुड़कते जा रहे थे। मैं भी अपनी चाय पी रहा था। चाय पीने के बाद मैंने चौबे ताऊ के यहाँ रखे अखबार को उठा लिया। चौबे ताऊ के यहाँ जो अखबार आता था, उससे अलग नाम का अखबार हमारे घर आता था। मैंने अखबार को इस आशा में पढ़ने के लिए उठाया कि शायद इसमें दिल्ली के धरने के बारे में खबर छपी हो। देश, दुनिया, कस्बा, गाँव, मोहल्ला, गाय, बकरी, कुआँ, गड्ढा, राजनीति, शराब, मर्डर जैसी सारी खबरें थीं लेकिन हमारे प्रोटेस्ट की कोई खबर इस अखबार में नहीं थी। देश का शायद वो कोई भाग्यशाली कागज़ ही रहा होगा, जिस पर धरने की कोई खबर छपी हो।

''कुछ परेशान लग रहे हो आदिल?'' चौबे जी ने सवाल किया।

''नहीं ताऊजी। कुछ नहीं।''

चौबे जी अदरक कूटते हुए बोले, ''देखो! हमसे जब छिपा नहीं पाते हो तो काहे कोशिश करते हो? चलो बताओ का परेशानी है तुम्हें?''

''ताऊ ये मीडियावाले इत्ता हरामखोरी काहे करते हैं? देश की राजधानी में दो हज़ार बच्चों ने इतना विशाल धरना दिया। नौकरी में पारदर्शिता लाने के लिए लोग इतनी दूर-दूर से भूखे-प्यासे इस ठंड में वहाँ पहुँचे। फिर भी उनका दर्द इनको नहीं दिखता। जब तक देश के कोने-कोने में ये बातें नहीं पहुँचेंगी, तो कौन जान पाएगा हमारा दर्द, कौन समझ पाएगा हमारी बरसों की मेहनत को?'' मैं बस बोलता चला गया।

चौबे जी चुपचाप अदरक कूटे जा रहे थे, थोड़ी देर बाद ओखली में से खट-

खट की आवाज़ बंद हुई और चौबे जी बोले, ''बेटा ये हिन्दुस्तान है। यहाँ बड़े लोगों को ही पूछते हैं सब। बड़े लोगों की एक ज़रा-सी छींक तक मीडियावालों के लिए ब्रेकिंग न्यूज़ बन जाती है। इनके लिए आम जनता की परेशानियाँ, परेशानियाँ नहीं होतीं। तुमको ये सब पता होना चाहिए आदिल।''

''हाँ चौबे जी आप सही बोले एकदम।'' मैंने हामी भर दी।

रफ़ीक़ चाचा जो अपने टूटे तखत पर बैठे थे, एक ज़ोर की खाँसी के बाद हाँफते हुए बोले, ''बेटा! इन सबके भरोसे मत बैठो। इनकी दुकानें तुम लोगों की वजह से ही चलती हैं। अपने रास्ते खुद बनाओ और उस राह पर चलते जाओ, भले ही सफ़र में कोई तुम्हारा साथ न दे। फिर भी तुम हार नहीं मानो। आखिरी साँस तक लड़ो...और लड़ते...रहो... !'' बोलते-बोलते रफ़ीक़ चाचा फिर से खाँसने लगे। उनकी खाँसी ऐसी थी कि अभी ही इनका दम ले लेगी। मैंने रफ़ीक़ चाचा की पीठ पर हाथ फेरा और उन्हें पानी पिलाकर अंदर ज़मीन पर बिछे फटे तिरपाल पर लिटा दिया। मैंने उनके सिरहाने रखे तकिये को उनके सिर के नीचे रखा और कंबल ओढ़ाकर कुछ देर उनके माथे पर हाथ फेरता रहा, फिर मैं बाहर निकल आया। बाहर आकर मैंने चौबे जी से कहा, ''चाचा की तबीयत तो बहुत ही खराब है। ऐसे कैसे चलेगा? कल ही सुबह इनको लेकर अस्पताल चलते हैं।''

''कोई फ़ायदा नहीं है अब।'' चौबे जी ने दूर खाली सड़क पर देखते हुए कहा।

''क्या मतलब, क्या मतलब कि कोई फ़ायदा नहीं है!'' मैंने चौबे जी से प्रश्न भरी आँखों से सवाल किया।

''परसों इनकी तबीयत बहुत खराब हो गयी थी। मैं इन्हें दिखाने के लिए ज़िला अस्पताल ले गया था। वहाँ डॉक्टर बाबू लोगों ने कुछ सरकारी जाँचें लिखीं। जाँचें कराईं। रिपोर्ट लेकर जब डॉक्टर बाबू के पास गया तो उन्होंने कहा, 'टीबी लास्ट स्टेज पर है। फेफड़े पूरी तरह गल चुके हैं। कुछ कह नहीं सकते कि इस दुनिया में कब तक और चलेंगे ये।' ''

मैं स्तब्ध खड़ा बस चौबे जी को सुने जा रहा था। मेरी हिम्मत नहीं पड़ रही थी चाचा को दोबारा देखने जाने की। चाचा फिर खाँस रहे थे। मैं उठा और चुपचाप घर की ओर चल दिया। चौबे जी ने मुझसे कोई सवाल नहीं किया कि मैं क्यों चला गया। शायद वो मेरी मनोदशा समझ गए होंगे। घर आकर मैंने अपने कमरे का दरवाज़ा बंद किया और बिस्तर पर अपनी आँखें बंद करके चित्त लेट गया।

रफ़ीक़ चाचा को मैं तब से जानता हूँ, जब मैं स्कूल जाता था। वे फ़्री में ही मेरी साइकिल का पंक्चर बना दिया करते थे और अपने पैसों से मुझे गुड़ और लईया की पट्टी खिलाया करते थे। गुड़ और लईया की पट्टी के लालच में मैं कई बार खुद ही साइकिल के टायर में कील से पंक्चर कर देता था और उनके पास ले जाकर सही

कराता था। पंक्चर जोड़ देने के बाद वो मुझसे ढेरों बातें करते, मेरी पढ़ाई और खेलकूद के बारे में पूछा करते थे। फिर मुझे गुड़ और लईया की पट्टी देकर सीधे घर जाने को बोलते थे। मैं पट्टी लेकर घर आ जाता था। इतना तो मेरे अब्बा और अम्मी भी नहीं जानते थे मेरे बारे में, जितना रफ़ीक़ चाचा मुझे जानते थे। वे मुझे कभी लगे ही नहीं कि वे मेरे घर से अलग हैं। उनकी ये हालत देखकर आज ऐसा लगा जैसे दिल का एक कोना अलग हो गया हो। उस दिन से मैं घर से बाहर कम ही निकलता था। मुझे रफ़ीक़ चाचा को देखने से डर लगता था। यूँ ही एक हफ़्ता निकल गया। मैंने खुद को किताबों में पूरी तरह डुबो लिया था। एक रात मैं पढ़ाई करने के बाद रज़ाई ओढ़े लेटा हुआ था। उस रात पता नहीं क्यों नींद नहीं आ रही थी। ठंडी हवाएँ तेज़ चल रही थीं। पास में कहीं शायद बारिश के साथ ओले भी गिरे थे। सवेरे के साढ़े तीन बज रहे थे। घर के मेन दरवाज़े पर दस्तक हुई। अम्मी ने जाकर दरवाज़ा खोला। सामने चौबे जी थे। दरवाज़ा खुलते ही चौबे जी बोले, ''सलाम भाभी!''

''सलाम! इतनी सुबह-सुबह और वो भी इतनी ठंड में चौबे साब? सब खैरियत तो है ना?'' अम्मी ने चौबे जी को देखते ही पूछा।

''वो आप आदिल को भेज दीजिये। रफ़ीक़ चाचा का इंतेकाल हो गया है।'' चौबे जी ने हाँफते हुए कहा।

अम्मी तुरंत मेरे कमरे में आईं। मुझे उठाते हुए वो बोलीं, ''आदिल बेटा! चौबे जी आए हुए हैं। कह रहे हैं कि रफ़ीक़ चाचा का इंतेकाल हो गया है।''

मैं बिस्तर से उठा, ऊपर से फ़ुल स्वेटर डाला और चप्पल पहने ही चौबे जी के साथ साइकिल से चल पड़ा। रास्ते में चौबे जी ने मुझसे कहा कि बहुत तकलीफ़ में थे रफ़ीक़ मियां। अच्छा हुआ उन्हें इस तकलीफ़ से आज़ादी मिल गयी। मैंने रास्ते भर कुछ भी नहीं कहा। चाचा की दुकान के सामने मैंने साइकिल खड़ी की और सीधे अंदर चला गया। टूटी बैंच के पास तिरपाल बिछा पड़ा है। उस तिरपाल पर मटमैला भूरे रंग का कंबल बिछा है। रफ़ीक़ चाचा नीचे उस कंबल पर चित्त पड़े हुए हैं। सीने तक दूसरा कंबल जो बिछे कंबल जितना ही मटमैला है, वो चाचा ने ओढ़ रखा है। उन्होंने हरे रंग का ऊन का बुना हुआ स्वेटर पहन रखा है। उस हरे स्वेटर पर और कंबल पर खून के ताज़ा थक्के लार के साथ चिपक गए हैं। एक चिपचिपा खून और बलगम का थक्का उनकी सफ़ेद दाढ़ी पर भी चिपक गया था जो बहकर उनकी गर्दन पर टपक रहा था। उनकी आँखें इस तरह फटी थीं, जैसे तुरंत बाहर आ जाना चाहती हैं। उनके सीधे हाथ में तस्बीह लिपटी पड़ी है। मुँह हल्का खुला हुआ है। मुझे रफ़ीक़ चाचा के पास जाने में डर लग रहा था। मैं जहाँ खड़ा था, वहीं बैठ गया और बैठा रहा। पता नहीं कितनी देर।

चौबे जी ने मुझे आवाज़ दी, ''आदिल!''

मैं उठकर बाहर आ गया तो देखा चौबे जी अपने आँसू पोंछ रहे हैं। आँसू पोंछते-पोंछते चौबे जी पूरे साहस के साथ बोले, "ये कहीं नहीं जाएँगे यहाँ से। मैं इनको कब्रिस्तान ले जाने नहीं दूँगा। मैं...मैं इनको यहीं दफ़नाऊँगा। इनको हमेशा अपने पास ही रखूँगा।" इतना कहकर चौबे जी अपनी साइकिल उठाकर तेज़-तेज़ पैडल मारते हुए कहीं चले गए। मैं उन्हें कोहरे में गायब होता देखता रहा। लगभग आधे घंटे बाद जब वो लौटे तो उनके साथ साइकिल में फावड़ा और कुल्हाड़ी थे। चौबे जी अपनी और चाचा की दुकान के बीच खाली पड़ी ज़मीन में फावड़ा और कुल्हाड़ी लेकर चले गए।

चौबे जी ने फावड़े की पहली चोट ज़मीन पर मारी और उनके मुँह से एक ज़ोर की हूक निकली, "हूँउउ...ऊ ऊ।" उस आवाज़ के साथ उनकी आँखों से आँसुओं की धारा बह निकली। चौबे जी फावड़े से एक के बाद एक चोटों से ज़मीन पर कब्र खोदे जा रहे थे। इस भीषण ठंड में भी उनकी सफ़ेद कमीज़ पसीने से पूरी तरह तर हो गयी थी। चेहरे पर पसीना और आँसू मिल चुके थे। समय का पहिया बढ़ रहा था। एक सूखा और मायूस दिन लिए सूरज निकलने को था। कोहरे की चादर धीरे-धीरे महीन होती जा रही थी। ढाई घंटे तक फावड़े और कुल्हाड़ी के सहारे कब्र बनाने के बाद उस कब्र के सिरहाने कोने पर बैठ कर चौबे जी चुपचाप सुबक रहे थे। राहगीरों ने जमा होना शुरू कर दिया था। मोहल्ले के कुत्ते एक लाइन लगाकर बैठे खामोशी से अपनी दुम हिलाये जा रहे थे। जान-पहचान के कुछ लोग बारी-बारी से चौबे जी को तसल्ली देकर रफ़ीक़ चाचा की रूह के लिए दुआ करके चले जा रहे थे। चौबे जी ने मुझे बोला कि मिट्टी ज़ोहर की नमाज़ के बाद होगी।

मैं वहाँ से उठा और अपनी साइकिल मस्जिद की तरफ़ घुमा दी। चौबे जी रफ़ीक़ चाचा को तब से जानते थे जब से शायद ही कोई यहाँ पर रफ़ीक़ चाचा को जानता हो। चौबे जी ने और रफ़ीक़ चाचा ने इधर साथ-ही-साथ दुकान खोली थी। लोग बताते हैं कि दोनों में पहले दिन से ही भाइयों जैसा प्यार था। चाचा चौबे जी से बस सात साल बड़े थे लेकिन अपनी बीमारी की वजह से चौबे जी के पिता की उम्र के दिखते थे। मस्जिद पहुँच कर मैंने चाचा के इंतेकाल की खबर मौलवी साहब को दी। उन्होंने माइक से अनाउंस करके खबर कर दी। मिट्टी का वक़्त आ चुका था। चाचा का गुसल होकर उनको कब्र में दफ़नाने के लिए तैयार किया जा चुका था। जनाज़े में आस-पास के लोगों को मिलाकर चार-साढ़े चार सौ लोगों की भीड़ थी।

कुछ पढ़े-लिखे लोगों और चौबे जी में चाचा की मिट्टी को दफ़नाने की जगह को ले कर बहस चल रही थी। पढ़े-लिखे लोगों का कहना था कि मिट्टी को कब्रिस्तान में दफ़नाया जाए, लेकिन चौबे जी इस बात पर अड़े थे कि मिट्टी यहीं दफ़न होगी। आखिर रफ़ीक़ चाचा की भी यही ख़्वाहिश थी। चौबे जी ने दलील दी कि ये जगह मेरी और चाचा की खरीदी हुई है। बात जब बढ़ गयी तो मामला मौलवी साहब के खाते

में पहुँचा। उन्होंने पास के सभी दूकानदारों और घरवालों से पूछा कि मिट्टी को इधर दफ़नाने से यहाँ के पड़ोसियों को कोई ऐतराज तो नहीं है। सभी ने आपस में सलाह करके एकमत में कहा, "उन्हें कोई ऐतराज नहीं है।"

मौलवी साहब ने ऐलान किया, "मिट्टी का वक़्त हो रहा है। चलिये नमाज़-ए-जनाज़ा पढ़ लीजिये।"

नमाज़ खत्म होने के बाद चाचा की मिट्टी को कब्र में दफ़नाने के लिए आहिस्ता से उतारा गया। चौबे जी ने दोनों मुट्ठियों में मिट्टी लेकर चाचा को सबसे पहले मिट्टी दी। फिर मैंने। चौबे जी ने भर्राए गले से ऐलान किया "फातेहा के लिए खाने का इंतेज़ाम है, मुँह जुठार कर जाइयेगा।"

शाम हुई। उसके पीछे-पीछे एक भयानक स्याह रात भी। मैं उस रात बिना खाना खाये सो गया। हालाँकि शफ़क मेरे कमरे में मुझे खाना देने के लिए आई थी लेकिन उसे मैंने ये कहकर लौटा दिया कि तुम खा लो, मुझे भूख नहीं है। अगले रोज़, सवेरे मैं देर से उठा। यूँ कई रोज़ तक उदासी का दौर चलता रहा। एक शाम मयंक की मुझे कॉल आई। मैंने कॉल रिसीव की। उधर से मयंक की आवाज़ आई, "का बे आदिल! किधर गायब हो गए हो रे तुम? न फ़ेसबुक न कोई वाट्सऐप। इतने दिनों से कॉल भी नहीं किए तुम! लगता है रि-एग्ज़ाम की तैयारी पेल के कर रहे हो तुम साला!"

"अरे नहीं दादा! मेरा तो रि-एग्ज़ाम है ही नहीं। बस ऐसे ही मन नहीं होता उधर फ़ेसबुक पर आने का अब।" मैंने अपनी निराशा को दबाकर कहा।

"अच्छा। छोड़ो! कउनो खबर सुने हो या वो भी नहीं?"

"कौन-सी खबर? कैसी खबर दादा?"

"मल्लब साला तुम फ़ेसबुक नहीं चलाओगे, हमको फ़ोन नहीं करोगे तो एसएससी की वैबसाइट भी चेक नहीं करोगे? चल क्या रहा है, हैं? सुनो! आयोग ने सीजीएल का पूरा एग्ज़ाम ही कैन्सल कर दिया है। प्री और मेंस दोनों कैंसिल। अब एग्ज़ाम डेट जल्दी आएगी।" मयंक एक साँस में बोलता चला गया।

"अरे! क्या सच में दादा! मेरा मतलब ऐसे कैसे पूरा एग्ज़ाम कैन्सल कर सकते हैं ये लोग? उस दिन प्रोटेस्ट में तो बोले थे कि केवल सात शहरों का ही रि-एग्ज़ाम होगा। फिर ये पूरे देश का कैसे?"

"अरे मेरे भोले आदिल भाई! आयोग माँ है, आयोग ही बाप है। उसका मन चाहे बच्चे को जन्म दे या अबॉरशन कराये, वो चाहे तो नसबंदी करा के एग्ज़ाम को होने से रोक दे। उसे पूरी मनमानी करने का अधिकार है।" मयंक ने एक व्यंग्य भरे लहज़े में कहा।

"ये तो हद सियापा है भाई!" मैंने कहा।

"हद का तो पता नहीं, लेकिन सियापा ज़रूर है," मयंक ने कहा।

"अब क्या होगा दादा?" मैंने मयंक से सवाल किया।

"होगा क्या! वही जो होना है। हम सात शहर वाले अभ्यर्थियों का एक साल बर्बाद हो रहा था अब सबका बर्बाद होगा। नाचो!" मयंक ने कहा।

"हाँ दादा! अब सबके लिए बराबर मौका है। कोई रोएगा नहीं। कोई अब ऐसी दलीलें नहीं देगा कि फलाने को ज़्यादा टाइम मिल रहा है, तैयारी का और उसे कम।" मैंने कहा।

"हाँ! पर ये हमेशा बना रहेगा कि परीक्षा के पेपरों का स्तर कम-ज़्यादा हुआ तो बच्चों के मार्क्स में अंतर आएगा।"

"इसका कोई इलाज भी तो नहीं है एसएससी में। बैंक और मैनेजमेंट के एंटरेंस एग्ज़ाम की तरह अगर एसएससी भी नॉर्मलाइज़ेशन कर दे तो कुछ सही भी हो।"

"आदिल ज़्यादा मत सोचो, अभी सिर्फ़ टीयर-वन की तैयारी करो। हमारे हाथ में सिर्फ़ तैयारी करना है। इसलिए पहले जो अपने हाथ में है, वो अच्छे से करते हैं। बाकी का बाद में देखेंगे।"

"हम्म दादा! सही कह रहे तुम। करते हैं तैयारी अच्छे से।" मैंने मयंक से कहा।

इसके बाद मयंक ने फ़ोन काट दिया। मयंक से बात हो जाने के बाद शरीर और मन में एक सकारात्मक ऊर्जा का संचार हो गया। मैंने अलमारी में धूल खा रही किताबों को साफ़ किया और फिर टाइम टेबल बना कर पढ़ाई करना शुरू कर दिया। मैंने मान लिया था कि प्रीलिम्स आज से एक महीने बाद होगा। आगे एक महीने तक मैं अंकगणित, रीज़निंग, अंग्रेज़ी और सामान्य ज्ञान में घुसा रहा। दिन-रात एक करके पढ़ाई की। यही पढ़ाई ही तो थी जो मेरे लिए सबसे ज़्यादा ज़रूरी थी। फिर बयालीसवें दिन मेरा कानपुर शहर में प्री था। पेपर अच्छा हुआ। रास्ते भर ट्रेन में दूसरे लड़कों से और फ़ेसबुक ग्रुप्स पर क्वेश्चंस के आन्सर्स मिलाये। परीक्षा उम्मीद से ज़्यादा अच्छी हुई थी। घर पहुँच कर शाम को मयंक ने विवेक, योगेश, राहुल और मुझे कॉन्फ्रेंस कॉल पर लिया। हम सभी का एग्ज़ाम अच्छा हुआ था। फिर चालीस दिन बाद प्री का रिज़ल्ट आया। हम पाँचों अच्छे नंबरों से पास थे। प्री के रिज़ल्ट की खुशी में मयंक ने विवेक, योगेश, राहुल और मुझे आने वाले इतवार को कानपुर में एक छोटे से गेट-टु-गेदर के लिए बुलाया। उस रोज़ मुझे रफ़ीक़ चाचा और समीरा की बहुत याद आई। हमेशा की तरह ही मैं रफ़ीक़ चाचा को अपने रिज़ल्ट के बारे में बताना चाहता था और समीरा के भी नंबर जानना चाहता था। क्या हुआ होगा उसके प्री का? कितने मार्क्स आए होंगे समीरा के? मैंने मान लिया था कि जितनी खूबसूरत वो है, उतने ही

ज़्यादा उसके नंबर आए होंगे। इस हिसाब से मेरा मन कह रहा था कि समीरा के 200 में से 200 नंबर रहे होंगे।

~

दिन इतवार! उस रोज़ हम पाँचों कानपुर के बड़ा चौराहे पर इकट्ठा हुए। कानपुर की सबसे मशहूर चीज़ों में से एक 'बदनाम कुल्फ़ी' मयंक ने हम सब के लिए ऑर्डर की।

"जे ससुर तुमने बहुत सही काम किया है मयंक, कुल्फ़ी ऑर्डर करके।" विवेक ने मयंक से कहा।

"हाँ! तुम्हाए जेब से कभी लक्ष्मी निकल नहीं सकती है, इसलिए हमने ही कर दिया ऑर्डर।" मयंक ने कहा।

"भाई! जे इसका नाम बदनाम कुल्फ़ी काहे है?" राहुल ने दुकान के बाहर लगे बोर्ड को पढ़ते हुए कहा।

"तुम्हरा नाम राहुल काहे है?" योगेश ने बीच में बेकार मगर मज़ेदार बात पेल दी। योगेश हँस दिया। मैंने अपनी हँसी दबा ली।

"अरे राहुल! हर नाम वाली चीज़ ही तो बदनाम होती है। इसका इतना नाम है, इसलिए किसी की नज़र न लग जाये तो इनके मालिक ने इसका नाम 'बदनाम कुल्फ़ी' रख लिया।" मयंक ने एक ऐसी थ्योरी समझाई जो कहीं भी अस्तित्व में नहीं थी।

"सही बात दादा! जे तो हम समझ ही नहीं पाये थे।" और राहुल 'हें-हें-हें' करके हँस दिया।

"तुम साला फिर हँस दिये। तुम्हारी जे ही बेमतलब की हँसी को बहुत मिस किया मैंने।" विवेक ने कहा।

"दादा! अब आप बताइये कि ये हम लौंडे-लपाड़ियों को काहे इकट्ठा किए हो अचानक से इधर?" मैंने सवाल किया।

"तुम बे कुल्फ़ी तो खाओ पहले। फ़्री में कुल्फ़ी मिल रही है और तुम सवाल धरे जा रहे हो?" विवेक ने कुल्फ़ी खाते हुए कहा।

"दरअसल! ऐसे ही मन था सबसे मिलने का तो बुला लिए और अब प्री हो गया है तो अगस्त-सितंबर तक मेंस भी हो जाएगा। यही समय है हम लोगों को अपनी-अपनी ज़िन्दगी बना लेने का। प्री में तो हर कोई आसानी से पार पा लेता है, लेकिन असली कहानी तो मेंस में ही होती है। यहाँ गणित और अंग्रेज़ी के दो ही पेपर हैं। हमको इन्हीं दोनों विषयों पर फ़ोकस करना है और मेंस देने तक कोई ज़्यादा

घूमेगा नहीं। समय बर्बाद किया तो समय तुमको भी बर्बाद कर देगा। इसलिए अपनी किस्मत बनाने के लिए हम सब को जुट जाना है। आज से ही। समझे।'' मयंक ने पूरे दार्शनिक अंदाज़ में हम सबसे कहा।

''हाँ गुरुजी! समझ गए हम सब।'' योगेश ने कहा। ''ज़िन्दगी में तुम्हारे जैसा दोस्त हो तो किसे किसी टीचर की ज़रूरत पड़े।''

''यार दादा! तुम बहुत बढ़िया आदमी हो। पचास ग्राम कुल्फ़ी और ले लूँ?'' विवेक ने कहा। दरअसल 'बदनाम कुल्फ़ी' कानपुर में किलो के भाव में ही मिलती है।

''ले लो बे तुम। कौन मना किए है तुम्हें!'' मयंक ने कहा। ''अच्छा सुनो! इधर ज़ेड-स्क्वायर में 'मैरी कॉम' मूवी लगी है। टिकट बुक कर लिए हैं सभी का हम। दोपहर एक बजे से शो है। चलो साढ़े बारह हो रहे हैं। विवेक तुम बे जल्दी-जल्दी कुल्फ़ी खत्म करो।

''हाँ! दादा, अभी किए देते हैं खत्म और ये तुमको कैसे पता था कि प्रियंका चोपड़ा हमाई फ़ेवरिट हीरोइन है? तुमने आज दिन बना दिया है हमारा। लभ यू दादा।'' विवेक ने मयंक को गले लगाते हुए कहा।

''अबे! दादा ने मूवी देखने के लिए टिकट थोड़े बुक की है, बल्कि ये देखने के लिए बुक की है कि तुम प्रियंका चोपड़ा को देख के सिनेमा हॉल में क्या करोगे!'' योगेश ने कहा। राहुल इस बात पर ज़ोर से हँस दिया। हँसी मुझे और मयंक को भी आई थी।

''देख लेओ दादा! ये ससुर राहुलवा हर बात पर हँस देता है। समझा लेओ इसको। हम बताए दे रहे हैं पहले से, किसी दिन एक ही घूँसे में इसकी बत्तीसी पेट में घुसेड़ देंगे,'' विवेक ने गुस्से में कहा।

''अमा यार काहे को गरमा रहे हो विवेक भाई तुम। हमें भी तो देखना है कि प्रियंका चोपड़ा को देखने के बाद तुम कैसे हुँकार भरते हो!'' योगेश ने भी बत्तीसी चीर दी। राहुल ने मौके का फ़ायदा उठाते हुए कहा, ''अब इसकी भी बत्तीसी घुसेड़ो पेट में!'' योगेश और राहुल हँस दिये। विवेक झेंप गया।

''ठंडा जाओ बे तुम लोग, वरना सभी के कंटाप पर एक-एक धरेंगे अभी। सारा कुल्फ़ी निकल आएगा। बच्चों के जैसे लड़ते हो।'' मयंक ने कहा। ''इस मूवी का ट्रेलर ज़बर्दस्त था तभी दिखाने आए हैं सबको।''

''तुम एक फ़ाइटर हो और फ़ाइटर कभी हार नहीं मानता।''

''हमेशा फ़ुल फ़ोकस...ध्यान गया तो नाक गया। तुम्हारा भी और मेरा भी,''

मयंक ने एक-एक करके 'मैरी कॉम' मूवी के दो डायलॉग पेल दिये। सिनेमा हॉल में हम सबने मूवी 'मैरी कॉम' देखी और विवेक ने 'मैरी कॉम' में प्रियंका चोपड़ा।

~

सर्दी के बाद गर्मी अपना रौद्र रूप दिखा कर धीरे-धीरे जा रही थी। वातावरण में उमस ने अपनी बाज़ी सँभाल ली थी। एसएससी के सारे अभ्यर्थी अपनी टियर-टू की परीक्षा की तैयारी में लगे थे। मैं भी उन अभ्यर्थियों से अलग नहीं था। परीक्षा अगस्त के महीने में थी। परीक्षा का दिन धीरे-धीरे नज़दीक आता जा रहा था। तैयारियाँ अपने-अपने स्तर पर चल रही थीं। द्वापर युग के अर्जुन की भाँति चिड़िया की आँख में निशाना लगाए एकाग्र होकर मैं भी केवल टियर-टू की तैयारी में जुटा था। दूसरे दिन टियर-टू की परीक्षा होनी थी। परीक्षा लखनऊ में थी। परीक्षा की पूर्व संध्या पर ही मैंने गोमती एक्सप्रेस से लखनऊ जाने का तय किया था। ट्रेन का समय हो रहा था। अम्मी ने हमेशा की तरह सिक्कों से नज़र उतारते हुए मेरे माथे को चूमा और दुआ दी, ''खुदा तुम्हें सलामत रखे और तुम्हारा पेपर बढ़िया हो।''

मैं घर से स्टेशन पहुँचा। मैंने दौड़कर जल्दी से टिकट काउंटर पर जमा भीड़ में घुसते हुए टिकट लिया। ट्रेन आने की सूचना हो रही थी। टिकट लेकर मैं भागते-भागते प्लेटफ़ॉर्म पर पहुँचा और सामने जो भी डिब्बा दिखा, तेज़ी से उसी में घुस गया। परीक्षा की वजह से आज भीड़ ज़्यादा थी। गर्मी और उमस ने सभी यात्रियों का बुरा हाल कर रखा था। मुझे खड़े होने के लिए ही मुश्किल से जगह मिल पा रही थी। ट्रेन धीरे-धीरे रफ़्तार पकड़ रही थी। ट्रेन में भीड़ ज़्यादा होने की वजह से हवा बाहर खड़े यात्रियों से या तो परावर्तित हुई जा रही थी या फिर उन बाहर लटके और खिड़की के पास बैठे यात्रियों द्वारा अवशोषित कर ली जा रही थी। ट्रेन के डिब्बे में हवा को घुसने में न्यूटन के खोजी 'बल' का भरसक प्रयोग करना पड़ रहा था। कुल मिलाकर डिब्बे में निर्वात जैसी स्थिति बनी हुई थी। मैं अपना बैग पीठ पर टाँगे यात्रियों की भीड़ में दबा था। पैर पर पैर रखा हुआ था। बालक 'ध्रुव' की तरह एक पैर को दूसरे पैर के घुटने तक मोड़े मैं एक पैर पर खड़ा यात्रा कर रहा था। धक्का जिस तरफ़ से लगता उसके सामने की तरफ़ मैं पेंडुलम की तरह इधर-उधर हो रहा था। मैंने उस निर्वात में खुद को खुला छोड़ दिया था। परीक्षा के वक़्त ट्रेन से सफ़र करना भी अपने आप में एक साधना होती है। मैं आज उसी साधना में लीन था। मैं पसीने से तर था। पूरा डिब्बा ही पसीने से तर था। सभी के पसीने की गंध एक-दूसरे के पसीने की गंध में मिलकर दम घोंटू वातावरण पैदा कर रही थी। मैं केवल ये दुआ कर रहा था कि किसी भी तरह लखनऊ सही-सलामत पहुँच जाऊँ और भविष्य के लिए खुद को भी सचेत कर रहा था कि 'मैं कान पकड़ता हूँ, एक दिन पहले ही अब परीक्षा स्थल पहुँच जाया करूँगा।'

कानपुर, उन्नाव और बीच-बीच में एक-दो जगह रुकते-रुकाते ट्रेन आखिरकार रात के ग्यारह बज कर सत्रह मिनट पर चारबाग रेलवे स्टेशन पहुँच गयी। ट्रेन से

उतरकर सबसे पहले मैंने अपनी पीठ से बैग उतार कर प्लेटफ़ॉर्म पर रखा, फिर अपने दोनों हाथों को हवा में फैला कर अँगड़ाई ली। कमर को पहले दायें फिर बाएँ और बारी-बारी से आगे-पीछे झटका दिया, तब जाकर एहसास हुआ कि शरीर में रक्त प्रवाह सही से हो रहा है। ट्रेन से उतरकर मुझे ऐसा लगा जैसे मैं वर्षों से एक बदबूदार कोठरी में कैद बेड़ियों से रिहा हुआ हूँ। अपने फेफड़ों में चारबाग रेलवे स्टेशन की ऑक्सीजन भर कर चैन की साँस ली। अगर मेरे पास वातावरण में ऑक्सीजन देख सकने और नाप सकने का कोई यंत्र होता तो मैं बता सकता था कि मेरे मुँह के केंद्र से दो मीटर की त्रिज्या के दायरे में आने वाली ऑक्सीजन खाली होकर मेरे फेफड़े में भर चुकी थी। फिर अपना बैग उठाकर पास की बैंच पर कमर सीधी करने के लिए बैठ गया। प्लेटफ़ॉर्म पर नज़र दौड़ाई तो पाया कि यहाँ तो देश के बेरोज़गार युवाओं का मेला लगा हुआ था। दूसरे प्लेटफ़ॉर्म पर भी यही हाल था। भीड़ होना लाज़िमी भी था, क्योंकि कल एसएससी सीजीएल के दूसरे चरण की परीक्षा थी। भीड़ में हर कोई मेरे जैसा दिख रहा था...नहीं। भीड़ में हर किसी के जैसा मैं दिख रहा था। मेरी बैंच पर ही दो लड़के हाथ में किताब लिए उन किताबों के पन्नों को सर्र-सर्र पढ़े जा रहे थे। मैंने पूछा, "भैया कौन-सी किताब है?"

उस लड़के ने मेरी तरफ़ घूरा फिर किताब में देखते हुए बोला, "किरण प्रकाशन की है—अंकगणित की।" इतना बोलकर वो मन-मन में गणित के सूत्र बुदबुदाने लगा।

दूसरा बंदा भी मन-ही-मन ल्युसेंट की जीके की किताब से इतिहास, भूगोल, विज्ञान, नागरिकशास्त्र और अर्थशास्त्र को आज रात भर में ही समेट लेना चाहता था। मैं आश्चर्य से आँखें फाड़े उन दोनों शूरवीरों को देखे जा रहा था। पहला शूरवीर अंकगणित की किताब के पन्ने पलटता जा रहा था और मन में कुछ जल्दी-जल्दी बुदबुदाता जा रहा था, जैसे वो मैथ्स के फ़ॉर्मूले याद न करके कोई मंत्र पढ़ रहा हो। देखते-ही-देखते उसने अंकगणित की किताब चाट डाली थी। वही किताब, जिस किताब को मैंने रोज़ चार घंटे लगा-लगा कर तीन महीने में खत्म किया था। इस शूरवीर के हाथों दस मिनट में ही ढेर कर दी गयी थी। मेरी एक साल की सारी मेहनत इन शूरवीरों को देखकर हिचकोले खाने लगी। इसी बीच पहले शूरवीर ने अंकगणित की हत्या करके उसे अपने लाल रंग के अमेरिकन टूरिस्टर के पिट्ठू बैग में ठूँस दिया। उसके बैग में जगह कम थी। इसलिए उसने अब बैग के अंदर से सामान निकालकर जगह बनानी शुरू की। उसके रहस्यमयी झोले के अंदर से एक-एक करके सामान बाहर आने लगा। सबसे पहले ल्युसेंट की एडवांस मैथ्स की किताब बाहर आयी। फिर प्लेटफ़ॉर्म प्रकाशन की तीन वोल्यूम्स की किताबें एक-एक करके अलग-अलग क्रम में बाहर आयीं। इंग्लिश की एसपी बख्शी की एक किताब आधे से ज़्यादा फटे हुए कवर पेज के साथ बाहर आई। फिर तौलिया, तेल, डियोड्रेण्ट बाहर आए और सबसे आखिरी में बाहर आई इक्कीसवीं सदी की सबसे धाँसू और ज़रूरी चीज़—मोबाइल-

चार्जर। बैग में अंदर और कुछ भी था। मैं झाँक कर देखना चाहता था। फिर मुझे अचानक से मेरे फूफा जी याद आ गए जो अक्सर दूसरों की ज़िन्दगी में झाँकते रहते हैं। मैंने मन मार लिया और उस शूरवीर के बैग में झाँकने जैसा घोर अपराध करने से खुद को रोक लिया। अब वो शूरवीर वापिस एक-एक करके सारी किताबें और सामान बैग में सही तरीके से जमाने लगा। इस बार उसने अंग्रेज़ी की एसपी बख़्शी की किताब को बाहर रख लिया था। बैग में सारा सामान रखने के बाद वो आराम से पालथी मार के बैठ गया। पालथी मार के बैठने से बाईं जाँघ दूसरे शूरवीर की जाँघ में दबाव उत्पन्न कर रही थी जिससे दूसरे शूरवीर को नागरिकशास्त्र का मंथन करने में थोड़ी परेशानी हो रही थी। उसने अपनी जाँघ समेट कर पहले शूरवीर की जाँघ पर रख दी और अपनी आवाज़ को थोड़ा बढ़ा दिया। पहले शूरवीर को कोई खास फ़र्क नहीं पड़ा। वो अब तक अंग्रेज़ी के एसपी बख्शी की किताब का पोस्ट-मार्टम करना शुरू कर चुका था। मेरी हिम्मत धीरे-धीरे जवाब दे रही थी। दूसरा शूरवीर भी अब तक नागरिकशास्त्र को खत्म कर के भूगोल को खत्म करने के लिए अपने कदम बढ़ा चुका था। इन शूरवीरों को देखकर मेरी आत्मा हिल-सी गयी। मैं तुरंत ही वहाँ से अपना बैग लेकर प्लेटफ़ॉर्म पर निकल पड़ा। प्लेटफ़ॉर्म पर चलते हुए मैंने सोचा 'या खुदा! ये लोग कौन से ग्रह के प्राणी हैं? कहाँ से आते हैं? परीक्षा की रात भी इतना पढ़ते हैं। इन्हें तो अच्छी नींद लेनी चाहिए। साल भर का पढ़ते हैं जो अब घोल रहे हैं?'

प्लेटफ़ॉर्म पर मैं आगे बढ़ता जा रहा था। दूसरे ग्रह से आए हुए जीव प्लेटफ़ॉर्म पर दो-दो, चार-चार, पाँच-पाँच का झुंड बनाए अपने हाथों में पवित्र ग्रंथ की तरह एसएससी की किताबें लिए मंत्र फूँक रहे थे और कल सवेरे होने वाले युद्ध में जाने के लिए खुद को तैयार कर रहे थे। कुछ अभ्यर्थियों की भीड़ प्लेटफ़ॉर्म पर यात्रियों के बीच टहल रही थी। कुछ प्लेटफ़ॉर्म पर ही दुनिया से अनजान कल की परीक्षा के लिए खुद को आराम दे रहे थे, कुछ लड़के, लड़कियों को ताड़ रहे थे, कुछ स्टेशन की चाय-कॉफ़ी पी रहे थे। समीरा ने सच ही कहा था कि हम 'ताश के पत्ते' हैं, जो आज देश के हर प्लेटफ़ॉर्म पर अपनी-अपनी किस्मत और मेहनत लिए बिखरे पड़े हैं।

मैं कुछ देर बाद अपना ध्यान हटाने के लिए रेलवे प्लेटफ़ॉर्म पर बने एक बुक-स्टॉल पर जाकर किताबों के टाइटल पढ़ने लगा। *मनोहर कहानियाँ, सरस सलिल* जैसी कई पत्रिकायें, *जीवन में उन्नति कैसे करें,* शिव खेड़ा, स्वेट मार्टेन की प्रेरणादायक किताबों, आध्यात्मिक, घरेलू नुस्ख़ों, डिटेक्टिव टाइप किताबों के बीच से मैंने एक पत्रिका उठाते हुए बुक स्टॉल वाले भैया से पूछा, ''भैया कोई अच्छी सी किताब दिखाओ।''

वो बुक-स्टॉल वाला भैया जो अपनी कुर्सी पर बैठा ऊँघ रहा था मेरी आवाज़ सुनकर उठा और अपनी आँख मलकर उससे कीचड़ पोंछते हुए बोला, ''क्या चाहिए भाई?''

मैंने दोहराया, ''भैया कोई अच्छी-सी किताब दिखाओ।''

''अरे भाई! यहाँ सब अच्छा माल ही बिकता है। रेलवे के प्लेटफ़ॉर्म पर जो लेखक बिकता है, वो ही असली लेखक होता है। उन्हीं का माल सबसे अच्छा होता है।''

उसकी बात सुनकर मेरी नज़र योगा की एक किताब और उसके बगल में खुशी से लेटी पत्रिका के टाइटल *संभोग करने के विविध तरीके* पर गई। शायद ही कभी योगा की इस किताब के लेखक ने सोचा होगा कि उसकी लेखनी का योगा ठीक बगल में इस तरह पड़ा होगा।

''अच्छा! ऐसा क्या?'' मैंने बुक-स्टॉल वाले से कहा।

''हाँ! और नहीं तो क्या!'' बुक-स्टॉल वाले ने पूरे कॉन्फ़िडेंस से कहा।

मैं नौसिखियों की तरह बुक-स्टॉल पर मौजूद पत्रिकाओं के बीच से एक पत्रिका उठाकर उसके पन्ने बीच से पलटते हुए देखने लगा। कुछ तस्वीरों को देखते हुए तुरंत उस पत्रिका को बुक-स्टॉल पर उसी जगह ठूँसते हुए मैंने बुक-स्टॉल वाले से कहा, ''भैया! आपके यहाँ माल ज़बर्दस्त बिक रहा है।'' इतना कहकर मैं वहाँ से अभ्यर्थियों और यात्रियों की भीड़ को चीरता हुआ लखनऊ रेलवे स्टेशन की छोटी लाइन पर बनी डोरमेट्री की तरफ़ आ गया। डोरमेट्री के सामने लंबे विशालकाय बरामदे और उसके सामने की छत पर अभ्यर्थी लोग अपना-अपना बिस्तर जमाये ऐसे लेटे पड़े थे जैसे उन्होंने उस जगह की रजिस्ट्री करा ली है। मैंने भी एक कोने में अपने बैग में से चद्दर निकाल कर जहाँ भी जगह मिली बिछा दी। पर्स निकालकर बैग में रख लिया। और जूते उतार कर एक जूता चद्दर के नीचे अपने सिरहाने दबा लिया। फिर उसके ऊपर अपने बैग को रखकर उसका तकिया बना लिया। दूसरे जूते को मैंने अपने पैताने खुले आकाश में टिमटिमाते तारों को देखने के लिए आज़ाद छोड़ दिया। फिर बाकी के अभ्यर्थियों की तरह रजिस्ट्री कराकर पूरे हक़ के साथ लेट गया। थकावट बहुत थी, शरीर टूट रहा था। साथ ही मच्छरों की सेना भी हम सब पर टूट पड़ी और मैं मच्छरों की इन चिरकुट फ़ौजों की परवाह किए बगैर ही सो गया।

''उठो रे! कहीं भी लेट जाते हो ससुरों के!'' इससे पहले कि मैं कुछ समझ पाता रेलवे प्रोटेक्शन फ़ोर्स के दो लंबे-चौड़े वर्दी, तोंदधारी और अपने-अपने हाथों में मोटा डंडा लिए सबको गरियाते हुए जगाते चले आ रहे हैं और इधर दूसरी तरफ़ से हाथ में बाल्टी-मग्गा लिए सफ़ाई वाला बरामदे और छत पर पानी छिड़कता चला आ रहा है। उसे इस बात की कतई फ़िक्र नहीं थी कि वो पानी कहाँ और कितना फेंकता जा रहा है। उसे तो बस पानी फेंकने से मतलब था। जैसे राजनेता अपने भाषणों में कुछ भी फेंकते जाते हैं। मैं उठ कर जल्दी से दोनों हाथों में जूते, चद्दर और बैग लेकर बरामदे की दीवार पर जा बैठा। फिर वहीं चद्दर को बैग में ठूँसने लगा। उसके बाद

जल्दी-जल्दी जूते पहनते हुए मैंने इन आरपीएफ वालों और सफ़ाई वालों की मम्मी को याद किया। बगल में खड़े साढ़े चार फ़ीट लंबे और अपने सठियाने के करीब एक बुढ़ऊ चिल्लाते हुए बोले, ''ससुरो हरामखोरों! तुम्हारे बाप का रेलवे है का जो सुकून से सोने भी नहीं देते इधर, एक तो ट्रेन आठ-आठ घंटा लेट चल रही हैं। और एखा दियाखौ सारे ने पानी डार कै धोतिया भिगो दई। एकई तो धोतिया राहे हमरे पाँजर। अब कैसन सुखावएँ एखा।''

''नहीं तो तुम्हाए बाप का रेलवे है, जो जिधर मन आया उधर पसर गए। चलो हटो! हमें सफ़ाई करने दो।'' सफ़ाईवाला भन्नाकर बोलते हुए छत पर पानी डालता हुआ आगे बढ़ गया।

इस बीच मुझे मेरे अब्बा की याद आ गयी।

दोनों आरपीएफ वाले सीटी बजाते और लाठी ठोंकते आगे चले गए। मैंने मोबाइल में टाइम देखा। सवेरे के चार बजकर तेरह मिनट हो रहे थे। मैंने बैग से पानी की बोतल निकाली और गट-गट करके पानी पी गया। ''चलो कम-से-कम तीन-साढ़े तीन घंटे की नींद तो ले ली।'' मैंने खुदा का शुक्र अदा किया। छत से उतरकर नीचे छोटी लाइन के सामने सड़क किनारे चाय बेच रहे दुकानदारों में से एक के यहाँ से चाय और एक बन-मक्खन लिया। चाय और बन-मक्खन का एक अलग ही स्वाद था। मेरी बची-खुची नींद इस चाय के साथ ही खत्म हो गयी।

~

नैशनल इंटर कॉलेज, हज़रतगंज। मैं परीक्षा होने के समय से डेढ़ घंटा पहले परीक्षा स्थल पहुँच गया था। वहाँ पहुँचकर देखा तो सात-आठ अभ्यर्थी एक जगह गेट के बाहर पेड़ के नीचे बैठे हुए हैं। मैंने एडमिट कार्ड निकालकर कॉलेज का नाम पढ़ा और सामने कॉलेज के मेन गेट के ऊपर बड़े से बोर्ड पर सफ़ेद बैकग्राउंड में नीले रंग में लिखे नैशनल इंटर कॉलेज को मैंने अक्षरशः मिलाया। ऐसा मैंने दो बार किया। फिर मैंने अपने मन को पूरी तरह तसल्ली देने के लिए सामने पेड़ के नीचे सफ़ेद गमछा बिछा कर बैठे लड़के से पूछा, ''भाई! तुम्हारा भी सेंटर इधर ही है?''

''हाँ!'' पढ़ने वाले लड़के शायद जवाब भी कम ही देते हैं। मैंने उस पल सोचा कि अगर ये इंटरव्यू में पहुँच गया तो क्या पास भी हो पाएगा। फिर अगले पल खुद से कहा, ''छोड़ो ये सवाल कोई इंटरव्यू का थोड़े है।''

''अच्छा भाई! ज़रा अपना एडमिट कार्ड दिखाओगे ताकि मैं भी अपने एडमिट कार्ड से मैच कर सकूँ।''

उस लड़के ने अपनी पैंट की जेब से एक सफ़ेद कागज़ निकाल, उसकी तह खोलकर मेरे को पकड़ाते हुए कहा, ''ले भाई देख ले और तसल्ली कर ले।''

उसके एडमिट कार्ड, अपने एडमिट कार्ड और कॉलेज के गेट पर लिखे नाम को मिलाकर पढ़ने के बाद ही मुझे तसल्ली हुई। शुक्रिया बोलते हुए मैंने उसे उसका एडमिट कार्ड वापिस कर दिया।

फिर अगले पल पूरी तसल्ली के साथ मैं भी आराम करने के लिए दूसरे पेड़ के नीचे जाकर अखबार अपने बैग से निकालकर उसे ज़मीन पर बिछाकर बैठ गया। बैठकर पहली सांस फेफड़े में भरी ही थी कि मेरे कान में मेंसुरेशन के पिरामिड और प्रिज़्म के क्षेत्रफल और आयतन के सूत्र गूँजने लगे। अपनी खोपड़ी को चारों तरफ़ घुमा कर देखा तो पाया कि दायीं तरफ़ स्कूल की दीवार से सटे हुए एक लड़का किरण प्रकाशन की ही किताब से सूत्र इस तरह याद किए जा रहा था, जैसे अभी ही किरण के प्रकाशक की आत्मा को ज़िंदा कर के मानेगा। उस आवाज़ से बचने के लिए मैंने अपने कानों में इयरफ़ोन ठूँस लिया और एफ़एम का एक चैनल लगा लिया, जिस पर 'लिंगा मूवी' का गाना आ रहा था, 'रुकना नहीं तू...थकना नहीं तू...'। कुछ देर बाद जब इयरफ़ोन को अपने कानों से हटाया तो पाया कि जो लड़का कुछ देर पहले किरण के प्रकाशक की आत्मा को ज़िंदा कर रहा था वो अब अंग्रेज़ी के 'नॉर्मन लूइस' की किताब *वर्ड पॉवर मेड ईज़ी* की आत्मा को ज़िंदा कर रहा है। गज़ब का साहसी लड़का था वो।

परीक्षा का समय आ चुका था। सभी अभ्यर्थी परीक्षा भवन में प्रवेश करने जा रहे थे। मैं भी इस युद्ध में अपना कौशल दिखाने के लिए पूरी ज़िम्मेदारी के साथ तैयार था। परीक्षा हुई। परीक्षा उम्मीद से ज़्यादा अच्छी हुई। मेरी आँखों के सामने घर की ज़रूरतों को पूरा करने के सपने पूरे होते दिखने लगे थे। परीक्षा देकर मैं घर लौटने के लिए फिर से चारबाग रेलवे स्टेशन आ गया। इस बार स्टेशन पर भीड़ और भी ज़्यादा थी। मैंने घर आने के लिए जो भी ट्रेन पहले मिली, उसपर भूसे के तिनके की तरह ठुंस के घर तक का सफ़र पहले की ही तरह तय किया।

मेरा, मयंक, विवेक, योगेश और राहुल सभी का एग्ज़ाम अच्छा हुआ था। हफ़्ता भर के लिए मैंने पढ़ाई से ब्रेक ले लिया था। इंटरव्यू की डेट नहीं आई थी पर ठंड ने धीरे-धीरे दस्तक देना शुरू कर दिया था। हवा में सूखापन भर गया था। मेरा मन भी हर रोज़ समीरा की याद में मौसम की तरह शुष्क होता जा रहा था। करने को कुछ था नहीं सिवाय समीरा को याद करने के। पढ़ने को भी कुछ नहीं था सिवाय समीरा के नाम के। दिन बीतते गए। मैं हर रोज़ समीरा को याद करता रहा। टियर-टू की परीक्षा को दिये इतने दिन हो गए थे कि याद ही नहीं रहा कि कभी टियर-टू की परीक्षा दी भी थी। फिर एक शाम आयी। उस शाम मयंक का फ़ोन आया, "का बे आदिल? कहाँ मरा रहे हो? कब से फ़ोन किए जा रहा हूँ, उठा काहे नहीं रहे?"

"का हुआ दादा! ऐसे भड़भड़िया काहे रहे हो? कौन-सी आफ़त टूट पड़ी, आ के अब?" मैंने मयंक को इतना अधीर होता जानकर पूछा।

''देखे नहीं हो वैबसाइट तुम? बहुतई लापरवाह हो ससुर तुम। कौनो चिंता ही नहीं है तुम्हें। टियर-टू का रिज़ल्ट आ गया है और साला सर्वर डाउन है।''

''क्या! सही में दादा रिज़ल्ट आ गया है क्या? सच बताओ दादा,'' मैं रिज़ल्ट आ जाने की खुशी से ही पागल हो रहा था।

''हाँ! आदिल, तुम्हाई कसम! रिज़ल्ट आ गया है।'' मयंक ने फ़ोन पर दूसरी तरफ़ से कहा।

''ये आयोग भी ना साला निशाचर ही है। हमेशा रात में रिज़ल्ट देता है।'' मैंने कहा।

''उधर राहुल ने अपना रिज़ल्ट तुरंत देख लिया है, खुशी की बात ये है कि वो टियर-टू क्लियर कर गया है। आदिल तुम अपना रोल नंबर बताओ। पीडीएफ़ डाउनलोड हो रही है। डाउनलोड होते ही तुम्हें रिज़ल्ट बता दूँगा।''

''हाँ दादा! लो नोट करो रोल नंबर—3009504096, जल्दी बताना यार दादा।'' मैंने रोल नंबर देते हुए कहा।

''लेओ बे आदिल हो गयी पीडीएफ़ डाउनलोड। अभी करते हैं श्रीगणेश,'' मयंक ने कहा। मैं इधर अपना रिज़ल्ट जानने के लिए उतावला हुआ जा रहा था।

''अमा आदिल सही से रोल नंबर बताओ, गलत काहे बता रहे हो तुम।'' मयंक ने उधर से कहा। ''3009504096, यही है ना?''

''हाँ-हाँ यही है। का हुआ दादा,'' मेरी साँसें भारी होने लगी थीं।

''तो फिर काहे नहीं शो कर रहा है तुम्हारा रोल नंबर इधर?'' मयंक ने कहा।

''दादा! ऐसे नहीं बोलो। डरा काहे रहे हो। देखो दूसरी लिस्ट होगी उसमें पक्का होगा।'' मैंने संशय में डूबते बचे हुए आत्मविश्वास को भर कर कहा।

''अरे साला! ये क्या। लंका लग गयी। हमरे नाम के आगे एफ़ लिखकर आ रहा है। हम फ़ेल कैसे हो सकते हैं?'' मयंक इतना बोलकर खामोश हो गया। फ़ोन कॉल चालू ही रही।

''दादा! ये क्या बकवास कर रहे हो? मज़ाक मत करो यार। सही-सही बताओ क्या रहा रिज़ल्ट?'' मैंने बेचैनी भरे स्वर में थूक निगलते हुए कहा।

उधर से मयंक की आवाज़ नहीं आई।

''दादा...! दादा...! दादा...! मयंक दादा...!'' मैंने कई आवाज़ों में मयंक को पुकारा लेकिन जवाब में कोई आवाज़ नहीं आई।

फिर थोड़ी देर बाद मयंक बोला, ''आदिल! हम दोनों ही फ़ेल हो गए हैं। विवेक भी फ़ेल हो गया। राहुल और योगेश टियर–टू क्लियर किए हैं।''

''दादा! आप सच बोल रहे हो ना?'' मैं बच्चों की तरह मयंक से ज़िद करके पुछवा लेना चाहता था कि वो झूठ बोल रहा है और हम सब पास हैं। लेकिन सच को आखिर कौन बदल सकता है। मयंक ने कहा, ''हाँ! आदिल! सच बोल रहा हूँ!'' इतना सुनते ही मैंने फ़ोन काट दिया। साइकिल उठाई और शीलू की दुकान की तरफ़ दौड़ा दी।

शीलू मेरा बचपन का दोस्त था। हम लोग स्कूल में साथ पढ़ते थे। बारहवीं कक्षा पास करने के बाद शीलू ने मोबाइल रिपेयरिंग, फ़ोटो कॉपी, आधार, पैन कार्ड वगैरह के फ़ॉर्म भरने की दुकान खोल ली थी। बचपन का साथी था सो मैं अपने फ़ॉर्म भरना, ज़ेरॉक्स करवाना, रिज़ल्ट देखना जैसे काम उसी के यहाँ से कराता था। शीलू की दुकान पर पहुँचने के बाद मैंने साइकिल शटर के बगल में ही खड़ी की और साउथ की किसी मूवी के हीरो की तरह दुकान के शटर को जो पहले ही आधे से ज़्यादा गिरा हुआ था उठा कर अंदर एंट्री मारी। अंदर घुसते ही देखा तो पूरी दुकान में घुप्प अँधेरा था। बस शीलू के पाँच साल पुराने कम्प्यूटर की स्क्रीन में से जितनी रोशनी आ पा रही थी, उसमें मैंने देखा कि शीलू और शीलू की ही शक्ल के उसके तीन साथी कम्प्यूटर स्क्रीन पर नज़रें गड़ाए बैठे थे। मेरे अचानक से दुकान में घुसते ही चारों बंदे अचानक से खुद को सँभालते हुए ठिठक के बैठ गए जैसे कोई संगीन जुर्म करते हुए पकड़े गए हों।

मैंने शीलू की तरफ़ देखते हुए कहा, ''चल खिसक भाई उधर थोड़ा-सा, सीजीएल का रिज़ल्ट आया है, देखना है।'' कम्प्यूटर की स्क्रीन पर देखते ही मेरी आँखें फटी की फटी रह गईं और मैंने क्रोम में दूसरी टैब खोलकर उसमें एसएससी की वैबसाइट टाइप करते हुए कहा, ''ससुर इतना ही विदेशी सनी लियोनी को देखना है तो शटर बंद करके अंदर से ताला लगा के देखा करो बे।'' उन चारों का मुँह उतर गया। उनके लटके चेहरे देख कर मैंने कहा, ''अरे कोई ना! यही तो उम्र है, अभी नहीं देखोगे तो कब देखोगे, क्या नाम है?''

''भाई लल्लन!'' शीलू के एक साथी ने शिकायत के डर से कहा। लल्लन वहाँ मौजूद सभी लड़कों में सबसे छोटा था। वो कस्बे के सरस्वती विद्या मन्दिर स्कूल में कक्षा नौ में पढ़ता था। मैंने कम्प्यूटर पर गोल-गोल घूमते सर्वर को देखते हुए कहा, ''अबे लल्लन तुम्हारा नाम तो हम जानते हैं, तुम्हारा नाम नहीं पूछे थे। उसका नाम पूछे हैं जिसे तुम शृंगार रस से अभिभूत होकर आनंद पर्वत पर गोता लगाए हुए अपने दीदे गड़ाए देख रहे थे।''

''पता नहीं आदिल भाई! शीलू भैया को शायद मालूम हो।'' लल्लन ने पूरी मासूमियत से जवाब दिया।

"हाँ! हरामखोर, हम तो जैसा इनका पहले जन्मकुंडली निकालते हैं फिर देखते हैं। रैंडमली जो आ जाता है उसे उठा लेते हैं।" शीलू ने कहा।

"वाह शीलू भाई! तगड़े खिलाड़ी लगते हो।" मैंने कहा। शीलू झेंप गया।

उधर तब तक रिज़ल्ट डाउनलोड हो गया था। मैंने अपना रोल नंबर सर्च किया। मयंक सही था। मैं मेंस में फ़ेल हो गया था। अचानक से सारे ख्वाब छन से टूट गए थे। उन लटके हुए चार चेहरों के बीच मेरा चेहरा भी गम में लटक गया था। शीलू ने पूछा ज़रूर कि क्या हुआ लेकिन मैं बिना कोई जवाब दिये, उसकी दुकान से बाहर आ गया। दुकान से बाहर आ कर मैंने साइकिल उठाई और घर की ओर चल दिया। उस रात मुझसे खाना नहीं खाया गया। उस रात मुझे एहसास हुआ कि एग्ज़ाम न निकाल पाने वाले सारे बच्चों से भी खाना नहीं खाया जाता होगा। उस रात मुझे एहसास हुआ कि एग्ज़ाम न निकाल पाने वाले सारे बच्चे बिस्तर पर भूखे लेट जाते होंगे। उस रात मैंने महसूस किया कि एग्ज़ाम न निकाल पाने वाले सारे बच्चे रात भर करवटें बदलते रहते होंगे, उनके पेट में रह-रह कर मरोड़ें उठती रहती होंगी, उनके मन में उनके ख़्वाब एक-एक करके टूटते जाते होंगे। उस रात मैंने ये भी जाना कि एग्ज़ाम न निकाल पाने वाले बच्चों के तकिये आँसुओं से भीग जाते होंगे। उस रात मैंने महसूस किया कि एग्ज़ाम न निकाल पाने वाले हर बच्चे के लिए रिज़ल्ट वाली रात ज़्यादा स्याह रात होती होगी। मैंने अपने रिज़ल्ट को लेकर घर पर किसी से कोई बात नहीं की। कस्बे और गाँवों में आपके रिज़ल्ट के बारे में घरवाले पूछते तो रहते हैं, लेकिन उन्हें तब तक नहीं मालूम पड़ता जब तक कि आप खुद या कोई दूसरा व्यक्ति रिज़ल्ट के बारे में न बता दे।

कुछ दिनों बाद टियर-टू के मार्क्स आए। दादा डेढ़ नंबर से अंग्रेज़ी की कटऑफ़ से रह गया था। लेकिन मेरे? मेरे साथ तो सियापा हुआ था। मेरे गणित में ज़ीरो मार्क्स थे। कारण जानने के लिए मैंने आरटीआई लगाई। आरटीआई के जवाब से पता चला कि मैंने गणित के पेपर में रोल नंबर भरते वक़्त गलत गोला भर दिया था। उस दिन मुझे मालूम पड़ा कि ध्यान लगाना कितना अहम होता है। मयंक सही कहता है कि मैं बहुत लापरवाह हूँ।

~

उधर जब टियर-टू के चयनित परीक्षार्थी अपने-अपने इंटरव्यू की तैयारी में जुटे हुए थे तो मैं अपनी किस्मत को कोसते हुए दिन और रातों को खाली गुज़ार रहा था। मुझे रह-रह कर ये ख़याल आता था कि अगली भर्ती परीक्षा कब आएगी, टाइम पर परीक्षा हो भी पाएगी या नहीं? टाइम पर परीक्षा हो भी गयी तो परीक्षा पत्र लीक होने से बच पाएगा या नहीं? पेपर लीक हो गया तो फिर वही कोर्ट केस, वही तारीखों पर तारीखें। इस तरह फिर से दो साल खाली जाने के डर से मैं काँप गया। अब्बा को क्या जवाब

दूँगा ? अम्मी जिनको मुझ पर इतना नाज़ है जब ये पता चलेगा कि उनका आदिल फ़ेल हो गया है तो उनपर क्या गुज़रेगी ? कैसे मैं अपने फूफा का और समाज के तानों का सामना कर पाऊँगा ? मैं अंदर से कमज़ोर पड़ने लगा था। ढंग से खाना भी नहीं खाता था। कभी ख़याल आया कि पार्ट टाइम कुछ कर लें लेकिन इधर पार्ट टाइम के लिए भी कितने अवसर हैं। आठ-दस हज़ार रुपए महीने के लिए दस-बारह घंटे शरीर तोड़ काम। नहीं। मैं और मेहनत करूँगा। इस बार रोल नंबर अच्छे से भरूँगा। मैंने खुद से कहा। मेरा टीवी देखना, अखबार पढ़ना सब धीरे-धीरे छूटता जा रहा था। लोगों की भीड़ से मुझे डर लगने लगा था। कहीं भी अगर मुझे कोई तीन-चार आदमी साथ दिखाई पड़ जाते थे और वो अपनी ही किसी बात पर मज़ाक करते हुए हँस रहे होते थे तो मुझे लगता था कि वो मुझ पर हँस रहे हैं और मानो हँसते हुए मेरी तरफ़ इशारा करके कह रहे हों, ''देखो ! देखो ! वो ! ऊँट जा रहा है। इतना बड़ा हो गया है लेकिन अभी भी बाप की कमाई पर पल रहा है।''

''अरे ! अरे ! ऊँट नहीं। गधा बोलो। गधा। एक परीक्षा तक नहीं निकलती।'' उनकी इस उपहासपूर्ण हँसी से मेरे कदम चलते-चलते रफ़्तार पकड़ लेते थे। मैं वहाँ से भागने लगता था और सैकड़ों इन्सानों की भीड़ को चीरता, फाड़ता मैं तब तक भागता रहता था जब तक कि मुझे कोई एकांत जगह नहीं मिल जाती थी। कभी दुकानों के पीछे जाकर दीवार का सहारा लेकर बैठ जाता था तो कभी दूर किसी खेत में निकल जाता था। वहाँ किसी पेड़ के नीचे बैठकर अपनी फूलती हुई साँसों को और कदमों में दौड़ रहे खून को सामान्य करता था। मैं वहाँ घंटों बैठकर समय को खाता रहता था और समय मुझे खाता था। इस मामले में मैं और समय एक जैसे थे। उस बीच मेरे दिमाग में कुछ चलता था तो बस समीरा का चेहरा। वो मासूम-सी, खूबसूरत-सी समीरा जो मंच पर दहाड़ रही थी। मुझे अब एकांत पसंद आने लगा था और उस एकांत में समीरा।

समय का चक्का अपनी चाल से चल रहा था, बस रुका था तो मैं। इसी बीच एक रोज़ मयंक का फ़ोन आया मुझे। मैंने कॉल रिसीव की। उधर से मयंक की आवाज़ आई, ''हैलो आदिल ! कैसा है रे ?''

''कैसा ही होऊँगा दादा ? बस कट रही है। तुम बताओ दादा, कैसे हो ? का चल रहा है ?''

''मैं बढ़िया हूँ। तीन महीने पहले दिल्ली आ गया था, सीजीएल की तैयारी के लिए। मुखर्जी नगर में टेस्ट सीरीज़ जॉइन कर ली है। इधर बहुत बढ़िया माहौल है पढ़ाई का। कानपुर में तो साला टीचर लोग पागल बनाते हैं। नए-नए लौंडे जिन्हें मेंसुरेशन के फ़ॉर्मूले न पता होंगे वो भी आर.एस. अग्रवाल उठाकर पढ़ाने आ जाते थे। लेकिन आदिल, दिल्ली में ससुर इधर महँगाई बहुत है।''

''अरे वाह दादा! बढ़िया। अच्छे से तैयारी करो। इस बार फोड़ देना है परीक्षा आपको। समझे!''

मयंक द्वारा बताए गए मुखर्जी नगर में कोचिंग के माहौल से प्रभावित होकर मैं भी दिल्ली जाकर तैयारी करना चाहता था, लेकिन घर की स्थिति इस लायक नहीं थी कि मैं दिल्ली जाकर पढ़ाई कर सकता।

''मैं तो कहता हूँ आदिल कि तुम भी यहाँ आकर एक बार तैयारी कर लो।'' मयंक ने आगे कहा।

''अरे नहीं दादा। यहीं ठीक हैं हम। मैं अच्छे से तैयारी कर रहा हूँ इधर, और फिर वो दिल्ली है, महँगा भी तो है।'' मैंने 'महँगा' शब्द धीमी आवाज़ में बोला था। लेकिन मयंक ने वो 'महँगा' शब्द फिर भी सुन लिया था या मेरी परिस्थितियों को समझ गया था और फिर अचानक बोला, ''चलो कोई ना आदिल! मैं तुम्हें नोट्स फ़ोटोकोपी करके भेज दिया करूँगा हर महीने और जो भी ज़रूरत पड़े तो कह देना, समझे।''

''ज़रूर दादा। शुक्रिया।''

''अच्छे से पढ़ना आदिल। अगली बार का सीजीएल हमारा है। चलो रखता हूँ फ़ोन।''

''हाँ दादा!'' और फ़ोन कट कर दिया मैंने।

मेरी और मयंक की फ़ोन कॉल खत्म हो गयी थी, लेकिन इस फ़ोन कॉल ने मेरे मन में कई सवाल पैदा कर दिये थे—

क्या वाकई में दिल्ली जैसे बड़े शहरों में इतनी अच्छी कोचिंग होती है? क्या छोटे शहरों की कोचिंग का कोई वजूद नहीं है? अगर ऐसा है तो फिर तो खुद से तैयारी करने वाले, जिन्होंने कभी कोई कोचिंग ही नहीं ली, वो तो दिल्ली में तैयारी कर रहे अभ्यर्थियों से कभी भी टक्कर ही नहीं ले पाएँगे?

''अरे नहीं...नहीं! बड़ा शहर है तो बात भी बड़ी ही होगी। लेकिन गुदड़ी के लाल भी तो होते हैं। ये सब सिलेक्शन वगैरह बंदे के दिमाग पर निर्भर करता है। मेरा अगर रोल नंबर गलत नहीं भरा होता तो मेरा भी योगेश और राहुल की तरह यहीं से सिलेक्शन हो जाता। और फिर मैंने कौन-सी कोचिंग ले ली थी। दादा तो बस ऐसे ही। कोचिंग हमको बस माहौल दे सकती है, सिलेक्शन तो हमें खुद लेना है।'' मैंने मयंक की बात को लगभग खारिज करते हुए अपने मन में कहा। ''फिर अगर ऐसा होता भी तो सारे दिल्ली से तैयारी करने वाले ही न सिलेक्ट हो जाते। बाकी के हिन्दुस्तान से लोग पकौड़े की दुकान लगाते फिर।'' मैंने दादा की बात को अपने मन में पूरी तरह नकार दिया था।

'फिर भी माहौल की बात है तो दादा सही है लेकिन हिन्दुस्तान का सरकारी नौकरी की तैयारी करने वाला परीक्षार्थी पैसों की कमी की वजह से अपने घर, गाँव, कस्बे, शहर में एक छोटा-मोटा दिल्ली तो बना ही लेता है।' मैंने दादा की माहौल वाली बात के पक्ष में सोचा।

~

दिन का सिकुड़ना जारी था और रातें धीरे-धीरे अपनी लंबाई पकड़ रही थीं। रफ़ीक़ चाचा को खत्म हुए एक साल होने वाला था। आज उनकी बरसी की फातिहा थी। फ़कीरों और गरीबों को भोजन कराने का खर्चा मुझपर और चौबे जी पर था। चौबे जी ने साफ़ कह दिया था कि फातिहा के लिए किसी से भी एक पैसा नहीं माँगेंगे। जितने का इंतेज़ाम होगा उतने से ही फ़कीरों और गरीबों को भोज कराया जाएगा।

चौबे जी ने अपनी चाय की दुकान पर मुझे अपने पास बुलाकर कहा, ''आदिल बेटा! कुल मिलाकर साढ़े सात हज़ार रुपए हो रहे हैं। इन्हीं से ज़र्दा पुलाव बनवा लेंगे और फ़कीरों को खिला देंगे।''

''ठीक है चौबे जी!'' मैंने सिर हाँ में हिलाते हुए कहा।

''आदिल बेटा! तुम फ़कीरों के मोहल्ले में जाकर खबर दे आओ! तब तक मैं बाज़ार जाकर ज़रूरी सामान खरीद लाता हूँ।'' चौबे जी ने मुझसे कहा।

''ठीक है चौबे जी!'' इतना कहकर मैं सीधे घर आ गया। अपने कमरे में जाकर मैंने सन्दूक से गुल्लक निकाली और ज़मीन पर दे मारी। फ़र्श पर मिट्टी की गुल्लक के टुकड़े, कुछ सिक्के और नोट बिखर गए। मैंने रुपयों को समेटा और उन्हें गिना। कुल तेईस सौ सत्तासी रुपए हो रहे थे। मैंने ये रुपए जाकर चौबे जी को दे दिये। अब कुल दस हज़ार रुपए के आस-पास रकम हो रही थी। मैंने मोटी गिनती लगाई। चाचा सामान ले आए थे और मैंने सौ से ज़्यादा गरीबों और फ़कीरों को इकट्ठा कर लिया। शाम को चार बजे फातिहा पढ़ी गयी। उसके बाद सभी ने खाना खाया। खाना खाकर सारे फ़कीर और गरीब दुआएँ देते हुए चले गए। मैं भी चौबे जी से विदा लेकर घर चला आया।

मैं जब घर आया तो बरामदे में अम्मी हम सब के लिए खाना लगा रही थीं। शफ़क चटाई बिछा रही थी। आज अम्मी ने मेरे मनपसंद छोले बनाये थे। मैं और समर हाथ धोकर खाना खाने के लिए बैठ गए। मैंने पहला निवाला तोड़ा ही था कि उधर दरवाज़े पर ज़ोर की दस्तक हुई। चूँकि कुंडी खुली थी, इसलिए दूसरे झटके में दरवाज़ा एक ज़ोर की आवाज़ के साथ खुल गया। घर में घुसते ही अब्बा चिल्लाने लगे, ''यही दिन दिखाने के लिए इतना बड़ा किया था। अरे इससे अच्छा होता कि पैदा होते ही मर गया होता या मेरे को ही मौत आ जाती।''

''अस्तगफिरुल्लाह! कैसी बातें कर रहे हैं आप? क्या हुआ?'' अम्मी ने मेरी तरफ़ देखा और मैंने अम्मी की तरफ़ निरपराधबोध से देखा। हम दोनों ही नहीं समझ पा रहे थे कि आखिर माजरा क्या है? अब्बा इतने गुस्से में क्यों हैं आज? लेकिन अब्बा थे कि आज रुकने वाले नहीं थे, मानो आज उन पर जलाल सवार था। अम्मी की तरफ़ हाथ उठाते हुए आँख निकालते हुए कहा, ''खिलाओ इसे! खूब खिलाओ! झूठ बोलने के लिए ही इसे खिला-खिला कर हाथी कर रही हो?''

अब तक मैं समझ गया था कि अब्बा को मेरे रिज़ल्ट के बारे में पता चल गया है। रोटी का पहला निवाला मेरे गले में अटक गया था और गले से नीचे नहीं उतर पा रहा था। मैं खामोश बस चटाई पर बैठी मक्खी को देखे जा रहा था जो बार-बार उड़ कर कभी सब्ज़ी की कड़ाही पर रखी कलछुली पर बैठ रही थी तो कभी प्लेट में निकली रखी रोटियों पर। मेरी नज़रें ऊपर नहीं हो रही थीं। पलकों पर जैसे कई भारी पत्थर रख दिये गए हों।

''हरामखोर कहीं का। झूठा, साला। मक्कार।'' आज अब्बा के अंदर का जलाल बोल रहा था। अब्बा ने कुर्सी पर बैठते हुए मुझे गालियाँ देना जारी रखा। उनका हक़ बनता था और वे सही भी थे।

''अब बताएँगे भी कि आखिर बात क्या है या फिर यूँ ही सिर पर गुस्सा लिए पूरे घर को सिर पर उठा लेंगे?'' अम्मी ने अब्बा से पूछा। ''लीजिये पानी पीजिए।'' अम्मी ने अब्बा को पानी का गिलास पकड़ाते हुए कहा।

''अपने लाल से ही पूछो कि क्या बात है। अपनी ज़िन्दगी में थोड़ी-बहुत जो इज़्ज़त कमाई थी मैंने वो आपके लाट साहब मिट्टी-पलीत कर रहे हैं बाहर।'' अब्बा ने पानी का गिलास लेते हुए कहा।

''आदिल! क्या बात है? बताओ बेटा?'' अम्मी ने मुझसे पूछा।

मैं खामोश था जैसे मेरे मुँह में ज़बान ही नहीं है। मैं कुछ बोल नहीं पा रहा था और वो निवाला मैं अभी भी निगल नहीं पा रहा था। मैं चाहता था कि उस निवाले को मैं अब उगल दूँ।

''अरे क्या बताएँगे ये! हम ही बताते हैं।'' अब्बा ने पानी पीकर गिलास रखते हुए कहा।

''हाँ! हाँ! कोई तो बताओ आखिर बात क्या है!'' अम्मी ने लगभग अधीर होते हुए कहा।

''सब्ज़ी लेकर लौट रहा था तो परसाद भैया मिल गए और पूछने लगे कि तुम्हारे लड़के के मेंस के रिज़ल्ट का क्या हुआ? सुने हैं तुम्हारा होनहार आदिल गणित में ज़ीरो पाया है। पहले तो मुझे भरोसा ही नहीं हुआ और परसाद से बोला कि अरे

भैया अभी तो रिज़ल्ट ही नहीं आया है, नंबर कहाँ से आ गए? फिर हमारे आदिल के ज़ीरो तो कभी आ ही नहीं सकते और वो भी गणित में, बिलकुल भी नहीं।''

''ये लो कर लो बात! बाप को बेटे पर इत्ता भरोसा है कि बेटे को रत्ती भर भी फ़र्क नहीं पड़ता।'' परसाद ने लगभग हँसी उड़ाते हुए कहा। परसाद के साथ घर के सामने कुर्सी डाले बैठे छिद्दू तिवारी, गोलन सेठ और राधेश्याम यादव भी हँस दिये। उन सब के इस तरह हँस देने से अब्बा का मनोबल नीचा पड़ गया फिर भी वो आगे बोले, ''तुम लोग झूठ बोलते हो। मेरे आदिल के कभी ज़ीरो नंबर नहीं आ सकते। वो ज़रूर पास होगा।''

''लेओ यार गफ़ूर भाई नहीं मान रहे हैं तो अपने लड़ीकवा शीलू से ओखा रिज़ल्ट काहे नहीं मँगा के दिखाये देते हो इनका?'' राधेश्याम यादव ने परसाद भैया से कहा।

परसाद ने अपने लड़के शीलू को एक मधुर आवाज़ लगाते हुए कहा, ''अरे ओ शीलू बेटा! ज़रा आदिल के अब्बा को आदिल का वो एसएससी वाला रिज़ल्ट तो दिखाना।'' शीलू भागा-भागा हाथ में लैपटॉप खोले लिए हुए आया और तुरंत ही पीडीएफ़ में पहले से सेव मेरे रिज़ल्ट को अब्बा को दिखाते हुए कहा, ''ये लीजिये! देखिये अंकल! आदिल शेख़ ज़ीरो मार्क्स।''

अब्बा ने रिज़ल्ट देखा और मानो जैसे उनके पैरों के नीचे से ज़मीन खिसक गयी हो। उन सब के सामने अब्बा को ऐसा लग रहा था जैसे उनके कपड़े उतार लिए गए हों।

''पूरी इज़्ज़त बर्बाद कर दी तुम्हारे लड़के ने।'' अब्बा ने अम्मी से कहा।

खैर, हमारे समाज में जब बच्चा अपने माँ-बाप का नाम रौशन नहीं कर पाता या वो ऐसा कोई काम कर देता है, जिससे माँ-बाप का सिर ऊँचा होने की बजाय झुक जाता है तो उसी दिन से वो बच्चा अपने माँ-बाप में से किसी एक की औलाद रह जाता है। माँ-बाप एक-दूसरे पर आरोप लगाते हुए कहते चले जाते हैं कि तुम्हारे बच्चे ने ये किया, तुम्हारा बच्चा है...फलाना ढिकाना।

''पता नहीं मेरी परवरिश में कहाँ कमी रह गयी थी। मेरा भरोसा तोड़ दिया इसने।'' अब्बा ने अपने चेहरे पर ज़लालत के आँसू पोंछते हुए सख़्त होकर कहा। अम्मी एकदम खामोश खड़ी थीं। उन्हें भी यकीन नहीं हो पा रहा था कि जो कुछ उन्होंने अभी सुना है, वो सब सच है। अम्मी को लग रहा था कि जैसे अभी कोई चमत्कार होगा और एक फ़रिश्ता आकर कह देगा, ''नहीं ये सच नहीं है। आपका बेटा झूठा नहीं है।''

लेकिन ये हक़ीक़त में कहाँ होने वाला था।

"आदिल! क्या ये झूठ है?" अम्मी ने मेरी तरफ़ एक याचिका के रूप में देखते हुए पूछा। जैसे वो सिर्फ़ यही सुनना चाहती हैं कि ये सच नहीं है। और सुनते ही मुझे अपने गले लगा लेंगी। अब्बा अब कुर्सी पर पीछे लुढ़क गए थे। उन्होंने अपनी गर्दन छत की तरफ़ कर ली थी। शफ़क और समर बगलवाले कमरे के दरवाज़े के पीछे से छिपकर ये सब देख-सुन रहे थे। मेरी हिम्मत अपने भाई और बहन से भी आँख मिलाने तक की नहीं हो रही थी। मैंने मुँह में लुगदी बन गए निवाले को ज़ोर लगाकर निगला और तुरंत फ़र्श पर से उठते हुए खड़े होकर बोला, "अम्मी! ये ही सच है जो अब्बा ने कहा।" और इतना कहकर मैं खुद को सभी का गुनहगार मान कर अपने कमरे में आ गया फिर लाइट ऑफ़ करके खिड़की दरवाज़े सब कुछ बंद करके लेट गया।

घड़ी की टिक-टिक मेरे एकांत को खा रही थी और उस वक़्त मुझे सुइओं की ये टिक-टिक भी डरा रही थी। कुछ देर बाद अम्मी ने दरवाज़े के पीछे से दस्तक दी, "आदिल! चलो खाना खा लो आकर। खाना निकला हुआ रखा है।" लेकिन मैं अपने कमरे से बाहर नहीं निकला। अम्मी ने एक बार और आवाज़ लगाई, मैं तब भी नहीं गया। अम्मी कुछ देर बाद वहाँ से चली गईं। ठंड बहुत ज़्यादा थी। धीरे-धीरे रात गहरा गयी। घर में सब सो गए थे। मैं बिस्तर से उठा, अपनी कलम उठाई और एक रजिस्टर लेकर लिखने बैठ गया...

'प्यारी अम्मी!

तुमको तो पता है मैं झूठ से कितना डरता हूँ, फिर मैं कैसे झूठ बोल सकता हूँ? हाँ! मैं फ़ेल हो गया था, मेरे गणित में ज़ीरो मार्क्स आए थे। गलती मेरी ही थी। मैंने अपना रोल नंबर गलत भर दिया था। पर अम्मी, मैंने ये जानबूझ के थोड़े किया था। आप ही तो कहती हो कि गलती माफ़ कर दी जाती है। मुझसे गलती हुई थी अम्मी। अम्मी, मुझे ये सच बताने से डर लग रहा था। समझ ही नहीं आया कभी कि किस मुँह से आप लोगों को बताऊँ कि जिस आदिल पर आप लोगों को इतना नाज़ है, इतना गुरूर है वो गणित में ज़ीरो नंबर लाया है। फिर उस नाज़ को मैं खत्म नहीं होने देना चाहता था। उस वक़्त मुझे कुछ भी समझ नहीं आया। बस इतना ही समझ आया कि सही वक़्त का इंतज़ार करूँ और वक़्त आने पर मैं आप सबको दूसरा एग्ज़ाम क्वालिफ़ाई करने के बाद इस एग्ज़ाम के बारे में बताऊँ।

'लेकिन अम्मी! आज मैंने आप सबका दिल दुखाया है। आप सबका भरोसा तोड़ा है। मुझे खुद पर घिन आ रही है। इस भरोसे को वापिस लाने के लिए मैं यहाँ से जा रहा हूँ अम्मी। कहाँ जाऊँगा ये तो नहीं पता, लेकिन लौटकर मैं आऊँगा ज़रूर। उस दिन, जिस दिन मैं खुद को समझूँगा कि मैं इस काबिल हो गया हूँ कि अब आप सबकी इज़्ज़त मेरे कुछ बनकर आने से बढ़ जाए, तो उस दिन मैं लौटूँगा अम्मी। और उस दिन आपको और अब्बा को फिर से मुझ पर नाज़ होगा। शफ़क और समर को अच्छे से पढ़ने के लिए बोलती रहना। वो दोनों अगर पूछें कि मैं कहाँ गया हूँ तो उनसे

बोलना कि भैया पढ़ने गया है दूर। पढ़ाई पूरी करके जल्दी लौटेगा।

'अम्मी! तुम अपनी दवाई वक़्त पर लेती रहना और अब्बा का भी ख़याल रखना! सुनो अम्मी! वो जो बारह हज़ार रुपए तुमने नाना के हज को जाने के वक़्त के लिए जोड़ कर रखे थे, उन्हें मैं अपने साथ लेकर जा रहा हूँ। हो सके तो मुझे माफ़ कर देना अम्मी। पर मैं चोर नहीं हूँ और हाँ अम्मी मैं झूठा भी नहीं हूँ।

तुम्हारा आदिल'

रात अपने चरम पर थी। मैंने अपने कपड़े, कुछ किताबें, एक बोतल पानी और शॉल एक बैग में भरा और ये चिट्ठी पूरी करने के बाद अम्मी के सिरहाने तकिये के नीचे रख दी। अब्बा जो उसी कमरे में दूसरी चारपाई पर लेटे सो रहे थे, उनके चेहरे पर अब भी उदासी नज़र आ रही थी। ऐसा लग रहा था जैसे उनका चेहरा मुझसे कह रहा हो, ''दफ़ा हो जा इधर से! मेरी आँखों के सामने नज़र मत आना। अम्मी के पास लेटे सो रहे शफ़क और समर के सिर पर हाथ फेरकर मैं अपने कमरे में चला आया फिर बैग उठाया और मेन दरवाज़े को आहिस्ता से खोला और बाहर निकलकर उसे उढ़का कर चल दिया।

मेरे मन में एक भी सवाल नहीं था, बस टीस थी। खुद को साबित करने की। बाहर ठंड बहुत थी। कोहरे की सफ़ेद चादर में लिपटी हुई स्याह रात सफ़ेद लिबास में एक विशालकाय काले दानव के रूप में मेरी लाचारी और बदकिस्मती पर हँस रही थी। मैं आगे चलता रहा बस। मुझे पता नहीं था कि कहाँ जाना है, बस चला जा रहा था। एक साल पहले की ही तो बात थी जब अम्मी और अब्बा मुझे दिल्ली प्रोटेस्ट में कितने जतन के साथ भेजे थे। एक साल पहले अब्बा द्वारा लाये गए जूते मैं आज भी पहने था, हाँ उनका रंग पहले से कुछ मटमैला हो गया था। कोहरा आज भी उतना ही घना था, पर गमगीन था। हवा भी तेज़ चल रही थी, पर उसमें एक अजीब-सी उदासी छाई हुई थी। रास्ते में कुत्ते मुझे देखकर भौंक रहे थे, जैसे मैंने इनका भी भरोसा तोड़ा है। चलते-चलते मैं चौराहे पर निकल आया। चौबे जी की पेटी जो एक साल पहले लकड़ी की थी, इस साल चौबे जी ने बरसात के वक़्त उसे टीन की मोटी चादर का बनवा लिया था। पेटी के बाहर आज भी अंगीठी में लकड़ी के गिट्टक और बुझा हुआ कोयला रखा था। पेटी के बगल में पड़े तखत पर चौबे जी रज़ाई ओढ़े सो रहे थे। आज मुझे टोकने के लिए कोई नहीं था जो मुझसे पूछता कि आदिल कहाँ जा रहे हो? रफ़ीक़ चाचा तो अपनी खाँसी से छुटकारा पाकर कब्र में दफ़न थे। पेटी के बाहर लटकी लालटेन का शीशा जलते-जलते काला पड़ चुका था। लालटेन की जलती लौ उसे और भी रौद्र बना रही थी। रफ़ीक़ चाचा की मज़ार के आस-पास लगे फूलों के पौधों की क्यारियाँ ही बस इस भयावह रात में प्यारी लग रही थीं। हर एक पौधे के माध्यम से मानो रफ़ीक़ चाचा मुझसे कह रहे हों, ''बच्चे! हिम्मत नहीं हारना। तुम एक दिन सबका नाम रौशन करोगे, मुझे यकीन है तुम पर आदिल।''

मैं रफ़ीक़ चाचा की मज़ार पर रुका और दुआ पढ़कर रेलवे स्टेशन आ गया। एकदम भयंकर सन्नाटा था। मैं स्टेशन पर बने एकमात्र टीनशेड के नीचे एक बैंच पर बैठ गया। कोहरे की वजह से ट्रेनें लेट चल रही थीं। मन को कुछ सूझ नहीं रहा था। मैं प्लेटफ़ॉर्म पर ही पैदल चलने लगा। ठंडी हवा मेरे चेहरे पर टकरा कर मुझे और भी सुन्न कर रही थी। पूरे प्लेटफ़ॉर्म पर गिनती के सात यात्री थे। मैं वहीं प्लेटफ़ॉर्म पर ज़मीन पर बैठ गया और एक पत्थर उठा कर प्लेटफ़ॉर्म के फ़र्श पर कुछ लकीरें बनाने लगा। थोड़ी देर में एक मेल ट्रेन आ कर प्लेटफ़ॉर्म पर रुकी। यूँ तो रुरा स्टेशन पर गिनती की सात-आठ ट्रेनें ही रुकती हैं लेकिन कोहरे की वजह से ट्रेनें छोटे-बड़े स्टेशनों पे रुक-रुक कर धीरे-धीरे चल रही थीं। मैंने ट्रेन का नाम पढ़ा, ''महाबोधि एक्सप्रेस।'' मेरे ठीक सामने ट्रेन की एक बोगी का गेट खुला हुआ था जैसे यही मेरी किस्मत का द्वार हो। मैं बिना कुछ और सोचे उस दरवाज़े से ट्रेन के कंपार्टमेंट में घुस गया। स्लीपर डिब्बा था और मेरे पास टिकट जनरल का भी नहीं था। अब ट्रेन में चढ़ तो गया था लेकिन टीटीई का डर भी था। मैंने ट्रेन के गेट को बंद किया और अपने बैग से गमछा निकाल कर टॉयलेट के पास गैलरी में बिछाकर उस पर लेट गया और अपने एकमात्र शॉल से कड़कड़ाती ठंड से खुद को बचाने की असफल कोशिश करने लगा। ट्रेन की आवाज़ और पेशाब करने के लिए आते यात्रियों के शोर की वजह से मैं सही से सो नहीं सका। बस ऐसे ही टॉयलेट और ट्रेन के गेट के पास मिली थोड़ी-सी जगह में सिकुड़ा लेटा रहा।

सवेरा हो गया। लोगों की रात भर की भरी टंकी अब खाली होने का वक़्त हो गया था। मैंने गमछा उठाया और झाड़कर फिर से बैग में ठूँस लिया। मैंने कुल्ला करते एक यात्री से पूछा, ''भैया ट्रेन कहाँ पहुँची?''

उस यात्री ने सौ ग्राम पेप्सोडेंट का झाग थूकते हुए कहा, ''तुम्हें जाना कहाँ है?'' हिन्दुस्तान की सबसे बड़ी समस्या ये ही है कि कोई इंसान दूसरे इंसान से अगर एक सवाल पूछ ले और जब सवाल न समझ आए तो बजाय उस सवाल का जवाब देने के दूसरा इंसान पलटकर पहले इंसान से ही कोई अन्य सवाल कर बैठता है। अब उस यात्री को मैं ठीक-ठीक जवाब तब दे पाता जब खुद मुझे पता होता कि मैं कहाँ जा रहा हूँ! मैंने थोड़ा सोचते हुए कहा, ''जी दिल्ली।''

उसने अपने दाँत में ब्रश रगड़ना रोककर कहा, ''अभी इटावा पहुँच रही है।''

मैंने परेशान होते हुए कहा, ''यार सात बज रहे हैं और इटावा भी नहीं पहुँची ट्रेन। हद है।''

आँखों में नींद तो भरी थी लेकिन ट्रेन में सोने की जगह नहीं थी। मैं उठकर गेट के सबसे पास वाली सीट पे बैठ गया ताकि टीटीई आते हुए दिखे तो मैं झट से टॉयलेट में घुस जाऊँ। आधे घंटे बाद टीटीई तो आया लेकिन उस तरफ़ से ही जिस

तरफ़ मैं बैठा था। टीटीई ने मेरे पास आते हुए पूछा, "टिकट?"

"नहीं है!" मैंने टीटीई की आँख के ऊपर लगे चश्मे में देखते हुए कहा।

"फ़ाइन लगेगा!" टीटीई ने अपनी तोंद पर हाथ फेरते हुए कहा।

"सर! दो सौ रुपए पड़े हैं। डेढ़ सौ रुपए ले लीजिये। पचास रुपए दिल्ली से घर तक जाने के लिए बचे रहने दीजिये।" मैंने उतना झूठ बोला जितने से मेरा काम चल सकता था।

टीटीई ने अपनी नाक पर रखे चश्मे को अपने हाथ से हटाते हुए मेरे को ऊपर से नीचे तक देखा और बोला कि एक तो बिना टिकट चलते हो ऊपर से घूस दे रहे हो। उसने थोड़ा सख़्त बनते हुए कहा। चलो दो सौ रुपए दे दो और उधर पिछले डिब्बे में छप्पन नंबर सीट खाली है अलीगढ़ तक, उसमें जाकर बैठ जाओ। मैंने टीटीई को दो सौ रुपए थमाते हुए कहा, "जी बहुत-बहुत धन्यवाद आपका।" टीटीई अपने हाथ में लिए पन्नों को पलटता हुआ आगे बढ़ गया। टीटीई ने अपने ईमान और मैंने अपनी मजबूरी और शक्ल का दो सौ रुपए में सौदा कर लिया था। मैंने दूसरे डिब्बे में सीट नंबर छप्पन पर जाकर अपना झोला रखा और उस पर अपनी टाँगें फैला कर पसर के सो गया।

~

दिल्ली तक उस सीट पर कोई नहीं आया। शाम के चार बजते-बजते ट्रेन नयी दिल्ली रेलवे स्टेशन पहुँची। झोले जूते के साथ मैं ट्रेन से उतरा। प्लेटफ़ॉर्म पर एक बैंच पर बैठते हुए मैंने मयंक को कॉल किया। घंटी पूरी गयी लेकिन मयंक ने फ़ोन नहीं उठाया। मैंने दोबारा फ़ोन किया, तो फिर से फ़ोन नहीं उठा। अब मुझे लगा कि मयंक फ़ोन नहीं उठाएगा तो अपने को इतने बड़े शहर में कोई और ठिकाना तो मिलेगा नहीं। मैंने तय कर लिया था कि चलो कोई नहीं, नहीं उठाता है फ़ोन तो कोई बात नहीं! यहीं दिल्ली में रुककर कोई काम-धंधा ढूँढा जाएगा, लेकिन घर तब तक नहीं जाएँगे जब तक कुछ बन नहीं जाएँगे। मैं ये सब सोच ही रहा था कि मेरा फ़ोन वाइब्रेट पर घुर्र-घुर्र करने लगा। देखा तो मयंक की कॉल थी।

"का बे आदिल, का हुआ? दुई घंटियाँ दे दिये हो तुम?"

"हाँ। दो बार फ़ोन किए हम तुमका। काहे नहीं उठाए तुम दादा?"

"यार अब आदमी सुकून से हगे भी ना? सीवर में थे, फ्री होने गए थे। फारिग हो के आए तब फ़ोन उठाए और देखे तुम्हारी दो मिस कॉलें थीं।" मयंक ने कहा।

"अच्छा! हमको लगा तुम हमारा फ़ोन जानबूझ के नहीं उठा रहे हो।"

"काहे बे बौरिया रहे हो? हम तुम्हारा फ़ोन तो जहन्नुम में होंगे तो भी उठा

लेंगे। चलो अब बताओ का अर्जेंट पिल पड़ा तुम्हरे साथ जो दो-दो घंटियाँ दिये तुम हमरे फ़ोन पर?''

''वो मैं नयी दिल्ली रेलवे स्टेशन पर खड़ा हूँ। अभी उतरा ट्रेन से।''

''का बे? ऐसे अचानक कैसे? और फिर उधर खड़े-खड़े मरा काहे रहे हो? चले आओ नेहरू विहार। हमरी कुटिया में स्वागत है तुम्हारा।'' मयंक ने बिना सांस लिए एक ही बार में इतने सवाल और खुद से स्टेटमेंट दे दिये।

''उसी के लिए तो आपको कॉल किए थे, किधर रहते हो आप? कहाँ से, कैसे आना है?''

''अच्छा! तुम नयी दिल्ली रेलवे स्टेशन से मेट्रो की तरफ़ बाहर निकलना। उधर से एंट्री करके समयपुर बादली वाली मेट्रो पकड़ के जीटीबी नगर मेट्रो स्टेशन उतर जाना। फिर जीटीबी नगर मेट्रो के गेट नंबर दो से बाहर आ के ऑटो से बत्रा सिनेमा हॉल आ जाना।'' मयंक ने मुझे समझाया, ''और हाँ आदिल! जब जीटीबी नगर मेट्रो से बाहर आ जाना तो मुझे कॉल करके बता देना, तब मैं भी इधर से निकलकर बत्रा सिनेमा हॉल आ जाऊँगा।''

''ठीक है दादा!'' मैंने कहा।

फ़ोन रख के मैंने अपना झोला पीठ पर टाँगा। प्लेटफ़ॉर्म पर यात्री लोग अपने-अपने बीवी-बच्चों के साथ कंबल और शॉल ओढ़े बैठे थे। जिनके बच्चे नहीं थे, वे शायद अपने-अपने स्मॉर्ट फ़ोन में अपनी भावी पत्नी के साथ भविष्यकाल की फ़ौज तैयार करने के सपने देख रहे थे। ठंड की वजह से प्लेटफ़ॉर्म पर यात्री लोग सिकुड़े पड़े थे। स्टेशन से बाहर इधर चारों ओर एक अलग ही छटा थी। वातावरण में एक धूसर भूरे रंग की चादर गहराई हुई थी। समझ ही नहीं आ रहा था कि ये कोहरा है या दिल्ली का वायु प्रदूषण। सामने हरी और पीली पट्टियों में काली वैन खड़ी थीं, टैक्सी और ऑटो ड्राईवर अपनी-अपनी रोज़ी के साथ चीखते-चिल्लाते खड़े थे। मुझे अचानक से ज़ोर की लघुशंका हुई। मैं भागकर पास के 'सुलभ शौचालय' गया। उसके सामने लगी लंबी लाइन में जाकर मैं अपनी पैंट की बेल्ट को पकड़ के सबसे पीछे खड़ा हो गया। इंसान को जब करने को लघुशंका के सिवा कुछ नहीं होता है तो फिर वो बेतुके ख़याल बनाता है। मैं लाइन में अपने से आगे खड़े लोगों को देखकर सोचने लगा कि दुनिया में ऐसे कितने लोग एक साथ लघुशंका के लिए जाते होंगे। दो प्रतिशत तो जाते ही होंगे, शायद ज़्यादा भी। अब जब सब्र का बाँध झरझराता जा रहा था तो मैंने अपनी पैंट और टाइट पकड़ ली और लाइन में लगे हुए मेरे ही जैसे दूसरे असहाय लोगों को गिनना शुरू कर दिया। चार-चार के झुंड में लोग बाहर निकल रहे थे और उतने ही लोग बड़ी तेज़ी से अंदर भाग रहे थे। लाइन में मेरा नंबर पंद्रहवाँ था।

यकीनन, हिन्दुस्तान में सबसे ज़्यादा 'टॉलरेंस' अगर कहीं पाया जाता है तो वो

'सुलभ शौचालय' के बाहर लाइन में लगी जनता में पाया जाता है।

"आदमी का ट्रेन और परीक्षा छूट जाए तो एक बार चलेगा लेकिन लघुशंका नहीं छूटनी चाहिए।" पीछे से एक आवाज़ आई।

"अरे बाबा! लघुशंका भी छूट जाये तो चलेगा, लेकिन दीर्घशंका कतई नहीं छूटनी चाहिए।" पीछे से एक दूसरी आवाज़ और आई।

आगे-पीछे सब जगह से वाह-वाह की आवाज़ें आयीं। जैसे सुलभ शौचालय में किसी ने दो शे'र पढ़कर एक छोटा-मोटा मुशायरा बना दिया था। पीछे से एक तीसरी आवाज़ और आई, "लेकिन ताऊ! अगर दोनों छूट जाएँ तो... ?"

"तो...फिर घर पर शामत आएगी!"

फिर कई आवाज़ों में ठहाके आए। मैं भी ज़ोर से हँस दिया।

मैं अपने दोनों पैरों को एक-दूसरे में फाँसे अपनी बारी आने का इंतज़ार कर रहा था। और एक भूरे रंग का कुत्ता अपनी एक टाँग उचकाए सुलभ शौचालय की दीवार पर छपे टुच्चे नेताओं में से एक नेता के खींसें निपोरे और हाथ जोड़े पोस्टर पर मूत्र-विसर्जन कर रहा था।

'आह! कितना भाग्यशाली है ये कुत्ता! इसको लाइनों में नहीं लगना पड़ता।' मैंने अपनी पैंट को और कस के पकड़ते हुए सोचा।

सही जगह मूत्र-विसर्जन करने के मामले में दिल्ली के कुत्तों का कोई जोड़ नहीं है, इसके लिए एक छोटे-मोटे राष्ट्रीय पुस्कार के ये भी दावेदार होने चाहिए। इधर ये कुत्ता फ़ारिग हो चुका था और उधर मेरा नंबर आ गया था।

~

जीटीबी नगर पहुँचते ही मैंने मयंक को फ़ोन करके बता दिया। उसके बाद मैं गेट नंबर दो से बाहर निकला। सामने ऑटोवाले और ई-रिक्शा वाले, 'बत्रा सिनेमा... बत्रा सिनेमा' चिल्ला-चिल्ला कर सवारी बुला रहे थे। पास में ही मैंने एक ऑटोवाले से पूछा, "भैया बत्रा सिनेमा?" मेरा बत्रा सिनेमा बोलना ही था कि उसने मेरी बाँह पकड़कर खींचते हुए अपने ऑटो में धकेल दिया और बोला, "बत्रा सिनेमा ही जा रहे हैं भैया हम।" इस तरह भला ऑटो में कौन लोग बिठाते हैं। मैं आश्चर्यचकित और भयभीत था। मैंने महसूस किया कि हमारा कानपुर कम-से-कम इस मामले में तो बेहतर है कि अगर कोई सवारी ऑटो या जेएसए में नहीं बैठना चाहती है तो वो एकदम स्वतंत्र है और ऑटोवाले सवारी को ये कहते हुए चलता कर देते हैं, "घुसो जा के!" लेकिन इधर जीटीबी नगर में तो ऑटोवाले सवारी ऐसे बैठा रहे हैं, जैसे किडनैप किए लिए जा रहे हों।

ऑटोवाले ने आगे की अपनी सीट पर ही ज़रा-सी बची जगह में मुझे मेरी तशरीफ़ लटकाने की जगह दे दी। मैं ऑटो के सरिये को मज़बूती से पकड़े था। पीछे की सीट पर तीन लड़कियाँ बैठी हुई थीं। मुझे खुद के संतुलन को उनके सामने बराबर रख पाने के लिए बहुत मशक्कत करनी पड़ रही थी। और इस मेहनत के काम में मुझे ऑटो का वो सरिया मदद कर रहा था जो मैं पकड़े हुए आधे से कम में बैठा था और बाकी हवा में लटका हुआ था। ऑटोवाले भैया ने एक्सिलेटर के कान ऐंड़ दिये और ऑटो भी अपनी आवाज़ में भाग चला। लेकिन वो रफ़्तार बहुत देर तक के लिए नहीं थी। दिल्ली में सड़कें सूनी मिल जाएँ तो ये पिछले जन्म का कोई पुण्य ही होगा। बीच-बीच में ऑटो अपनी रफ़्तार में धीमे हो रहा था और बढ़ रहा था। ऑटो की चाल ट्रेफ़िक के हिसाब से फ़्लक्चुएट हो रही थी और मैं अपनी गर्दन घुमा-घुमा कर कभी दायें तो कभी बाएँ देखे जा रहा था।

''का बाबू जी! पहली बार दिल्ली आए हैं का?'' ऑटोवाले ने मेरी गर्दन को दायें और बाएँ होते देखकर पूछा।

मैंने पीछे बैठी तीन सुंदर कन्याओं के सामने खुद को देहाती बनते देख कहा, ''नहीं! दूसरी बार आये हैं। पहली बार जंतर-मंतर आए थे।'' मैंने इस तरह बताया जैसे दूसरी बार दिल्ली आने से मेरा स्टेटस थोड़ा बढ़ जाएगा।

''ओह! तभी ऐसे खोपड़िया घुमा रहे हैं इधर-उधर, शुतुरमुर्ग के माफ़िक।'' ऑटोवाले ने मेरे उस दूसरी बार दिल्ली आने के प्रभाव को निष्क्रिय करते हुए कहा। मैं चुप रहा।

''लड़का मुखर्जी नगर या तो पढ़ने आता है या फिर धरना देने। आप काहे के लिए आए हैं बाबू जी?''

''मैं पढ़ने आया हूँ।'' मैंने जवाब दिया लेकिन मैं ऑटोवाले के ज्ञान पर हतप्रभ था। शायद मुखर्जी नगर की हवा में ही ज्ञान था तभी तो यहाँ ऑटोवाले तक ज्ञानी लग रहे थे।

''तो बाबू जी अकेले रहेंगे या कऊनो दोस्त, भाई, मामा, चाचा है, जिसके यहाँ रुकिएगा?'' ऑटोवाले ने मुझसे पूछा।

''दोस्त है एक अपना, जिगरी, उसी के यहाँ रहेंगे फ़िलहाल तो।'' मैंने जवाब दिया।

''अच्छा ठीक है फिर, कभी कमरे का कोई दिक्कत हो तो बताना। ये लेओ मेरा विज़िटिंग कार्ड। ऊपर वाला नंबर बंद हो गया है, बाद वाला लगाइएगा, जो पेन से लिखा है। हे हे हे...!'' ऑटोवाले ने अपनी शर्ट की जेब से एक विज़िटिंग कार्ड निकालकर मुझे पकड़ाते हुए कहा। ''सँभाल के रखिएगा बाबू जी।'' ऑटोवाले ने

ऑटो चलाते-चलाते ही कहा। मैं ये सोच कर परेशान था कि इधर ऑटोवाला तक विज़िटिंग कार्ड रखता है। 'कमाल है, दिल्ली सच में बड़ी है।' मैंने मन में सोचा।

''और बाबू जी दलाली भी औरों से आधी ही लगेगी।'' ऑटोवाले ने आगे कहा।

''क्या मतलब ? दलाली ? किस बात की ?'' मैंने पूछा।

''अरे बाबू जी ! दलाली। मतलब दिल्ली में फ़्री में ही कोई कमरा थोड़े मिल जाएगा, दलाली देनी पड़ती है। हें हें हें हें... !'' और ऑटोवाले ने एक्सिलेटर के कान एक बार फिर से ऐंड़ते हुए अपनी बत्तीसी भी चीर दी। उसके आगे के दो दाँत बाकी दाँतों से ज़्यादा घिसे हुए थे, इसलिए छोटे लग रहे थे जिसके भीतर से उसके सफ़ेद और गुलाबी मिक्स ज़बान पर तंबाकू दबा नज़र आ रहा था। मैंने उसके मुँह के सामने से अपना मुँह हटा लिया।

''अच्छा तो बाबू जी आप और आपका दोस्त खाना बना लेते हैं का?'' ऑटोवाले ने पूछा, ''अगर नहीं बना पाते तो कम बजट में टिफ़िन सुविधा भी उपलब्ध है। घर जैसा ही खाना मिलता है हमारे यहाँ। एक टाइम का साठ रुपए और महीने भर का एक साथ पैसा देते हैं तो आपको पचास रुपए के हिसाब से एक दिन में दो टाइम को जोड़ते हुए महीने भर का तीन हज़ार रुपए होता है। रोज़-रोज़ के हिसाब से आप छह सौ रुपए बचा लेंगे, एक साथ महीने भर का पैसा देने पर। फिर इधर बच्चा लोगों को खाने की ही सबसे ज़्यादा समस्या है। बाहर होटल वगैरह का खाना इतना हाइजेनिक नहीं होता ना।'' ऑटोवाले ने पूरे हिसाब के साथ खाने के रेट और क्वालिटी बताई। मैंने 'हूंह' कहके मुंडी घुमा ली।

मैं अपने दाईं और बाईं ओर से गुज़रती विशाल इमारतों में बने कोचिंग संस्थानों के शीशमहल को देखता जा रहा था। एक से एक बड़ी-बड़ी कोचिंग्स और उनके सामने लगे विशाल बैनर्स, होर्डिंग्स और पोस्टर्स जिनमें छपे हुए थे पिछले तीन-चार वर्षों और शायद उससे भी कई वर्ष पुराने या जब से कोचिंग खुली हों तब के टॉपर्स के फोटोज़। हर एक टॉपर की चार इंची बत्तीसी झड़ रही थी। औसतन दस टॉपर्स में से छह का चश्मा टेस्ट था। टॉपर बनने के लिए शायद चश्मे का टेस्ट होना भी एक अहम रोल अदा करता था। जैसे-जैसे ऑटो बढ़ता जा रहा था, पीछे छूटते कोचिंग संस्थानों के पोस्टर्स और बैनर्स में छपे उनके मंत्रों को मैं पढ़ता जा रहा था...

'पढ़िये सिर्फ़ गणित के भूत से और बनिए इंस्पेक्टर मज़बूत से।'

कहीं-कहीं लिखा था, 'शर्तिया इंस्पेक्टर बनें मात्र रुपए 6000/- में', इंस्पेक्टर तो ऐसे बना रहे थे जैसे सड़क किनारे किसी दीवार, या ट्रेन किनारे लिखा होता था 'गुप्त रोगों का शर्तिया इलाज फलाँ रुपए में' यानी हद है।

वहीं अलग-अलग बैनर्स में कोट सूट में बाकायदा टाई बाँधे कुछ टीचर्स की तस्वीरों के साथ लिखा हुआ था 'जीके कैप्सुल', 'डेविल ऑफ़ इंग्लिश' 'गणित का पिशाच', 'भूगोल का देवता' 'इतिहास का दानव', 'अंग्रेज़ी की मल्लिका' और भी न जाने क्या-क्या...जीटीबी नगर से बत्रा सिनेमा आते-आते मैंने एक अलग ही दुनिया देख डाली थी। मैं इन्हीं में खोया हुआ बत्रा सिनेमा पहुँचा। ऑटोवाले ने किराया लेते हुए कहा, "भइया ये मुखर्जी नगर एक बाज़ार है, इधर लड़का पढ़ने तो आता है लेकिन जाता कुछ-न-कुछ बन के ही है और जो नहीं जाता वो यहीं का हो जाता है, इसी बाज़ार का।"

स्ट्रीट लाइट की पीली दूधिया रोशनी में कोचिंग की एक नयी दुनिया बसी थी। शाम के साढ़े सात बज रहे थे। एक साथ कई बैच छूटे थे और उनसे निकली थी हज़ारों अभ्यर्थियों की भीड़ जो मेरी ही तरह इस बाज़ार में अपने सपनों को बुनने आई थे। मैं इस भीड़ में आते-जाते अभ्यर्थियों को देख खो सा गया था। हर किसी की पीठ पर एक बैग था, हाथ में किताब, कुछ नोट्स। अपने कस्बे का मैं होनहार छात्र, यहाँ के स्मॉर्ट विद्यार्थियों को देखकर इंफ़ीरियर महसूस करने लगा था।

"आदिल।" मयंक ने ज़ोर से मेरा नाम लेते हुए मुझे पुकारा। मयंक बत्रा पुलिस चौकी के पास खड़ा था। वो सड़क पारकर के मेरी तरफ़ आया और आते ही मुझे गले लगाते हुए बोला, "का बे आदिल! तुम सच में आ गए! लेकिन ऐसे कैसे अचानक प्रकट हो गए बे तुम? हमको लगा तुम ससुर झूठ बोल रहे होगे। फिर लगा कि साला तुम झूठ भी कैसे बोल पाओगे?" मयंक हँस दिया और उसने मेरा बैग लेते हुए कहा, "चलो कमरे पर चलते हैं।"

"हम्म!" मैंने मयंक की बात का कोई जवाब नहीं दिया और बस हाँ में सिर हिला दिया।

मैं मयंक के साथ-साथ चल दिया। कोचिंग संस्थानों के पर्चे और पम्फ़्लेट्स से पूरी सड़क भरी पड़ी थी। पिछले वर्षों के टॉपर्स उधर पोस्टर्स बैनर्स में टँगे पड़े थे तो इधर ज़मीन की धूल चाट रहे थे, अभ्यर्थी लोग स्वयं को टॉपर बनाने का सपना लिए एकदम अनजान, पिछले वर्ष के टॉपर्स की चिरी हुई चार इंची बत्तीसी को कुचलते हुए आगे बढ़े चले जा रहे थे। अभ्यर्थियों द्वारा कुचले जाने के बावजूद भी ज़मीन पर पड़े इन टॉपर्स की बत्तीसी और स्वाभिमान में कोई फ़र्क नहीं पड़ रहा था।

"बताओ बे? कौन-सी कोचिंग में एडमिशन लेने आए हो? हम बताए देते हैं अगर कोचिंग में एडमिशन लेने आए हो तो अपने दिमाग से ये गोबर निकाल दो। तुम्हाए जैसे लड़कों के लिए कोचिंग नहीं बनी है, बस टेस्ट सीरीज़ जॉइन कर सकते हो। वो बहुत बेनिफ़िट देगा।" मयंक ने कहा।

"अचानक नहीं आए हैं दादा! बस घर से भाग आए हैं हम।" मैंने मयंक के

साथ-साथ चलते हुए ज़मीन पर एक पम्फ़्लेट में पिछले साल के एक टॉपर और उसके साथ खड़े गणित के पिशाच को अपने पैरों से कुचलते हुए कहा।

''का? का मतलब बे? भागे हो? किसके साथ?'' मयंक ने मेरी तरफ़ देखा फिर मेरे आजू-बाजू देखते हुए पूछा, ''कहाँ है वो? कौन है वो?''

''कमाल करते हो दादा! अकेले भागे हैं।'' मैंने कहा।

''अकेले भागे हो? मतलब लड़की का मैटर नहीं है। यार गज़ब यूनीक पीस हो बे तुम।'' मयंक ने कहा।

''हाँ अकेले ही भागे हैं, किसी को लेकर नहीं भागे। कुछ बनकर दिखाना है, तब ही जाएँगे घर वापिस।'' मैंने कहा।

''वाह मेरे तांत्या टोपे! जज़्बा हो तो ऐसा। कनपुरिये केवल बकैती में ही आगे नहीं होते, उनमें कुछ कर गुज़रने का जज़्बा भी होता है।'' मयंक ने भीषण वाला व्यंग्य मारा था। समझ नहीं आ रहा था कि वो मुझे 'तांत्या' बुला रहा था या 'टोपा'।

''अच्छा! घर पर बता दिये हो कि तुम मेरे पास हो या नहीं?''

''नहीं! लेकिन अम्मी के तकिये के नीचे एक चिट्ठी लिखकर छोड़ आया हूँ कि जल्दी ही आऊँगा, कुछ बनकर।''

''साला! जब बनोगे तब बनोगे। अभी तो उन्हें बता दो, परेशान हो रहे होंगे घर पर सभी।'' मयंक ने कहा।

''मैं नहीं बता रहा किसी को।'' मैंने कहा।

''ठीक है। लाओ घर का फ़ोन नंबर दो मुझे, मैं ही कॉल करके बता देता हूँ।''

''मेरी वजह से कोई परेशान नहीं हो सकता।'' मैंने मयंक से कम, ये खुद से ज़्यादा कहा था।

''पगलाओ नहीं बे! माँ-बाप हैं वे तुम्हारे। हर किसी के माँ-बाप को अपने बच्चों की फ़िक्र होती है। लाओ अब नंबर दो घर का।'' मयंक ने लगभग गुस्सा करते हुए कहा।

''नहीं दे रहा मैं।''

''बहुत ही ज़िद्दी हो बे तुम! नहीं दोगे तो इसी नाले में फेंक देंगे तुमको अभी।'' मयंक ने कहा।

हम दोनों चलते-चलते एक सँकरे पुल पर आ गए थे, जिसके नीचे से एक नाला बह रहा था। कहने को तो वो नाला था लेकिन असल में उसे देखकर ऐसा लग

रहा था जैसे नाले की नहर हो। उस नाले की बदबू फेफड़े को बेजान कर रही थी। मैंने हाथ से नाक बंद कर ली।

''रुको कुछ दिन! तुमको भी आदत हो जाएगी इसकी फिर यूँ नाक नहीं बंद करनी पड़ेगी।'' मयंक ने कहा।

पुल पार करने के बाद कुछ साँस आई।

''ये है अपना नेहरू विहार! गरीब अभ्यर्थियों का मुखर्जी नगर। पीछे तुम ऐसे ही कई विहार छोड़ कर आए हो, इन्दिरा विहार, गाँधी विहार।'' मयंक ने अपने बाएँ हाथ में झोले को सँभालते हुए दायें हाथ से इशारा करते हुए सामने बहु-मंज़िला इमारतों के बीच पतली संकरी सड़कों के जालों से घिरा एक नगर दिखाते हुए कहा।

मयंक ने एक दुकान से आधा-आधा लीटर के दो पैकेट टोंड मिल्क लिया और फिर मुझे अपने कमरे पर ले गया। सी-151 बिल्डिंग के नीचे पहुँच कर वो बोला, ''तीसरे माले पर है कमरा, इतनी सीढ़ियाँ चढ़नी पड़ती हैं कि बुढ़ापे में घुटनों में दर्द नहीं होता। लेकिन अभी तो होता है।'' मयंक ने एक ठहाका लगाया।

ज़ीना संकरा था। ज़ीने पर इतना धूल और कचरा जमा पड़ा था कि लगता था जैसे बरसों से यहाँ झाड़ू नहीं लगी। मैंने सामने की बिल्डिंग्स पर नज़र दौड़ाई तो वहाँ कमरे और खंबे पर लगे बल्बों से आती रोशनी में ज़ीने भी इसी हालत में रो से रहे थे।

मयंक ने कमरे का ताला खोलते हुए कहा, ''पधारिए! कानपुर के वर्तमान भगोड़े और मुखर्जी नगर के भावी टॉपर!''

''यार दादा! ऐसे भी न बोलो अब।'' मैंने कमरे में घुसते हुए कहा।

मयंक ने लाइट खोलते हुए कहा, ''काहे? काहे नहीं कहें, हम तो खूब कहेंगे ससुर। तुम चिढ़ो, हमें का!''

ट्यूबलाइट कम-से-कम सात आठ बार में लुपुर-धुपुर करके जल पायी। उस रोशनी में मैंने देखा कि दीवारों में पड़ चुकी सीलन से दीवार का प्लास्टर अपनी जवानी में ही बूढ़ा होकर उखड़ रहा था। कमरे के नाम पर पचास गज का वन रूम सेट था। कमरे में एक फ़ोल्डिंग और फ़र्श पर एक गद्दा बिछे होने के बाद जो जगह बच पा रही थी, उसमें एक मेज़ और एक कुर्सी पड़ी थी। मेज़ पर एक टेबल लैंप और चार-पाँच मोटी किताबें, दो मोटे रजिस्टर और छह-सात साधारण रजिस्टर, पेन पड़े हुए थे। गद्दे के ही बगल में लकड़ी के दो रैक थे, जिनमें किताबें, रजिस्टर्स और नोट्स भरे पड़े थे। कमरे में घुसते ही बाईं तरफ़ कम्बाइंड टॉयलेट बाथरूम था जिसमें बमुश्किल ही बैठ पाने की कोई जगह थी। बाथरूम से ही लगा हुआ किचन था। किचन के नाम पर दो चार-फुटीए स्लैब और एक वाश-बेसिन था। किचन में प्याज, लहसुन से सल्फर और बाथरूम से अमोनिया और कमरे की दीवारों से क्लोरीन गैसें

मिलकर एक भीषण गंध वाली गैस बना रही थीं। इस वजह से कमरे में घुसते ही सिर दर्द से फटा जा रहा था।

मयंक ने मुझसे पूछा, ''का हुआ? सिर दर्द कर रहा है? हमारा भी किया था, जब हम पहले पहल आए थे। फिर हमको एक सिद्ध ज्ञानी पुरुष ने बताया कि ये सिर दर्द चाय पीने से ठीक हो जाएगा। तीन दिन में तुमको आदत हो जाएगी इसकी भी आदिल! और जिसको ये आदत तीन दिन में नहीं पड़ पाती तो वो फिर पूरी ज़िन्दगी भी इधर बिता देता है तो ठीक नहीं हो पाता, ये एक विशेषता है मुखर्जी नगर की।''

''अच्छा!'' मैंने कहा।

''हाँ तुम हाथ-मुँह धो लो तब तक मैं चाय बनाता हूँ।'' मयंक ने कहा।

मैं कुर्सी पर बैठकर कमरे को देखता रहा। कमरे की एक दीवार पर भारत का नक्शा टँगा था और उसके बगल में विश्व का मानचित्र। इसके सामने वाली दीवार पर ज्यामिती और मेंसुरेशन के सूत्र मयंक की हैंड राइटिंग में दो ए-4 साइज़ के सफ़ेद कागज़ में लिखे टँगे थे। जिस तरफ़ मेज़ रखी हुई थी, उसके ऊपर सरस्वती माँ का एक पोस्टर चिपका था। मेज़ की ठीक विपरीत दिशा में माधुरी दीक्षित का बड़ा-सा पोस्टर चिपका था। माधुरी दीक्षित के बगल में स्वामी विवेकानंद योग की मुद्रा में एक पोस्टर में लीन थे। मैं जहाँ बैठा था वहाँ बाईं दीवार पर कलेंडर टँगा था। दीवारों पर थोड़ी-बहुत जगह इसलिए बच गयी थी, क्योंकि वहाँ सीलन ज़्यादा थी। मयंक के बिस्तर पर हिटलर की किताब *मीन केम्फ* औंधे मुँह पड़ी थी।

मैं बाथरूम में फ्रेश होने चला गया। बाथरूम वाले बेसिन में लगे नल में पानी आता नहीं था और किचन वाले बेसिन में पानी भरभरा के आता था।

मैं हाथ-मुँह पोंछ कर नीचे बिछे गद्दे पर फैल गया। मयंक तब तक चाय बनाकर ले आया था। मैंने चाय का कप उठाते हुए मयंक से पूछा, ''दादा! सब कुछ तो ठीक है कमरे में लेकिन सरस्वती माँ और विवेकानंद जी के बीच में तुम माधुरी दीक्षित को रख दिये हो, पढ़ाई हो जाती है आपकी?''

मयंक हँसा और बोला, ''हाँ भाई हो जाती है पढ़ाई! बल्कि इसी वजह से ही होती है पढ़ाई। तुम्हारी भाभी माधुरी जैसी लगा करती थी। आए हाए! क्या मुस्कान थी उसकी साला।'' मयंक ने चाय की पहली चुस्की लेते हुए कहा, ''मोटीवेशन हैं ये हमारा।''

''तो फिर भाभी की ही फ़ोटो क्यों नहीं लगा लेते दादा आप?'' मैंने हँसते हुए सवाल किया।

''अरे आदिल! उसकी फ़ोटो लगा लेंगे तो फिर बिलकुल भी नहीं होगी पढ़ाई।'' मयंक हँस दिया। और मैं भी।

“चाय कैसी बनी है?”

“एकदम फ़र्स्ट क्लास!”

“और सिर दर्द कुछ कम हुआ तुम्हारा?”

“हाँ दादा! अब बेटर फ़ील कर रहा हूँ।”

“तो चलो अब घर का फ़ोन नंबर दो, मैं बात करता हूँ आंटी से। उनको फ़िक्र हो रही होगी।” मयंक ने कहा।

मैंने एक ज़िद्दी बच्चे की तरह फिर से न कहा।

“मेरे भाई देख! तू मेरी बात नहीं मानेगा? माँ-बाप कह देते हैं कभी-कभी बुरा, पर वो सच में थोड़े ही बुरा कहते हैं। अब देख ना! ये भी तो कुछ अच्छे के लिए ही हुआ होगा। उन्होंने तुझे डाँटा और तू दिल्ली आ गया। तुझे न वो डाँटते और न तू यहाँ आ पाता। अब यहाँ आ गया है तो कुछ बन कर ही जाएगा ना। तो हुआ ना अच्छे के लिए। भाई! माँ-बाप की डाँट भी दुआ ही होती है।” मयंक ने एक दार्शनिक मित्र की तरह मुझे समझाते हुए कहा, “चल अब दे भी नंबर।”

मैंने मयंक की ज़िद्द पर उसे अपने घर का मोबाइल नंबर दे दिया। उसने अपने मोबाइल फ़ोन में नंबर टाइप करके तुरंत मेरे घर पर फ़ोन लगा दिया। कुछ देर बाद फ़ोन उठा।

“हैलो आंटी जी नमस्ते! मैं आदिल का दोस्त मयंक बोल रहा हूँ दिल्ली से। आदिल मेरे पास आ गया है। आप लोग परेशान मत होइएगा। मेरे ही साथ रहेगा ये अब।”

अम्मी ने मुझसे बात करनी चाही। मैंने मयंक से फ़ोन लिया। उधर से अम्मी बोल उठी, “कैसा है आदिल? ऐसी ज़रा-सी बात पर तू घर छोड़कर चला गया? वो चिट्ठी पढ़ी मैंने आदिल।”

“मैं ठीक हूँ अम्मी! तुम लोग फ़िक्र मत करना मैं जल्दी ही इंस्पेक्टर बन कर आऊँगा घर पर। शफ़क और समर को भी पढ़ने को बोलना।” मैंने कहा। मैं चिट्ठी के बारे में और भी पूछना चाहता था कि उन्होंने उस चिट्ठी को पढ़कर मुझे माफ़ किया या नहीं। अब्बा का गुस्सा अब ठंडा हुआ या नहीं। लेकिन मैं आगे कुछ बात ही न कर सका। और फ़ोन मयंक को पकड़ा दिया। कुछ देर मयंक ने अम्मी से बात की और फिर फ़ोन रख दिया। मैंने उससे पूछा कि अम्मी क्या कह रही थीं?

“कह रही थीं कि तू मन लगा कर पढ़ाई करे यहाँ। और कुछ बनकर ही लौटे घर।”

हम दोनों अपनी-अपनी चाय खत्म कर चुके थे। उस रात मुझे थकावट बहुत थी तो मैं नीचे गद्दे पर ही कंबल ओढ़े सो गया।

~

''ओ३म जय सरस्वती माता, जय जय सरस्वती माता सद्गुण वैभव शालिनी, सद्गुण वैभव शालिनी त्रिभुवन विख्याता, जय-जय सरस्वती माता, ओ३म जय सरस्वती माता, जय-जय सरस्वती माता सद्गुण वैभव शालिनी, सद्गुण वैभव शालिनी त्रिभुवन विख्याता, जय-जय सरस्वती माता...''

सवेरे मेरी आँख मयंक की सरस्वती आरती से खुली। मयंक नहा-धो कर, कमर पर घुटने तक सफ़ेद गमछा बाँधे खड़े होकर पूरे मनोयोग से अपनी भारी आवाज़ में लयबद्ध तरीके से सरस्वती आरती कर रहा था। आरती खत्म करने के बाद मयंक ने मुझे देखकर कहा, ''ऐसे आँख फाड़े का देख रहे हो बे? कब उठे तुम?''

''दादा! वो विवेक बोल रहा था कि तुम नास्तिक हो गए हो जब से भाभी नहीं मिली तुम्हें, तो ये सब पूजा-पाठ कैसे?'' मैंने सवाल किया।

''हा-हा!'' मयंक हँसा और बोला, ''अरे आदिल! दुनिया के सामने नास्तिक हूँ, पर अपने कमरे में माँ सरस्वती का उपासक।''

''जे सही है यार! फिर का फ़र्क पड़ता है तुम नास्तिक हो या आस्तिक, हो तो इंसान ही ना!'' मैंने कहा।

''फ़र्क पड़ता है आदिल! दुनिया को पड़ता है। खुद के सफल होने, भय मुक्त होने के लिए एक विश्वास की डोर होनी बहुत ज़रूरी है। फिर चाहे वो विश्वास किसी में भी हो, किसी भी रूप में हो। नास्तिकों में भी तो कहीं-न-कहीं विश्वास की डोर बँधी होगी। वही उनका भगवान होगा।'' मयंक ने फिर से दार्शनिकता का प्रकाश फैलाया।

''अच्छा ये बताओ! आगे का क्या प्लान है? किस तरह पढ़ाई करनी है? इधर आ कर मालूम पड़ता है कि देश में कितनी बेरोज़गारी है। और कितना टफ़ कॉम्पिटिशन है।'' मयंक ने कहा।

''कुछ खास तो नहीं सोचा दादा! बस सेल्फ़ स्टडी करेंगे।'' मैंने कहा। ''अच्छा दादा! एक बात कहनी थी।''

''हाँ कहो!''

''वो इधर होम ट्यूशन वगैरह मिल जाएगा? सोच रहा हूँ कि क्लास टेंथ तक के बच्चों को होम ट्यूशन दे दूँ, इससे अपना कमरे का किराया और खाने-पीने का खर्चा भी निकल आया करेगा। वो मैं घर से बारह हज़ार रुपए उठा कर लेकर आया

हूँ। अब्बा से अब माँगने का कोई मन नहीं है। जब इंस्पेक्टर बन जाऊँगा तो आपके सारे पैसे चुका दूँगा।'' मैंने एक साँस में ही सब बक दिया।

''क्या? चुका दूँगा? फिर से बोलना ज़रा! अबे साले! तेरे लिए मैं इतना नहीं कर सकता क्या? देख भाई। कमरे का किराया सात हज़ार रुपए है। चाहे एक लोग रहें या दो लोग। हाँ खाने का हिसाब है तो तू खाना बना दिया करना, सब बराबर हो जाएगा मेरे स्वाभिमानी पुरुष!'' मयंक ने हँसते हुए 'स्वाभिमानी पुरुष' पर ज़ोर डालते हुए कहा।

मैं मयंक को गले लगा लेना चाहता था।

''अच्छा सुनो बे! तुम कोई फ्री में थोड़े रहोगे, तुमको कमरे की सफ़ाई भी करनी होगी, आटा भी तू ही गूँथेगा।'' मयंक ने हँसते हुए कहा।

''ठीक है दादा! पर ज़ीने की सफ़ाई मैं नहीं करूँगा।'' मैंने कहा।

मयंक ठहाके मार के हँस दिया। ''अबे मज़ाक कर रहा हूँ रे! ज़ीने की सफ़ाई थोड़े करवानी है तेरे से। फिर साथ ही बनाएँगे खाना भी और साथ ही कमरे की सफ़ाई भी करेंगे।''

मैं भी मयंक के साथ हँस दिया।

''तुम साला कुछ बन पाओ या न बन पाओ लेकिन तुमको हम रसोइया ज़रूर बना देंगे।'' मयंक ने कहा।

फिर मयंक किचन में जाकर एक तसले में आटा निकाल लाया और मग्गे से उसमें पानी डालते हुए कहने लगा, ''चलो बे नहा-धोकर आओ, सब्ज़ी कटवानी है तुमसे, नौ बज रहे हैं।'' मयंक ने आगे हँसते हुए कहा, ''ऐसे ही बिस्तर पर डले रहोगे या कुछ बनोगे भी। खाना बनाकर फिर पढ़ने बैठते हैं।''

''अच्छा दादा! कल ही तो आए हैं, थकावट भी नहीं उतारने दे रहे आप।'' मैं कहते हुए उठ गया।

''थकावट है या दारू जो उतर ही नहीं रही तुम्हारी।'' मयंक ने आटा गूँधते हुए कहा।

''कुछ नहीं है।'' मैंने अँगड़ाई लेते हुए कहा।

''अच्छा सुनो आदिल! शाम को चार से छह बजे तक हम ग्रुप स्टडी करते हैं। ग्रुप के नाम पर एक ही लड़का है, पटना से है। साथ में ही टेस्ट सीरीज़ जॉइन कर रखी है। चंद्रदीप झा नाम है उसका। 'चंदू' बुलाते हैं हम उसे। गज़ब लड़का है यार। गणित के सवाल तो ऐसे हल करता है जैसे मच्छर मार रहा हो। चुटकियों में। और

सामान्य ज्ञान का तो जबर नॉलेज है लेकिन अंग्रेज़ी एकदम फिसड्डी है उसकी। बस यहीं मात खा जाता है वो।''

''बढ़िया है दादा ये तो! मैं भी आप लोगों के साथ बैठ कर पढ़ाई कर लिया करूँगा।'' मैंने दाँतों में मंजन करते हुए कहा।

''बिलकुल आदिल। और अब तो हफ़्ते भर में सीजीएल-14 का नोटिफ़िकेशन भी आने वाला है। कोचिंग वाले बता रहे हैं कि इस बार वैकेंसीज़ भी ज़्यादा आने वाली हैं। हाँ! इलैक्शन जो होने वाले हैं।'' मयंक ने आगे जोड़ा।

''का फ़र्क पड़ता है। बस परीक्षा हो जाए टाइम पर। इस बार नाम, रोल नंबर भरते वक़्त मैं कोई गलती नहीं करने वाला।'' मैंने कहा।

''हाँ यार! तुम अगर रोल नंबर सही से भरे होते तो आज तुम भी सिलेक्शन का इंतज़ार कर रहे होते।'' मयंक ने कहा।

''हाँ! और आप अकेले आटा गूँथ रहे होते।'' मैंने तौलिये से मुँह पोंछते हुए कहा।

''हा-हा-हा-हा...बहुत कमीने हो बे तुम!'' मयंक ने कहा। मैं और मयंक साथ-साथ हँस दिये।

उस दिन मैंने मयंक के साथ गोभी की सब्ज़ी काटी, आलू छीले और टमाटर, प्याज, मिर्च काटी। मयंक ने खाना बनाया। बनाते वक़्त वो मुझे गरम मसाला और तेल किस अनुपात में डालना है सब बताता जा रहा था। हालाँकि खाना खाते वक़्त उसने मुझे बताया कि उसने इतना अच्छा खाना बनाना यू-ट्यूब से सीखा है।

खाना उतना लज़ीज़ तो नहीं बना था। लेकिन हम दोनों ने एक-दूसरे से झूठ कहा था। ये सच था। एक सच ये भी है कि इंटरनेट ने सच में क्रान्ति ला दी है। पुरुष भी शेफ़ बनकर स्त्रियों का हाथ बँटा सकते हैं।

शाम के वक़्त चंद्रदीप कमरे पर आया। उसके हाथ में प्लेटफ़ॉर्म प्रकाशन के दो वोल्यूम्स थे और साथ ही एक रजिस्टर भी। वो कमरे में घुसते ही कमरे में पड़ी एकमात्र कुर्सी पर बैठ गया। शक्ल से चंदू एक सभ्य और पढ़ाकू लड़का लग रहा था। उसकी आँखों में चश्मा भी टेस्ट था। उसका चश्मा देखकर मुझे होर्डिंग्स और बैनर्स में छपे टॉपर्स का चेहरा याद आ गया और लगा कि हमारे बीच से अगली बार यही टॉपर बनकर निकलेगा।

''इनसे मिलो चंदू, ये हैं आदिल शेख, कानपुर के पास एक छोटे से कस्बे रूरा से। गणित में एक सौ छियासी नंबर हो सकते थे हमारे इन अज़ीज़ दोस्त के लेकिन आए ज़ीरो नंबर। कारण—बस इतना कि सावधानी हटी और दुर्घटना घटी।'' मयंक

ने चंद्रदीप से मेरा परिचय कराते हुए कहा।

''मतलब ?'' चंद्रदीप ने पूछा।

''मतलब ये कि इन्होंने आन्सर शीट में अपना रोल नंबर गलत भर दिया था।'' मयंक ने स्पष्ट किया। ''और हाँ आदिल! ये हैं गणित के तोपची, बिहार के पटना से चंद्रदीप कुमार झा साहब उर्फ़ चंदू।''

मैंने और चंदू ने हाथ मिलाया। ''आपके साथ बहुत गलत हुआ।'' चंदू ने मुझसे हाथ मिलाते हुए ही कहा।

''हाँ! आपके बारे में मयंक दादा ने मुझे पहले ही बताया था। आपकी गणित बहुत अच्छी है, उतनी ही शानदार जीके भी।'' मैंने बात घुमाते हुए कहा।

''हें-हें-हें-हें! बस भगवान का दिया हुआ है ये तो।'' चंदू ने अपने साँवले चेहरे के बीच सफ़ेद दाँत दिखा दिये।

''कितने साल से एसएससी दे रहे हैं आप ?'' मैंने चंदू की दाढ़ी के सफ़ेद होते पाँच बालों को देखते हुए कहा। उसके सिर के बाल तो लगभग गायब से हो रहे थे।

''2011 से दे रहे हैं, लेकिन साला ई अंग्रेज़ी में हर बार रह जाते हैं हम। कितना सीरीज़ बना लिया है लेकिन सिलेक्शन हर बार अंग्रेज़ी में रुक जाता है।'' चंद्रदीप ने कहा।

''मैं चाय बना कर लाता हूँ तब तक।'' मयंक ने कहा।

''ओह! आपके पास तीन बार का अनुभव है। सही है, लगे रहिए। हो ही जाएगा कभी तो।'' मैंने कहा, ''अच्छा अंग्रेज़ी के लिए कैसे पढ़ रहे हैं, मतलब इस बार कोई स्पेशल स्ट्रेटजी बनाए ?''

''स्ट्रेटजी तो हर बार स्पेशल ही रहता है, बस आयोग ही हर बार पेपर घुमा कर पूछ लेता है। एक तो रैपिड फ़िलर्स से हमको बुखार आ जाता है। फिर सीनोनिम और अंटोनिम भी कम हरामी नहीं हैं, जो याद करो वो आते ही नहीं हैं। डाइरेक्ट-इनडाइरेक्ट में जो डाइरेक्ट है वो हमेशा इनडाइरेक्ट होता है और इनडाइरेक्ट हमेशा डाइरेक्ट। स्पोटिंग एर्रोर्स और सेंटेन्स करेक्शन में समझ ही नहीं आता है कि गलती कहाँ है और कभी-कभी तो पूरा सेंटेन्स ही गलत लगता है हमको। कभी-कभी तो लगता है कि नो एरर वाले ऑप्शन को मिटा कर लिख दूँ ऑल एरर। लेकिन इस बार एसपी बक्शी और एमबी पब्लिकेशन को घोल कर पी जाऊँगा।'' चंद्रदीप ने कहा।

मयंक किचन से ही हँस दिया और मैं फ़ोल्डिंग पर बैठे-बैठे मुस्कुरा दिया।

''विकट समस्या है। फिर भी समाधान तो है ही, गणित की ही तरह बैठकर अंग्रेज़ी भी ग्रुप में पढ़ेंगे। दो घंटे। क्या कहते हो चंदू भाई ?'' मैंने सुझाव रखा।

''हाँ! ये बढ़िया रहेगा,'' चंदू ने डन किया।

इस बीच मयंक चाय बना कर ले आया था। हम तीनों ने चाय पीते-पीते गणित को गोढ़ना शुरू कर दिया था। उस दिन हमने साथ बैठकर तीन घंटे तक गणित के सवाल हल किए।

~

धीरे-धीरे समय गुज़रता जा रहा था। मुखर्जी नगर का एक-एक अभ्यर्थी अपनी-अपनी तैयारी में जुटा हुआ था। मैं, मयंक, चंदू अपनी-अपनी किस्मत लिखने के लिए हर रोज़ चार-चार घंटे साथ में बैठकर पढ़ा करते थे। मौसम में अब उतनी ठंडक नहीं बची थी। पढ़ाई का बुखार हर किसी पर चढ़ रहा था।

एक दिन, मयंक और चंदू मेंसुरेशन के एक सवाल में आधे घंटे से उलझे हुए थे। मयंक ने परेशान होते हुए मेरी तरफ़ देखा और बोला, ''यार आदिल! इस भूतनी के सवाल ने आधे घंटे से दिमाग खराब कर रखा है। आ ही नहीं रहा। चंदू भी हाँफ़ने लगा है सवाल हल करते-करते।''

''मेरी तो खोपड़िया का ही दही हो गया है। ऐसे दस-बारह सवाल परीक्षा में आ गए तो फिर हो गया हमरा तो।'' चंद्रदीप ने कहा।

''दिखाना ज़रा! किस सवाल ने तुम लोगों को इतना उलझा रखा है?'' मैंने अलजेब्रा के सवाल को बीच में ही छोड़ते हुए पूछा।

चंदू ने किताब मेरी तरफ़ खिसका दी और कहा कि ये है सत्ताइस नंबर वाला प्रश्न, इसने परेशान कर रखा है। मेरा तो आज गणित से भी विश्वास उठ गया।

''अबे तुम चुप करो, एक सवाल से विश्वास उठाए ले रहे हो, अभी परीक्षा होने में वक़्त है, तब तक सारे कन्सेप्ट्स क्लियर कर लेंगे। बस घबराने लग जाते हो।'' मयंक ने चंदू से कहा।

मैंने सवाल पढ़ा और कलम उठाकर रजिस्टर पर एक वृत बना कर उसे हल करने लगा। वृत के भीतर मैंने सवाल के अनुसार चार वृत बना कर, कुछ कोण निकाल कर, पूछे गए भाग का क्षेत्रफल निकाल दिया। उत्तर एकदम सटीक था। मयंक और चंदू के सवाल को मैंने एक मिनट से भी कम समय में निकालकर हल कर दिया था। मयंक और चंदू दोनों मेरी अप्रोच से हैरान थे।

''अरे! ससुर, इतना जल्दी कैसे किए बे तुम?'' मयंक ने हैरान होते हुए पूछा।

''बस देखो, इस तरह किया।'' मैंने, मयंक और चंदू दोनों को समझाया।

''वाह! मान गए आदिल। चरण कहाँ हैं तुम्हारे? जे सवाल पूरी कोचिंग मंडी

में इस अप्रोच से कोई हल नहीं कर सकता।'' चंदू ने कहा।

''दादा! क्यों न आदिल को मुखर्जी नगर में टीचिंग क्लास का डेमो दिलवाया जाये, ये तो चुटकियों में सवाल हल करता है और सवाल समझाने की इसकी टेक्निक भी ज़बर्दस्त है। फाड़ देगा जे दूसरे कुकुरमुत्तों की।'' चंदू ने मयंक से कहा।

''सही कह रहे हो चंदू तुम। ये एकदम बढ़िया रहेगा। मुखर्जी नगर में सड़ी से सड़ी कोचिंग में भी एक क्लास के ढाई सौ रुपए मिल जाएँगे और मैक्सिमम लिमिट तो इस बाज़ार में तुम पूछो ही मत। तुम्हारे जैसे लौंडे को एक घंटे का तीन हज़ार रुपए भी देंगे ये, देख लेना। तीन हज़ार रुपए बे और वो भी एक घंटे के सिर्फ़। हफ़्ते का एक दिन छुट्टी का निकालकर, महीने के पच्चीस दिन मान कर 75 हज़ार होते हैं बे आदिल। इतने तो सीजीएल से इंस्पेक्टर बनने के बाद भी महीने की तनख्वाह नहीं होती है और मैंने देखा है ऐसे टुच्चे-टुच्चे लोग मुखर्जी नगर में दुकान खोल कर बैठे हैं जिन्हें ढंग से आरएस अग्रवाल की गणित से देखकर भी सवाल हल करना नहीं आता लेकिन फिर भी वो अपने स्टूडेंट्स को गुमराह कर रहे हैं और बढ़िया कमा रहे हैं। फिर तो तुम्हारे पास गणित का अथाह ज्ञान है, सही अप्रोच भी है। तुम यहीं पढ़ाने लगो बे आदिल!'' मयंक बोलता गया।

''हाँ! हाँ! दादा सही कह रहा है, आदिल! मेरे नीचे वाले फ़्लैट में तीन लड़के साथ रहते हैं। रामविलास सर की गणित की क्लास लेते हैं, मैंने उनके नोट्स देखे हैं, भगवान भी कोसता होगा खुद को कि ये रामू बच्चों को क्या पढ़ा रहा है। एकदम घटिया। लेकिन बच्चों की भीड़ है कि उसके यहाँ हर साल बढ़ती ही जा रही है। ये सब देख कर तो मेरा आत्महत्या कर लेने का मन कर जाता है कि बच्चे इतने मूर्ख कैसे हो सकते हैं कि वो इस तरह गुमराह होते चले आ रहे हैं।'' चंदू ने कुर्सी पर अपनी तशरीफ़ को ठीक करते हुए कहा।

''पर यार! सीजीएल-14 का क्या? पढ़ाने लग जाऊँगा तो तैयारी कैसे करूँगा?'' मैंने सवाल किया।

''रहोगे ससुर तुम टोपा आदमी ही! अबे सीजीएल है वो, कोई आईएएस-वाईएएस नहीं जो तुम्हें दिन भर पढ़ना ही होगा।'' मयंक ने आँखें सिकोड़ते हुए और अपने नथुने फुलाते हुए कहा। मयंक की नाक से दो बाल बाहर आ रहे थे।

''और आदिल भाई! तुम जब पढ़ाओगे तो लौंडों के दिमाग में सवाल और सवाल के हल एकदम चिपक के घुसेंगे।'' चंदू ने कहा।

''हाँ! चंदू एकदम सही कह रहा है। मस्त डेमो देकर आओ। मुझे भरोसा है कि तुम अच्छा पढ़ा लोगे, लेकिन ससुर तुम्हें ही फ़ील नहीं आ रही है। मेरी बात मानो, खुद पर भरोसा रखो और उतर जाओ इस बाज़ार में।'' मयंक ने अपने दोनों हाथ हवा में फैलाते हुए कहा।

"हम्म...ठीक है फिर, चलते हैं किसी दिन।" मैंने, मयंक और चंदू की बात से राज़ी होकर हामी भर दी।

~

दिन सोमवार। मयंक और चंदू मुझे मुखर्जी नगर की कोचिंग के बाज़ार में ले गए। ये अलग ही किस्म की दुनिया थी।

"चलो बे शुरुआत गुरु-मंत्रा से ही करते हैं, ये दिल्ली की सबसे बड़ी और नामी कोचिंग्स में से एक है।" मयंक ने कहा।

"हाँ! हाँ! गुरु-मंत्रा से ही करते हैं।" चंदू ने कहा।

"दादा! किसी छोटी कोचिंग में चलते हैं ना! शुरुआत में ही इतनी बड़ी कोचिंग में ले जाकर काहे फाड़े दे रहे हो मेरी।" मैंने कहा।

"तुम बे बहुत डरपोक हो। कुछ नहीं होता। तुममें जो आग है वो ऐसी ही बड़ी कोचिंग्स के लिए बनी है।" मयंक ने मेरा हाथ घसीटते हुए कहा।

"अरे साला! इधर तो लाइन से ही गुरु-मंत्रा की कोचिंग्स हैं। एक, दो, तीन, चार...नौ, दस...पंद्रह और वो सोलह। कितना कमाते होंगे बे ये लोग।" मैंने गिनती करते हुए कहा।

"हाँ बहुत कमाते हैं। एक दिन तुम भी कमाओगे।" चंदू ने मेरी हवा भरते हुए कहा।

"किस वाली कोचिंग में चलें? सब एक-सी ही लग रही हैं।" मैंने कहा।

"अरे किसी में भी घुस चलते हैं, अंदर खुद ही बता देंगे कि कौन-सी वाली कोचिंग तुम्हारे लिए सूटेबल है।" मयंक ने कहा।

और बस फिर जो ब्रांच हमारे सबसे पास थी, उसमें हम तीनों घुस गए। मैंने अपनी पैंट में शर्ट को सही से घुसाया और आस्तीन के बटन को सही किया। मैं, मयंक और चंदू रिसेप्शन पर पहुँचे तो सामने एक फ़ुल मेकअप में रिसेप्शनिस्ट ने हमारा 'गुड मॉर्निंग ऑल ऑफ़ यू, प्लीज हैव अ सीट।' बोलकर स्वागत किया और सामने पड़ी गद्देदार कुर्सियों पर बैठने को कहा।

"जी गुड मॉर्निंग।" मयंक ने कहा।

"गुड मॉर्निंग जी गुड मॉर्निंग।" चंदू ने गला खंखारते हुए कहा।

मैंने मन में ही गुड मॉर्निंग कहा।

"हाँ तो बताइये, किस चीज़ की प्रेपरेशन करना चाहते हैं आप लोग। एसएससी,

सीएचएसएल, स्टेनो, सीजीएल, सीपीओ, जेई? प्रीलिम्स के लिए हम इन सभी एग्ज़ाम्स की सेम तैयारी कराते हैं, यू नो ना कि बहुत ज़्यादा फ़र्क नहीं होता है इन सब के प्री में। तो कौन-सा वाला कोर्स चाहिए आपको? रिसेंटली हमारे यहाँ अभी पिछले हफ़्ते ही फ्रेश बैच स्टार्ट हुआ है।'' रिसेप्शनिस्ट अपनी खूबसूरत आवाज़ में बिना रुके एक लय में रटी-रटाई बात बोलती चली गयी।

चंदू तो मुँह बाए उस रिसेप्शनिस्ट को बोलते हुए देखे जा रहा था।

''जी शुक्रिया। दरअसल हमें कोई कोर्स नहीं करना है। ये हमारे मित्र हैं आदिल शेख़, इनकी गणित, अंकगणित, बीजगणित, सब एकदम धांसू है। ये पढ़ाना चाहते हैं। कोई क्लास अगर मिल जाये तो आपकी बहुत दया होगी।'' मयंक ने मेरी तरफ़ हाथ करते हुए रिसेप्शनिस्ट से कहा।

''ओह! आई सी। दैट इज़ द एक्चुअल थिंग। सॉरी, यू हैव टु कॉन्टैक्ट अवर ब्रांच नंबर 34।'' रिसेप्शनिस्ट ने अपनी अंग्रेज़ी के तीर छोड़ दिये। चंदू ने अपने गाल पर हाथ फेरते हुए अपनी आँखें चौड़ी कर दीं और उसमें रिसेप्शनिस्ट को जितना कैद कर सकता था करने लगा।

''ओके थैंक-यू मैम!'' दादा ने कुर्सी से उठते हुए कहा। मैं भी अपनी जगह से उठ गया।

''मोस्ट वेलकम!'' रिसेप्शनिस्ट ने मुस्कुराते हुए कहा।

''व्हेरी-व्हेरी थैंक यू मिस...सुनन्दा जी, हम आएँगे पढ़ने के लिए, सीजीएल का कोर्स लेंगे, हमारी अंग्रेज़ी बहुत खराब है।'' चंदू ने रिसेप्शनिस्ट के कोट पर लगे बैज में नाम पढ़ते हुए कहा।

रिसेप्शनिस्ट का नाम चंदू के मुँह से सुनकर मैं और मयंक एक-दूसरे को आश्चर्य से देखने लगे।

''ओके। ज़रूर आइएगा। गुरु-मंत्रा आपकी सेवा में हाज़िर है। हैव अ नाइस डे।'' रिसेप्शनिस्ट ने एक लंबी मुस्कान देते हुए कहा। चंदू ने इस मुस्कान के बदले अपने साँवले चेहरे के बीच से सफ़ेद दाँतों में बत्तीसी चीर दी।

थोड़ी देर और अगर हम वहाँ रुक जाते तो चंदू लगभग उस रिसेप्शनिस्ट के कदमों पर लोट गया होता। मयंक चंदू का हाथ खींचते हुए बाहर ले आया। मैं भी साथ में आ गया।

''ससुर के! पहले तुम ये बताओ हर जगह इतना फैल काहे जाते हो बे! लौंडे का टीचर बनने के लिए एडमिशन करवाने आए हैं हम या तुम्हारा दीवानापन देखने के लिए?'' मयंक ने चंदू को झिड़कते हुए कहा।

''का करें दादा! कितनी तो खूबसूरत लग रही थी। ये कोचिंग वाले भी ना ऐसी लड़कियों को रिसेप्शनिस्ट बना कर बैठा देते हैं, इनको तो न मैं काँच के घर में सजा कर रखूँ, दुनिया की नज़र से, हाय।''

''अबे ओ! संग्रहालय के शेखचिल्ली, बाहर आ और ब्रांच नंबर 34 का पता कर कहाँ है।'' मयंक ने चंदू का काँच का घर चूर-चूर करते हुए कहा।

''एक मिनट अभी पता करके आया।'' चंदू अंदर गया और उसी रिसेप्शनिस्ट से ब्रांच नंबर 34 का पूरा पता पूछ कर आ गया।

''चलो, जीटीबी नगर मेट्रो के पास है, इनकी ब्रांच नंबर 34।'' चंदू ने कहा।

''तुम भाई कोई मौका नहीं छोड़ना, फ़्लर्ट करने का।'' मैंने चंदू से हँसते हुए कहा।

थोड़ी देर बाद हम गुरु-मंत्रा की ब्रांच संख्या 34 पर थे। हम तीनों एक-एक कर के उस ब्रांच के मेन गेट से अंदर घुसे। फिर एक सँकरे ज़ीने से ऊपर जाकर एक विशाल आलीशान हॉल में पहुँचे। रिसेप्शन के गेट पर एक गेटकीपर कुर्सी डाले बैठा था, जैसे ये कोचिंग न होकर कोई बैंक हो। रिसेप्शन के गेट के अगल-बगल दोनों तरफ़ गमले रखे थे जिनमें गुलाबी और सफ़ेद रंग के फूल खिले हुए थे। मयंक, मैंने और चंदू ने गेटकीपर को नज़रअंदाज़ करते हुए रिसेप्शन में प्रवेश किया। प्रवेश करते ही सामने की तरफ़ एक विशाल मेज़ के पीछे पहले वाली रिसेप्शनिस्ट से भी ज़्यादा खूबसूरत रिसेप्शनिस्ट बैठी थी। उसकी आर्टिफ़िशियल मुस्कान भी पहली वाली से ज़्यादा खूबसूरत लग रही थी। ये देखते हुए चंदू ने अपना सिर खुजाते हुए मुझसे धीरे से कहा, ''कहाँ से पकड़ के लाये हैं यार ये गुरु-मंत्रा वाले भी ? गज़ब है यार।''

सुंदर लड़कियों को देखकर गला अपने आप साफ़ होने लगता है और अंग्रेज़ी अपनी-अपनी औकात के अनुसार बाहर निकलने लगती है। मयंक ने गला खंखारते हुए अंग्रेज़ी में कहा, ''हैलो! गुड मॉर्निंग मैम! एक्चुअल्ली वी आर हियर टु टीच। ही इज़ माई दोस्त आदिल। आदिल शेख।'' मयंक ने चंदू का परिचय देना शायद उचित नहीं समझा।

मैंने पूरी लज्जा के साथ मैम के सामने हाथ जोड़कर नमस्ते की।

''ओह! ओके। प्लीज़ बैठ जाइए आप लोग।'' रिसेप्शनिस्ट ने हम तीनों को सामने सोफ़े पर बैठने का इशारा किया।

''अच्छा तो मिस्टर आदिल आप पढ़ाना चाहते हैं ?''

''जी!'' मैंने पूरी विनम्रता के साथ जवाब दिया।

''सो! क्या पढ़ाना चाहते हैं?'' रिसेप्शनिस्ट ने पूछा।

''जी! मैथ्स। मैथ्स पढ़ा लेंगे हम।'' मैंने कहा।

''अच्छा! तो मैथ्स में क्या पढ़ाना चाहेंगे आप?''

''मतलब?'' मैंने सवाल किया।

''मतलब ये कि मिस्टर आदिल आप मैथ्स में एल्जब्रा, जियॉमेट्री, ट्रीग्नॉमेट्री, मेंसुरेशन या फिर अरिथमेटिक, क्या पढ़ाना पसंद करेंगे? लेट मी क्लियर वन मोर थिंग हमारे यहाँ मैथ्स के अलग-अलग टॉपिक के लिए अलग-अलग फ़ैकल्टी होती हैं तो आप बताइये आपकी कमांड किसमें ज़्यादा अच्छी है?'' रिसेप्शनिस्ट ने कहा।

''जी मैं कुछ भी पढ़ा लूँगा मैथ्स में।'' मैंने पूरे विश्वास के साथ कहा।

''अच्छा ठीक है।'' रिसेप्शनिस्ट ने मेरे आत्मविश्वास को देखकर मयंक की तरफ़ देखा और फिर मुस्कुराई, मानो मन में कह रही हो कि भैया कौन-सा बारूद लेकर आए हो आप।

''हाँ ये गणित में कुछ भी पढ़ा लेगा, बहुत अच्छा पढ़ाता है।'' चंदू ने पहली बार कुछ बोला ताकि रिसेप्शनिस्ट उसकी तरफ़ भी ध्यान दे सके।

''ओके। आपका इससे पहले कहीं पढ़ाने का कोई एक्सपिरियन्स है क्या मिस्टर आदिल?''

''अरे एक्सपिरियन्स! पढ़ाया है ना पूरे एक साल पढ़ाया है। कानपुर में अकेले एक कमरे में 65 बच्चों को पढ़ाते थे ये, सोलह लोगों के तो अस्सी प्रतिशत से भी ऊपर आए थे नंबर।'' मयंक ने अपने जूते से मेरे जूतों के ऊपर पंजे को चोट मारते हुए रिसेप्शनिस्ट से कहा। मैं मयंक की तरफ़ देख रहा था कि ये मेरी हत्या करा के मानेगा, इत्ता बड़ा झूठ।

''अच्छा तो ठीक है, वैसे एक्सपिरियन्स की कोई आवश्यकता नहीं होती है। आप में टैलेंट और नॉलेज है तो आप हमारी टीम का हिस्सा ज़रूर बन पाएँगे। हमें ख़ुशी होगी। ये लीजिये फ़ॉर्म, इसे भर कर यहीं जमा करा दीजिएगा। इसी सनडे को आपका टेस्ट होगा। टेस्ट में परफ़ॉर्मेंस के हिसाब से ही आपको पढ़ाने के लिए चुना जाएगा। और ये ध्यान रहे कि सिलेक्शन के बाद भी अगर बच्चों को एक हफ़्ते के भीतर आपकी मैथ्स पसंद नहीं आती है तो आपको टीचिंग से निकाला जा सकता है अथवा ज़रूरत के हिसाब से आपको कोई फ्रेशर बैच को पढ़ाने के लिए दिया जा सकता है। बाकी हमारी टर्म्स एंड कंडिशन्स इस फ़ॉर्म में पीछे की तरफ़ सबसे लास्ट में लिखी हुई हैं। अच्छे से पढ़ लीजिएगा।'' रिसेप्शनिस्ट ने मुस्कुराते हुए कहा।

''जी बहुत-बहुत शुक्रिया।'' मैंने कहा।

''अच्छे से पढ़कर भर लेना आदिल। हें-हें-हें-हें।'' चंदू ने खींसें निपोरते हुए कहा।

''मैम वो फ़ीस का क्या हिसाब है, मेरा मतलब, पर बैच कितना मिल जाएगा?'' मयंक ने थोड़ा सकुचाते हुए पूछा।

रिसेप्शनिस्ट मुस्कुराते हुए बोली, ''पर बैच का मिनिमम तीन सौ रुपए और मैक्सिमम सत्ताईस सौ रुपए। बाकी आपके टेस्ट के परफ़ॉर्मेंस के हिसाब से डिसाइड होगी आपकी फ़ीस। और इस मार्केट में फ़ीस की कोई लिमिट नहीं है। हमारे यहाँ ही सतीश सर को मंथली लाखों में पे किया जाता है, लेकिन हाँ उनका शैड्यूल हेकटिक रहता है। डेली के छह बैचेस रहते हैं उनके। लेकिन ये तो कोई भी कर सकता है। बाकी तो मिस्टर आदिल पर डिपेंड करता है ये कि वो कितना फ़ीस हमसे ले पाएँगे।''

रिसेप्शनिस्ट ने मुझे हवाई सपनों की हक़ीक़त दिखा दी थी। किसी भी तरह मैं अब इन सपनों को सच करने के लिए मन-ही-मन दृढ़ प्रतिज्ञ हो चुका था।

''थैंक-यू सो मच!'' मयंक ने कहा।

''व्हेरी-व्हेरी ज़्यादा थैंक-यू मिस अपर्णा जी।'' चंदू ने इस बार फिर से इस रिसेप्शनिस्ट के कोट पर लगे बैज में उसका नाम पढ़ते हुए कहा। रिसेप्शनिस्ट मुस्कुरा दी और बोली, ''सो स्मॉर्ट ऑफ़ यू।'' चंदू ने भी अपनी बत्तीसी निपोरते हुए कहा, ''जी वो तो हूँ मैं। बाई द वे यू आर सो ब्यूटीफ़ुल।''

रिसेप्शनिस्ट ने झेंपते हुए कहा, ''ओह! थैंक-यू फ़ॉर रिमाइंडिंग दिस टु मी। हैव अ गुड डे टु ऑल ऑफ़ यू एंड मिस्टर आदिल! गुड लक टु यू।''

हम तीनों रिसेप्शन के गेट से बाहर निकल आए।

''ससुर के तुम थम नहीं सकते का थोड़ा भी, जहाँ देखो उधर ही फैल जाते हो। यू आर सो ब्यूटीफ़ुल। तुम लंका लगवाओगे बे किसी दिन देख लेना। हम बताए दे रहे हैं कि सुधर जाओ और बस सीजीएल पर ध्यान दो।'' मयंक ने चंदू पर गुस्सा करते हुए कहा।

''अब इसमें सीजीएल कहाँ से आ गया यार दादा! अपना-अपना टैलेंट है। तुम्हारे पास नहीं है तो ऐसे बौराओगे हम पे। हैं?'' चंदू ने कहा।

मैं और चंदू हँस दिये। तभी एक बैच छूटा था। मैंने देखा कि बच्चों की भीड़ के बीच से आगे-आगे हल्के पीले सूट में समीरा चली आ रही है। मैंने अपनी आँखें मलीं और फिर से देखा तो सच में मैं यकीन नहीं कर पा रहा था कि मेरे सपनों की मल्लिका यूँ अचानक यहाँ गुरु-मंत्रा की ब्रांच नंबर 34 में मिल जाएगी। मैंने तुरंत

अपने हाथों की उँगलियों को कंघा बनाते हुए अपने सिर के बालों को संवारा और शर्ट को ठीक किया।

''दादा! दादा! वो सामने देख बे समीरा!'' मैंने मयंक की कलाई खींचते हुए कहा।

''कौन समीरा बे?'' मयंक ने कहा।

''अरे वो प्रोटेस्ट वाली समीरा। भूल गए क्या तुम दादा?''

''हाँ! याद आया, कैसे भूल सकता हूँ, तुम इसी के तो दीवाने हो। बल्ले-बल्ले हो गयी अब तो तुम्हारी।'' मयंक ने अपनी हथेली मेरी हथेली पर दे मारी। चंदू कुछ समझ नहीं पा रहा था और वो भी मुँह फाड़े समीरा को देखने लगा। मैंने चंदू को समीरा की तरफ़ घूरते हुए देखकर कहा, ''गलत बात बे चंदू! भाभी है वो तेरी।''

''भाभी?'' चंदू कुछ समझ नहीं पाया।

''हाँ तेरी भाभी बे!'' मैंने चंदू का हाथ खींचते हुए कहा।

समीरा पास आती जा रही थी। हम बैच से छूटे अभ्यर्थियों की भीड़ में दब गए। वो आई और सीधे रिसेप्शन में चली गयी। मैंने पास से गुज़रते अभ्यर्थियों में से एक से पूछा कि ये जो लड़की अभी-अभी रिसेप्शन में गयी है वो यहीं पढ़ती हैं?

''कौन लड़की? वो जो पीले सूट में थीं?'' उस लड़के ने मुझसे ऐसे पूछा जैसे वो भी समीरा को उतना ही देख रहा था जितना मैं।

''हाँ! हाँ! वही।'' मैंने कहा।

''अरे वो तो हमारी समीरा मैम हैं, इंग्लिश पढ़ाती हैं। और बहुत अच्छा पढ़ाती हैं। आपको भी इनसे ही अंग्रेज़ी पढ़नी चाहिए।'' उस लड़के ने कहा और फिर आगे चला गया। मैं, मयंक और चंदू एक-दूसरे को देखते रह गए।

''सुना चंदू! तेरे से कह के गया है ये लड़का, कि अंग्रेज़ी इन्हीं मैम से पढ़नी चाहिए।'' मयंक ने चंदू की मौज लेते हुए कहा।

''अब साला कुछ भी हो जाए, मुझे यहाँ पहले सिलेक्शन लेना है और यहीं मैथ्स पढ़ाना है।'' मैंने कहा।

''हाँ! और उसके लिए तुम्हें इनका टेस्ट पास करना होगा और फिर अच्छी तरह पढ़ाना भी होगा।'' मयंक ने मुझसे कहा।

''हाँ दादा। बिलकुल।'' मैंने कहा।

कुछ पल ठहरने के बाद मैंने कहा, ''दादा! अंदर रिसेप्शन में चलकर समीरा से मिल लें?''

"हुँह! हम सब समझ रहे हैं तुम्हारी तड़प। अभी कुछ दिन ठहर जाओ और पूरा फ़ोकस तुम अपनी मैथ्स पर लगाओ अब। मैं नहीं चाहता कि तुम्हारा ज़रा भी ध्यान भटके। पहले सिलेक्शन ले लो फिर तो मिलना-जुलना होता रहेगा।" मयंक ने एक लव गुरु और करियर काउन्सलर दोनों की तरह मुझे समझाते हुए कहा।

"अरे मुझे कोई कुछ बताएगा कि आखिर बात क्या है?" चंदू ने अपना सिर खुजाते हुए कहा।

"नहीं! तुमको नहीं बताएगा कोई। बहुत लंबी कहानी है, शुरू से बतानी पड़ेगी।" मयंक ने कहा। मैं और मयंक हँस दिये।

मयंक ने मुझे दो कोचिंग्स के और फ़ॉर्म भरवा दिये थे। उनके भी टेस्ट्स अगले हफ़्ते होने थे। लेकिन मुझे तो गुरु-मंत्रा में ही समीरा के साथ पढ़ाना था। कमरे पर आकर मैंने अगले पाँच दिनों में गणित को पूरा रिवाइज़ कर लिया।

हज़ारों खूबसूरत पलों का भविष्य आज के सूरज के साथ सवेरे ही उग आया था। मैं जल्दी-जल्दी नहा-धोकर तैयार हो गया। मयंक ने मुझे गले लगाकर कहा, "जा आदिल फोड़ आ पेपर और पा ले अपनी समीरा को।"

"शुक्रिया भाई!" मैंने मयंक के गले लगे हुए ही कहा।

उस सवेरे मुझे अम्मी की याद आई। मैंने अम्मी को कॉल लगाया पर फ़ोन नॉट रीचेबल था। बहुत ज़रूरी मौकों पर मोबाइल फ़ोन के नेटवर्क धोखा दे जाते हैं। मेरे साथ भी ऐसा ही हुआ। मैं अम्मी की आवाज़ सुने बिना टेस्ट देने के लिए चला गया। उम्मीदों का पहाड़ सिर पर था। ज़िम्मेदारियों की मीनार उस उम्मीदों के पहाड़ पर जमी हुई थी। फिर भी हौसले बुलंद थे। मैं गुरु-मंत्रा की ब्रांच संख्या 34 में पहुँचा। मुझे पेपर दिया गया। मैंने पेपर पौने दो घंटे में ही खत्म करके गुरु-मंत्रा के उस इन्विजिलेटर को दे दिया जो खुद यहाँ पर सामान्य ज्ञान पढ़ाता था।

खैर परीक्षा हो गयी थी। परीक्षा अच्छी हुई थी। दो दिन बाद गुरु-मंत्रा वालों का फ़ोन आया और मुझे अपने ब्रांच ऑफ़िस में बुलाया। मैं मयंक को अपने साथ लेकर पहुँच गया। रिसेप्शन में जाकर पता किया तो उधर वही मैम बोलीं कि आपको डाइरेक्टर सर ने बगल वाले केबिन में बुलाया है। मैं और दादा बगल वाले केबिन में घुसे। घुसते ही पाँच सितारा एसी की ठंडक ने अनहोनी के डर से पहले से ही मेरे काँपते दिल को और कंपाने में भरपूर योगदान दिया। वहाँ पर दो चमचमाते चेहरे सोफ़े पर बैठे मेरा ही इंतज़ार कर रहे थे जैसे, "आइये-आइये मिस्टर आदिल! बैठिए। क्या लेंगे? कोल्ड ड्रिंक या कॉफ़ी?"

"जी शुक्रिया! कॉफ़ी?" मैंने इस ठंड में कुछ गरम पा जाने के लिहाज़ से कहा।

''तो मिस्टर आदिल! मैं गुरु-मंत्रा कोचिंग इंस्टीट्यूट का मैनेजर कम डाइरेक्टर शिशिर प्रसाद हूँ और ये मिस्टर सोमेश चौधरी हैं। ये हमारे इंस्टीट्यूट के गणित के बहुत ही होनहार अध्यापक हैं। जेएनयू के गणित विभाग में ये लेक्चरर भी रहे हैं। हमारे यहाँ गणित की फ़ैकल्टी के एंट्रैन्स के लिए पेपर यही तैयार करते हैं। तुम्हारा पेपर भी इन्होंने ही बनाया था। और मैं ये बताते हुए बहुत खुशी महसूस कर रहा हूँ कि हमारे फ़ैकल्टी में ऐसा पहली बार हुआ है कि हमारे बनाए हुए पेपर में किसी होने वाले टीचर ने पूरे के पूरे सवाल सही किए हों। इसलिए जब मुझे सोमेश जी के माध्यम से पता चला कि मिस्टर आदिल ने पूरे के पूरे सवाल सही किए हैं तो मैं खुद आपसे मिलकर आपका हमारे इस गुरु-मंत्रा इंस्टीट्यूट में स्वागत करना चाहता था। बहुत-बहुत बधाई आपको मिस्टर आदिल। क्या आप हमारी टीम से जुड़ना चाहते हैं?'' गुरु-मंत्रा के डाइरेक्टर शिशिर प्रसाद ने खुश हो कर अपनी बात खत्म की।

मैंने दादा की तरफ़ देखा और उसे तुरंत गले लगा लिया। डाइरेक्टर साहब और प्रोफ़ेसर साहब ने मिलकर तालियाँ बजाईं। तब तक कॉफ़ी आ गयी थी। शिशिर साहब ने अपनी कुर्सी पर बैठते हुए मुझे और मयंक को सोफ़े पर बैठने को कहा।

कॉफ़ी का प्याला उठाते हुए डाइरेक्टर साब ने मुझसे कहा, ''आदिल जी! अभी आपको दो बैच दिये जा रहे हैं, एक इसी बिल्डिंग में सुबह दस बजे से साढ़े ग्यारह बजे का और एक ब्रांच नंबर सत्रह में शाम को पाँच बजे से साढ़े छह बजे वाला। और प्रति बैच हम आपको बारह सौ रुपए देंगे। एक नया बैच ब्रांच संख्या छह में पंद्रह तारीख से शुरू होने वाला है। वह भी आपको दिया जा सकता है। क्या आप तैयार हैं मिस्टर आदिल?''

''जी बहुत-बहुत शुक्रिया डाइरेक्टर सर!'' मैंने हाथ जोड़ते हुए पूरी श्रद्धा से कहा।

''फिर ठीक है। लीजिये कॉफ़ी पीजिए ना।'' मेरे और मयंक की तरफ़ इशारा करते हुए शिशिर जी ने कहा।

तभी अचानक समीरा भी उसी केबिन में आ गयी थी। मेरे हाथ से कॉफ़ी गिरते-गिरते बची। मैं उसे अचानक से देखकर घबरा-सा गया था। जैसे पहले पहल कोई लड़का अपने क्रश को देख कर घबरा जाता है।

''अरे मयंक जी! आप इधर? कैसे?'' समीरा ने हमें देखते हुए मयंक से पूछा।

''वो मैं इधर आदिल के साथ आया हूँ...!'' मयंक ने जवाब दिया।

''अच्छा तो आप लोग एक-दूसरे को पहले से जानते हैं!'' डाइरेक्टर साहब ने समीरा को बैठने का इशारा करते हुए कहा।

''जी! ये मयंक हैं। कानपुर से हैं। सीजीएल-13 का वो जो प्रोटेस्ट हुआ था

ना, उसी में इनसे मुलाक़ात हुई थी। ये बहुत ही अच्छे लीडर हैं। उस प्रोटेस्ट में कानपुर और इलाहाबाद का मोर्चा इन्होंने अपने साथियों के साथ बखूबी सँभाल रखा था।'' समीरा ने मयंक का परिचय कराया।

''ओह! ये बात है। चलो बढ़िया है फिर तो।'' डाइरेक्टर साहब ने कहा।''और ये आदिल अब से हमारे गुरु-मंत्रा टीम के फ़ैकल्टी मेम्बर हैं। यहाँ पर मैथ्स पढ़ायेंगे ये। पेपर में इन्होंने सारे सवाल सही-सही सॉल्व करे हैं।''

''और तो और मैंने जानबूझकर दो सवालों में ऑप्शन गलत डाले थे, इन्होंने सही ऑप्शन लिख कर दे दिया।'' अब तक शांत बैठे प्रोफ़ेसर साहब ने कहा।

''अरे वाह! कंग्रैच्युलेशन्स आदिल।'' समीरा ने मेरी तरफ़ अपना दायाँ हाथ बढ़ाते हुए कहा। ये मेरे लिए दो सपनों का एक साथ सच हो जाने जैसा था। एक तो मेरे को गुरु-मंत्रा टीम में जगह मिल गयी थी और दूसरा समीरा आज खुद मुझे बधाई दे रही थी।

मैंने समीरा से हाथ मिलाते हुए कहा, ''बहुत शुक्रिया आपका।'' हाथ मिलाते ही बाहर कहीं आसमां में बिजली कड़कने की आवाज़ हुई। समीरा डर सी गयी।

बिजली की आवाज़ सुनते ही शिशिर जी बोले, ''अच्छा आप लोग बैठो मैं चलता हूँ, उत्तम नगर वाले बैच को भी अटेण्ड करना है। बारिश हो गयी तो ट्रैफ़िक में जाम बहुत लग जाता है। सी यू ऑल एंड विश यू अगेन मैनी कंग्रैच्युलेशन्स टू यू मिस्टर आदिल फ्रॉम अवर गुरु-मंत्रा फ़ैमिली।''

डाइरेक्टर सर और प्रोफ़ेसर साहब अपनी-अपनी कॉफ़ी खत्म करके निकल गए।

समीरा ने बगल के सोफ़े पर बैठते हुए हमसे पूछा, ''आप लोग इधर कब से?''

मयंक समीरा को कहीं मेरे भागकर आने के बारे में न बता दे तो मैंने अपने दायें पैर के जूते से मयंक के बायें पैर के जूते को दबा दिया।

मयंक थोड़ा सँभला और फिर बोला, ''वो...वो हम सीजीएल-13 के मेंस के रिज़ल्ट के बाद से दिल्ली आ गए थे। हम दोनों का ही नहीं हुआ था।''

''ओह! अनफ़ॉर्चुनेटली मेरा भी नहीं हुआ तो फिर मैंने टाइम पास करने के लिए टीचिंग जॉइन कर ली। बच्चे भी बहुत को-ऑपरेटिव हैं और मज़ा आता है पढ़ाने में। आदिल आप टीचिंग एंजॉय करोगे बहुत।'' समीरा ने कहा।

मुझे तो जैसे शब्द ही नहीं मिल रहे थे कि क्या बात करूँ, क्या बोलूँ, कहाँ से शुरू करूँ। मैंने सिर्फ़ 'अच्छा' कहा और कॉफ़ी खत्म करके प्याला सामने मेज़ पर रख दिया।

''ओह मैं तो भूल ही गयी कि मैं इंग्लिश की बुक लेने आई हुई थी। ठीक है तो आप लोग बैठो, मैं चलती हूँ। मेरी क्लास स्टार्ट होने वाली है।'' और समीरा ने सामने शेल्फ़ से इंग्लिश की एक किताब निकाल कर ले जाते हुए कहा।

मैं और मयंक केबिन में बैठे हुए एक-दूसरे को देख कर मुस्कुरा दिये। मयंक जानता था कि गुरु-मंत्रा में डाइरेक्टर और प्रोफ़ेसर से इस तरह के शब्द सुनना किसी के लिए भी कितनी बड़ी बात थी।

समीरा के उस केबिन से चले जाने के बाद कमरा जैसे मायूस-सा हो गया था। मायूस मैं भी था। पर उसे जाना तो था ही और जाना हमें भी था। बाहर हल्की-हल्की बारिश हो रही थी।

''खुश तो बहुत होगे तुम! हें?'' मयंक ने मुस्कुराते हुए मुझसे कहा।

''हाँ दादा! और इसका श्रेय आपको और चंदू को जाता है।'' मैंने कहा।

~

उस शाम हमने अपने कमरे पर पार्टी की। मयंक ने अपने दो दोस्तों पंकज राठी और अमन सरोहा को भी आज बुलाया था। चंदू शक्ल से जितना मासूम लगता था उतना ही बड़ा पियक्कड़ भी था। किंगफ़िशर बीयर की तीन बोतलें वो पता ही नहीं चला कि कब गटक गया। मैं पीता नहीं था, तो किसी ने मुझे फ़ोर्स नहीं किया। मैं सिर्फ़ ये गिनती कर रहा था कि किसने कितनी पी है। पंकज और अमन ने दादा और चंदू को बोतलें खाली करने में खूब साथ दिया। बॉलीवुड, हरियाणवी, भोजपुरी गाने मोबाइल फ़ोन में फ़ुल वॉल्यूम में चल रहे थे। महफ़िल सज गयी थी। सबने ग्रुप डांस किया। नागिन डांस और भांगड़ा टूटे-फूटे और बहके कदमों के साथ उस रोज़ हमारे द्वारा क़त्ल किए जा रहे थे। मुर्गा डांस, बत्तख डांस, बंदर डांस का जन्म उस कमरे में ही हुआ।

चंदू ने किंगफ़िशर की एक और बोतल से बियर गटकते हुए कहा, ''यार आदिल! तूने इतनी जबर गणित कहाँ से सीखी? साला गुरु-मंत्रा में पढ़ाने के लिए दाखिला लेना बहुत बड़ी बात है। कौन है तुम्हारा गुरु?''

''कहाँ से का तो नहीं पता लेकिन हाँ किताबों में घुस-घुस कर सीख ली बस। रही बात गुरु की तो ये ज़ालिम ज़िन्दगी ही मेरी गुरु है, इतने थपेड़े देती जाती है कि बस सीखते जाते हैं।''

''यार थपेड़े तो हमारी ज़िन्दगी में भी हैं, फिर हमारी क्यों नहीं है गणित अच्छी?'' चंदू ने आगे कहा।

''ससुर उसके लिए दिमाग का भी होना बहुत ज़रूरी है। तुम्हारा दिमाग तो

लड़कियों के शर्ट पर लगे बैज में उनका नाम पढ़ने में लगा रहता है।'' मयंक ने दूसरी बीयर खत्म करते हुए कहा। अमन, पंकज और मैं ठहाकों के साथ हँस दिये।

''कौन कहता है कि आपकी गणित अच्छी नहीं है? आपकी भी तो बहुत अच्छी है भाई।'' मैंने चंदू का रुआँसा-सा होता मुँह देखते हुए कहा।

अमन जो अब तक दो बोतलें गटक चुका था अचानक से नशे में आते हुए बोला, ''यार इतना नहीं पीना चाहिए था, साला मेरे को अब अपनी एक्स याद आने लगी है। मैं घर जा रहा हूँ।''

पंकज ने अमन को रोकते हुए कहा, ''तुम्हारा गुणसूत्र ही उल्टा बना है साला। लोग अपनी एक्स को भुलाने के लिए पीते हैं और तुम हो कि उल्टा याद में रिवर्स देवदास बने जा रहे हो। बैठो इधर ही और याद करो अपनी एक्स को।'' इस बात पर पूरा कमरा फिर से ठहाकों से गूँज उठा। पंकज की इस बात पर मुझे समीरा की याद आ गयी। मैंने अपनी स्प्राइट की बोतल उठाई और एक साथ ही दो बड़े-बड़े घूँट लिए।

उस शाम ऐसी पार्टी की गयी जैसे इन सबने मेरी बारात निकाली हो। सभी पी के नीचे ही लुढ़क गए थे। कमरे का दरवाज़ा मैंने खुला छोड़ दिया ताकि कमरे में से बीयर की दुर्गंध बाहर जा सके। इन्सानों और हवा के आने-जाने का एकमात्र रास्ता भी यही दरवाज़ा था। मैंने कंबल उठाया और फ़ोल्डिंग पर जा के ओढ़कर लेट गया।

~

अगली सुबह हम सबका सूरज 8 बजे निकला। मैंने सभी से कमरे की सफ़ाई कराई। पीने के बाद हर पियक्कड़ का ये धर्म होता है कि वो जहाँ पीता है, उस जगह की सफ़ाई उसे पूरे मनोयोग से करनी होती है। उन सबने भी पूरी श्रद्धा के साथ कमरे की सफ़ाई की। चंदू ने बोतलें इकट्ठी करके बाहर ज़ीने में डस्टबिन के पास रख दीं। उसके बाद चंदू, अमन, पंकज अपने-अपने रूम में चले गए। मैं भी नहा-धो कर मुखर्जी नगर में पहली क्लास लेने के लिए चल दिया। अपनी सफ़ेद रंग की शर्ट के अंदर और बाहर मैंने दादा का रखा हुआ डिओड्रेण्ट छिड़का।

''बस कर बे आदिल, कित्ता लगाएगा बे। समीरा को पटाना है या पूरे मुखर्जी नगर की लड़कियों को?'' मयंक ने कहा।

''पटाना नहीं है दादा! अपना बनाना है।'' मैंने कहा।

''तो इस डिओड्रेण्ट से अपना बनाओगे?''

''अरे दादा! वो तो बस माहौल को खुशबूनुमा बनाने के लिए लगा रहा हूँ, फिर एक तो कित्ता रद्दी वाला डिओ लिए हो तुम, खुशबू के नाम पर हवा ही हवा है।''

"माहौल तो तुम बना चुके हो, बस लोहा गरम देखते ही हथौड़ा मार देना।" मयंक ने कहा।

"नहीं दादा! वो मुझे बहुत प्यारी लड़की लगती है, मुझे उससे पहले दिन से ही मोहब्बत हो गयी है। उसकी मासूमियत ही उसका शृंगार है।" मैंने कहा।

"अरे ओ मेरे शृंगार रस के स्थायी भाव, थोड़ा थम जा और मैं ये कह रहा हूँ कि वक़्त आते ही उससे अपने इश्क़-ए-सुन्नत का इज़हार कर देना।"

मयंक की इस बात पर मैं मन ही मन शाहरुख खान बनने लगा और मुस्कुराते हुए चल दिया, "अच्छा दादा! चलता हूँ!"

"खूब तरक्की करो भाई। और अच्छे से पढ़ाना।" मयंक ने मुझे गले लगाते हुए कहा।

कुछ देर बाद मैं गुरु-मंत्रा कोचिंग के रिसेप्शन पर था। घड़ी में दस बजने में 17 मिनट बाकी थे। मैं रिसेप्शन में ही पड़े सोफ़े पर बैठ गया। मैं अपनी पहली क्लास लेने जाने से पहले समीरा को देख लेना चाहता था। मैंने इधर-उधर अपनी बेचैन नज़र दौड़ाई पर समीरा कहीं नज़र नहीं आई। घड़ी की सुई के साथ वक़्त गुज़रता जा रहा था। पहला दिन था, इसलिए मैं क्लास में पाँच मिनट पहले ही चला गया। क्लास में जैसे ही मैंने एंट्री की, ढाई सौ बच्चों की भीड़ ने एक साथ खड़े होकर मुझे गुड मॉर्निंग सर विश किया।

एक बारगी इतने सारे बच्चों को एक साथ देखकर तो मैं घबरा गया। फिर गला साफ़ करते हुए मैंने कहा, "वेरी गुड मॉर्निंग एवरी वन। प्लीज़ सभी लोग अपनी-अपनी सीट पर बैठ जाएँ।"

ये पहली बार था जब मैं इतने सारे बच्चों के सामने अकेला खड़ा था। मैं ये अच्छे से जानता था कि मुझे अगर समीरा से मिलना है तो इस कोचिंग में टिकना होगा और इस कोचिंग में टिकना है तो सामने बैठे इन सारे बच्चों को अपना मुरीद बनाना होगा। तो मैं शुरू हो गया अपने नए सफ़र की दौड़ में...

"साथियों! आप मेरे साथी ही हो। मैं भी आपकी ही उम्र का हूँ। साथी बोलने से साथ-साथ चलना आसान हो जाता है। मैं आपको यहाँ मैथ्स की प्रॉब्लम्स दूर करने और समझाने के लिए हूँ। तो गणित के सवाल हल करने से पहले हमें ये जान लेना होगा कि गणित 'गणित' नहीं है। गणित बस एक 'खेल' है। जो हमें खुद से खेलना है। कोई भी विषय हो, उसका डर हम जितना करेंगे वो हमें उतना ही कम समझ आएगा या फिर बिलकुल भी नहीं आएगा। वो हमसे उतना ही दूर होता चला जाएगा। इसलिए साथियों! हमें इस डर को निकालना होगा पहले। फिर गणित अभ्यास माँगती है। शॉर्ट कट्स पर जाने से पहले हमें सफ़र की लंबाई तो जान लेनी होगी कि उस सफ़र में

कितने पत्थर हैं, कितने पहाड़ हैं, कितने जंगल और जंगली जानवर हैं, ये जान लेना बेहद ज़रूरी होगा। फिर उस सफ़र को समझ लेना ज़रूरी होगा, तभी तो हम उस सफ़र के लिए बेहतर और छोटा रास्ता बना पाएँगे।''

मैंने व्हाइट बोर्ड पर मार्कर से एक रास्ता बनाते हुए, उसमें जंगल, पहाड़, पत्थर, कांटे जैसे छोटे-छोटे प्रतीक बनाकर समझाया। फिर शॉर्ट कट के लिए एक रास्ता बताया कि शॉर्टकट कुछ भी नहीं है। शॉर्टकट अगर कुछ है तो बस एक ऐसा रास्ता, जो कई बड़े रास्ते चल कर समझ में आता है। इसलिए हमें रास्ते में पड़ने वाली हर छोटी-से-छोटी चीज़ को ऑब्ज़र्व करके गणित को समझना होगा। और साथियों मेरा यकीन मानिए कि इस अप्रोच के साथ आप लोग खुद पर भरोसा रखकर इत्मीनान से मेरे साथ-साथ चलते रहेंगे तो ये गणित एक दिन आप की मुट्ठी में होगी।

मैं देख पा रहा था कि जो बच्चे पहले कमर सीधी किए बैठे थे वे अब डेस्क पर अपने एक हाथ से या दोनों हाथों से अपना-अपना चेहरा टिकाये बहुत ही गौर से मुझे सुने जा रहे थे। तभी आगे बैठे एक छात्र ने मुझसे पूछा, ''सर! मुझे मैथ्स से डर नहीं लगता बट जैसे ही मैथ्स लगाना शुरू करता हूँ, उसके पंद्रह मिनट में ही मुझे नींद आने लगती है।'' तभी क्लास में फुसफुसाहट के बीच कई हँसी अपना-अपना रास्ता बनाकर कमरे में फैल गईं। पीछे से, बीच से, कोने से कई आवाज़ें आने लगीं, ''सर! मुझे भी यही दिक्कत है, थोड़ा पढ़ती हूँ तो बस नींद आने लगती है।''

मैंने सबके सवाल सुने और फिर आगे कहा, ''देखो साथियों! नींद आना तो बढ़िया बात है लेकिन पढ़ते हुए बार-बार नींद आना अच्छी बात नहीं है। दरअसल क्या है ना कि आप लोग गणित से डरते हो, गणित से प्यार नहीं करते। गणित से प्यार कीजिएगा और फिर देखिये एक प्रेमी या प्रेमिका की तरह गणित आपको सोने नहीं देगी। ख़्वाब में भी आपको गणित ही नज़र आएगी।'' मेरे इस कथन पर पूरी क्लास में से वाह-वाह की आवाज़ गूँज पड़ी।

मैंने बात आगे जारी रखते हुए कहा, ''साथियों! सबसे अहम है लक्ष्य का निर्धारण! हमें एक लक्ष्य बनाकर पढ़ना होगा। हम बस पढ़ते जाते हैं और पढ़ते जाते हैं। कोई सेट टार्गेट नहीं होता। अगर एक टार्गेट होगा तो हम सही वक़्त पर और सही तरीके से पढ़ पाएँगे साथ ही उस टार्गेट को अचीव कर पाएँगे। गणित को सही तरीके से पढ़ने और समझने के लिए ज़रूरी है लगातार अभ्यास। चार महीने की गणित को एक-एक महीने के चार भागों में बाँट लो फिर एक महीने के सिलेबस को एक-एक हफ़्ते के चार भागों में बाँट लो। हर हफ़्ते के हिसाब से पढ़ो। और जितना भी छह दिन में पढ़ो उसे हफ़्ते के आखिरी दिन में रिवाइज़ कर डालो। इस तरह तैयारी करो। और डेली कम-से-कम 50 से 100 सवाल गणित के लगाओ। बेहतर होगा कि रोज़ एक प्रैक्टिस सेट ही सॉल्व कर डालो।''

''लेकिन सर...इस परीक्षा में लक्ष्य तो निर्धारित हैं पर एग्ज़ाम कब होगा ये नहीं पता होता। जैसे ही परीक्षा की तिथि करीब आती है, तो उसे आगे बढ़ा दिया जाता है। या फिर कभी एग्ज़ाम का पेपर लीक हो जाता है तो कभी कोर्ट केस। इस चक्कर में बहुत फ्रस्ट्रेशन हो जाता है और फिर पढ़ने-लिखने का बिलकुल भी मन नहीं करता। तो कैसे निकला जाये इन सब से सर?'' एक छात्र ने अपने माध्यम से कई हज़ारों छात्रों का दर्द व्यक्त करते हुए हक़ीक़त का आईना दिखाया।

''हम्म...तुम्हारी बात एकदम सही है बेटा! और फिर यही तो हमारी असली परीक्षा है। हमें सब्र रखना होगा। मन में हमेशा एक लौ जला कर रखनी होगी कि आखिर हम ये सारी पढ़ाई, ये सारी तैयारी, ये तपस्या क्यों कर रहे हैं, किसके लिए कर रहे हैं? हमको एक वजह बना के रखनी होगी तैयारी के दौरान। बिना वजह के लक्ष्य को हम कभी पा नहीं सकते। और फिर जब तक आपके पास आपकी वजह होगी, आपका मक़सद होगा तब तक पढ़ते वक़्त न आपको नींद आएगी और न ही हज़ार फ्रस्ट्रेशन के बाद भी कोई फ्रस्ट्रेशन होगा। इसलिए साथियों एक अदद वजह बनाकर रखिए गणित को पढ़ने की और ये केवल गणित पर ही नहीं लागू होता न ही किसी एक विषय पर बल्कि ये तो आपकी पूरी पढ़ाई और नौकरी ले लेने तक के सफ़र पर लागू होता है साथियों।'' बोलते-बोलते मैं थोड़ी देर के लिए रुका। इस बीच आगे की तीसरी पंक्ति में से एक लड़की उठ कर खड़ी हुई और बोली, ''वाह सर! क्या बात कही है।''

मैं बच्चों के इस तरह के रिस्पॉन्स से खुश था। मैंने घड़ी की तरफ़ देखे बिना साइड स्टूल पर रखी बोतल में से पानी पीते हुए कहा, ''साथियों! आप लोगों को एक खूबसूरत सी लड़की की कहानी सुनाता हूँ, एक लड़की के इन बोलों ने मेरी ज़िन्दगी बदल दी है। शायद आपकी भी बदल जाये।''

''दोस्तों! इस दुनिया में हम ताश के पत्ते हैं और एक-एक ताश के पत्ते मिलकर एक गड्डी बनाते हैं। ताश के पत्ते जब तक गड्डी में बंद होते हैं तो इनका वजूद होकर भी कोई वजूद नहीं होता। जब तक गड्डी खोली नहीं जाती और ताश के पत्ते फेंके नहीं जाते तब तक असल खेल शुरू नहीं होता। हाँ! बिलकुल इसी तरह हम सब भी ताश के पत्ते हैं। ज़िन्दगी हम सबको ताश के पत्तों की तरह खेल खिलाती है। इस खेल में बाज़ी विषम परिस्थितियों से, भ्रष्ट हो चुकी व्यवस्था से और सो चुकी किस्मत को अपने अटल विश्वास रूपी धैर्यवान मेहनत के माध्यम से जीतना है और इस खेल में अहम किरदार होंगे 'हम'—'ताश के पत्ते'। ताश के पत्ते। ताश के पत्ते।''

''जब तक हम खुद से, खुद के कर्म से अनजान हैं तो हमारा कोई वजूद नहीं है। हम ताश के पत्ते तो होंगे लेकिन डिब्बी में बंद ताश के पत्तों की तरह निष्क्रिय होकर नहीं जिएँगे हम। खेल जीतने के लिए ताश के पत्तों को डिब्बी से बाहर आना पड़ेगा। उन्हें कई चालों और बाज़ियों में घूमना पड़ेगा। वो बार-बार ज़मीन पर, मेज़

पर, गमछे पर फटके जाएँगे। लोग इन परिस्थितियों पर कभी ठहाका मारकर हँसेंगे तो कभी किस्मत पर। हमें यहीं धैर्य रखना होगा और अपने दिमाग से और मेहनत से परिस्थितियों और किस्मत को अपने अनुकूल बनाना होगा।''

मैं बोले जा रहा था, सारे बच्चे एकदम मंत्रमुग्ध होकर मुझे सुने जा रहे थे। ''और हाँ साथियो! सरकारी नौकरी पाने के लिए अपने अंदर एक आग ज़रूर लगाए रखना, फिर देखना देर-सबेर सफलता तुम्हारे कदमों पर एक खूबसूरत दासी की तरह पड़ी होगी।''

अब मैं बोलते-बोलते रुक गया था। मैंने देखा कि क्लास के सबसे पीछे वाली बेंच से एक लड़की ने खड़े होकर तालियाँ बजाना शुरू कर दिया। वो कोई और नहीं बल्कि समीरा थी। मैं ये यकीन ही नहीं कर पा रहा था कि अचानक से समीरा मेरी क्लास में कैसे आ गयी। समीरा के साथ-साथ पूरी क्लास ने भी तालियाँ बजाना शुरू कर दिया। तालियों की गड़गड़ाहट थोड़ी बंद हुई तब समीरा ने कहा, ''बहुत खूब आदिल सर! बहुत खूब! क्या प्रेरणा दी है आपने पूरी क्लास को।'' समीरा की आवाज़ सुनकर एक साथ ढाई सौ खोपड़ियाँ समीरा की तरफ़ मुड़ीं। विद्यार्थी लोग भी हैरान थे कि समीरा मैम ने गणित की क्लास क्यों अटेण्ड की।

मैंने सबका शुक्रिया अदा किया और आखिर में कहा, ''गणित के भूत का इलाज मैं करूँगा साथियों, बस मेरे साथ-साथ चलना होगा आपको।''

''जी सर!'' क्लास से एक साथ आवाज़ आई।

आज की क्लास खत्म हो गयी थी। मैं क्लास से बाहर आ गया। विद्यार्थियों की भीड़ के बीच समीरा भी मेरे पीछे आ रही थी। मैं रिसेप्शन के चैंबर में आकर दाईं तरफ़ लगे सोफ़े पर बैठ गया। डिस्पेन्सर से पानी निकाल कर मैं फिर से सोफ़े पर बैठ कर पानी पीने लगा। तभी समीरा अंदर आई और बोली, ''अरे आदिल सर! आप यहाँ बैठे हैं और मुझे लगा कि आप चले गए होंगे।'' समीरा ने मेरे सामने पड़ी मेज़ के आगे कुर्सी पर बैठते हुए कहा।

''नहीं! सोचा यहाँ बैठ कर दस-पंद्रह मिनट आराम कर लूँ, फिर जाऊँगा।'' मैंने गिलास को मेज़ पर रखते हुए कहा।

मेरी और समीरा की क्लास के बीच में दस मिनट का गैप था। ये समीरा को शायद नहीं पता था कि मैं उसकी एक झलक पाने के लिए ही रुका हूँ।

''अच्छा एक बात बोलूँ आदिल सर?'' अचानक से समीरा ने मुझसे सवाल किया।

''हाँ, मगर एक शर्त पर।'' मैंने कहा।

‘‘कैसी शर्त आदिल सर?’’

‘‘यही कि अब से तुम मुझे सर नहीं बल्कि मेरे नाम से बुलाओगी।’’ मैंने कहा।

‘‘ओके सर!’’ समीरा बोली और हँस दी। ये हँसी पूरे चैंबर में एक खुशबू बन कर फैल गयी।

‘‘फिर से सर?’’ मैंने अपनी दोनों भौंहें सिकोड़ते हुए कहा।

‘‘अच्छा ठीक है, आदिल, अब से नहीं बोलूँगी सर। खुश?’’ समीरा ने हँसते हुए कहा।

‘‘हाँ ठीक! अब वो बात बताइये, क्या बोलना चाह रही हैं आप?’’ मैंने समीरा से कहा।

‘‘वो ये कि आप बहुत अच्छा समझाते हैं। आपका पढ़ाने का तरीका भी अलग और दिलचस्प है। ये बच्चों को पूरी क्लास के दौरान बाँधे रखता है। यूँ ही लगे रहिए पढ़ाने में, एक दिन आप मुखर्जी नगर के गणित के हीरो बनेंगे।’’ समीरा ने कहा।

समीरा के मुँह से अपनी ये तारीफ़ सुन कर मैं मानो सातवें आसमान पर पहुँच गया था। मेरा दिल समीरा का हाथ पकड़ कर नाच उठने को कर रहा था लेकिन मेरे पास समीरा को चुपचाप ‘शुक्रिया’ कह देने के सिवा और कोई ऑप्शन नहीं था। उस पल मैं समीरा को गले लगा लेना चाहता था। मैंने समीरा की आँखों में देखा और एक पल के लिए लगा कि वो भी मेरे को गले लगा लेना चाहती है। शायद प्यार में पड़े इंसान को हर जगह प्यार ही दिखता है।

‘‘बहुत-बहुत शुक्रिया आपका। आपने इस काबिल मुझे समझा। लेकिन मैं बस सिलेक्शन हो जाने तक ही अपने खर्चे निकालने के लिए पढ़ा रहा हूँ। ताकि बिना किसी पैसों की कमी के मैं आराम से पढ़ाई कर सकूँ और एक सरकारी नौकरी ले सकूँ।’’ मेरे अंदर के सरकारी नौकरी वाले आदिल ने कहा।

‘‘हाँ! वो तो है। लेकिन अगर आप एक बार इस फ़ील्ड में जम गए तो फिर सरकारी नौकरी किसी टक्कर की नहीं।’’ समीरा ने कहा।

‘‘हम्म!’’

‘‘वैसे वो खूबसूरत लड़की थी कौन जिसकी कहानी आपने अपनी क्लास में बच्चों को सुनाई?’’ समीरा ने तिरछी मुस्कान लाते हुए मुझसे पूछा। समीरा सब जानते हुए भी मुझसे अनजान बन रही थी।

‘‘पता नहीं।’’ और मैं मुस्कुरा दिया।

‘‘ओह! तो आपने मनगढ़ंत कहानी सुनाई है बच्चों को इम्प्रेस करने के लिए।’’

समीरा ने फिर से मेरी चुटकी लेते हुए कहा।

''जानना चाहती हैं आप कि वो खूबसूरत लड़की थी कौन?'' मैंने कहा।

''हाँ! हाँ! बिलकुल जानना चाहती हूँ।'' समीरा ने अपनी जीभ से अपने होंठों को दबाते हुए कहा। ऐसा करते हुए वो दुनिया की सबसे खूबसूरत इंसान लग रही थी।

''तो उसके लिए आपको हमसे फ़ुर्सत में कहीं बाहर चाय पर मिलना होगा। बोलिए मंज़ूर?'' मैंने वक़्त की नज़ाकत को देखते हुए समीरा से अपनी पहली मुलाक़ात का प्रस्ताव शर्त के रूप में रखा।

''अहा! मतलब मौके आपसे बनाना सीखे कोई। और इसीलिए तो कह रही हूँ मैं कि आप एक दिन मुखर्जी नगर में गणित के बादशाह बनेंगे।'' समीरा ने मुस्कुराते हुए कहा।

''अच्छा, तो फिर मंज़ूर?'' मैंने अपने प्रस्ताव को दोबारा समीरा की तरफ़ उछाला।

''ठीक है। इस शुक्रवार शाम को छह बजे, बत्रा सिनेमा पर मिलते हैं।'' समीरा ने सोफ़े पर से उठते हुए कहा। ''अब चलती हूँ मैं मिस्टर आदिल! क्लास के लिए मैं ऑलरेडी पाँच मिनट लेट हो चुकी हूँ।''

''सुनो समीरा!'' जाती हुई समीरा को मैंने रोकते हुए कहा।

''हाँ!'' समीरा पीछे मुड़ी और साथ ही उसके बालों की एक लट उसके चेहरे पर झूल गयी।

''वो...वो तुमसे बात करके अच्छा लगा।'' मैंने मुस्कुराते हुए कहा।

''मुझे भी।''

''अब जाइए आप अपनी क्लास लीजिये जा कर।'' मैंने कहा।

''हाँ! जा ही रही हूँ।''

मैं उसको जाते हुए तब तक देखता रहा जब तक वो सामने बारामदे में जा कर ओझल न हो गयी। मैं आकर फिर से सोफ़े पर बैठ गया। मेरी दाईं तरफ़ एक बड़ी सी डेस्क पर कई किताबों के बीच दो गुलदस्ते रखे थे। उन गुलदस्तों में गुलाब और गुलदाउदी के फूल थे। मैंने उनमें से गुलाब का एक फूल निकाल लिया और उसकी मासूम कोमल पंखुड़ियों को तोड़कर उस कुर्सी पर फैला दिया जिस पर कुछ देर पहले समीरा बैठी थी। फिर उन पंखुड़ियों को देख कर ही मैं बोला, ''समीरा! मुझे तुमसे प्यार हो गया है।''

मैं इन पलों को हमेशा के लिए कैद कर लेना चाहता था कि तभी दरवाज़े

पर दस्तक हुई और रिसेप्शन असिस्टेंट अंदर कमरे में आई। मुझे यूँ कुर्सी पर फैली पंखुड़ियों के सामने बैठा देख वो बोली, "अरे सर! ये पंखुड़ियाँ किसने फैला दीं? और आप ऐसे क्यों बैठे हो, आराम से सोफ़े पर बैठ जाइए।"

मैंने अपनी खोपड़ी घुमाई और असिस्टेंट की तरफ़ देखा। वो असिस्टेंट मेरी तरफ़ आँखें फाड़े ऐसे देख रही थी जैसे मैं गुलाब की पंखुड़ियों से कोई काला जादू करने वाला हूँ। और उससे अभी कोई कबूतर या खरगोश पैदा कर दूँगा।

"हटिए सर एक तरफ़! मैं साफ़ कर देती हूँ इन्हें। आप उधर बैठ जाइए।" उसने सोफ़े की तरफ़ बैठते हुए इशारा किया।

"अरे नहीं-नहीं। मैं कर लूँगा। खाली बैठा था तो ऐसे ही बिखेर दी थीं।" मैंने कुर्सी पर से एक-एक पंखुड़ी उठाते हुए कहा।

"हाँ! लेकिन आप अगर खाली बैठे थे तो कुछ पढ़ भी सकते थे या फिर टीवी पर न्यूज़, क्रिकेट मैच भी देख सकते थे।" उसने एक हाथ से अपनी दाईं तरफ़ काँच और शीशम की लकड़ी से बनी शेल्फ़ में रखी ढेर सारी किताबों की तरफ़ इशारा करते हुए कहा। और उसी पल दूसरे हाथ से सामने छत्तीस इंची एलसीडी टीवी की ओर इशारा किया।

"अरे हाँ! ये तो मैंने ध्यान ही नहीं दिया।" मैंने उठकर गेट की तरफ़ जाते हुए कहा। "अच्छा, चलता हूँ।" और मैं जल्दी से रिसेप्शन से बाहर आ गया। बाहर आकर मैंने अपने बैग में से एक डायरी निकाली, जिसमें मैथ्स के कुछ इम्पोर्टेंट रूल्स और सवाल थे और ये पंखुड़ियाँ मैंने उसी डायरी में रख दीं। फिर डायरी बंद करके बैग में रख ली। आने वाले शुक्रवार का मुझे बेसब्री से इंतज़ार था।

मैं कमरे पर आया। जूते उतार कर मैंने दरवाज़े के पास सटा दिये। फिर बाथरूम में जाकर मुँह-हाथ-पैर धोये। बाथरूम से निकलकर मैंने तौलिये से मुँह पोंछते हुए कहा, "कितना बदबू कर रहा है टॉयलेट दादा! पानी नहीं डाले का?"

दादा जो किचन में खाना बना रहा था, खाना बनाते-बनाते ही बोला, "अबे वो चंदू आया था टेस्ट सीरीज़ लेने। वो ही मूत के गया है।"

"काहे! उसके यहाँ नहीं है का वॉशरूम जो यहाँ मूत के गया ससुर? तुम भी दादा, सुलभ शौचालय बनवा दिये हो अपने कमरे को।" मैंने कहा।

"अब क्या मूतने पर भी रोक लगा दें। डेमोक्रेसी है यार, कोई कहीं भी मूते।" मयंक ने हँसते हुए कहा।

"हाँ तो सफ़ाई भी तो रखनी होती है।" मैंने कहा।

"अरे आदिल! अब आया था वो तो कुछ देर रुक गया। खैर तू बता, कैसा रहा

पहला दिन और पहली क्लास?'' दादा ने कड़ाही में भिंडी की सब्ज़ी को कलछुल से चलाते हुए मुझसे कहा।

''एकदम टॉप क्लास दादा! सारे स्टूडेंट्स खुश थे। और पता है समीरा ने खुद आकर मुझसे बात की और तो और वो मेरी क्लास भी अटेण्ड की।'' मैंने खुशी से उछलते हुए कहा।

''का बात करते हो बे! सही बताओ?'' दादा ने कहा।

''हाँ दादा! तुम्हाई कसम। सच बोल रहे हैं। फ्राइडे को बत्रा पर मिलने का भी हो गया है।''

''वाह मेरे शेर! बड़े तेज़ हो बे तुम तो! पहले ही दिन सिक्सर मार आए। हेंह?'' दादा ने मुझे गले लगाते हुए कहा।

थोड़ी देर बाद खाना बन चुका था, हम दोनों ने साथ बैठ कर खाना खाया और मयंक ने अपने मोबाइल फ़ोन में एफ़एम चालू कर दिया, जिस पर गाना आ रहा था, 'आज मैं ऊपर आसमान नीचे, ज़माना है पीछे...'

~

दो दिन बाद, आज शुक्रवार की शाम थी, चंदू रोज़ की ही तरह आज भी चार बजे कमरे पर ग्रुप स्टडी के लिए आया। मैंने एक घंटा साथ में पढ़ाई की और मयंक से ये कहते हुए उठ गया कि दादा आप लोग पढ़ो मैं तैयार होता हूँ।

''हाँ-हाँ तुम हो जाओ तैयार।'' मयंक ने कहा।

''अरे भाई कहाँ जाने के लिए तैयार हो रहे हो आदिल?'' चंदू ने सवाल किया।

''कहीं नहीं बस यहीं बत्रा तक।'' मैंने जवाब दिया।

''तुम लोग यार मुझसे कुछ छिपा रहे हो, नहीं बताओगे तो मैं नहीं आया करूँगा पढ़ने। ऐसे थोड़े ना होता है।'' चंदू ने कहा।

मैं और मयंक ज़ोर से हँस दिये। मयंक ने कहा, ''एक शर्त पर बताऊँगा?''

''कैसी शर्त?'' चंदू ने कहा।

''तुम मूतने के बाद पानी ठीक से डालोगे।'' मयंक ने कहा।

मैं फिर से हँस दिया। ''अरे दादा! अब बता भी दो इसे, काहे परेशान कर रहे हो।''

''बता तो देंगे ही। लेकिन जो बात है वो बात है। पानी तो ढंग से डालना ही पड़ेगा।'' मयंक ने कहा।

"ये बात है तो अभी ही मूत कर आता हूँ और पानी डाल के आता हूँ।" चंदू कुर्सी से लगभग उठते हुए बोला।

मयंक ने उसका हाथ पकड़ के बैठाया और बोला, "अबे कहाँ जा रहे हो, सुनो, बात ऐसी है कि इसकी ब्रांच में एक लड़की है, इंग्लिश पढ़ाती है। समीरा। अरे वही जो उस दिन जब आदिल ने तेरे को बताया था कि ये तेरी भाभी है। उसी लड़की से मिलने जा रहा है आज ये।"

"अबे साला! समीरा! उसके पीछे तो आधे से ज़्यादा मुखर्जी नगर पागल है। स्टूडेंट्स से लेकर टीचर्स तक दीवाने हैं उसके। वाह आदिल वाह! जबर छाए जा रहे हो तुम मुखर्जी नगर में। सही है यार।" चंदू ने कहा।

मैं हँसते हुए सीधे बाथरूम में घुस गया और तीन मग्गे पानी डालकर सिर में हैड एंड शोल्डर शैम्पू से बाल धोये। हालाँकि मैंने सुबह नहाते वक़्त भी शैम्पू किया था, लेकिन अभी फिर से शैम्पू कर लेना मुझे ज़रूरी लगा। फिर मैंने दादा का हिमालया का फ़ेस वाश दो बार अपने चेहरे पर घिसा। हाथ, पैर, मुँह, बाल धोकर और कायदे से पोंछ कर मैंने अपना एकमात्र लिवाइस का आसमानी रंग का जींस पहना, जिसे मैंने परसों ही धो लिया था और ऊपर हल्के भूरे रंग की शर्ट डाल ली। फिर मैंने अपने शर्ट में, शर्ट के बाहर, शर्ट के अंदर बदन पर और गर्दन पर दादा का हवा से भरा हुआ डियो छिड़का। और फिर मैं दादा और चंदू को बोल कर निकल आया।

~

वो जुलाई महीने के पहले शुक्रवार की एक इंतज़ार भरी गरम शाम थी। मैं बत्रा सिनेमा पहुँच चुका था। आसमान में बादलों और प्रदूषण से एक काली घटा छाई हुई थी। सूरज बादलों की साँवली चादर में छिप गया था। उमस अपने शिखर पर थी। दिन भर की गर्मी में अपने-अपने कमरों में कैद एसएससी की तैयारी करने वाले अभ्यर्थी शाम होने पर बाहर निकल आए थे। सड़कों और गलियों में आज और दिनों की अपेक्षा भीड़ ज़्यादा थी। शायद दिन भर की गर्मी से पक चुका अभ्यर्थी शाम को हीटर बन चुकी अपनी-अपनी खोपड़ियों को ठंडा करने आया था या फिर ऐसा भी होगा कि हर आदिल से आज समीरा मिलने आ रही थी। जो लड़के-लड़कियाँ मुझे हर दिन किताबें हाथ में लिए साथ-साथ घूमते हुए नज़र आते थे, वे सब आज मुझे प्रेमी जोड़े लग रहे थे। दादा से माँग कर पहनी हुई फ़ास्ट ट्रैक की घड़ी में मैंने समय देखा—छह बजने में चार मिनट बाकी थे। मुझे ऐसा लग रहा था जैसे दादा की घड़ी धीरे चल रही है। इसलिए मैंने अपना मोबाइल निकालकर टाइम मानो ऐसे देखा जैसे इसमें वक़्त अलग ही बता रहा होगा। इंतज़ार करना आज मालूम पड़ रहा था कि कितना बेचैन करता है। मैंने पैंट की जेब से रुमाल निकालकर माथे का पसीना पोंछा। सड़क के उस पार हाथ में हाथ डाले घूम रहे लड़के और लड़कियाँ मुझे आज समीरा से बात कर पाने का हौसला दे रहे थे।

सात मिनट बाद पीछे से एक महीन-सी मधुर आवाज़ मेरे कानों में पड़ी, वो आवाज़ जिसे सुनने के लिए ही तो मैं कब से यहाँ बेचैन हुए जा रहा था। ''हाय!'' समीरा ने मुझे मेरे कंधे पर हाथ मारते हुए कहा।

मैंने पीछे मुड़कर उसे ऊपर से नीचे तक देखा। सामने कॉटन की सफ़ेद रंग की हाफ़ स्लीव्स कुर्ती में समीरा मुस्कुरा रही है। सफ़ेद कुर्ती में वो ऐसी लग रही थी जैसे मानो पूर्णिमा का चाँद इस ढलती शाम में आसमान से उतर कर ज़मीन पर मेरे सामने आकर खड़ा हो गया है। समीरा कान में लॉन्ग ईयर रिंग्स पहने थी, जिसमें मछली बनी थी। उसने आँखों में महीन आइलाइनर लगाया हुआ था और नीचे उसने डेनिम ब्लू जींस पहन रखी थी। उसने अपने बायें कंधे पर एक अपारदर्शी नीले रंग का ही दुपट्टा साइड से डाल रखा था। उसके खुले हुए घने रेशमी गीले बाल उसकी पीठ को गुदगुदी करते हुए प्रतीत हो रहे थे। चलकर आने से उमस में उसके माथे पर दोनों भौंहों के ऊपर पसीने की तीन-तीन छोटी-सी बूँदें आ गई थीं, जो उसके शृंगार को पूरा कर रही थीं।

मैंने उसको 'हैलो' बोलने के लिए होंठ खोले लेकिन उसकी खूबसूरती की चमक में मेरा हैलो मुँह से ही नहीं निकल सका और वो हैलो घबराकर ही मेरे मुँह में फूट कर गायब हो गया।

''क्या हुआ? तुमने कुछ कहा नहीं?'' समीरा ने कहा।

जितनी हिम्मत मैं जुटा सकता था उतनी हिम्मत के साथ और जितनी महीन आवाज़ मैं निकाल सकता था उतनी महीन आवाज़ के साथ मैंने समीरा को फिर से 'हैलो' कहा।

समीरा मुस्कुरा दी और बोली, ''कैसे हो आदिल?''

''मैं ठीक हूँ। तुम कैसी हो?'' मैंने उसके कपड़ों से आती परफ़्यूम की खुशबू में डूबते हुए कहा।

''देख लो। अच्छी हूँ।'' समीरा ने हँसते हुए कहा।

''हाँ-हाँ अच्छी तो लग रही हो।'' मैंने सँभलते हुए कहा।

''अच्छी? क्या मतलब?'' उसने कहा।

''मेरा मतलब बहुत अच्छी।'' मैंने कहा।

''हम्म...बस अब यही दिन देखने थे कि लोगों से ज़बर्दस्ती तारीफ़ कराओ।'' उसने हँसते हुए कहा।

''अरे नहीं-नहीं। ऐसी बात नहीं है।'' मैंने कहा।

''अच्छा। कोई ना। मज़ाक कर रही हूँ।'' समीरा ने हँसते हुए कहा।

''अम्म...तो चलें?'' मैंने समीरा की आँखों की कोरों की बनावट देखते हुए कहा।

''कहाँ?'' समीरा ने अपनी आँखों को सिकोड़ते हुए पूछा। जिससे उसकी आँखों की कोरें भी सिमट गईं।

''चाय पीने!'' मैंने कहा।

''हाँ! पर मुझे अभी टहलना है। वहाँ भीड़ में जाकर बैठ के चाय पीने से अच्छा है, कहीं शांत और खुली जगह में चलकर बैठते हैं।'' समीरा ने कहा।

''तो फिर ले चलिये हमें किसी ऐसी शांत जगह पर।'' मैंने समीरा से कहा।

''अम्म...कहाँ चलें!'' समीरा ने आसमान की ओर चालीस डिग्री का कोण बनाते हुए अपना मुँह उठाकर सोचने जैसी मुखमुद्रा बनाकर कहा। अगले ही पल उसने कहा, ''आओ आदिल! चलते हैं।''

मैंने उससे बिना पूछे ही कह दिया कि चलो। मैं जानना भी नहीं चाहता था कि समीरा मुझे कहाँ ले जाएगी। मेरे लिए समीरा का मेरे साथ होना ही बहुत था। मैं तो उसके साथ दुनिया के किसी भी कोने में, किसी भी ऊँचाई पर, किसी भी गहराई पर जाने को तैयार था। थोड़ी दूर पैदल चलकर समीरा ने एक ऑटोवाले से कहा, ''भैया विश्वविद्यालय चलेंगे?''

''जी मैडम बिलकुल चलेंगे?''

''कितना लेंगे?''

''वही जो लगता है दे दीजिएगा। साठ रुपए।'' ऑटोवाले ने मुझे देखते हुए कहा।

''पचास देंगे। चलना है तो चलो।'' समीरा ने कहा।

''अरे नाराज़ काहे को हो रही हैं मैडम। बैठिए। पचास ही दे दीजिएगा।'' ऑटोवाले ने कहा।

समीरा खिलखिलाकर हँस दी और उसने कहा, ''और नहीं तो क्या! इतनी लूट थोड़े मची है कि कुछ भी माँगेंगे। जो लगता है वो लें।''

हम दोनों ऑटो में बैठ गए। ऑटोवाले ने घुर्र से एक्सिलेटर मोड़ा और ऑटो भगा दिया। दिल्ली की सड़क पर मिलने वाले दो-चार गड्ढे जिसमें ऑटोवाला बेधड़क ऑटो कुदाए जा रहा था। जिससे कि मेरी दायीं बाँह समीरा की बाईं बाँह से टकराती जा रही थी और हर टकराहट के साथ मेरे पेट में गुदगुदाहट पैदा होती जा रही थी।

''थोड़ा धीरे चलाइये भैया। इतना तेज़ ऑटो भगाकर कौन-सी मेट्रो पकड़वानी है हमें!'' समीरा ने ऑटोवाले भैया से कहा।

''जी मैडम!'' ऑटोवाले ने कहते हुए स्पीड धीरे तो कर दी लेकिन सामने पड़ने वाले ब्रेकर पर ऑटो कुदा मारा।

मैं हवा में उड़ रहे समीरा के बालों को सामने लगे शीशे में देख रहा था। उसके बाल उड़-उड़ कर मेरे चेहरे पर आ रहे थे। मैंने महसूस किया कि समीरा ने कोई बहुत ही खुशबू वाले शैम्पू से बाल धोये हैं। थोड़ी देर बाद ऑटोवाले ने हमें दिल्ली विश्वविद्यालय के कैंपस में छोड़ दिया। पैसे देने के लिए मैंने पर्स निकाला ही था कि समीरा ने मेरा हाथ पकड़कर रोकते हुए कहा, ''ओहो आदिल! मैं दे रही हूँ ना!''

''अरे ठीक नहीं लगता ना!'' मैंने कहा।

''क्या ठीक नहीं लगता, हम लड़कियाँ भी तो कमाती हैं। तुम फिर कभी दे देना आदिल,'' समीरा ने ऑटोवाले को पैसे दिये और हम आगे बढ़ गए।

''मतलब हम फिर दोबारा भी मिलेंगे? मेरा मतलब फिर कब?'' मैं खुशी से पागल होते हुए कुछ भी सवाल किए जा रहा था।

''क्यों दोबारा नहीं मिलना है क्या? या अब पढ़ाने भी नहीं आओगे? ठीक है, लौटते वक़्त तुम दे देना पैसे। हिसाब बराबर।'' समीरा ने आगे साथ-साथ चलते हुए कहा।

''नहीं-नहीं, मेरा वो मतलब नहीं था।'' मैं निरुत्तर-सा हो गया था और अपनी मूर्खतापूर्ण बातों के लिए मन-ही-मन संकल्प किया कि अब ऐसा कुछ नहीं बोलोगे बे तुम आदिल।

''आओ यहाँ बैठते हैं।'' समीरा मुझे सड़क किनारे बने एक पार्क में ले जाकर बोली। पार्क के बीचोंबीच अशोक का एक विशाल पेड़ था। उस पेड़ के चारों ओर सीमेंट का पक्का चबूतरा बना था। पार्क में दो झूले थे, जिनमें छोटे बच्चे झूला झूल रहे थे। बाकी तीन-चार के समूह में आस-पास घास में लड़के-लड़कियाँ बैठे अपनी ज़िन्दगी के पल जी रहे थे। पार्क के बाहर सड़क किनारे कुछ रेहड़ी वाले चाय, भेलपूरी, आइसक्रीम की रेहड़ी लगाए थे। हम दोनों उस अशोक के पेड़ के नीचे चबूतरे पर जाकर बैठ गए।

दिन का गरम सूरज अपनी गर्मी को अपने साथ ले जाकर दूर कहीं समंदर में छिपने वाला था। समंदर के पानी में सूरज के मिलने से गुनगुनी हवा बह रही थी। आसमान में बादल उमड़-घुमड़ रहे थे। सड़क पर इन्सानों का आवागमन बत्रा सिनेमा की सड़क पर इन्सानों की चहलकदमी से बहुत कम था। सड़क पर दो-चार गाड़ियाँ बीच-बीच में एक-आध बार हॉर्न मारती हुई गुज़र जा रही थीं। हम दोनों मुखर्जी नगर

की कोचिंग की फ़ैक्ट्री से निकलने वाले बच्चों की भीड़ से दूर इस थोड़े से एकांत में चले आए थे।

"तो मिस्टर आदिल कैसा लग रहा है आपको इधर?" समीरा ने चबूतरे पर पलथी मारकर बैठते हुए मुझसे सवाल किया।

"बहुत अच्छा! कितना खुला-खुला वातावरण है। उधर नेहरू विहार में तो आदमी आग की भट्ठी हो जाता है। ऐसा लग रहा है जन्नत में आ गया हूँ।" मैंने कहा।

"हाँ! सही बोले तुम। इसीलिए तो लेकर आई हूँ तुम्हें इधर।" समीरा ने कहा।

"भेलपूरी खाती हो?" मैंने बैठते ही समीरा से पूछा।

"हाँ! खाती हूँ।" समीरा ने कहा।

"ठीक है, बनवा कर लाता हूँ।"

"हाँ पर कम तीखी बनवाना।" समीरा ने कहा।

"ओके।" बोलकर मैं भेलपूरी लेने चला गया। थोड़ी देर बाद मैं दोनों हाथों में एक-एक भेलपूरी की प्लेट लेकर लौटा और एक प्लेट समीरा को थमाते हुए बोला, "लीजिये! ये आपकी कम तीखी वाली भेलपूरी।"

समीरा ने पहला चम्मच भेलपूरी खाते हुए कहा, "हम्म...अच्छी बनाई है।"

"हम्म..." मैंने भी भेलपूरी खाते हुए कहा।

"और?" मैंने समीरा की सैंडल की तरफ़ देखते हुए समीरा से पूछा।

"क्या और?"

"और कुछ भी बताओ।" मैंने कहा।

"पूछो।" उसने भेलपूरी खाते-खाते कहा।

मैं समीरा से पूछना चाहता था कि तुम इतनी सुंदर कैसे हो? मैं पूछना चाहता था कि जिस तरह मेरे दिल में तुम्हारे लिए कुछ-कुछ होता है क्या उसी तरह तुम्हारे दिल में भी मेरे लिए कुछ-कुछ होता है? क्या तुम्हें मैं पसंद हूँ? लेकिन मैंने एक इंटरव्युअर की तरह उससे सामान्य से सवाल किए जैसे 'अपने बारे में बताओ कुछ, कहाँ से हो? घर में और कौन-कौन हैं? मम्मी-पापा क्या करते हैं?'

प्यार में पड़ा इंसान पहली मुलाक़ात में शायद वो सवाल कर पाने की हिम्मत नहीं जुटा पाता है जो वो घर से शीशे के सामने कई बार बोलकर याद करके आया होता है।

समीरा ने जवाब दिया, "अरे बाप रे! ब्रेक तो ले लो। तुम तो मेरा इंटरव्यू

लेकर मानोगे। बताती हूँ बाबा। बताती हूँ।'' समीरा थोड़ा रुकी और फिर बोली, ''मेरा नाम समीरा है। मैं शिमला से हूँ। जब मैं छोटी थी आठवीं में तो पापा की एक रोड एक्सिडेंट में डेथ हो गयी थी। उस वक़्त मेरे भाई की उम्र तीन साल थी। पापा शिमला में ही एक कॉलेज में मैथ्स के प्रोफ़ेसर थे। क्योंकि मम्मी भी उतनी क्वालिफ़ाइड थीं, तो पापा की जगह मम्मी को टीचिंग में नौकरी मिल गयी थी। तुमको जब से सुना है मैथ्स पढ़ाने का तो पापा की बहुत याद आती है। शायद इस वजह से ही मैं तुम्हारे साथ इतना जल्दी घुल-मिल गयी। और मुझे भी तो पढ़ना पसंद है। नौकरी करने की कोई खास इच्छा नहीं है।'' बोलते-बोलते समीरा रुक गयी और थोड़ी देर में आसमान की ओर देखते हुए बोली, ''मम्मी बताती हैं कि मेरे पापा चाहते थे कि मैं भी उनकी ही तरह एक प्रोफ़ेसर बनकर बच्चों को पढ़ाऊँ और ज़्यादा- -से-ज़्यादा लोगों का फ़्यूचर बना सकूँ।'' कहते-कहते समीरा की आँखें डबडबा आयीं।

मैंने समीरा की हथेली को अपनी हथेली में लेते हुए कहा, ''आई एम सॉरी समीरा, मुझे पता नहीं था। ये सब मुझे नहीं पूछना चाहिए था।''

''कोई न आदिल! डोंट बी सॉरी! ऐसे किसी ने आज तक पूछा नहीं तो आँख भर आई बस।'' कहते हुए समीरा मुस्कुरा दी।

''और तुम मिस्टर आदिल! तुमने नहीं बताया अपने बारे में कुछ? हैं?'' समीरा ने चुटकी लेते हुए कहा। मैंने अब समीरा की हथेली से अपनी हथेली हटा ली थी लेकिन उसकी हथेली की गर्माहट मेरे शरीर में समा चुकी थी।

''तुमने पूछा ही नहीं।'' मैंने हँसते हुए कहा।

''मतलब मैं पूछूँगी तो ही बताओगे! चलो बताओ फिर अपने बारे में भी।'' समीरा ने कहा।

''कुछ खास तो नहीं है बताने को बस कानपुर के पास एक कस्बे से हूँ। अब्बा फ़ौज से रिटायर्ड हैं। एक छोटी बहन है। एक छोटा भाई और अम्मी घर देखती हैं। कानपुर यूनिवर्सिटी से गणित और भौतिक विज्ञान से बी.एस.सी. किए हैं। सीजीएल-13 पहला अटेम्प्ट था। मेंस में मैथ्स में ज़ीरो मार्क्स आए, रोल नंबर गलत भर दिया था। फिर एक दिन अब्बा को पता चला, उन्होंने डांट दिया तो घर छोड़ कर आ गए दिल्ली। तब से यहीं हैं मयंक के पास। खर्चा चलाने के लिए इधर कोचिंग में पढ़ाना शुरू कर दिया। बस इतना ही है मेरी ज़िन्दगी में। और उस दिन मयंक ने झूठ बोला था कि मैं और मयंक यहाँ पर सीजीएल-13 के मेंस के बाद से हैं।'' मैंने नीचे ज़मीन पर घास में चलते चींटे को देखते हुए कहा।

''ओह तो ये बात है। तुम घर छोड़ कर आए हो? घर पर बताया तुमने कि तुम यहाँ हो?''

मैं खामोश रहा और फिर थोड़ी देर बाद बोला, ''हाँ दादा बता देता है हर हफ़्ते हालचाल।''

''क्या मतलब? तुम बात नहीं करते क्या घर पर?''

''नहीं। मैं जब नौकरी ले लूँगा तो ही बात करूँगा।'' मैंने कहा।

''ये तो बहुत गलत बात है आदिल! तुम घर पर बात नहीं करोगे तो मैं भी तुमसे बात नहीं करूँगी।'' समीरा ने कहा।

''ये क्या बात हुई समीरा?'' मैंने उसकी तरफ़ देखते हुए कहा।

''हाँ यही बात हुई। घर पर बात नहीं करोगे तो मैं भी नहीं करूँगी तुमसे बात। कम-से-कम अम्मी से तो बात कर ही सकते हो। उन लोगों को तुम्हारी फ़िक्र होती होगी।'' समीरा ने कहा।

मैं खामोश था। अब तक भेलपूरी खत्म हो चुकी थी।

''पर समीरा...!'' मैंने कहा।

उसने मुझे बीच में ही टोकते हुए कहा, ''पर-वर कुछ नहीं। मुझे अपने घर का नंबर दो अभी मतलब बिलकुल अभी।''

''ठीक है बाबा, देता हूँ।'' मैंने समीरा को नंबर दिया। समीरा ने अपना फ़ोन निकालकर उसमें नंबर डायल किया। रिंग गयी। और फ़ोन अम्मी ने उठाया।

''हैलो! अस्सलाम ओ अलईकुम अम्मी! मैं आदिल बोल रहा हूँ।''

''हाँ बेटा! कैसा है तू वहाँ?''

''मैं ठीक हूँ अम्मी। तुम लोग कैसे हो सब घर पर और शफ़क, समर कहाँ हैं?'' मैंने सवाल किया।

''हम सब लोग ठीक हैं इधर। वो दोनों बाहर गए हैं खेलने अभी। तू अपना ख़याल रखना और अच्छे से पढ़ाई करना।'' अम्मी ने कहा।

''हाँ अम्मी अच्छे से पढ़ाई कर रहा हूँ मैं। और पता है अम्मी इधर मुझे एक बड़ी-सी कोचिंग में पढ़ाने को मिल गया है। दो घंटे पढ़ाता हूँ। रोज़ का चौबीस सौ रुपए मिलता है अम्मी। तुम फिकर नहीं करना अब खर्चे की। मैं भेज दिया करूँगा घर।''

''बढ़िया बात है ये तो बेटा, लेकिन पढ़ते रहना, तुम्हारे अब्बा तुमसे तब ही बात करेंगे जब तुम सरकारी नौकरी ले लोगे।'' बोलते-बोलते अम्मी कुछ देर के लिये रुक गयीं।

‘‘ठीक है अम्मी! परेशान नहीं हो। जल्दी ही नौकरी ले लूँगा।’’ मैंने अम्मी से कहा।

‘‘अच्छा भैंसवाला दूध तो मिलता नहीं होगा उधर तो यही पैकेट वाला खूब पीते रहना। जूस और घी भी खाते रहना। पढ़ाई में बहुत मेहनत करनी पड़ती है शरीर को भी।’’ अम्मी ने कहा।

‘‘हाँ अम्मी! आप फ़िक्र न करो। मैं ध्यान रख रहा हूँ अपना, बाकी इधर अच्छे-अच्छे दोस्त मिल गए हैं जो मेरा बहुत ख़याल रखते हैं।’’ मैंने समीरा की ओर देखते हुए कहा। उसने हल्की-सी मुस्कान के साथ अपनी पलकें झुका लीं।

‘‘ठीक है बेटा। अच्छे से रहना।’’ अम्मी ने कहा।

‘‘हाँ अम्मी! आप बस अपना ध्यान रखना और दवा टाइम पर लेती रहना। खुद का ख़याल रखोगी तो घर में सबका ख़याल रख पाओगी।’’ मैंने कहा।

‘‘हाँ बेटा। तू फ़िक्र मत कर।’’ अम्मी ने कहा।

‘‘ठीक है अम्मी! रखता हूँ।’’ मैंने कहा।

‘‘सुन आदिल बेटा।’’ अम्मी ने कहा।

‘‘हाँ अम्मी!’’

‘‘अब कब करेगा फ़ोन तू?’’

‘‘करता रहा करूँगा अम्मी अब से फ़ोन।’’ मैंने समीरा की ओर देखते हुए कहा। समीरा ने मेरी ओर मुस्कुराते हुए देखा और मानो मुझसे आँखों ही आँखों में कहा हो, ‘‘अच्छे बच्चे।’’

‘‘ठीक है बेटा। ध्यान रखना अपना।’’ अम्मी ने कहा।

‘‘हाँ अम्मी। खुदा हाफ़िज।’’

‘‘खुदा हाफ़िज बेटा।’’ अम्मी ने कहा।

और मैंने फ़ोन कट कर दिया।

‘‘शुक्रिया समीरा! अब बहुत हल्का फ़ील हो रहा है।’’

‘‘ये शुक्रिया और सॉरी वैसे मैं लेती तो नहीं हूँ पर आज ले रही हूँ। और हाँ, घर पर फ़ोन करते रहना। नहीं तो मैं भी तुमसे बात करना बंद कर दूँगी।’’ समीरा ने मुस्कुराते हुए कहा।

‘‘और इसे मेरी चेतावनी या धमकी न समझा जाये, बल्कि एक सलाह ही समझा जाए।’’ समीरा ने आगे कहा।

"जी बिलकुल! सलाह ही समझेंगे।" मैंने समीरा की तरफ़ देखते हुए कहा।

"और अब ऐसे क्या देख रहे हो मुझे। उठो और चाय लेकर आओ मेरे लिए उधर से, कितना प्यारा मौसम हो रहा है।" समीरा ने पार्क के बाहर रेहड़ी लगाए एक चायवाले की ओर इशारा करते हुए मुझसे कहा।

"अच्छा बाबा! लेकर आता हूँ।" मैं मुस्कुरा दिया और उठकर चाय लेने चला गया। चाय लेकर मैं फिर से उसी पेड़ के नीचे चबूतरे पर आ कर बैठ गया। समीरा को मैंने चाय पकड़ाई और मैं भी पालथी मार कर समीरा की तरफ़ चेहरा करके बैठ गया।

समीरा ने देखा कि मैं उसकी तरफ़ देख रहा हूँ तो मुझसे नज़रें हटाते हुए वो बोली, "तो मिस्टर आदिल अब बताइये वो खूबसूरत लड़की कौन थी जिसके बारे में आपने क्लास में अपने लैक्चर में ज़िक्र किया था।" समीरा ने चाय का पहला सिप लिया। "ओहो! कितनी गरम चाय है! जीभ तक जल गयी।" समीरा ने पेपर-कप को साइड में रखते हुए कहा।

"अच्छा! देखें ज़रा कितनी गर्म चाय है आपकी।" कहते हुए मैंने तुरंत समीरा की चाय का पेपर-कप उठा लिया और उस कप में समीरा के लिपग्लॉस से छपे होंठों पर अपने होंठ रख कर चाय की पहली चुस्की लेते हुए कहा, "आहा! गर्म तो है ही चाय लेकिन किसने कहा था इतना जल्दी पीने को?"

समीरा अपनी जूठी चाय को मेरे होंठों पर पाकर शरमा गयी और अपने मुँह को टेढ़ा करते हुए बोली, "हुँह! मेरी चाय जूठी कर दी तुमने!"

"तो तुम मेरी वाली चाय पी लो। मैंने अभी इसे जूठा नहीं किया है।" मैंने अपनी वाली चाय समीरा को थमाते हुए कहा।

"हुँह!" वो मुँह सिकोड़कर बोली।

"और हाँ! आराम-आराम से फूँक-फूँक कर पीना।" मैंने उससे हँसते हुए कहा।

"हाँ! हाँ! मुझे पीनी आती है चाय। बताओ नहीं।" समीरा ने चिढ़ते हुए कहा।

"हाँ वो तो देखा था मैंने अभी।" मैंने उसे छेड़ा।

"बताओ ना! वो खूबसूरत लड़की कौन थी?" समीरा ने इस बार ज़ोर देकर पूरी मासूमियत से पूछा। मैं अच्छी तरह समझ रहा था कि समीरा जानबूझ कर अनजान बन रही है।

"अच्छा तो जानना चाहती हो तुम कि वो कौन थी?" मैंने कहा।

"हाँ और नहीं तो क्या!" समीरा ने चाय को फूँकते हुए कहा।

"ये लो देख लो।" मैंने अपने टूटे एण्ड्रोइड फ़ोन का चार मेगा पिक्सेल का फ्रंट कैमरा ऑन किया और समीरा को फ़ोन पकड़ा दिया।

"अरे ये तो मैं हूँ, पर वो कहाँ है?" समीरा ने अपनी हँसी को दबाकर और भी मासूम बनते हुए कहा।

मैंने अपना चेहरा समीरा के चेहरे के एकदम करीब लाकर कहा, "मेरी इन आँखों में आँखें डालकर देखो, तुम्हें उसका चेहरा दिखाई पड़ जाएगा।"

समीरा मेरी आँखों में देखती रही और मैं समीरा की आँखों में। कुछ पल के लिए लगा जैसे दुनिया ठहर गयी हो, वक़्त थम गया हो, हवा शांत हो गयी हो, हम दूर कहीं शून्य में हों। मैं समीरा की आँखों के समंदर में डूब रहा था। मुझे उस विशाल गहरे समंदर में कोई किनारा नहीं मिल रहा था। मैं उसमें डूबता जा रहा था। तभी मेरी आँखों में हवा का एक तेज़ झोंका आया और मैं उस समंदर से बाहर फिर से इस अशोक के पेड़ के नीचे आ गया। असल में वो हवा का तेज़ झोंका समीरा की फूँक थी जो उसने मेरी आँखों में मारी थी। सामने समीरा खिलखिलाकर हँस रही थी। हँसते-हँसते जब वो रुकी तो खामोश हो कर उसने मेरी हथेली पर अपनी हथेली रख दी और बोली, "आदिल!"

"हाँ समीरा!" मैंने उसके हाथ की उँगलियों को देखते हुए कहा।

"तुम्हारी आँखें मुझे बहुत अच्छी लगती हैं आदिल!" समीरा ने कहा।

"और मुझे तुम!" मैंने समीरा की आँखों को देखते हुए कहा। समीरा ने सुने को अनसुना करते हुए कहा, "क्या कहा तुमने?"

"कुछ नहीं ना!" मैंने कहा।

"बताओ ना, क्या कहा था तुमने अभी?" समीरा ने मेरी हथेली को अपनी नर्म हथेली से हल्के से दबाते हुए कहा।

मैंने उसकी दायीं हथेली को अपनी दोनों हथेलियों के बीच रखा और कहा, "जिस तरह तुम्हें मेरी आँखें प्यारी लगती हैं, उसी तरह मुझे तुम बेहद प्यारी लगती हो समीरा!"

समीरा ने अपनी पलकें झुका लीं। उस पल ऐसा लगा दुनिया की सारी हया समीरा ने समेटकर अपने ऊपर उड़ेल ली हो। तभी आसमान में बादलों की भी आपस में जकड़ तेज़ हो गयी और अगले ही पल वे एक साथ भीषण गड़गड़ाहट के साथ बरस पड़े। बिजली के कौंधने की आवाज़ से डरकर उसने अपनी बाईं हथेली से मेरी कलाई को कसकर जकड़ लिया। उस पल लगा कि मेरी रूह में कोई दूसरी रूह भी समाती हुई चली जा रही है। हवा तेज़ हो गयी थी। पत्तियों से छनकर बारिश की बूँदें

हम पर गिरकर हमें भिगो रही थीं। पार्क में खेलते बच्चे भी बारिश से बचने के लिए भागे चले जा रहे थे। हम दोनों बारिश से बचने के लिए पार्क में बने एकमात्र टूटे शेड के नीचे भागकर खड़े हो गए। बारिश धीरे-धीरे अब तेज़ होती जा रही थी। वो झमझमाती बारिश को एकटक देखे जा रही थी और मैं उसके खिलखिलाते चेहरे को। वातावरण की उमस अब ठंडक में बदल गयी थी। ज़मीन से मिट्टी की सौंधी खुशबू उसके बालों की खुशबू से मिलकर मेरे दिमाग में चढ़ती जा रही थी।

''आदिल! देखो ना, कितनी प्यारी बारिश हो रही है। तुम्हें पता है आदिल, मुझे बारिश बहुत पसंद है और बारिश में भीगना तो उससे भी ज़्यादा।''

''अच्छा।'' मैं समीरा के गुलाब जैसे चेहरे को अपने चेहरे के करीब पाकर देखते हुए बोला।

''मैं तो जा रही हूँ इस बारिश में भीगने, मुझसे नहीं रहा जा रहा बिना भीगे।'' और समीरा उस शेड से निकलकर दौड़ते हुए पार्क में चली गयी। समीरा ने अपने दोनों हाथ फैलाये और सिर आसमान की ओर किया और फिर वो अपनी आँखों को बंद करके गोल-गोल घूमते हुए बारिश का आनंद लेने लगी। उसे देखकर ऐसा लग रहा था जैसे मोरनी अपने पंख फैला कर बारिश में नृत्य कर रही हो। उसके चेहरे और शरीर पर पड़ती हर बूँद को मैं अपने शरीर पर महसूस कर रहा था। उसके कपड़े पूरी तरह से भीग चुके थे। वो एक जलपरी की तरह बेहद खूबसूरत लग रही थी। मैं उसे इस तरह देखते रहना चाहता था। उसकी इस खुशी को हमेशा के लिए कैद कर लेना चाहता था कि तभी अचानक से ज़ोर से बिजली की गड़गड़ाहट हुई और समीरा घूमते-घूमते रुकी और तेज़ी से दौड़कर वो मेरे सीने से आकर लग गयी। उसके अचानक से मेरे सीने से लग जाने से मैं हक्का-बक्का था। मुझे समझ नहीं आ रहा था कि मैं क्या करूँ। फिर अगले पल मैंने अपने दोनों हाथों को उसकी पीठ पर ले जाते हुए उसे हल्के से स्पर्श किया। समीरा पूरी तरह भीग चुकी थी। उसके गीले कपड़े मेरे कपड़ों को तर कर रहे थे।

''इतना डर लगता है तुम्हें बिजली से?'' मैंने समीरा से कहा।

''बहुत ज़्यादा। तुम्हें नहीं लगता डर?'' समीरा ने मेरे सीने से लगे हुए ही कहा।

''नहीं इसमें क्या डरना?'' मैंने कहा। ''चलो अब सीधे खड़ी हो।'' मैंने कहा। तभी और ज़ोर से बिजली कड़की। समीरा पहले से भी ज़्यादा ज़ोर से मेरे सीने से लग गयी। मेरा एक हाथ समीरा की गर्दन और सिर के बीच था।

''कितना महफ़ूज़-सा लग रहा है मुझे आदिल तुम्हारे साथ! इस तरह मैं मर भी जाऊँ तो मुझे कोई गम नहीं।'' समीरा ने मेरे सीने से लगे हुए ही कहा।

''चुप करो तुम। ऐसे मरने की बात भी की तुमने तो समझ लेना। जब तक मैं हूँ

तब तक तुम्हें कुछ नहीं होने दूँगा।'' मैंने समीरा को अपने बाहुपाश में हल्की मज़बूत जकड़ में लेते हुए कहा।

तभी अगले पल समीरा ने खुद को मेरे सीने से अलग करते हुए कहा, ''आई एम सॉरी आदिल! मैंने तुम्हें भी भिगा दिया।''

''अरे कोई बात नहीं समीरा।'' मैंने हँसते हुए कहा।

समीरा भी हँस दी। बारिश तेज़ होकर धीरे होते-होते थम गई। हम लोग पार्क से बाहर मेन सड़क पर आ गए। बारिश के बाद सड़क पीली रोड लाइट में ऐसे चमक रही थी, जैसे नववधू स्नान करने के बाद हल्दी का उबटन लपेटे हो। हम दोनों ऑटो करके वापिस बत्रा सिनेमा आ गए। रास्ते भर मेरा दायाँ हाथ समीरा के बाएँ हाथ की उँगलियों से खेलता रहा।

''आदिल!''

''बोलो समीरा!''

''मुझे घर तक छोड़ दोगे?''

''अरे इसमें क्या! तुम नहीं भी कहतीं तो भी छोड़कर ही आता मैं।'' बारिश हो जाने की वजह से रात के नौ बजे ही सन्नाटा हो गया था। समीरा ने बताया कि वो परमानंद कॉलोनी के ए-84 मकान में दूसरे फ़्लोर पर अपनी फ्रेंड मानसी के साथ रहती है। बारिश के बाद कॉलोनी की सड़कों पर कीचड़ हो गया था। नाली, गटर और सड़क का पानी मिलकर छोटा-मोटा नाला-टाइप बनाते हुए बह रहा था। हम दोनों उसी नाले को फाँदते हुए आगे चले जा रहे थे। समीरा के फ़्लैट के नीचे पहुँचकर मैंने उससे कहा, ''अच्छा अब तुम जाओ और आराम करो। पूरा भीग गयी हो। ख़याल रखना अपना।''

''हाँ आदिल और तुम भी ख़याल रखना अपना। और कुछ भी बुरा लगा हो तो सॉरी।''

''ये सॉरी और थैंक्स मैं लेता नहीं और तुम्हारा तो बिलकुल भी नहीं लूँगा। हाँ एक बात और! मुझे आज बहुत अच्छा लगा, ये दिन मेरी ज़िन्दगी का सबसे अच्छा दिन था। साथ रहने के लिए शुक्रिया।'' मैंने कहा।

''मेरा भी आदिल, तुम्हारे साथ मुझे भी बहुत अच्छा लगा।'' समीरा ने कहा।

मैंने समीरा का हाथ पकड़ते हुए कहा, ''सुनो समीरा!''

''क्या आदिल?''

''मैं समीरा के फ़्लैट के नीचे स्ट्रीट लाइट की मद्धिम रोशनी में अपने घुटनों के

बल बैठ गया और समीरा को प्रपोज़ कर दिया, ''आई लव यू समीरा।''

''निभा भी पाओगे? या बस ऐंवई ही बोल दिया। बीच में चले तो नहीं जाओगे?'' समीरा ने मुस्कुराते हुए सवाल किया।

''कभी नहीं जाऊँगा। बस तुम मत चली जाना कहीं।'' मैंने कहा।

''अच्छा अब उठो और मैं कहीं नहीं जाऊँगी। तुम जाने ही नहीं देना।'' समीरा ने कहा।

मैं मुस्कुराते हुए बोला, ''कभी नहीं जाने दूँगा।''

गली के कुत्ते मुझे उस कॉलोनी में देखते हुए भौंकने लगे। समीरा हँस दी। ''अब जाओ वरना ये कुत्ते भौंक-भौंक कर मोहल्ले को इकट्ठा कर देंगे।''

''बड़े कुत्ते हैं इस मोहल्ले के कुत्ते भी।'' मैंने हँसते हुए कहा।

''कल मिलते हैं क्लास में।'' समीरा ने कहा।

''हाँ! ख़याल रखना। गुड नाइट।''

''गुड नाइट।''

उस दिन मैं दुनिया के सबसे खुशनसीब इन्सानों में से एक था और फिर मयंक के कमरे पर लौट आया। मयंक कमरे में अब भी पढ़ाई कर रहा था। मुझे देखते ही बोला, ''कहो हीरो! कैसी रही मुलाक़ात। चेहरे की मुस्कान की चमकान बता रही है कि जनाब को समीरा मिल गयी है।''

''बढ़िया रही दादा। बस पूछो मत।'' मैंने फ़ोल्डिंग पर चित्त लेटते हुए कहा और फिर संक्षेप में दादा को पूरी कहानी सुना दी।

''वाह मेरे कनपुरिये छोकरे! कमाल कर दिये बे तुम तो।'' मयंक ने कहा।

मैं सिर्फ़ मुस्कुरा दिया।

''खाना बना दिये थे तुम्हारे लिए। रखा है। खा लो बे फिर सो जाना।'' मयंक ने एक आदर्श पत्नी की तरह कहा। खाना खाकर मैं सो गया। मयंक पढ़ता रहा।

~

अगली सुबह मैं अपनी क्लास लेने पहुँचा। क्लास खत्म करने के बाद मुझे समीरा मिली। वो आज पहले से भी ज़्यादा खूबसूरत लग रही थी। वो मुस्कुराते हुए अपनी क्लास लेने चली गयी। ऐसे ही हर दिन खुशी-खुशी बच्चों को पढ़ाते हुए, मयंक और चंदू के साथ पढ़ते हुए, समीरा से बातें करते और उसके साथ वक़्त बिताते हुए गुज़र रहे थे। दिन मानो मिनट की सुई बन गए थे और रातें मुट्ठी में कैद गीली रेत। समय

अपनी दोगुनी से भी ज़्यादा तेज़ रफ़्तार से निकलता जा रहा था। अब तक डेढ़ महीने में मैंने कोचिंग में बच्चों को अपने पढ़ाने के तरीके से अपना मुरीद बना लिया था। गुरु-मंत्रा कोचिंग के डाइरेक्टर शिशिर प्रसाद भी मेरे परफ़ॉर्मेंस से खुश थे। मेरी फ़ीस भी बढ़ाकर उन्होंने डबल कर दी थी। इसके साथ ही एक बैच और मुझे दे दिया था। पढ़ाने का अब मैं आनंद ले रहा था।

ये अगस्त महीने के दूसरे पखवाड़े की एक सुबह थी। बीती रात मैं देर तक पढ़ाई करने के बाद सोया था। सवेरे मेरी नींद समीरा के फ़ोन कॉल से खुली।

''क्या आदिल! कब से फ़ोन कर रही हूँ। क्या कर रहे थे जो फ़ोन नहीं उठाया?'' छूटते ही समीरा ने कहा।

''अरे बाबा सो रहा था और क्या करूँगा।'' मैंने उबासी लेते हुए कहा।

''तुम फिर से उबासी ले रहे हो आदिल! देखो मेरे से बात करते वक़्त ये जम्हाई मत लिया करो। मुझे जम्हाई बिलकुल भी नहीं पसंद है।'' समीरा ने कहा।

''अरे अभी-अभी तुम्हारी कॉल से ही जागा हूँ, तो बची हुई नींद ऐसे ही तो निकलेगी।'' मैंने कहा।

''नींद में हो तो क्या! बस जम्हाई नहीं लो तुम। और फिर इतनी देर तक कौन सोता है, दस बज चुके हैं। उठ जाओ अब। माना आज रक्षाबंधन की छुट्टी है तो सोते ही रहोगे? हेंह?'' समीरा ने कहा।

''वो रात में देर तक पढ़ता रहा इसलिए अभी तक सो रहा था।'' मैंने कहा।

''अच्छा छोड़ो ये, तुम तो हो ही सोतड़ू। ये बताओ दादा कहाँ है?'' समीरा ने कहा।

''यहीं होगा।'' मैंने कान में फ़ोन लगाए हुए ही ज़ोर से आवाज़ दी, ''दादा!... दादा।''

''अरे का हुआ? काहे के मारे सवेरे-सवेरे गला फाड़े जा रहे हो। कौनो बुरा सपना देख लिए का?'' मयंक ने किचन में से आवाज़ लगाते हुए कहा।

''कुछ नहीं दादा।'' मैंने कहा।

फिर फ़ोन पर समीरा से कहा, ''यहीं हैं किचन में वो। क्यों?''

''हाँ-हाँ मैंने सुना वो। अब तुम लोग पंद्रह मिनट में नहा-धोकर तैयार हो जाओ, आज रक्षाबंधन है, मैं और मानसी आ रहे हैं तुम लोगों को राखी बाँधने। समझे।'' समीरा ने कहा।

''क्या...क्या मतलब। राखी। पर क्यों? मतलब मेरा कि इतनी जल्दी कैसे

तैयार होएँगे हम?'' मैंने हमारे कमरे की हालत देखते हुए कहा।

''मैं नहीं जानती कुछ, जल्दी तैयार हो जाओ तुम लोग।'' समीरा ने फ़ोन पर कहा।

''अरे कम-से-कम आधा घंटा तो दो। और मैं क्यों नहाऊँ भला?'' मैंने कहा।

''ठीक है आलसी लोगों, आधे घंटे में आते हैं हम।'' समीरा ने हँसते हुए कहा और फ़ोन काट दिया। मेरे दिल के साथ मैं भी बिस्तर से उछलकर बैठ गया और सोचने लगा, 'यार ये समीरा मेरे को भी राखी बाँधने आ रही है क्या? मैं नहाऊँगा ही नहीं।'

''दादा! दादा! अनर्थ हो गया दादा!'' मैंने किचन में मयंक के पास जाते हुए कहा।

''का बे, का बड़बड़ाये जा रहे हो सवेरे से, तबीयत तो ठीक है ना तुम्हारी?'' मयंक ने तवे पर परांठा पलटते हुए कहा।

''अरे दादा! वो समीरा...समीरा आ रही है अपनी सहेली मानसी के साथ, यहीं आ रही है हमें राखी बाँधने। आधे घंटे में।'' मैंने एक-एक टूटे हुए कई वाक्यों में मयंक को बात बताई।

''का बात करते हो बे और ये घर तो ऐसे कबाड़ पड़ा है।'' दादा ने कहा।

''अब ये परांठा सेंकना बंद करो और जल्दी-जल्दी सब सही से, सलीके से लगा दो, उसे ये न लगे कि इधर मलेच्छ रहते हैं।'' मैंने मयंक की चड्ढी अपनी तर्जनी उँगली और अँगूठे से पकड़कर कूलर पर से हटाते हुए कहा।

''दादा! जल्दी से तैयार हो जाओ तुम। वो आधे घंटे में आने को बोली है।''

''मैं तो तैयार हूँ। तू ही हो ले तैयार नए नवेले भैया!'' मयंक ने मेरे को चिढ़ाते हुए कहा।

''यार दादा! ऐसे मत बोलो ना। वो मेरे को राखी बाँधने थोड़े आ रही है, वो मेरे को राखी बाँध ही नहीं सकती।'' ये मैंने मयंक से कम, बल्कि खुद से ज़्यादा कहा था।

''हाँ रे! तू परेशान मत हो, तेरे को समीरा राखी थोड़े बाँधेगी, हो सकता है मानसी बाँध दे।'' मयंक ने कहा।

''समीरा को छोड़कर मैं दुनिया की सारी लड़कियों से राखी बँधवा लूँगा।'' मैंने कहा।

मयंक हँसते हुए बोला, ''अब जाओ भी नहाने।''

‘‘नहाऊँ कैसे! इतना तितर-बितर पड़ा है घर पूरा। जल्दी-जल्दी ठीक कर देते हैं।’’

इतना कहते ही मैं और मयंक कमरे का हुलिया ठीक करने में जुट गए। मयंक ने बेडशीट सीधी करके बिछा दी। मयंक बहुत जुगाड़ू था, वो पहले बेडशीट को उल्टा करके बिछाता था फिर गंदी हो जाने के बाद सीधी तरफ़ से बिछाता था। एसएससी की तैयारी करने वाला हर विद्यार्थी समय का सदुपयोग करना जानता था। मैंने मेज़ और गद्दे पर पड़ी किताबों और रजिस्टरों को उठा-उठा कर रैक्स में भरना शुरू कर दिया। अखबारों के ढेर और पुराने जूते-चप्पलों को फ़ोल्डिंग के नीचे छिपा दिया। मयंक ने जल्दी से झाड़ू लगा दी और मैंने पोंछा। मैं भाग कर बाथरूम में गया और हारपिक की आधी बोतल सीवर की सीट पर उड़ेल दी और पसेरी भर चंदू को गालियाँ दीं। तभी मैंने मयंक को आवाज़ लगाते हुए कहा, ‘‘अरे दादा सुनो! चंदू को भी बुला लो। लगे हाथों आज उसे भी उसकी दो नई बहनों से मिला देते हैं।’’

‘‘हाँ-हाँ ये तुम एकदम सही बोले। तुम्हारे भी दो-दो साले बन जाएँगे आज।’’ दादा ने मेरी हाँ में हाँ मिलाते हुए कहा और उसने कॉल करके चंदू को भी दस मिनट में आने को बोल दिया था।

‘‘हाँ साले ज़रूर।’’ मैंने सीवर को ब्रश से रगड़ते हुए हँसकर कहा। सीवर को चमकाने के बाद मैं नहाया और जल्दी से कपड़े पहनकर राजा बाबू की तरह बैठ गया। मैंने खुद का खरीदा हुआ डियो पहले अपने बदन और कपड़े पर डाला फिर पूरे कमरे में, किचन में और बाथरूम में एयर-फ्रेशनर की जगह छिड़क दिया। मयंक ने कहा, ‘‘का बे आदिल भूत भगा रहे हो का! अगरबत्ती लगा दो इससे बढ़िया।’’ और फिर मैंने अगरबत्ती भी लगा दी। तभी गेट पर दस्तक हुई। ‘‘का हुआ दादा? का बात हुई गयी? ऐसे अचानक कैसे बुला लिए तुम इतना जल्दी हमें? कौनो मैटर हुई गया है का? केखा सुलटान का है दादा बताओ। अभी यहीं मुखर्जी नगर के लौंडे इकट्ठा कर देते हैं।’’ चंदू ने गेट पर घुसते ही कहा।

‘‘सुलटा हम तुमको देंगे अगर चप्पल तुमने बाहर नहीं उतारी। दिख नहीं रहा है कि पोंछा लगा है।’’ मयंक ने चंदू को हड़काते हुए कहा। चंदू उसी पल जहाँ था वहीं रुक गया और उल्टे पैर गेट की ओर भागा। चप्पल उतार कर फिर अंदर आया और बोला, ‘‘किसका बियाह हो रहा इधर से जो इतना सफ़ाई और खुशबू हो रहा है कमरे में, इससे पहले तो आजतक कभी इतना सफ़ाई नहीं हुआ यहाँ?’’

‘‘बियाह नहीं हो रहा है। राखी बाँधी जाएगी तुम्हें। समीरा अपनी फ्रेंड मानसी के साथ आ रही है।’’ मैंने कहा।

‘‘ओ बाबा! ये क्या। ऐसी बात है तो मैं फिर से पोंछा लगा देता हूँ। लेकिन मैं क्यों बँधवाऊँगा राखी किसी से?’’ चंदू ने कहा।

''नहीं बँधवाओगे तो कभी घुसोगे भी नहीं इस कमरे में।'' दादा ने हँसते हुए कहा।

''दादा ये गलत बात है, ये ब्लैकमेलिंग है।'' चंदू ने कहा।

''काहे स्कूल में कभी नहीं बँधवाए का?'' दादा ने कहा।

''यार वो बात नहीं है। असल में उन्हें देने के लिए हमाए पास कुछ भी नहीं है। पहले बताते तो कुछ लेकर भी आते। बहुत हरामी हो बे तुम दादा!'' चंदू ने कहा। मैं और मयंक हँस दिये।

इतने में दरवाज़े पर दस्तक हुई। दरवाज़ा जो पहले से ही आधा खुला था, जाकर उसे मैंने पूरा खोला। सामने समीरा गुलाबी रंग के सूट में खड़ी थी ऐसा लग रहा था जैसे एक खिलता हुआ गुलाब कमरे में आ गया हो। उसके बाजू में मानसी हाथ में एक कैरीबैग लिए खड़ी थी।

''अरे अंदर भी आने दोगे या यहीं देखते ही रहोगे?'' समीरा ने कहा।

''हाँ! हाँ! आओ-आओ।'' मैंने हाथ फैलाते हुए दोनों का स्वागत किया।

अंदर आकर समीरा फ़ोल्डिंग पर बैठ गयी और मानसी कमरे में पड़ी एकमात्र कुर्सी पर।

''क्या बात है, कमरा बड़ा साफ़-सुथरा कर रखा है। लड़कों के कमरे क्या इतने ही साफ़ होते हैं?'' समीरा ने विस्मय भरे अंदाज़ में हँसते हुए कहा।

''हाँ! बस अभी-अभी किए हैं, तुम्हारे आने से कुछ देर पहले।'' मयंक ने कहा।

''अच्छा तभी कहें।'' समीरा हँस दी।

''ये कौन हैं?'' समीरा ने चंदू की तरफ़ देखते हुए पूछा।

''तुम्हारा होने वाला भाई, चंद्रदीप झा। प्यार से हम इन्हें चंदू बुलाते हैं।'' मैंने हँसते हुए जवाब दिया।

''हैलो समीरा दीदी!'' चंदू ने समीरा के द्वारा राखी बाँधे जाने से पहले ही खुद को उसका भाई मानते हुए उसे अपनी दीदी कह दिया।

''हैलो चंदू भाई।'' समीरा ने मुस्कुराकर चंदू को जवाब दिया।

''आहा! क्या बना है घर में बहुत अच्छी खुशबू आ रही है।'' समीरा ने अपने नथुनों में साँस भरते हुए कहा।

''आलू के परांठे बनाए हैं। वो भी मैंने।'' मयंक ने पूरे गर्व से कहा।

''अरे वाह!'' समीरा ने कहा।

''अच्छा! मतलब आदिल खाना नहीं बना पाते!'' मानसी जो अब तक खामोश बैठी थी उसने व्यंग्य का पहला गोला छोड़ा।

''हाँ! ये बिलकुल भी खाना नहीं बना पाता।'' चंदू ने मौका देखते हुए कहा।

''तो, सब्ज़ी तो काट देता हूँ!'' मैंने कहा।

''ही–ही! मास्टर साहब ये तो कोई भी कर देगा।'' समीरा ने हँसते हुए कहा। कमरे में सभी हँस दिये। मैंने चंदू की ओर आँखें तरेरते हुए देखा और आँखों ही आँखों में चंदू से कहा, ''रुक बेटा तू आज इनके जाने के बाद बताऊँगा मैं तेरे को।''

समीरा ने इस बीच कैरीबैग से तिलक का सामान और राखियाँ निकालकर फ़ोल्डिंग पर रख दीं और बोली, ''एक थाली ले आओ आदिल।''

मैं उठा और थाली लेकर आ गया।

हम पाँचों फ़र्श पर बिछी दरी पर बैठ गए। समीरा ने तिलक का घोल तैयार किया। मयंक ने अगरबत्ती और माचिस दे दी थी। समीरा ने सबसे पहले मयंक का तिलक किया और उसको राखी बाँधी और फिर चंदू का भी तिलक करके उसे राखी बाँधी। मैं खड़ा होकर तालियाँ बजा रहा था। और फिर उसके बाद मानसी ने मेरा, मयंक और चंदू का तिलक करके राखी बाँधी। उस कमरे में आज पहली बार लड़कियों के आ जाने से खुशी सी आई थी।

मयंक उठा और अपने वॉलेट से पाँच–पाँच सौ रुपए के दो नोट निकालकर चंदू को थमा दिये और बोला, ''इनको दे दो।''

चंदू ने वो पैसे ले लिए। फिर मयंक ने फ़ोल्डिंग के नीचे से बैग निकाला। बैग की चेन खोलकर उसमें से एक कलाई घड़ी निकाली और समीरा के पास जाकर उसके उल्टे हाथ की कलाई में वो घड़ी बाँधते हुए बोला, ''ये मैं अपनी बहन के लिए लेकर आया था पर उससे क्या अब तो तुम भी मेरी बहन ही हो। जब भी घर जाऊँगा उसके लिए दूसरी ऐसी ही घड़ी ले जाऊँगा। अभी के लिए ये तुम बाँधो।''

''अरे इसकी क्या ज़रूरत थी भाई?'' समीरा ने कहा। ''वो मैं इस बार राखी पर घर नहीं जा पायी तो भाई की बहुत याद आ रही थी फिर आपकी याद आ गयी और चली आई।'' समीरा ने घड़ी देखते हुए कहा।

''ठीक किया जो चली आईं। हम भी तो घर नहीं जा पाये।'' मयंक ने कहा।

''और अब तो मेरा बड़ा भाई भी है जो मेरी हर बुरे वक्त में मदद करेगा।'' समीरा ने मेरी तरफ़ देखते हुए मुझे चिढ़ाते हुए कहा।

चंदू ने मानसी को पैसे देते हुए कहा, ''ये लो हमारी तरफ़ से।''

''नहीं हम लोग पैसे लेने थोड़े आए थे।'' मानसी ने कहा।

''अरे जब मिल रहे हैं तो ले लो ना मानसी।'' मैंने कहा।

''ऐसी बात है तो तुम दो मानसी को, तुम ज़्यादा कमाते हो।'' समीरा बीच में बोल पड़ी।

''ही-ही-ही-ही...बिलकुल आदिल भाई अब आपको देने पड़ेंगे।'' मानसी हँसते हुए बोली।

''ठीक है फिर बताओ क्या चाहिए?'' मैंने कहा।

''समीरा के साथ आप हमेशा रहना। कुछ भी हो जाए, उसे छोड़ना मत और खूब सारा प्यार करना समीरा को।'' मानसी ने कहा।

''हाँ मानसी! हमेशा ही साथ रहूँगा समीरा के और कभी छोड़ के नहीं जाऊँगा। भला कोई अपनी रूह से दूर रह पाएगा!'' मैंने समीरा की तरफ़ देखते हुए मानसी को जवाब दिया। समीरा मुस्कुराते हुए शर्मा गयी।

उस शाम हम पाँचों ने मिलकर दादा के बनाए हुए आठ परांठे चाय और अचार के साथ मिलकर खाये।

~

एसएससी सीजीएल 2014 टियर वन का रिज़ल्ट आया। मैं, मयंक, चंदू, समीरा, मानसी सभी पास थे। उधर विवेक भी पास हो गया था। मेंस की परीक्षा की तिथि को बेड़ियाँ लग गई थीं। बार-बार तारीख बढ़ने के बाद आखिर एक दिन मेंस की परीक्षा होना तय हो गया। मेंस की परीक्षा का वो दिन आया। समीरा ने मुझे फ़ोन पर ऑल द बेस्ट बोला और मैंने भी उसे बोला कि अच्छे से पेपर देना।

मयंक जो हर रोज़ सवेरे-सवेरे नहा-धोकर सरस्वती माँ की पूजा करता था, आज अपने समय से बहुत जल्दी ही उठकर पूजा करके फ़ारिग हो गया था। हम दोनों ने एक-दूसरे को गले लगाकर पेपर अच्छे होने की शुभकामनाएँ दीं। फिर हम लोग अपने-अपने एग्ज़ाम सेंटर निकल गए। पेपर अच्छा हुआ था। हम सबने घर आकर जल्दी-जल्दी आन्सर की से अपने-अपने आन्सर्स मैच किए। मानसी का मैथ्स का पेपर खराब हो गया था। उसने अपने आन्सर्स मिलाने की हिम्मत नहीं जुटाई। वो उदास थी। हम सबने उसे बहुत समझाया तब जाकर उसे हौसला आया और बोली, ''आदिल भाई! अब से मैं भी आपकी क्लास अटेण्ड करने आया करूँगी।''

''हाँ! हाँ! बिलकुल। और खूब अच्छे से मेहनत करो। ये तो तुम्हारा पहला

अटेम्प्ट था ना, हिम्मत नहीं हारो। हम ही लोगों को देख लो, कोई मायूस हुआ क्या कभी ?'' मैंने वो झूठ बोला जो मैं छिपा भी नहीं सकता था।

उस शाम हमने कुछ भी पढ़ाई नहीं की। परीक्षा वाला दिन और परीक्षा के बाद के दो-तीन दिन फुल मस्ती करने के होते हैं, जो पढ़ाई हम पिछले तीन-चार महीने या साल भर से भी ज़्यादा समय से करते आ रहे होते हैं तो ये कुछ ब्रेक लेने का वक़्त होता है। मानसी की उदासी को दूर करने के लिए शाम को हमने कनॉट प्लेस में बार्बीक नेशन में जाकर डिनर किया।

सर्दी ने दस्तक दे दी थी। टियर-2 भी हो चुका था। चूँकि मेंस की परीक्षा हो गयी थी तो मुखर्जी नगर की गलियों में चहलकदमी बढ़ गयी थी पर कुछ लोग अब भी इंटरव्यू और कंप्यूटर दक्षता परीक्षा में लगे हुए थे। इंटरव्यू यूपीएससी की तरह कठिन तो नहीं होता था पर लोग नौकरी पाने के लिए पढ़ने का मौका गंवाना नहीं चाहते थे। इसी बीच दो महीने बाद इंटरव्यू की डेट आई। इंटरव्यू हुआ और अच्छा हुआ। तीन महीने बाद फ़ाइनल रिज़ल्ट आया। मानसी मेंस से ही बाहर हो चुकी थी। मैं 0.50 मार्क्स से फ़ाइनल लिस्ट से बाहर था। मयंक साढ़े तीन नंबर से और चंदू तेरह नंबरों से फ़ाइनल लिस्ट से बाहर था। एक ख़ुशी की बात ये थी कि समीरा को एक्साइज़ इंस्पेक्टर की पोस्ट मिली थी और विवेक ने भी हमें फ़ोन करके ये बता दिया था कि उसका कैग में ऑडिटर की पोस्ट पर सेलेक्शन हो गया है। हम सब समीरा के लिए बहुत खुश थे, लेकिन उधर समीरा अपनी खुशी भी सही से सेलीब्रेट न कर सकी।

रिज़ल्ट आने से पहले खबरें हवा में ऐसी भी तैर रही थीं कि इस बार धांधली बहुत हुई है। मुझे मेरी कोचिंग्स से फ़ोन आया कि मेरे सीजीएल के 154 बच्चों में से 38 बच्चों के मैथ्स में 180 नंबर्स से भी ज़्यादा थे और मेरे खुद के भी 197 मार्क्स थे। ये मेरे और गुरु-मंत्रा की टीम के लिए किसी उपलब्धि से कम नहीं था। शिशिर जी ने फ़ोन करके मुझे और समीरा को बोला कि इस जश्न के उपलक्ष्य में उन्होंने कल शाम छह बजे कोचिंग के कॉन्फ्रेंस हॉल में एक पार्टी रखी है।

अगले दिन मैं और समीरा पार्टी में साथ पहुँचे। कोचिंग के सभी बच्चों ने हमें वेलकम किया। शिशिर सर ने एक वेलकम स्पीच के साथ पार्टी की महफ़िल को आगे बढ़ाया। खाने-पीने में फ़ास्ट फ़ूड, कोल्ड ड्रिंक्स, पेस्ट्रीज़ थीं। सभी सिलेक्टेड बच्चों को और जिनके गणित और अंग्रेज़ी में एक्स्ट्रा-ओर्डिनरी मार्क्स आए थे उन्हें टीचर और अन्य स्टूडेंट्स बधाई देने के साथ उनके उज्ज्वल भविष्य के लिए कामना किए जा रहे थे। मैं और समीरा प्लेट में डोसा लेकर खा रहे थे। उधर पास में ही चार लड़कों का झुंड गपशप करते हुए नूडल्स और कोल्ड ड्रिंक एंजॉय कर रहा था। उनके झुंड में से एक लड़का धीमी आवाज़ में बोल रहा था, ''तुमको पता भी है ये आदिल सर का समीरा मैम के साथ अफ़ेयर चल रहा है इसीलिए तो ये सिलेक्ट नहीं हो पाये।''

उन्हीं में से दूसरा लड़का बोल रहा था, ''अबे चल बे! इतने ही होशियार होते तो पहली बार में सिलेक्ट न हो जाते ये, मुझे देखो, मैं पहली बार में टैक्स असिस्टेंट लगा हूँ।''

उन्हीं में से तीसरा बोला, ''क्या बात करते हो कार्तिक तुम भी यार। अफ़ेयर होने से क्या! समीरा मैम भी तो सिलेक्ट हुई हैं, वो तो एक्साइज़ इंस्पेक्टर बनी हैं बे। उन पर असर नहीं पड़ा अफ़ेयर का! अब तुम सरकारी नौकरी ले चुके हो कार्तिक ऐसी बे-सिर-पैर की बातें करके कम-से-कम अपने स्टेटस को तो गिराओ मत। और तुम बे चौधरी! टैक्स असिस्टेंट ही लगे हो आईएएस-वाईएएस नहीं बन गए हो, दूसरों के बारे में राय बनाना छोड़ दो, तबीयत अच्छी रहेगी। और तुम्हारी गर्लफ्रेंड कैसी है अब?'' ये तीसरा वाला बंदा अपनी बातों में ज़्यादा ही उग्र लग रहा था। उसने अपने दोनों साथियों की कोल्ड ड्रिंक में अपनी बातों से हॉट ड्रिंक का तड़का मिला दिया था।

मैं उन लड़कों से दूर चला आया ताकि उन्हें ये न लगे कि मैं और समीरा उनकी बातें सुन पा रहे हैं। तभी समीरा ने डोसा खत्म करने के बाद कहा कि मैं लाइब्रेरी में जा रही हूँ तुम भी अपना खाना फ़िनिश करके दस मिनट में लाइब्रेरी आ जाना।

''पर क्यों?'' मैंने कहा।

''बस आ जाना!'' और वो वहाँ से यह कहकर चली गयी।

मैं उसे जाते हुए देखता रहा। डोसा फ़िनिश करके मैं भी जल्दी-जल्दी सीढ़ियाँ चढ़ कर सेकंड फ़्लोर पर बनी लाइब्रेरी में जा पहुँचा। मैंने लाइब्रेरी में घुसते ही समीरा को ढूँढा। यूँ तो लाइब्रेरी में हमेशा बीस से पच्चीस बच्चे पढ़ते मिल जाया करते थे लेकिन आज पार्टी की वजह से लाइब्रेरी पूरी खाली थी। उस अकेली लाइब्रेरी में समीरा सेंटर टेबल के सामने सबसे कोने वाली एक कुर्सी पर कोई किताब खोले बस उसे देख रही थी। मैं भी उसकी बायीं वाली कुर्सी को खिसकाकर उसके पास बैठ गया और समीरा से पूछा, ''ऐसे क्यों बुलाया अचानक मुझे यहाँ? क्या हुआ है समीरा?''

''ये तो मुझे तुमसे पूछना चाहिए आदिल कि आखिर तुम्हें क्या हुआ है? और यही जानने के लिए मैंने तुम्हें यहाँ बुलाया है। बोलो क्या बात परेशान कर रही है आदिल तुम्हें?'' समीरा ने वो किताब बंद करते हुए मेरी तरफ़ देखकर कहा।

''अरे कहाँ? कुछ भी तो नहीं हुआ है।'' मैंने समीरा की नज़रों को नज़रअंदाज़ करते हुए कहा।

''अच्छा! अब मुझसे छिपाओगे तुम! तुम्हें लगता है कि तुम मुझसे कुछ छिपा पाओगे आदिल? हाँ?'' समीरा ने कहा।

मैं सिर नीचे किए हुए ही बोला, ''अरे सच में कुछ भी नहीं हुआ है।''

“आदिल! क्या तुम्हें पता है तुम्हारी ये आँखें मुझे सबसे अच्छी लगती हैं। जानते हो क्यों?” समीरा ने कहा।

“क्यों?” मैंने सवाल किया।

“क्योंकि जो तुम अपने मुँह से नहीं कह पाते हो वो तुम्हारी आँखें कह देती हैं। प्रोटेस्ट के वक़्त जब मैं तुम्हें बिस्किट पकड़ा रही थी तभी मुझे पता लग गया था कि तुम्हारी आँखें तुम्हारे चेहरे और ज़बान से ज़्यादा सच बोलती हैं और देखो, इस सच को छिपाने के लिए तुम मुझसे नज़रें भी नहीं मिला रहे हो। ओ बुद्धू इधर देखो, मेरी तरफ़!” समीरा ने अपने हाथ से मेरी ठोड़ी को पकड़कर मेरा चेहरा ऊपर उठाते हुए कहा।

समीरा ने फिर कहा, “तुम भले ही बाहर से खुश हो, दुनिया के सामने हँस रहे हो लेकिन अपने मन में सिलेक्शन न होने की वजह से जो टीस, जो दर्द लिए चल रहे हो वो तुम्हारी आँखें मुझे साफ़ बता रही हैं।”

समीरा एकदम सही थी, मानो उसे चेहरा पढ़ना आता था, चेहरा नहीं तो वो कम-से-कम मेरी आँखें पढ़ सकती थी। हमेशा से पढ़ती भी तो आ रही थी। “समीरा! सिलेक्शन न होने का उतना दुख नहीं है। दुख है तो बस इतना कि इस बार फिर से अब्बा को मेरी वजह से गाँववालों के ताने सुनने पड़ेंगे। अम्मी को अब्बा की खरी-खोटी। उनको लगेगा कि उनका आदिल किसी लायक नहीं है। लोग इस बार फिर सही साबित हो जाएँगे। मैं कैसे यकीन दिला पाऊँगा अब अम्मी-अब्बा को कि मैं उनका लायक बेटा हूँ। भले मैं सिलेक्ट नहीं हो पाया हूँ लेकिन मैंने इतने बच्चों को तो सिलेक्ट करा दिया है। कैसे समझाऊँगा मैं ये उन्हें?” बोलते-बोलते मेरी आँखें छलक आयी थीं।

“अरे रे...ये क्या आदिल! तुम्हारी आँखों में आँसू? तुम्हारी इन प्यारी-प्यारी आँखों में आँसू बिलकुल भी अच्छे नहीं लगते। तुम रोना नहीं कभी आदिल। मुझे दर्द होगा अगर तुम रोओगे। और मैं मर भी जाऊँ कभी तो भी मत रोना। समझे।” समीरा ने अपनी गरम हथेली की मुट्ठी में मेरा हाथ कैद कर लिया।

“तुमने फिर मरने की बात की। मना किया था ना मैंने, फिर भी तुमने की। जाओ! अब सच में मुझे तुमसे बात नहीं करनी।” मैंने समीरा की मुट्ठी की कैद से अपने हाथ को छुड़ाने की कोशिश करते हुए कहा। समीरा ने प्रतिरोध किया। उसकी जकड़ और भी मज़बूत हो गयी थी। तभी समीरा ने मुझे अपने गले से लगा लिया। मैं उस वक़्त चाहता भी यही था कि समीरा मुझे अपने गले से लगा ले, पता नहीं वो मेरे मन की हर बात कैसे जान जाती थी।

“क्या आदिल तुम भी ना! मुझे खुद से गले कभी नहीं लगाते हो।” समीरा ने गले लगे हुए ही कहा। मुझे ऐसा लग रहा था जैसे एक साथ सैकड़ों मखमली रेशमी

गद्दे मेरे सीने से लिपट गए हों। मैं समीरा के बालों की महक में डूब गया था। मेरे हाथ समीरा की पीठ पर थे और समीरा के हाथ मैं अपनी पीठ पर लहराते मयूर पंख की तरह महसूस कर रहा था। मैंने अपनी आँखें बंद कर ली थीं।

''जानते हो आदिल! तुम्हारी सबसे अच्छी आदत क्या है? तुम कभी हार नहीं मानते हो। परिस्थितियाँ और हालात चाहे कैसे भी हों तुम लड़ना जानते हो आदिल। यही तो है जो तुम्हें सबसे अलग बनाता है। मुझे यकीन है आदिल कि तुम इस बार भी हार नहीं मानोगे और लड़ोगे खुद को साबित करने के लिए, मेरे लिए।'' कहते-कहते समीरा ने मेरे गाल पर अपने फूल से कोमल होंठ रख दिये। समीरा के इन मुलायम होंठों ने मेरे अंदर की टीस के पहाड़ को पल भर में तोड़कर खत्म कर दिया था।

''आई लव यू समीरा!'' मैंने समीरा के गले लगे हुए ही कहा।

''जानती हूँ बुद्धू। लव यू टू मेरे आदिल!'' समीरा ने मेरी पीठ पर हाथ फेरते हुए कहा।

''और तुम्हारे इंग्लिश में कम मार्क्स हैं ना, मैं पढ़ाऊँगी तुम्हें इंग्लिश, फिर देखते हैं कौन रोकता है मेरे आदिल को नौकरी लेने से।'' समीरा ने खुद को मेरे सीने से अलग करके मेरी आँखों में देखते हुए कहा।

''अहा! ये फ़र्स्ट क्लास आइडिया पहले क्यों नहीं आया हमें?'' मैंने कहा।

''क्योंकि तुम खुद को सुपर जीनियस समझते हो।'' समीरा ने खिलखिलाते हुए कहा।

''समीरा! अब तुम एक्साइज़ डिपार्टमेंट जॉइन कर लोगी, फिर यहाँ से चली जाओगी। मैं अकेला रह जाऊँगा और फिर मुझे कौन पढ़ाएगा इंग्लिश?'' मैंने समीरा के चेहरे से दूर शेल्फ़ में रखी किताबों की ओर देखते हुए कहा।

''किसने कहा कि मैं यहाँ से चली जाऊँगी? मैं कहीं नहीं जा रही।'' समीरा ने मुझसे कहा।

''क्या? क्या मतलब? मतलब क्यों नहीं जाओगी?'' मैंने आश्चर्य से पूछा।

''हाँ! आदिल! मैं नौकरी जॉइन नहीं करूँगी,'' समीरा ने कहा।

''पर क्यों समीरा?''

''बस नहीं करना जॉइन।''

''पर समीरा तुमने बीस लाख अभ्यर्थियों के बीच से इतना बड़ा कॉम्पिटिशन फ़ेस करके नौकरी ली है। तुम सीजीएल के उन पंद्रह हज़ार खुशनसीब अभ्यर्थियों में से हो जो रात-दिन सरकारी नौकरी के लिए तैयारी करते हैं। और तुम्हारे तो इतने अच्छे

नंबर भी हैं कि तुम्हें यहीं दिल्ली में ही एक्साइज़ मिल जाएगा। बाहर देखो समीरा! कितनी भीड़ है, कितने बेरोज़गार एक सरकारी नौकरी के लिए दर-दर भटक रहे हैं। इंस्पेक्टर से लेकर चपरासी तक का फ़ॉर्म भर रहे हैं और एक तुम हो जो जॉइन नहीं कर रहीं।'' मैंने समीरा को समझाया।

''हाँ! आदिल! मैं जानती हूँ कि मैं इन पंद्रह हज़ार ख़ुशनसीबों में से एक हूँ। मैं ये भी जानती हूँ कि बाहर बेरोज़गारी बहुत है। ये भी जानती हूँ कि गरीब से गरीब लड़का अपने घर का भविष्य बनाने के लिए अपनी जवानी मुखर्जी नगर की काल-कोठरी में सड़ाता है। लेकिन आदिल बहुत से योग्य अभ्यर्थी ऐसे भी हैं जो पैसों की वजह से कोचिंग्स नहीं कर पाते और इस वजह से वो सिलेक्शन नहीं ले पाते। ज़रा सोचो कि आदिल अगर मैंने नौकरी जॉइन कर ली तो क्या होगा... ? वही नौ से छह की ज़िन्दगी, अधिकारियों की डाँट, सैकड़ों फ़ाइलें। लेकिन ऐसे ज़रूरतमंद बच्चो को मैं मुफ़्त में तैयारी कराकर नौकरी दिला पायी तो कितनों की ज़िन्दगियाँ मैं बना पाऊँगी और मेरे पापा भी तो आखिर यही चाहते थे कि मैं प्रोफ़ेसर बनूँ। अब जब मेरा इस काम में मन लग रहा है तो मैं यही करूँगी आदिल!'' समीरा बोले जा रही थी। उसकी आँखों में एक अजीब चमक आ गयी थी, गाल गुलाबी होकर लाल हो गए थे। मैं ये तो जानता था कि समीरा अच्छी है पर इतनी अच्छी होगी ये आज जाना। मैं इस पल से ही समीरा को और भी ज़्यादा प्यार लगने लगा। समीरा की इस बात का असर ये हुआ कि अब मैं भी सरकारी नौकरी न करके उसके जैसा ही बनना चाह रहा था। समीरा से बात करके इस एक पल ने मेरे जीवन का मकसद तुरंत बदल दिया था।

ज़िन्दगी में हम अक्सर भीड़ के साथ उस चीज़ के पीछे भागते रहते हैं, जिसको भीड़ पाना चाह रही होती है। हम अपना दिमाग इस्तेमाल कर ही नहीं पाते या करना ही नहीं चाहते क्योंकि हमने मान लिया होता है कि जहाँ भीड़ जा रही है उसके साथ ही जाना अच्छा है, बिना ये जाने कि उस भीड़ के बीच हमें क्या फ़ायदा होने वाला है। लेकिन तभी ज़िन्दगी में एक पल में एक ऐसा वाकया घटित होता है जिससे हमें अपनी ज़िन्दगी का मकसद पता चलता है। कभी-कभी तो इस मकसद को लोग पता ही नहीं कर पाते और पैदा होने से लेकर मरने तक बस एक खच्चर की तरह ज़िन्दगी जीते चले जाते हैं।

समीरा ने मुझे मेरी ज़िन्दगी का मकसद दे दिया था। ''शुक्रिया समीरा! बहुत-बहुत शुक्रिया। मुझे तुम पर नाज़ है, तुम्हारी सोच का मैं कायल हो गया हूँ और समीरा अब तो मुझे भी तुम्हारे साथ पढ़ाना है। मैं भी ज़रूरतमंदों की मदद करूँगा।'' मैंने समीरा के दोनों हाथों को अपने हाथों में लेते हुए कहा।

''सच ?'' समीरा ने कुर्सी से लगभग उठते हुए कहा।

''हाँ समीरा! अब मैं भी पढ़ाऊँगा और नौकरी नहीं करूँगा। वादा रहा।'' मैंने कहा।

''हम दोनों ही पढ़ायेंगे आदिल! साथ-साथ। क्या मस्त कॉम्बिनेशन होगा 'आदिल-समीरा', 'मैथ्स-इंग्लिश' वाह! वाह!'' समीरा ने अपना दायाँ हाथ मेरे हाथ से छुड़ाते हुए हवा में अपनी तर्जनी उँगली से लिखते हुए कहा।

''पर समीरा! हम फ्री पढ़ायेंगे तो अपने लिए और उन ज़रूरतमंदों की पढ़ाई में आने वाले खर्चों के लिए पैसे कैसे निकालेंगे?'' मैंने सवाल किया।

''अरे मेरे बुद्धू! हम फ्री बैच एक ही रखेंगे और बाकी टाइम फ़ीस वाले बैच रखेंगे। सिम्पल। सरकार भी तो ऐसे ही करती है, अमीरों से टैक्स वसूल करके गरीबों के लिए मुफ़्त योजनायें लाती है। हम भी वही करेंगे।''

''पर हम ये डिसाइड कैसे करेंगे कि ये फ़ीस देने के लिए सक्षम हैं या नहीं?''

''हम उनके पैरेंट्स की इन्कम से डिसाइड करेंगे, एक निश्चित आय से ऊपर के बच्चों से ही फ़ीस लेंगे, उससे नीचे के नहीं।''

''हाँ, ये सही है समीरा। पर आय प्रमाण पत्र तो फ़र्ज़ी भी बन जाते हैं।'' मैंने समीरा से कहा।

''अरे आदिल! बन जाते होंगे, सब थोड़े फ़र्ज़ी बना कर आएँगे। जब फ़र्ज़ी ज़्यादा आएँगे तो देख लेंगे।'' समीरा ने कहा। ''अभी तो पहले पढ़ाना है, फिर इस काबिल बन जाना है कि फ़र्ज़ी आयें भी तो अपने को घाटा नहीं हो। और उन सब को फ़ायदा भी हो।''

''तुम गुजरात में पैदा हुई थीं क्या समीरा?'' मैंने हँसते हुए सवाल किया।

''नहीं तो। क्यों?''

''ऐसे ही बस। इतना बिज़नस वाला दिमाग एक गुज्जू ही लगा सकता ना!'' मैं हँस दिया।

''मार खाओगे तुम अब आदिल! मेरे मज़े ले रहे हो तुम। हैंऽऽ!'' समीरा ने घूसा दिखाते हुए कहा।

''अरे न बाबा न! तुम्हारे मज़े क्यों लूँगा भला मैं।'' मैं फिर हँस दिया। इस बार समीरा ने धीरे से मेरी जाँघ पर घूँसा दे मारा और अगले ही पल मेरे गले से लग गयी।

''सुनो आदिल! तुम्हें अगला वाला सीजीएल भी निकालना है। अपने माँ-बाप के लिए, अब्बा के गुरूर के लिए और मेरे लिए भी। सीजीएल क्लियर करके पढ़ाओगे तो मार्केट में और भी जल्दी पहुँचोगे।'' समीरा ने गले लगे हुए ही कहा।

''हाँ समीरा पक्का।'' मैंने समीरा से वादा किया।

फिर हम दोनों एक-दूसरे का हाथ पकड़े हुए ज़ीना उतरकर नीचे हॉल में आ गए। पार्टी अब फ़ुल शबाब पर थी। हम दोनों ने उस दिन कोचिंग के बच्चों के साथ डांस किया।

~

मैं अब पहले से ज़्यादा ऊर्जावान होकर अपनी क्लासेज़ लेने लगा था। मुखर्जी नगर की सड़कों पर सुगबुगाहटों ने अब ढिंढोरा पीट दिया था, ''आदिल शेख़ मुखर्जी नगर की कोचिंग मंडी में गणित का उभरता हुआ सितारा है।'' मेरी कोचिंग फ़ीस भी अब और बढ़ा दी गयी थी। बैच पर बैच मिल गए थे। मेरे उत्साह मेरे पढ़ाने के ढंग में नज़र आता था। फ़ीस अब लाखों में हो गयी थी। मैंने दादा के 35 गज के कमरे को छोड़कर रेंट पर 2बीएचके फ़्लैट ले लिया था, जिसमें मैं और मयंक साथ रहते थे। खाना बनाने के लिए हमने कुक रख लिया था। चंदू हमारे फ़्लैट पर रात-दिन पड़ा रहकर पढ़ाई करता था और गप्पें मारा करता था। मैंने अब अपने स्टेटस के हिसाब से आई-20 कार मासिक किश्त पर ले ली थी। उस कार में सबसे पहले चंदू बैठा था और चलायी सबसे पहले मयंक ने थी। इधर समीरा भी इंग्लिश में अपनी पकड़ बनाए हुए थी। धीरे-धीरे उसने अंग्रेज़ी के बड़े-बड़े सूरमा पछाड़ दिये थे। उसकी क्लासेज़ में भी बहुत भीड़ हुआ करती थी। विवेक ने ग्वालियर में कैग ऑडिटर पद पर जॉइन कर लिया था। योगेश भी एक्साइज़ डिपार्टमेंट में जयपुर में जॉइनिंग ले चुका था। और राहुल तो कानपुर में ही इनकम टैक्स इंस्पेक्टर भर्ती हो गया था।

इधर देश में अब सीजीएल 15 का बुखार शुरू हो चुका था। एसएससी की तमाम परीक्षाएँ आ रही थीं, परीक्षाएँ जा रही थीं। उनमें से कुछ हो रही थीं, कुछ नहीं हो पा रही थीं और कुछ हाँफ़ते-हँफ़ाते जैसे-तैसे करके हो पा रही थीं। बच्चा सिलेक्शन लेता और नहीं ले पाता है लेकिन इधर मुखर्जी नगर में तैयारी करने वाले बच्चे कभी कम नहीं होते। जैसे-जैसे देश में जनसंख्या बढ़ती जाती है, बेरोज़गारी भी बढ़ती जाती है। और तो और कभी-कभी लगता है कि देश में बेरोज़गारी पर नियंत्रण करने के लिए सरकार के पास एकमात्र उपाय है कि वो आदमी और स्त्री को पकड़ कर जबरन नसबंदी करा दे। लेकिन बेरोज़गारी की समस्या का समाधान इस तरह होना होता तो सरकार अब तक सबकी नसबंदी करा चुकी होती। मैं और समीरा अपनी-अपनी क्लासेज़ में बिज़ी रहने लगे थे। मयंक और चंदू अपनी-अपनी पढ़ाई में। इधर सीजीएल की परीक्षा इतनी धीमी गति से हो रही थी कि एक स्त्री दो बार माँ बन सकती थी। इस बार वेकेंसी पिछले दो सालों की तुलना में बहुत कम आयी थीं। सीजीएल 15 हुआ और धक्के खाते-खाते फ़ाइनल रिज़ल्ट जब आया तो दादा एक बार फिर से मेरिट आउट था और चंदू तो इस बार मेंस से ही बाहर हो गया था। मयंक अगर नहीं होता तो चंदू बहुत पहले फ्रस्ट्रेशन में चूहे मार दवा खा चुका होता,

लेकिन मयंक चंदू को समझाता रहता था। इन सब के बीच खुशी की जो एक बात थी वो मेरी आल इंडिया रैंक 6 थी। मेरा इनकम टैक्स इंस्पेक्टर के लिए सिलेक्शन हुआ था। वो दिन जश्न का दिन था। मुझे फ़ोन करके समीरा ने मेरी रैंक बताई और फ़ोन पर ही एक किस देकर अपनी खुशी ज़ाहिर की, ''अब मेरे आदिल को किसी को कुछ साबित करने की ज़रूरत नहीं है।'' समीरा ने फ़ोन पर कहा और कहा कि जल्दी से अपने अब्बा को ये खुशखबरी सुनाओ।

मैंने समीरा से बात करके तुरंत घर पर फ़ोन किया, ''हेलो अम्मी! वो मेरा इनकम टैक्स इंस्पेक्टर के पद पर चयन हो गया है। अब्बा कहाँ हैं अम्मी ? उनसे बात कराओ मेरी।''

अम्मी तो जैसे खुशी से पागल हो गई थीं। उन्होंने ज़ोर से चिल्लाते हुए अब्बा को बुलाया और बोलीं कि आदिल का फ़ोन है, बोल रहा है कि उसकी इन्कम टैक्स में नौकरी लग गयी है। अब्बा ने तुरंत अम्मी से फ़ोन लिया और बोले, ''हेलो।''

''अब्बा! अब्बा! पूरे इंडिया में छठी रैंक आई है मेरी। इन्कम टैक्स इंस्पेक्टर मिला है। अब आप से कोई कुछ नहीं कहेगा।'' मैंने अब्बा से कहा।

''घर आ जा अब बेटा। हमने तो कब का माफ़ कर दिया था तुझे। हमें पता था कि तू एक दिन इंस्पेक्टर ज़रूर बन के दिखाएगा और देखो आज तू बन भी गया...''

अम्मी ने अब्बा से फ़ोन छीनते हुए कहा, ''बेटा बहुत तपस्या की है तुमने, अब जल्दी से घर आ जाओ। छोले की सब्ज़ी बनाकर रखूँगी तेरे लिए, बहुत पसंद हैं ना तुझे। जल्दी आ जा आदिल बेटा अब।'' अम्मी ने फ़ोन पर सुबकते हुए कहा। अम्मी के ये खुशी के आँसू थे।

''हाँ अम्मी जल्दी ही आता हूँ। बस इधर कोचिंग क्लासेज़ से छुट्टी ले लूँ।'' मैंने अम्मी से कहा।

''हाँ बेटा! जल्दी आना!'' अम्मी ने कहा।

''अच्छा अम्मी, अब रखता हूँ फ़ोन, कोचिंग से फ़ोन आ रहा है।''

''ठीक है बेटा। ख़याल रखना अपना तुम, खुदा हाफ़िज।''

''खुदा हाफ़िज अम्मी।'' और मैंने फ़ोन काट दिया।

शिशिर जी ने मुझे फ़ोन करके बुलाया और बताया कि हमारे तीन बैच में से सीजीएल के साढ़े चार सौ बच्चों में से सैंतालीस बच्चों ने सीजीएल क्लियर किया है। जिसमें से मेरे पढ़ाये हुए पैंतीस बच्चों ने गणित में 180 प्लस स्कोर प्राप्त किया था और समीरा के पढ़ाये हुए बच्चों में से अठारह बच्चों ने अंग्रेज़ी में 170 प्लस स्कोर किया था। ये पूरी गुरु-मंत्रा टीम के लिए एक बहुत बड़ी उपलब्धि थी। अगले दिन

गुरु-मंत्रा के कॉन्फ्रेंस हॉल में शिशिर जी ने एक विशाल पार्टी आयोजित की। सभी ब्रांच के टीचर्स, ज़्यादातर स्टूडेंट्स और स्टाफ़ आए हुए थे। हम सबने वो शाम खूब मस्ती की।

''बहुत-बहुत बधाई मिस्टर आदिल!'' हमारी पूरी गुरु-मंत्रा टीम को फ़ख्र है आप पर। आपने इस बार न केवल अपने माँ-बाप का नाम रोशन किया है बल्कि हमारी इस पूरी गुरु-मंत्रा फ़ैमिली का भी नाम रोशन किया है। खुद ऑल इंडिया में छठा रैंक लाकर और इतने सारे सिलेक्शन देकर आपने निश्चित तौर पर हमारे इंस्टीट्यूट को एक ऐसे मुकाम पर पहुँचा दिया है जहाँ से दूसरे कोचिंग इंस्टीट्यूट्स वालों के लिए हमसे कंपीट कर पाना अब बहुत मुश्किल होगा।'' शिशिर जी ने मेरी पीठ थपथपाते हुए कहा। ''और मिस समीरा आपने तो इंग्लिश में एक नया झण्डा ही गाड़ दिया है। बहुत अच्छा रिज़ल्ट दिया है आप लोगों ने। उम्मीद करता हूँ आप हमारी टीम से जुड़ी रहेंगी। आपकी फ़ीस आपके हिसाब से तय की जाएगी मिस समीरा!'' शिशिर जी ने समीरा की तरफ़ देखते हुए कहा।

''जी! थैंक्यू सो मच सर! हमने तो बस अपना काम किया है। और ये तो हमारा दायित्व है कि हम अच्छे से पढ़ाएँ।'' समीरा ने कहा।

''हाँ-हाँ क्यों नहीं लेकिन आपको तो आपका श्रेय मिलेगा ही।'' शिशिर जी ने मुस्कुराते हुए कहा।

''जी बहुत-बहुत शुक्रिया।'' समीरा ने कहा।

''अब तो मिस्टर आदिल इन्कम टैक्स डिपार्टमेंट जॉइन कर लेंगे, फिर ये इंस्टीट्यूट आपके ही भरोसे रहेगा मिस समीरा। अच्छा होता कि आदिल जी हमारे साथ जुड़े रहते, हम सरकारी नौकरी से दस गुना ज़्यादा उनको पे करते।'' शिशिर जी ने कॉफ़ी का प्याला उठाते हुए कहा।

''अरे सर मैं कहीं जॉइन नहीं कर रहा, मैं यहीं पढ़ाऊँगा।'' मैंने कहा।

''क्या बात करते हो आदिल? आर यू श्योर?'' शिशिर जी ने चौंकते हुए पूछा।

''येस आई एम डेफ़िनेटेली श्योर।'' मैंने कहा। ''और ये मैंने और समीरा ने एक साल पहले ही डिसाइड कर लिया था कि हमें नौकरी नहीं करनी है बस पढ़ाना है। मैंने ये एग्ज़ाम भी सिर्फ़ इसलिए दिया था कि मैं खुद को साबित कर सकूँ। और शायद अब मुझे खुद को साबित करने के लिए और कुछ नहीं करना होगा। ये मेरी रैंक ही सब कुछ है अब, मैं अब पूरी तरह मैथ्स में फ़ोकस करके ज़्यादा-से-ज़्यादा बैचेस पढ़ाने पर ध्यान दूँगा।''

''ओह दैट्स ग्रेट ऑफ़ यू आदिल! थैंक यू सो मच आदिल! तुमने मेरी बहुत बड़ी प्रॉब्लम को सॉल्व कर दिया, तुम अगर अभी न पढ़ाते तो हमारे इंस्टीट्यूट को

बहुत लॉस होता। तो अब आप लोग एंजॉय करो अच्छे से, मैं थोड़ा प्रोफ़ेसर साहब से मिल कर आता हूँ।'' शिशिर जी कहते हुए चले गए।

''अबे ये क्या आदिल बे तू इन्कम टैक्स जॉइन नहीं करेगा क्या?'' चंदू ने मुझसे कहा।

''हाँ भाई, मैं नहीं कर रहा जॉइन। सोच भाई, इस इंडस्ट्री में कितना प्रॉफ़िट है। मैं अपनी तीस साल की नौकरी में उतना सेव नहीं कर पाऊँगा जितना मैं यहाँ पाँच साल में कमा लूँगा। अब बस अब्बा को बताना है।'' मैंने कहा।

''बहुत अच्छे आदिल! मुझे तुम पर गर्व है। बहुत आगे जाओगे आदिल तुम।'' मयंक ने मुझे गले लगाते हुए कहा।

''सही है यार, फिर मुझे भी किसी ब्रांच में अपना असिस्टेंट रख लेना।'' चंदू ने हँसते हुए कहा।

''हाँ क्यों नहीं भाई।'' समीरा ने जवाब दिया।

''अच्छा! दोस्तों वो आज घर पर बात हुई है, बहुत दिनों बाद लगा है कि मेरी वजह से घर पर खुशियाँ आयी हैं, तो मैं घर जा के ख़ुशियाँ बाँटना चाहता हूँ। अम्मी-अब्बा भी बुला रहे हैं।'' मैंने कहा।

''अरे वाह आदिल ये तो बहुत अच्छी बात है। आखिर तू अब ढाई साल बाद जा रहा है घर। बहुत तपस्या की है तूने यार। मुझे बहुत खुशी है आदिल।'' मयंक ने कहा।

''और मुझे भी, इससे तो मैं कब से कह रही हूँ कि घर हो आओ लेकिन इसे तो अपनी ज़िद् के आगे किसी की भी माननी ही नहीं है।'' समीरा ने कहा।

''अब जा तो रहा हूँ ना। परसों का टिकट करा लेता हूँ और फिर दो-तीन दिन रुक के आ जाऊँगा।'' मैंने कहा।

''अरे भाई दो-तीन दिन नहीं, आराम से रुको हफ़्ता भर कम-से-कम। आखिर कितने दिनों बाद तो जा रहे हो।'' चंदू ने कहा।

''हाँ-हाँ भाई कुछ दिन रुक के आना।'' मयंक ने कहा।

''अभी पहुँचूँ तो पहले।'' मैंने कहा।

''तुम्हें रोक ही कौन रहा है यहाँ अब।'' समीरा ने हँसते हुए कहा।

दादा और चंदू भी हँस दिये।

~

मयंक ने मेरा ट्रेन में तत्काल टिकट करा दिया था। समीरा ने मुझे साथ लेकर अम्मी, अब्बा, शफ़क, समर और काकू चौबे के लिए दो-दो जोड़ी कपड़े भी दिलवा दिये थे और साथ ही ढेर सारी मिठाइयाँ भी। मयंक, चंदू, समीरा और मानसी मुझे कार से स्टेशन तक छोड़ने आए थे। ट्रेन आज टाइम से थी। मेरी ट्रेन 'ऊँचाहार' चली और ये सब प्लेटफ़ॉर्म पर मुझे विदाकर के चले गए। मैंने अपनी सीट के नीचे दोनों बैग ठूँस दिये फिर हैड फ़ोन लगा कर सीट पर लेट गया।

अगली सुबह जब घर पहुँचा तो सबसे पहले छोटा भाई दौड़ कर मेरे सीने से लिपट गया। छोटी बहन ने मुझे पीछे से दरवाज़े के बाहर ही घेर लिया। माँ-बाप से भी ज़्यादा अगर मेरा कोई घर लौटने का इंतज़ार कर रहे थे तो ये मेरे भाई-बहन थे। दोनों ने एक-एक बैग ले लिया और घसीटते, उठाते अंदर ले गए। अम्मी ने मुझे गले लगाकर मेरा माथा चूमा और अब्बा ने इस बीच कहा, ''अब अंदर भी आने दोगे तुम लोग इसे या बाहर दरवाज़े पर ही सारा प्यार कर लोगे।'' अब्बा की खुशी उनकी बातों में साफ़ दिख रही थी। मैंने अब्बा को इतना खुश पता नहीं कब देखा था। मेरे जेहन में तो ढाई साल पहले की उनकी वो तस्वीर ही थी जब उन्होंने घर में अंदर घुसते ही मुझे डाँटना शुरू कर दिया था। लेकिन आज वो बहुत खुश थे। घर में खीर की खुशबू आ रही थी। शफ़क किचन में जाकर पहले से ही एक कटोरी में खीर निकालकर ले आई और छोटा भाई दौड़ा-दौड़ा पानी ले आया। सभी बहुत खुश थे। कितने दिनों के बाद हम सबने घर पर एक साथ बैठ कर खाना खाया। खाना खाने के बाद मैं अब्बा और अम्मी काफ़ी देर तक एक-दूसरे के स्वास्थ्य, आगे की पढ़ाई और दुनिया भर की बातें करते रहे।

''लाइये! अब्बा अपना अकाउंट नंबर दीजिये। कुछ पैसे ट्रान्सफ़र करने हैं आपको।'' मैंने कहा।

''अरे नहीं बच्चे! बस तुम अच्छे से खाओ-कमाओ, यही बहुत है।'' अब्बा ने मना किया।

''दीजिये ना अब्बाजान! मैं बहुत अच्छे से खा-कमा रहा हूँ। आप लोगों का भी तो देखना है।'' मैंने कहा।

''कोई ना आदिल! बाद में कर देना। इतना कोई जल्दी नहीं है।'' अब्बा ने कहा।

''नहीं अब्बा! बस दे दीजिये वो जब से घर से आप लोगों को बताए बिना पैसे ले कर गया हूँ, तब से अजीब-सा ही लगता रहता है। थोड़े पैसे आप लोगों को देने से मेरे को कम-से-कम सुकून तो मिलेगा।'' मैंने कहा।

''ठीक है बेटा।'' कहते हुए अब्बा ने मुझे अपने बैंक की डिटेल्स दीं। मैंने उनके अकाउंट में दो लाख रुपए ट्रान्सफ़र कर दिये। अब्बा ने एक बारी तो मना किया

कि इतने पैसों का क्या करूँगा मैं तो मैंने बोल दिया कि शफ़क और समर के नाम एफ़डी करा दीजिएगा। और जब भी ज़रूरत पड़े तो माँग लिया करिएगा।

शफ़क तब तक एक कटोरी खीर और ले आई थी। असल में इस बार उसे खानी थी और वो भी मेरे हाथ से। बहुत रोज़ हो गए थे उन्हें अपने हाथ से खिलाये हुए।

''भैया! आप खिलाओ ना मुझे, देखो मैं कितनी पतली हो गयी हूँ। जब से आप गए हो तब से किसी ने भी मुझे अपने हाथ से खाना नहीं खिलाया। और खीर तो अम्मी ने आज बनाई है जब से आप गए हो।'' शफ़क ने मेरी गोद में बैठते हुए कहा।

मैंने चम्मच में खीर लेकर शफ़क को खीर खिलाते हुए कहा, ''ये ले मेरी गुड़िया, खीर खा, और फिर से तू मोटी हो जाएगी जल्दी।''

''हाँ भाई! आप खिला रहे हो ना तो हो जाऊँगी मोटी।'' उसने खीर खाते हुए कहा।

''और वो छोटे नवाब कहाँ रह गए अभी तो यहीं थे?'' मैंने शफ़क से सवाल किया।

''वो अकेले चेस खेल रहा है, जो आप ले के आए हो।'' वो बोली।

''अच्छा शफ़क, अब तुम्हारी खीर खत्म हो गयी है और देखो तुम्हारा पेट भी निकल आया इतनी जल्दी, तो अब तुम भी खेलो जा के, हम लोग आते हैं थोड़ी देर में।'' मैंने शफ़क से कहा।

''भाई! तुम अब जाओगे तो नहीं?'' शफ़क ने सवाल किया। मैंने थोड़ी देर के लिए अम्मी-अब्बा की ओर देखा वो भी मेरी तरफ़ इस नज़र से देख रहे थे जैसे वो भी शफ़क की तरह ही मुझे दोबारा से जाने नहीं देना चाहते हैं।

मैंने कहा, ''तुम्हें इंडिया गेट पसंद है ना, और लोटस टैम्पल भी। दिल्ली चलना, घुमायेंगे तुम्हें।''

''ठीक है भैया।'' शफ़क ने कहा और अंदर चली गयी।

''अब्बा वो एक बात कहनी थी आपसे?'' मैंने थोड़ा सँभलते हुए कहा।

''हाँ आदिल बोलो।'' अब्बा ने कहा।

''वो मुझे सरकारी नौकरी नहीं करनी।'' मैंने कहा।

''पर क्यों बेटा? इतनी मुश्किल से तो नौकरी मिली है तुम्हें? फिर सबको थोड़े ही मिलती है सरकारी नौकरी।'' अब्बा ने कहा।

''हाँ अब्बा मैं जानता हूँ ये सब। पर मैं पढ़ाना चाहता हूँ बच्चों को, उन बच्चों को भी जो बहुत गरीब हैं और अपनी गरीबी की वजह से कोचिंग नहीं कर पाते और सरकारी नौकरी से वंचित रह जाते हैं। अब्बा उनमें से कुछ लोगों की भी अगर मैं ज़िन्दगी बना पाया तो उनके साथ जुड़ी हुई कई ज़िन्दगियाँ बना पाऊँगा। फिर अब्बा देखो, सरकारी नौकरी की तनख्वाह जितनी है उससे तो कई गुना ज़्यादा मैं कमा रहा हूँ। कोचिंग वाले मुझे दो लाख रुपए महीने के देते हैं अब्बा, अब से वो तीन लाख रुपए महीना देने की बात कर रहे हैं। और तो और दो साल का बॉन्ड भी करवा लिया है।''

''हम्म ये अच्छा है लेकिन सरकारी नौकरी में स्थायित्व होता है बेटा! ऊपर से रौब भी। सड़क से गुज़रोगे तो दो-चार लोग सलाम ठोंकते हुए आगे बढ़ेंगे।'' अब्बा ने कहा।

''अरे अब्बा ये सब बस कहने की बातें हैं, ज़िन्दगी जीने का तरीका मायने रखता है अब्बा, फिर जितना मैं तीस साल में बचा पाऊँगा उतना तो मैं इधर तीन-चार सालों में इकट्ठा कर लूँगा। बाकी यही सब होता तो कोई बिज़नसमैन नहीं होता, सब सरकारी नौकरी की तैयारी कर रहे होते। और अब कौन क्या कहेगा, उसे कहने दो अब्बा। उनके लिए मैंने खुद को साबित कर दिया है अब कुछ नहीं बचता,'' मैंने कहा।

''अरे करने दीजिये ना! कितना तो नेक काम करने जा रहा है हमारा आदिल, गरीबों को पढ़ाएगा वरना कहाँ कोई कर पाता है। सब अपना सोचते हैं पहले।'' अम्मी ने कहा।

''अरे हम मना थोड़े कर रहे हैं, बस एक बात बता रहे थे कि सरकारी नौकरी का रौब होता है।'' अब्बा ने कहा।

''अरे अब्बा जब लगेगा कि रौब बाकी रह गया है तो फिर से कौनो परीक्षा देकर हासिल कर लेंगे। हर बार रोल नंबर गलत थोड़े भरूँगा।'' मैंने हँसते हुए कहा।

''ठीक है बेटा जैसी मर्ज़ी। हम तो तुम्हारी खुशी में खुश हैं।'' अब्बा ने कहा।

मैं अम्मी और अब्बा को समीरा के बारे में भी बता देना चाहता था पर ये सोचकर रुक गया कि अभी तो एक बात मनवाई है, दूसरी बात के लिए इतनी जल्दबाज़ी ठीक नहीं होगी। फिर जब अगली बार घर आऊँगा तो उसके बारे में भी बात कर लूँगा। उस दोपहर ही मैं काकू चौबे जी की दुकान पर गया।

''राम-राम चौबे जी, कैसे हैं? चाय नहीं पिलाएँगे?'' मैंने चौबे जी से कहा।

''अरे आदिल आया है।'' चौबे जी तुरंत अपनी बेंच से उठकर अपना चश्मा ठीक करते हुए बोले।

"हाँ, मैं ही हूँ।"

"कितना चमक रहा है तू। तुम्हारी खबर पढ़ी थी अखबार में कि तुमने पूरे देश में टॉप किया है, कौन-सा सरकारी विभाग मिला है तुम्हें? अरर...हाँ वो इन्कम टैक्स वाला। इधर पूरे कस्बे में ये खबर आग की तरह फैल गयी है। प्रहलदवा तो शरम से पानी-पानी हो गया है। जब से उसे तुम्हारी खबर मिली है तब से इधर मेरी दुकान पर नहीं आया है।" चौबे जी ने अंगीठी पर चाय की पतीली चढ़ाते हुए कहा।

"हाँ, मैं चमक ज़रूर रहा हूँ। लेकिन आप बूढ़े हो गए हो।" मैंने कहा।

"अब तो उम्र हो गयी है बेटा! क्या कर सकते हैं," चौबे जी ने कहा। "तुम बताओ दिल्ली में कैसा चल रहा है सब?"

"सब बढ़िया है चौबे जी एकदम अब तो। ये देखिये आपके लिए मैं क्या लाया हूँ।" मैंने कैरीबैग में से धोती-कुर्ता और कुछ रुपये निकाल कर चौबे जी को थमाते हुए कहा।

"अरे इसकी क्या ज़रूरत थी बेटा?" चौबे जी ने कहा।

"ज़रूरत तो नहीं थी बस ले आया। कैसे हैं ये?" मैंने कहा।

"बहुत अच्छे हैं। लेकिन क्यों परेशान हुए तुम?" चौबे जी ने कहा।

"अरे ताऊ कोई परेशान नहीं हुआ। इतना तो बनता ही है ना।" मैंने कहा।

चाय जब तक बनती तब तक मैं रफ़ीक़ चाचा की मजार पर अगरबत्ती जला कर दुआ पढ़कर आ गया। मैंने रफ़ीक़ चाचा को बहुत शुक्रिया कहा। लौट के आया तो चौबे जी ने चाय निकाल दी थी। मैंने और चौबे जी ने साथ बैठकर चाय पी। दिल्ली की आब-ओ-हवा की चर्चा के बाद मैंने उन्हें कोचिंग, मयंक, चंदू और समीरा के बारे में बताया। वो बहुत खुश हुए। उनसे विदा लेकर मैं घर आ गया।

दूसरे दिन सूरज बाद में निकला, मेरे फूफा रईस मियां घर पर पहले आ गए। जब मैं सोकर उठा तो वो पूड़ी-सब्ज़ी खा रहे थे। खीर उनकी चारपाई पर ही रखी थी। छोटी बहन वहीं दरवाज़े के पास खड़ी फूफा को कुढ़े मन से देखे जा रही थी। घर में जब भी खीर बनती थी तो घर के पाँच सदस्यों के अलावा किसी ने भी खीर खा ली होती तो शफ़क फिर दोबारा और खीर बनवाती थी। आज तो मैं भी उन्हें सुबह-सुबह देख कर कुढ़ गया था।

"अरे आओ आदिल बेटा, जग गए, कब आए? सुने हैं तुम बहुत बड़े अधिकारी बन गए हो! हमें जैसे ही खबर मिली कि आदिल आया है तो बस मिलने चले आए।" फूफा ने खाना खाते हुए कहा।

"कल ही आया हूँ। गलत सुने हैं आप, बड़ा अधिकारी नहीं, बस इन्कम टैक्स

में इंस्पेक्टर बना हूँ।'' मैंने कुर्सी पर रखा अखबार उठाकर बैठते हुए कहा।

''अरे इन्कम टैक्स इंस्पेक्टर कौनो छोटी-मोटी बात होती है का। एक साल में चाहे तो लाखों चित्त कर सकता है।'' फूफा ने उँगलियों से नोट गिनने का इशारा करते हुए कहा। मैं जानता था कि फूफा आए हैं तो दिमाग और मन तो खराब होना ही है, इसलिए मैंने खुद के गुस्से को काबू में रखा।

''अच्छा तो जॉइनिंग तो आ ही गयी होगी? कहाँ जॉइन कर रहे हो? दिल्ली या बम्बई ज़ोन मिल जाये तो अच्छी कमाई है।'' फूफा ने आगे कहा।

''अभी आई नहीं है जॉइनिंग। जब आएगी तो बता दूँगा।'' मैंने अखबार पढ़ते-पढ़ते कहा।

''अच्छा! सुने हैं कि उधर दिल्ली में बड़ी-बड़ी कोचिंग वालों की आयोग से ही सीधी सेटिंग होती है। एक-एक कोचिंग वालों के 100-100 बच्चे भर्ती होते हैं। बहुत घूस चलती है उधर तो, तौबा। अल्लाह बचाए ऐसे कामों से।'' फूफा ने पानी पीने के बाद कहा। मैं उनका इशारा समझ गया था कि वो मेरी आयोग से सेटिंग की बात सोच रहे हैं। मेरा दिमाग अब भन्ना गया था। मैंने खुद को काबू में रखते हुए कहा, ''फूफा आप बाज़ार वाले रामनारायण पंडीजी को जानते हो?''

''हाँ जानता हूँ, क्यों?'' फूफा ने पूछा।

''चलो फिर चलते हैं उनके पास,'' मैंने कुर्सी पर से उठते हुए कहा।

''पर क्यों?'' फूफा ने सवाल किया।

''अरे वो भविष्य बताते हैं ना, चलकर पता करते हैं कि आप कब और कैसे मरोगे?'' मैंने कहा।

''अल्लाह! कैसी बातें कर रहे हो आदिल बेटा?'' फूफा ने चारपाई पर लगभग उचकते हुए कहा।

''ये तो आपको सोचना चाहिए कि आप कैसी बातें कर रहे हो!'' मैंने कहा। उधर किचन में अम्मी के हँसने की आवाज़ आ रही थी। शफ़क ताली बजाकर कमरे में भाग गयी। फूफा झेंप गए।

घर पर मैं दो दिन रुका। तीसरे दिन सबसे विदा लेकर मैं ट्रेन पकड़कर दिल्ली आ गया। उस दिन अब्बा और छोटा भाई मुझे स्टेशन तक छोड़ने आए थे।

असफलता अनाथ होती है, सफलता के भाई, बहन, दोस्त, यार और बहुत सारे रिश्ते होते हैं।

~

अगली सुबह मैं दिल्ली पहुँच गया। मयंक भी कानपुर हो आया था। चंदू भी अपने घर गया हुआ था। इस बीच समीरा भी अपने घर से वापिस आ गयी थी। ये साल 2016 था। सीजीएल 2016 का नोटिफ़िकेशन आ गया। इस साल की परीक्षा प्रणाली में थोड़ा बदलाव हुआ था। परीक्षा अब पेपर मोड में न होकर ऑनलाइन मोड में होनी थी। डिजिटल इंडिया की मार पुराने योद्धाओं पर भारी पड़ने वाली थी। और इंटरव्यू हटाकर उसकी जगह विवरणात्मक परीक्षा रख दी गयी थी। पूरा मुखर्जी नगर नए परीक्षा पैटर्न के हिसाब से तैयारी में जुट गया। चंदू घर से लौट आया। मयंक और चंदू अब पहले से भी ज़्यादा मेहनत से पढ़ने लगे थे। इस बीच मैंने और समीरा ने शाम को क्लासेज़ के बाद हर दो-तीन दिन में दिल्ली भ्रमण का नियम बना लिया था। मुखर्जी नगर, नेहरू विहार, इन्दिरा विहार की गलियाँ और पार्क हमने एक-दूसरे का हाथ थामे कई दफ़ा नाप लिए थे।

रफ़्ता-रफ़्ता साल 2016 गुज़र गया। घरों में कलेंडरों में नया साल 2017 लग गया था। सीजीएल-17 के नोटिफ़िकेशन के आने की चर्चा गरम हो गयी थी। इस बीच अब तक सीजीएल-16 का मेंस होना था। जनवरी में सीजीएल-17 अपने दबे पाँवों से एसएससी की वैबसाइट पर आ गया। फिर से हर साल की तरह लाखों उम्मीदें अपना भविष्य बनाने के लिए कलम-किताब के साथ जुट गयीं। मैं और समीरा अपनी-अपनी क्लासेज़ में बच्चों को पढ़ाने में जुटे रहे। क्लास के बाद खाली बचे समय में मेरे और समीरा के बीच हमारे प्यार के सिवा और कोई नहीं होता था। समय को जैसे पंख लग गए थे, समय जल्दी-जल्दी गुज़रता जा रहा था। लेकिन यही समय उन अभ्यर्थियों के लिए बहुत मुश्किल से कट रहा था। अगस्त के महीने में सीजीएल-17 का प्री हुआ। पीछे से बीस दिन बाद जुलाई के महीने में सीजीएल-16 का फ़ाइनल रिज़ल्ट आ गया। सीजीएल-16 मयंक और चंदू के लिए फिर से मनहूस रहा। दादा इस बार भी साढ़े तीन नंबर से बाहर हो गया और चंदू फ़ाइनल कट ऑफ़ से सत्ताईस नंबर से बाहर था। इस बार मयंक टूट-सा गया था। उसने दो महीने तक कोई पढ़ाई नहीं की। और बस फ़ेसबुक, ट्विटर पर पता नहीं दिन भर क्या करता रहता था। मैंने और चंदू ने उसे बहुत कहा पढ़ने को लेकिन वो अब दिन में पढ़ाई न करके केवल रात में पढ़ता था। प्रतियोगी परीक्षा की तैयारी करने वाला अभ्यर्थी खुद में चलती-फिरती दुनिया होता है, फिर मयंक तो इतने सालों से कुछ ही मार्जिन से रह रहा था। उसके जैसे अभ्यर्थियों का दर्द सबसे ज़्यादा होता है, जो कट ऑफ़ के पास आ कर बार-बार रह जाते थे।

कोहरे की महीन चादर से लिपटी एक शाम मैं समीरा के साथ सीपी आया था। मैंने गेट नंबर 8 के पास कार पार्क की। कार से उतर कर मैं और समीरा सीपी की भीड़ के बीच कहीं गुम हो गए। हमारी ही तरह कई प्रेमी जोड़े सीपी में अपने-अपने सपने और दुनिया लिए भटकते हुए टहल रहे थे। समीरा मेरा हाथ छुड़ाकर तुरंत स्वीट कॉर्न बेच रहे एक लड़के से स्वीट कॉर्न ले आई और मुझे चम्मच से खिलाते हुए बोली, ''स्वीट कॉर्न मेरी जान हैं।''

''हम्म...बहुत टेस्टी हैं। और मैं क्या हूँ फिर ?'' मैंने स्वीट कॉर्न खाते हुए कहा।

''तुम मेरी रूह हो बुद्धू।'' उसने भी खाते हुए कहा।

''जान और रूह में कितना फ़र्क है फिर ?'' मैंने सवाल किया।

''हा...कोई जैलस फ़ील कर रहा है। ही-ही-ही ! इसीलिए तो तुम बुद्धू हो।'' समीरा खिलखिला कर हँस दी। उसके दाँतों के बीच मकई के दाने सोने के मोती जैसे लग रहे थे।

तभी पीछे से एक आवाज़ आई, ''ओ बाबू जी ! पहचाने हमका ? हम बीरू।''

''अम्म ! कुछ-कुछ याद आ रहा है, कुछ-कुछ भूल रहे हैं।'' मैंने उस लड़के की तरफ़ देखते हुए कहा।

''का बाबू जी ! मैडम के साथ आए हैं तो अब हमका पहचानेंगे भी नहीं ?'' उस लड़के ने मेरी और समीरा की तरफ़ देखते हुए कहा।

''अरे सच में नहीं याद आ रहा भाई।'' मैंने कहा।

''अरे बाबू जी, एक बार आप जब यहाँ लेटे सो रहे थे ना तो एक कुत्ता आकर आप के गाल चाट रहा था...''

''अरे हाँ ! हाँ ! याद आ गया। तुम गुटखा बहुत खाते हो ना।'' मैंने समीरा के सामने अपना मज़ाक बनने से पहले ही उसकी बात काटते हुए उससे सवाल कर डाला।

''खाते थे बाबू जी। जब से आपने उस दिन मना किया है तो नहीं खाये। बचत ज़्यादा होने लगी है अब।''

''अरे वाह, ये तो बहुत अच्छा किया तुमने। और बताओ कैसा चल रहा है ?'' मैंने उससे पूछा।

''बाबू जी कौनो किताब ही खरीद लेओ हमरे यहाँ से भी। माना कि फुटपाथ पर बेचते हैं लेकिन हमारे यहाँ भी बड़े-बड़े लेखकों की किताबें बिकती हैं। फिर जो फुटपाथ और रेलवे स्टेशन पर न बिके वो बड़ा लेखक कैसे ? और हमने तो अब किताबों के साथ-साथ ये आर्टिफ़िश्यल ज्वेलरी की दुकान भी लगा ली है। मुनाफ़ा अब पहले से ज़्यादा हो गया है।'' बीरू ने कहा।

''अच्छा ऐसी बात है तो दिखाओ फिर किताबें।'' मैंने हँसते हुए कहा।

समीरा उन किताबों के ढेर के बगल में एंटिक ज्वेलरी की दुकान पर जाकर कानों की बालियाँ देखने लगी। मैं इधर किताबें देखने में मशगूल हो गया। बीरू ने एक-एक करके मुझे कई किताबें दिखानी शुरू कर दीं। मैंने उनमें से द *अलकेमिस्ट*

और द *मोंक हू सोल्ड हिज़ फेरारी* किताबें ले लीं। तब तक समीरा ने अपने धानी रंग के सूट के मैचिंग रंग के ईयररिंग्स लेकर मुझसे पूछते हुए कहा, ''इधर देखो आदिल! ये कैसे लग रहे हैं?''

''तुम्हारी ही तरह एकदम खूबसूरत।'' मैंने कहा।

समीरा मुस्कुराते हुए शरमा गयी।

''तो मैं ले लूँ?'' उसने पूछा।

''हाँ बिलकुल ले लो।'' मैंने कहा।

मैंने किताबों और ईयररिंग्स के पैसे देकर बीरू से अलविदा ली।

''फिर से आइयेगा बाबूजी।'' बीरू ने अपनी शर्ट की ऊपर की जेब में पैसे रखते हुए कहा।

''हाँ बिलकुल।'' मैंने कहा। ''अच्छा अब चलता हूँ।''

मैं और समीरा फिर से कनॉट प्लेस की सड़कों पर चल पड़े।

''आदिल! आदिल! वो कुत्ते वाली क्या कहानी थी? वो लड़का...क्या नाम था उसका...बीरू! वो क्या बता रहा था? मुझे भी जानना है आदिल,'' समीरा ने मेरी जैकेट की आस्तीन खींचते हुए कहा।

''अरे कुछ नहीं था समीरा।'' मैंने हँसकर झेंपते हुए कहा।

''बताओ ना आदिल। मुझे जानना है।'' समीरा ने ज़िद की।

समीरा की ज़िद पर मैंने उसे सब कुछ बताया कि कैसे मैं यहाँ सो गया था, कैसे एक कुत्ता आकर मेरे गाल चाट रहा था लेकिन मैंने ये नहीं बताया कि उस ख्वाब में मैं समीरा को ही देख रहा था। समीरा मेरी वो बात सुनकर अपना पेट पकड़ कर खूब हँसी। कनॉट प्लेस पर कई जोड़े समीरा को इस तरह हँसता देखकर आश्चर्य से मुस्कुराते हुए आगे बढ़े जा रहे थे।

थोड़ी देर में चलते-चलते हम दोनों हनुमान मन्दिर जाकर बैठ गए। मैंने और समीरा ने वहाँ एक-एक कुल्हड़ चाय पी। टहलते-टहलते समीरा ने बटर-स्कॉच आइसक्रीम ली। उसको आइसक्रीम बहुत पसंद थी। उसने एक के बाद एक दो आइसक्रीम खाईं। मैंने उसे बहुत मना किया लेकिन उस दिन मैंने जाना कि खाती हुई अपनी प्रेमिका को कभी मना नहीं करना चाहिए। मेरे मना करने पर उसने अपनी सैंडल मेरे जूते पर दे मारी। मैं दर्द से कराह उठा, हालाँकि ज़्यादा ज़ोर से नहीं लगी थी। वो खिलखिलाकर हँस दी और बोली, ''आइसक्रीम के लिए कभी मना मत करना।''

ठण्ड बढ़ती जा रही थी। समीरा अपना बायाँ हाथ मेरी जैकेट की दाईं पॉकेट में

डाले चल रही थी, ''ज़्यादा ज़ोर से तो नहीं लग गयी ना आदिल, वो मैंने ऐसे ही प्यार में मार दिया था। सॉरी ना।'' समीरा ने बड़ी मासूमियत से कहा।

''अरे नहीं पगली। नहीं लगी।'' मैंने अपना दायाँ हाथ उसके गले में पड़े मफ़लर के अंदर से उसकी गरदन पर छुआते हुए कहा।

''अरे ये क्या कर रहे हो? मेरे को ठंडी लग जाएगी। इतने ठंडे हाथ।'' हालाँकि समीरा ने मेरी उँगलियों को हटाने की कोशिश नहीं की थी। लेकिन मैंने वो उँगलियाँ तुरंत हटा लीं और कहा, ''और खाओ आइसक्रीम। ठंड कहाँ लगती है तुम्हें!''

''हाँ तो अब लग रही है ना। आदिल, मुझे कॉफ़ी पीनी है।'' समीरा ने कहा।

''अरे। अभी? अभी तो चाय और दो-दो आइसक्रीम खाई हैं तुमने।'' मैंने कहा।

''हाँ तो क्या उससे! मुझे पीनी है। पीने दो ना।'' समीरा ने ज़िद की।

मैंने अपने जूते को देखते हुए और उसके भीतर उँगलियों को चलाते हुए कहा, ''ठीक है। अभी नहीं। आधे घंटे बाद कॉफ़ी पीना तुम।''

''कितने अच्छे हो तुम!'' समीरा ने कहा।

''अच्छा?'' मैंने कहा।

''और नहीं तो क्या!'' समीरा ने अब मेरी जैकेट की जेब से अपना हाथ निकालकर मेरा हाथ थाम लिया था। उसकी गरम हथेली मेरी ठंडी हथेली में चाय की भाप की तरह घुली जा रही थी। उसकी उँगलियाँ मेरी उँगलियों से एक-एक करके खेल रही थीं और हमारे कदम क़नॉट प्लेस की सड़क को नाप रहे थे। अँधेरा हो चुका था। सड़कों पर पीली और दूधिया रोशनी छिटक चुकी थी। हम चलते-चलते सीपी के अहाते में चलने लगे थे। अचानक से मेरी उँगलियों ने समीरा की उँगलियों को जकड़ लिया। और अगले ही पल मैंने समीरा को अपनी ओर खींच कर एक पोल के सहारे खुद को टिकाकर समीरा को गले लगा लिया और उसके कानों के पास अपने होंठ ले जाकर हौले से कहा, ''समीरा! मैं तुम्हारे बिना नहीं रह पाऊँगा। ज़िन्दगी हो तुम मेरी।''

समीरा शायद इस तरह अचानक गले लगने से एकदम से सहम-सी गयी थी लेकिन अगले ही पल उसके दोनों कोमल हाथों की जकड़ के बीच मेरी पीठ थी। और मेरे कान में फुसफुसाते हुए वो बोली, ''बुद्धू! जब मैं ज़िन्दगी हूँ तो क्यों परेशान हो रहे हो? मैं कहीं जा थोड़ी रही हूँ।'' उसका एक हाथ मेरे सिर के बालों को उलझा रहा था। कार की हैड लाइट पड़ने से समीरा मुझसे अलग हुई। लौटते वक़्त मैंने देखा कि ये वो ही पोल था जहाँ मैंने प्रोटेस्ट के वक़्त उन दो लड़के-लड़कियों को गले लगे

देखा था। इतिहास और भूगोल का ये सही मिश्रण था।

चलकर हम कॉफ़ी हाउस पहुँचे। समीरा ने कॉफ़ी पीते-पीते छींक दिया, "आ...क्क...छू...!"

"कर लिया ना जुकाम!" मैंने उसे डाँटते हुए कहा।

"किया नहीं है। हो गया है। जैसे तुमसे प्यार हो गया है।" समीरा ने रुमाल से अपनी नाक को रगड़ते हुए मेरी तरफ़ आँख मारकर कहा।

"बातें करना तो कोई तुमसे सीखे।" मैंने कॉफ़ी पीते हुए कहा।

"और प्यार करना कोई तुमसे।" समीरा ने कॉफ़ी सुड़कते हुए कहा।

मैं मुस्कुरा दिया। कॉफ़ी खत्म करने के बाद हम दोनों बत्रा आकर अपने-अपने घर आ गए।

~

उस रात, मैं अगले दिन के लिए क्लास में ली जाने वाली गणित की परीक्षा का प्रश्न-पत्र तैयार कर रहा था। तभी मेरे मोबाइल फ़ोन में एक के बाद एक करके समीरा के लगातार तीन मैसेजस समांतर श्रेणी के क्रम में आए—

आदिल...

आदिल, कहाँ हो तुम?

आदिल, जहाँ भी हो तुम मेरे पास जल्दी आ जाओ।

मैं उसके इन मैसेजेस को पढ़ कर समझ नहीं पा रहा था कि इनका क्या मतलब है। समीरा ने इतनी रात में यूँ मैसेजस क्यों किए? आज तक तो कभी इस तरह मैसेज नहीं किए उसने। क्या उसे मेरी बहुत याद आ रही है? या फिर वो किसी मुसीबत में तो नहीं है। मैंने ज़्यादा न सोचते हुए उसे तुरंत कॉल की, "समीरा! क्या हुआ है तुम्हें?"

"कुछ नहीं आदिल! बस घर आ जाओ। अच्छा नहीं लग रहा कुछ।" समीरा ने दूसरी तरफ़ से कहा।

मैंने तुरंत जैकेट पहनी और मयंक को जगाते हुए कहा, "दादा! समीरा के पास जा रहा हूँ, वो परेशान लग रही है। ज़रूरत पड़ी तो तुमको कॉल कर लूँगा।"

"अरे क्या हुआ उसको?" मयंक ने नींद से चौंकते हुए मुझसे पूछा।

"पता नहीं बस बुला रही है। बताया नहीं उसने।" मैंने कहा।

"फिर तो कोई बात नहीं। जा तू बेफ़िकर। ज़्यादा परेशानी होती तो तेरे को

परेशानी भी बता देती कि वो क्यों बुला रही है तुझे। उसे याद आ रही होगी तेरी। साढ़े ग्यारह हो रहे हैं।'' दादा ने घड़ी देखते हुए कहा।

''ठीक है।'' और मैं लोअर, जैकेट पहने घर से बाहर आ गया। फ़्लैट से उतर कर नीचे आया तो मुखर्जी नगर के कुत्तों ने मुझे देख कर अपना काम शुरू कर दिया, लगे भौंकने। पहले तो उनके एक साथ भौंकने से मैं डर सा गया लेकिन फिर हिम्मत करके कार के पास गया। वो दौड़ कर मेरे पीछे लग लिए। जैसे-तैसे करके मैं जल्दी से कार में बैठ गया। मैंने कार स्टार्ट की और समीरा के घर की तरफ़ दौड़ा दी। वो चार कुत्ते मेरा पीछा करते-करते कार के पीछे तब तक दौड़े जब तक उनका इलाका खत्म नहीं हो गया। मोहल्ले के कुत्ते कार के पीछे ऐसे दौड़ते हैं जैसे कार में कोई उनकी जोरू को भगा के लिए जा रहा हो या फिर जैसे ये कार उनकी हो।

दस मिनट बाद मैं समीरा के फ़्लैट के नीचे था। इधर भी कुत्तों का भौंकना जारी था। लेकिन इधर कुत्ते सिर्फ़ भौंक रहे थे। लठिया नहीं रहे थे। ज़ीना चढ़ कर मैं समीरा के फ़्लैट पर पहुँचा। मैंने दरवाज़े की घंटी बजाई। मानसी ने आकर दरवाज़ा खोला। मानसी मुझे कमरे में ले गयी, जहाँ समीरा लेटी हुई थी। कमरे में घुसते ही मैंने देखा कि समीरा कमरे में बिस्तर पर कंबल ओढ़े लेटी हुई है। कमरे में जलते ज़ीरो वॉट वाले बल्ब की लाल रोशनी में समीरा की पीली मुस्कान तैर रही थी। मैं समीरा के पास गया। मैं उसका हाथ पकड़कर हिलाते हुए बोला, ''क्या हुआ समीरा तुम्हें? ऐसे अचानक इतनी रात में क्यों बुलाया तुमने मुझे?'' उसका हाथ छूते ही मुझे लगा जैसे मैंने कोई गर्म तवा छू लिया हो। फिर मैंने उसका माथा छुआ। ''अरे समीरा! तुम्हें तो बहुत तेज़ बुखार है।''

''हाँ भैया! और ये तब से बस आपको बुलाने की ज़िद किए जा रही है।'' मानसी ने कहा।

''अरे तो किसी डॉक्टर को दिखाया या नहीं? कोई दवा वगैरह ली या नहीं?'' मैंने समीरा से पूछा।

समीरा चुप रही। मानसी बगल में पड़ी कुर्सी पर बैठते हुए बोली, ''हाँ! शाम को आने के बाद इन्हें इसी ब्लॉक में डॉक्टर कपूर के यहाँ दिखा दिया था। उन्होंने तीन खुराक दवा दी है। खाना खिलाने के बाद इन्हें एक खुराक दे दी थी। अब तो पहले से कुछ आराम है लेकिन बस आपको बुलाने की ज़िद कर रही थी। मैं तो कह रही थी कि क्यों परेशान करना भाई को, सुबह तक ठीक हो जाओगी।''

''कोई नहीं! चलो मैं आ गया हूँ तो अब हॉस्पिटल ले चलते हैं, इन्हें वहाँ सुई लगवायेंगे। बहुत बदमाश हो गयी हैं ये। लग गयी न ठंड अब?'' मैंने कहा।

''मुझे कहीं नहीं जाना, मैंने दवा ले ली है।'' समीरा ने कहा।

''तो उससे क्या, अभी भी तो इतना तेज़ बुखार है।'' मैंने कहा।

''इतना भी तेज़ बुखार नहीं है। बस तुम यहीं रहो।'' समीरा ने दोनों आँखें बंद करके मुझे अपने पास रहने का इशारा करते हुए कहा।

''मानसी! तुम इसे काढ़ा पिलाओ।''

''नहीं मुझे चाय पीनी है। उसी में अदरक और काली मिर्च डाल देना।'' समीरा ने कहा।

''बहुत ज़िद करती हो तुम। इसके लिए काढ़ा बनाकर लाओ तुम मानसी।'' मैंने मानसी से कहा।

''जी भैया! ये बहुत ज़िद्दी है। मानती ही नहीं है कहना किसी का भी। अब आप ही ठीक करो इन्हें।'' कहते हुए मानसी किचन में काढ़ा बनाने के लिए चली गयी।

मैं कुर्सी खिसकाकर समीरा के पास ले आया। समीरा का हाथ पकड़ते हुए मैंने कहा, ''कर लिया ना बुखार तुमने? मना किया था ना कि मत खाओ ठंडा-गरम।''

''अब हो गया तो हो गया। ऐसे डाँटो भी नहीं।'' समीरा ने अपनी पलकें झुकाकर मुँह बनाते हुए कहा।

''नहीं डाँट रहा पगली।'' मैंने कहा।

''आदिल!''

''हाँ बोलो समीरा!''

''मुझसे दूर मत जाना कभी।'' समीरा के हाथों की पकड़ अब और तेज़ हो गयी थी।

''नहीं जाऊँगा पगली।'' मैंने कहा।

इंसान बीमारी में बच्चा हो जाता है। समीरा भी एकदम छोटे बच्चे की तरह लग रही थी।

तब तक मानसी काढ़ा ले आई थी। ''अब आप ही पिलाओ भाई। मैं तो कहते-कहते थक जाती हूँ। ये कभी न पीतीं काढ़ा। बस चाय में अदरक और काली मिर्च डलवा लेती हैं। भला चायपत्ती नुकसान नहीं करेगी क्या?'' मानसी ने कहा।

मैंने मानसी के हाथ से काढ़े का प्याला लेते हुए कहा, ''अगर ये अब काढ़ा नहीं पिएँगी तो सच में इन्हें अस्पताल ले जाया जाएगा और वहाँ इनके दो इंजेक्शन लगवाए जाएँगे।'' मानसी हँस दी। ''हाँ भाई बिलकुल। नहीं जाएँगी तो मैं रस्सी से इनके हाथ-पैर बाँध दूँगी, फिर ले चलेंगे।''

''तुम भाई-बहन आज बहुत मज़े ले रहे हो मेरे। रुक जाओ। ठीक हो जाने दो तब बताऊँगी तुम दोनों को।'' समीरा ने कहा।

''अच्छा बाबा! अब ये काढ़ा पियो तुम पहले, फिर बताना हमें।'' मैंने कहा।

समीरा ने मेरे हाथ से काढ़े का प्याला लिया और एक हाथ से अपनी नाक बंद कर के एक ही साँस में काढ़ा पी गयी। पीने के बाद उसे एक उबकाई आई और फिर बोली, ''तुम लोग बहुत गंदे हो।''

''और तुम अच्छी बच्ची हो। काढ़ा पी लेती हो।'' मैंने कहा।

''अच्छा अब मैं चलती हूँ सोने। कोई दिक्कत हो तो जगा लीजिएगा। गुड नाइट एवरीवन। आप लोग बातें करो।'' मानसी ने समीरा की तरफ़ आँख मारते हुए कहा। समीरा ने उसे आँख दिखाते हुए जाने को कहा।

''जा ही रही हूँ। भगा काहे रही हो। ज़्यादा करोगी तो नहीं जाऊँगी फिर दूसरे कमरे में।'' मानसी हँसते हुए दरवाज़ा बंद करके चली गयी। कहीं-न-कहीं मैं भी यही चाहता था कि मैं और समीरा आज की रात अकेले बैठकर बातें करें।

मैंने समीरा का माथा फिर छुआ, वो अब भी तप रहा था। मैं किचन में जाकर एक मग में पानी ले आया और फिर कमरे के दरवाज़े की कुंडी लगा के समीरा के पास आकर बैठ गया।

''कुंडी काहे बंद की?'' समीरा ने मुझसे सवाल करते हुए कहा।

''अरे वो ऐसे ही। हवा आ रही है ना, इसलिए,'' मैंने कहा। समीरा मुस्कुरा दी।

मैं कुर्सी को समीरा के बिस्तर के और करीब खिसकाकर बैठ गया और अपना रुमाल निकालकर उसे मग में भरे पानी में डुबोकर मैं समीरा की पट्टी करने लगा। समीरा मुस्कुरा दी लेकिन एक आँसू उसकी आँख से निकल कर उसके गाल पर लुढ़क आया।

''अरे पगली! ये क्या? अब रोएगी तो सच में ले जाऊँगा मैं तुम्हें हॉस्पिटल और डॉक्टर से बोलकर सच्ची में इंजेक्शन लगवाऊँगा।'' मैंने समीरा की आँखों में देखते हुए कहा और अपनी तर्जनी उँगली से उस एक आँसू को अपने होंठों पर मलकर उसके वजूद को हमेशा के लिए अपने में मिला लिया। समीरा ये देखकर और रो पड़ी और उठकर मेरे गले से लग गयी। रोते-रोते ही मुझसे बोली, ''आदिल! तुम बहुत अच्छे हो। मुझसे दूर मत जाना कभी।''

''बार-बार ये क्यों कहती हो समीरा? मैं कहीं नहीं जा रहा पगली।'' मैंने कहा।

''पता नहीं। बस डर लगता है।'' उसने कहा।

''और अगर अब पट्टी नहीं कराओगी तो मैं सच में चला जाऊँगा।'' मैंने उसे अपने सीने से लगे हुए ही कहा।

''ठीक है। करो पट्टी।'' उसने अपने आँसू पोंछते हुए बड़ी मासूमियत से मुस्कुराकर कहा। वो लेट गयी। मैंने उसके सिरहाने तकिये को सही किया फिर पानी में रुमाल भिगोकर उसके माथे पर पट्टी करता रहा। वो अपने बाएँ हाथ से मेरी जैकेट पकड़े रही। मैं उसकी आँखों में उठते खामोश तूफ़ान के बीच में खड़ा था। उसकी नज़रें मेरी शर्ट के ऊपर के बटन पर थीं। मैं पट्टियाँ करता जा रहा था, समीरा का बुखार अब थोड़ा-सा कम हुआ था। समीरा को पसीना आना शुरू हो गया था। भौं के ऊपर पसीने की बूँदें छलक आयी थीं। माथे पर रखी पट्टी से बहता हुआ पानी उसके सफ़ेद मखमली गालों से एक धार में बहता उसकी ठोड़ी पर आकर अटक गया था। ठोड़ी से बूँद-बूँद रिसकर वो पानी उसकी गर्दन पर उतरने को उतना ही बेकरार था जितना कि मैं समीरा के इन गुलाब जैसे होंठों को छू लेने के लिए था। मेरी धड़कन मेरी साँसों को तोड़कर आगे निकल गयी थी। मेरे हाथ काँपने लगे थे। उसकी आँखें नींद से बार-बार बंद होती जा रही थीं पर ऐसा लग रहा था जैसे वो भी आज जगना चाहती थी। आज की रात सोकर हम दोनों में से कोई भी खराब नहीं करना चाहता था। वो पानी अब उसकी गरदन पर बहने लगा था। मेरे काँपते हाथ उसकी गर्दन पर बह रहे पानी को पोंछने के लिए बढ़े।

जब आदम ने अपने हाथों से हव्वा को पहली बार छुआ होगा, जब धरती के प्यासे बदन को मेघों ने बारिश की बूँदों से पहली बार स्पर्श किया होगा, जब पहली नदी पहले सागर से पहली बार मिली होगी, जब इस सृष्टि पर कोई भी खूबसूरत चीज़ पहली बार हुई होगी और उसके होने में जो सुखद एहसास हुआ होगा वो ही एहसास मैं आज अपने हाथों को समीरा की देह पर बहते पानी को पोंछने पर महसूस कर रहा था।

मैं धीरे-धीरे पानी को पोंछे जा रहा था और समीरा की देह की गर्माहट मेरी हथेलियों से होती हुई मेरे अंदर भरती चली जा रही थी। समीरा ने अपनी आँखें बंद कर ली थीं। पानी अब सूख चुका था, मैं अपने हाथ हटाने लगा तो समीरा ने अपना हाथ मेरे हाथ पर रखकर उसको वहीं का वहीं थाम दिया। मेरी साँसों ने अब जवाब दे दिया था। मेरा चेहरा समीरा के चेहरे पर झुक गया। बगल में रखा पानी का मग धक्का लगने से लुढ़क गया। बाहर आसमां में ज़ोर की बिजली की कड़कड़ाहट के साथ बारिश शुरू हो गयी। मुझे अब इन सब की कोई परवाह नहीं थी। समीरा के मुँह और नाक से आती गरम भाप सी साँस मेरी आँखों में उमड़ते प्रेम को और भी पिघला रही थी।

दुनिया की सारी गर्मी मानो उस वक़्त मेरी रूह में उतरती चली जा रही थी और मैं एक विस्फोटित ज्वालामुखी के गरम लावे की तरह पिघलकर समीरा में बहता चला जा रहा था। मेरी आँखें बंद हो चुकी थीं। समीरा का एक हाथ मेरी गर्दन पर सैर कर रहा था।

समीरा ने हरकत करना शुरू कर दिया था। उसने मुझे खुद से कुछ अलग किया तो मैं वापिस शून्य से समीरा के कमरे में उसके बिस्तर पर था। लेकिन मेरा हाथ अब भी समीरा की देह पर था और समीरा का दायाँ हाथ मेरी गर्दन के नीचे। गरम साँसों के चक्रवात से गुज़रता हुआ जब मैं बाहर आया तो बाहर उजाला हो चुका था। मैं उठा और खिड़की के पर्दे को पीछे करके कुर्सी पर बैठ कर समीरा को देखने लगा। समीरा मुझे देखते हुए शरमाये जा रही थी। रात कब बीत गयी पता ही नहीं चला। सूरज अपना रथ लेकर बादलों के पीछे से मुस्कुराता हुआ आसमान में चढ़ा जा रहा था।

''ये रात तो पता ही नहीं चली कि कब बीत गयी और ऐसा लग रहा है जैसे युगों-युगों की नींद आज पूरी हुई है। बहुत सुकून मिल रहा है समीरा।'' मैंने कहा।

''मुझे भी आदिल। लग ही नहीं रहा कि कोई रात भी थी। ऐसा लग रहा है जैसे मैं कहीं शून्य में तुम्हारे साथ कई युगों की सैर करके आ रही हूँ।'' समीरा ने कहा।

मैं मुस्कुरा दिया और उस पल मैंने जाना कि दो रूहों के मिलने पर दोनों रूहें अपना शरीर छोड़कर एक हो जाती हैं और एक साथ एक ही चीज़ की अनुभूति करती हैं।

समीरा ने बिस्तर छोड़ा। उसके बाल बिखरे हुए थे। उसने तकिये के नीचे से हेयरबैंड निकाला और अपने बालों पर चढ़ा लिया।

''तुम्हारा बुखार अब कैसा है?'' मैंने पूछा।

''खुद छूकर पता कर लो।'' और समीरा ने मुस्कुराते हुए अपना हाथ बढ़ा दिया।

मैंने हाथ छुआ और कहा, ''अरे! अब तो बुखार छूमंतर हो गया तुम्हारा।''

''हाँ! तुम्हारी वजह से।'' और समीरा ने झुककर मेरे माथे को चूम लिया। मैंने अपने दायें हाथ से उसके गाल पर चिकोटी काट ली फिर उसी गाल को चूम लिया।

''अच्छा! मैं चाय बना कर लाती हूँ। आठ बज गए हैं और ये मानसी भी नहीं उठी अब तक।''

''हाँ! कितनी तो अच्छी बच्ची है, ज़रा भी डिस्टर्ब नहीं किया उसने।'' मैंने हँसते हुए कहा।

समीरा शरमा गई और दरवाज़ा खोलकर किचन में चली गयी। मैं कुर्सी से उठकर बेड पर चित्त लेट गया। समीरा का बुखार उतर चुका था लेकिन प्यार परवान चढ़ चुका था।

~

बीती रात एक यादगार रात थी। सुबह मैंने कार स्टार्ट की और अपने फ़्लैट की ओर भगा दी। फ़्लैट के नीचे आकर देखा तो भीड़ लगी थी। मैंने कार दूर एक साइड में खड़ी की। कार से बाहर आकर मैं उस भीड़ की ओर बढ़ गया जो मेरे फ़्लैट के नीचे झुंड बनाए खड़ी थी। खाकी वर्दी में कुछ पुलिसवाले थे। पास में ही पुलिस की एक जीप, मीडिया वालों की दो गाड़ियाँ मुखर्जी नगर की उस सड़क पर किनारे मायूस खड़ी थीं। मैं, पुलिस और मीडिया को देखकर हैरत में पड़ गया। भीड़ में से ही एक लड़के से मैंने पूछा, "भाई! क्या मामला है, क्या हुआ है इधर?"

इससे पहले कि वो लड़का जवाब दे पाता, उसके पास खड़े दूसरे लड़के ने कहा, "साला किसी लौंडे ने फाँसी लगा ली है इस बिल्डिंग में।" उस दूसरे लड़के ने उसी बिल्डिंग की तरफ़ इशारा करते हुए कहा, जिसमें मैं और दादा रहते थे। उस लड़के की बात सुनकर मेरा कलेजा मुँह को आ गया। मैंने दादा और चंदू का ख़याल करते हुए सोचा, 'कहीं इनमें से किसी ने तो नहीं? नहीं। नहीं। दादा तो कम-से-कम ऐसा नहीं कर सकता। और चंदू? चंदू भी नहीं करेगा यार ऐसा। लेकिन वो कुछ दिनों से परेशान तो चल रहा था। लेकिन कल चंदू तो यहाँ आया नहीं था। तो चंदू तो नहीं ही होगा। अब दादा? या खुदा! तू दादा को सही सलामत रखना।' मैंने एक ही पल में ये सब सोच डाला था।

मैंने तुरंत फ़ोन निकाला और मयंक को फ़ोन लगा दिया। उसने फ़ोन रिसीव नहीं किया। मैं एकदम से हड़बड़ा गया। मैंने फिर फ़ोन लगाया। उसने इस बार भी फ़ोन नहीं उठाया। मैंने लगातार चार बार और फ़ोन लगाया लेकिन दादा ने एक भी कॉल का जवाब नहीं दिया। मेरा हलक सूख गया था। मैं सोचने लगा कि काश मैं कल समीरा के पास नहीं गया होता या फिर मयंक को भी अपने साथ समीरा के घर ले गया होता। यही सब ख़याल करते हुए मैं फ़्लैट पर जाकर खुद देखकर तसल्ली कर लेना चाहता था कि किसने फाँसी लगाई है। लेकिन पुलिस ने रोक लगा दी थी। मैंने पुलिस इंस्पेक्टर से पूछा, "सर! क्या मैटर है इधर?"

"तुम कौन?" उस इंस्पेक्टर ने जवाब दिये बिना ही मुझसे सवाल कर लिया।

"मैं आदिल शेख़! इसी बिल्डिंग में सेकंड फ़्लोर पर अपने दोस्त मयंक के साथ रहता हूँ। कल रात मैं यहाँ नहीं था। अभी-अभी लौटा हूँ तो ये भीड़ देख कर आपसे पूछा।" मैंने कहा।

"अच्छा!" उस इंस्पेक्टर ने कहा।

"क्या हो गया है सर?" मैंने फिर से पूछा।

"एक लड़के ने फाँसी लगा ली है।" इंस्पेक्टर ने कहा।

"क्या नाम है उस लड़के का जिसने फाँसी लगाई?" मैंने बहुत हिम्मत करके

सवाल किया। मैं मन में दुआ कर रहा था कि बस ये दादा का नाम न ले ले।

"सूरज नाम का कोई लड़का था।" इंस्पेक्टर ने कहा।

मुझे दादा का नाम न सुन कर तसल्ली हुई। लेकिन सूरज के लिए दुख। मैं दादा से तुरंत मिल लेना चाहता था। इसी बीच मयंक का कॉल आ गया। मैंने तुरंत फ़ोन रिसीव किया। उधर से दादा बस 'हेलो' बोल पाया था। मैंने दादा को गरियाते हुए कहा, "साले फ़ोन क्यों नहीं उठा रहा था तू?" ये पहली बार था जब मैंने दादा से ऐसे बात की थी।

"यार देखा नहीं था फ़ोन। साइलेंट पर लगा था।" मयंक ने कहा।

"तुम्हारे साइलेंट फ़ोन के चक्कर में मेरी साँसें साइलेंट हुई जा रही थीं।" मैंने कहा।

"यार अपने यहाँ एक मैटर हो गया है। वो तीसरे माले पर तीन लड़के रहते थे ना, उनमें से सूरज ने फाँसी लगा ली यार कल रात में।" दादा ने कहा।

"हाँ दादा! पता चला। अपने फ़्लैट के नीचे ही खड़ा हूँ। तुम कहाँ हो दादा?" मैंने कहा।

"अच्छा! तू वहीं रुक। मैं बस पाँच मिनट में आता हूँ तेरे पास।" मयंक ने फ़ोन रखते हुए कहा।

मैं वहीं भीड़ के झुंड से अलग एक दीवार का सहारा ले के खड़ा हो गया और दादा का इंतज़ार करने लगा। पास में से लोगों की फुसफुसाहट आ रही थी।

"वो बहुत ही होशियार लड़का था लेकिन परीक्षा की तारीख बार-बार आगे बढ़ जाने से उसने मायूस होकर ऐसा कदम उठाया। फिर उसके दोस्त लोग बता रहे हैं कि उसके बाप के सिर पर उसे पढ़ाने के चक्कर में इतना कर्ज़ चढ़ गया है कि घर में खाने तक के लाले पड़ रहे थे। इस बोझ से लड़का हार गया ज़िन्दगी। सिस्टम की मार बहुत बुरी होती है।"

"अरे नहीं-नहीं। ज़रूर कोई लड़की का चक्कर रहा होगा, तभी फाँसी लगा ली होगी।"

"का पता रूम पार्टनर्स से न बनी हो, उन्होंने ही पेल दिया हो और मर्डर को आत्महत्या बना दिया हो।"

अफ़वाहों का दौर सुगबुगाहटों के बीच जारी था। भीड़ एक मौत को कई मौतें दिये जा रही थी। पुलिस और उनके खोजी कुत्ते सुराग ढूँढने में लगे थे। पों-पों करती एम्बुलेंस आ गयी थी। एम्बुलेंस से पहले मीडिया आ गया था। यही होता भी है। हिन्दुस्तान में जब कोई वारदात घटती है तो सबसे पहले मौत आती है उसके बाद

जनता, उसके बाद मीडिया, फिर पुलिस और फिर आखिर में एम्बुलेंस। बहुत ज़्यादा कोई बड़ा हादसा होता है तो बारी- बारी से कई पार्टियों के नेता लोग आते हैं और फिर उनकी छद्म सहानुभूति।

उधर सामने से मयंक अपने साथ एक पतले से लड़के के साथ चला आ रहा था। वो लड़का खादी का भूरा कुर्ता और सूती सफ़ेद पाजामा पहने था। बाएँ कंधे पर उसने एक झोला टाँग रखा था। आँखों में आयताकार लेंसों का चश्मा लगाए वो मुझे दूर से देखता हुआ चला आ रहा था।

''दादा तुम ठीक हो ना? और चंदू कहाँ है?'' मैंने मयंक को देखते ही पूछा।

''हाँ आदिल मैं ठीक हूँ। चंदू भी यहीं कहीं होगा।'' उसने कहा। ''तुम इन्हें पहचाने आदिल?'' मयंक ने अपने साथ खड़े उस लड़के की तरफ़ इशारा करते हुए कहा।

''अम्म...कुछ-कुछ शक्ल जानी-पहचानी सी लग रही है।'' मैंने उस लड़के के चेहरे की तरफ़ देखते हुए कहा। वो लड़का मुस्कुरा दिया।

''अरे ये वही एकमात्र पत्रकार राकेश कुमार हैं, जिन्होंने हमारे 2013 के प्रोटेस्ट को कवर किया था। अब बड़े पत्रकार बन गए हैं। टीवी पर आते हैं। सोशल मीडिया और यू-ट्यूब के माध्यम से अपनी खबरें लोगों तक पहुँचाते हैं। बहुत संघर्ष किए हैं भाई और जैसे ही इन्हें खबर मिली कि इधर किसी अभ्यर्थी ने फाँसी लगा ली है तो तुरंत अपना बोरिया बिस्तर, माइक, सेट वगैरह लेकर अपनी टीम के साथ चले आए इधर।'' मयंक ने राकेश का परिचय कराया।

''अरे हाँ! याद आया। नमस्कार राकेश भाई, कैसे हैं आप?'' मैंने उस मरियल से लड़के से हाथ मिलाते हुए कहा।

''बढ़िया हैं आदिल भाई। देखिये आप भूल गए हमें लेकिन हमने मयंक को देखते ही पहचान लिया था। आपके बारे में भी पूछा था।'' राकेश ने मुझसे हाथ मिलाते हुए कहा।

''अरे आप ठहरे पत्रकार लोग। आपकी नज़रों से कोई बच पाया है क्या भला?'' मैंने कहा।

''हे-हे-हे! ये सही है। अच्छा, सुने हैं आप मुखर्जी नगर में गणित के स्टार बन गए हैं। जानकर बहुत खुशी हुई भाई।'' राकेश ने कहा।

''अरे कहीं नहीं भाई, बस बच्चों का प्रेम है ये तो। और आपका स्वास्थ्य पहले से बहुत गिर गया है, इसलिए पहचान में नहीं आए आप। और आप सुनाओ।'' मैंने कहा।

राकेश ने अपने खादी के कुर्ते की साइड जेब से सिगरेट का पैकेट निकालकर उसमें से एक सिगरेट निकाली और फूँकते हुए कहा, ''फ़िलहाल तो इस केस को कवर करने आया हूँ।''

इस बीच चंदू एम्बुलेंस के पीछे-पीछे अमन को एक बाइक पर बिठाये चला आया। थोड़ी देर बाद एम्बुलेंस से निकले दो लड़कों ने तीन सिपाहियों की मदद से सूरज की लाश को स्ट्रेचर पर रख कर एम्बुलेंस में रखा और फिर एम्बुलेंस का दरवाज़ा सट से बंद करते ही एम्बुलेंस सूरज की लाश को उसके घरवालों की उम्मीदों के कफ़न के साथ ले गयी। एम्बुलेंस के पीछे-पीछे पुलिस की जीप भी दौड़ी चली गयी। उनके पीछे-पीछे कुछ दूर तक मोहल्ले के कुत्ते। फिर भीड़ भी धीरे-धीरे छितरा कर अपने-अपने रास्ते जाकर खो गयी। कुछ ही देर में सब कुछ सामान्य सा हो गया, ऐसे जैसे यहाँ कुछ हुआ ही नहीं था। आसमान में सूरज कोहरे की चादर के पीछे से आज निकलना नहीं चाह रहा था।

हम सब अब अपने फ़्लैट पर थे। मयंक राकेश को भी अपने साथ ले आया था। इधर मयंक के भीतर जैसे भूचाल आ गया था वो एकदम से फूट पड़ा, ''इतना नहीं सहेंगे हम। अब बस पानी सिर से ऊपर चला गया है। गलती सिस्टम की है, इसका खामियाजा हमें जान देकर चुकाना पड़े, ये मैं हरगिज़ नहीं सहूँगा।''

''क्या करोगे दादा फिर?'' चंदू ने दादा से पूछा।

''क्रान्ति। क्रान्ति करेंगे।'' मयंक ने कहा।

''ये सब किताबी बातें हैं दादा! अकेले तुम कुछ नहीं उखाड़ सकते?'' चंदू ने कहा।

''महात्मा गाँधी भी अकेले ही चले थे। भगत सिंह भी अकेले ही चले थे। लेकिन उनके साथ उनके दोस्त, उन पर भरोसा रखने वाले उनके साथी थे। हज़ारों दुआएँ, बुलंद हौसले थे। मैं अब और किसी को लाश नहीं बनने दूँगा। न ज़िंदा लाश और न ही मुर्दा लाश,'' मयंक ने कहा।

''पर करोगे कैसे दादा?'' मैंने मयंक से पूछा।

''जब करूँगा तब खुद बता दूँगा और तुम लोगों के बिना तो कुछ भी नहीं होगा। इसलिए तुम लोगों की मदद चाहिए होगी।'' मयंक ने कहा। चंदू और मैं मयंक के हर निर्णय पर आँख बंद कर के भरोसा करते थे। वो कभी गलत नहीं होता था। इस बार भी हमें भरोसा था कि दादा कुछ बड़ा ही सोच रहा है। वक़्त आने पर खुद बता देगा। इसलिए हममें से किसी ने भी फिर आगे उससे कोई सवाल नहीं किया।

''मयंक! तुम क्या करने वाले हो?'' राकेश ने मयंक से पूछा।

''सुनो भाइयों!'' मयंक ने कहा। मयंक की इस आवाज़ पर मेरे, चंदू, राकेश और अमन के कान मयंक की ओर मुड़ गए।

''मैं फ़ेसबुक पर एक ग्रुप बनाऊँगा जिसमें एसएससी की तैयारी करने वाले बच्चों को जोड़ूँगा और उनको हर दिन अपडेट करता रहूँगा। और उन्हें उनकी पढ़ाई के लिए प्रोत्साहित भी करता रहूँगा। उन्हें उनकी ज़िन्दगी का मूल्य भी समझाऊँगा कि इतनी आसानी से अपनी जान नहीं देनी होती है। और तुम आदिल अपनी क्लासेज़ में बच्चों को मोटीवेट करना, साथ ही उन बच्चों को, उनके साथियों को भी मोटीवेट करते रहने को बोलना। राकेश तुम! अपने अखबार में परीक्षा में होने वाली देरी और उससे बच्चों का भविष्य और ज़िन्दगी बर्बाद होने पर आर्टिकल्स निकालते रहना। साथ ही अपने यू-ट्यूब चैनल के माध्यम से परीक्षा से सम्बन्धित कमियों, भ्रष्टाचार, लीक, लेट-लतीफ़ी और कोर्ट केसेज़ के बारे में लोगों को अवगत कराना। और चंदू और अमन तुम लोग मेरी मदद करना मंच पर। बताओ करोगे तुम सब ये?''

''वाह दादा ये तो सुपर आइडिया है। मैं साथ हूँ तुम्हारे।'' चंदू ने कहा।

''हाँ! ये अच्छा सोचा है तुमने। मैं भी साथ हूँ मयंक तुम्हारे।'' राकेश ने कहा।

''मैं कैसे तुमसे अलग रह सकता हूँ मेरे जिगर!'' मैंने मयंक से कहा।

''देखना एक दिन धीरे-धीरे ये काफ़िला बड़ा होता जाएगा। अगर परीक्षा का लेट होना और भ्रष्टाचार नहीं रुका तो ये ही एक दिन आंदोलन बनेगा। लिख के ले लो।'' मयंक ने कहा।

''हम सब आपके साथ हैं मयंक भाई।'' अमन ने कहा।

''लेकिन दादा! ये इतना आसान नहीं होगा।'' चंदू ने कहा।

''पता है कि आसान नहीं है तभी तो हमने चुना है। किसी-न-किसी को कभी-न- कभी तो शुरुआत करनी ही होगी तो क्यों ना हम ही शुरुआत करें। क्या पता सरस्वती माँ ने इस काम के लिए हमें ही चुना हो।'' मयंक ने कहा। मयंक सरस्वती माँ के सिवा और किसी भी ईश को नहीं मानता था।

''लेकिन मयंक, हमारे लिए सरकार के खिलाफ़ लड़ना इतना आसान नहीं होगा।'' राकेश ने कहा।

''अरे ये आप कह रहे हैं राकेश भाई? आप तो पत्रकार हैं। आप सरकार की कब से इतनी परवाह करने लगे और फिर देखिये ना हम कहाँ सरकार के खिलाफ़ लड़ रहे हैं। हम भी तो सरकार के साथ-साथ ही लड़ रहे हैं। भ्रष्टाचार के खिलाफ़। सरकार भी तो भ्रष्टाचार के खिलाफ़ ही लड़ रही है। हम तो बस उसका काम आसान कर रहे हैं।'' मयंक ने कहा।

"वाह दादा! वाह! क्या बात कही है। ज़बरदस्त।" मैंने मयंक की पीठ ठोंकते हुए कहा।

हमारे उस कमरे पर परीक्षा के सिस्टम को सुधारने के लिए रणनीति की पृष्ठभूमि तैयार हो गयी थी, ठीक इसी कमरे के ऊपर वाले कमरे में सूरज ने अपनी जान की आहुति देकर इस रणनीति को तैयार करने में वो कारक पैदा किया था जो शायद अगर सूरज ज़िंदा होता तो मयंक ये सब नहीं सोच पाता। विडम्बना ही होती है ये सब, जब भी कभी कोई अत्याचार हो जाता है तो ही हम अच्छा करने के लिए संकल्प ले पाते हैं।

~

उसी सुबह साढ़े ग्यारह बजे। मुखर्जी नगर की कोचिंग मंडी में सन्नाटा पसरा हुआ था। आज पूरे मुखर्जी नगर की क्लासेज़ बंद थीं। मैं गुरु-मंत्रा कोचिंग में समीरा के साथ रिसेप्शन के बगल वाले केबिन में बैठा था। समीरा का चेहरा आज पहले से ज़्यादा खिला हुआ था। उसके डिम्पल्स में पहले से ज़्यादा गहराई थी। गाल ज़्यादा गुलाबी हो गए थे। आँखों की चमक बता रही थी कि उसका बुखार अब उतर चुका था।

"आदिल! ये बच्चे लोग जान क्यों देते हैं?" समीरा ने मुझसे सवाल किया।

"शायद उनकी ज़िन्दगी पर उनके बुरे हालात भारी पड़ जाते हैं।" मैंने समीरा के चेहरे की ओर देखते हुए कहा। वो एकदम से मायूस-सी हो गयी थी। सैकड़ों फूल भी मुरझा से गए जैसे।

"उसके घरवालों पर क्या बीत रही होगी? मैं तो यही सोचे जा रही हूँ। आदिल! इंसान को यूँ हार नहीं माननी चाहिए। उसे हर कीमत पर लड़ते रहना चाहिए। चाहे कितने भी बुरे हालात क्यों ना हों।" समीरा ने मेज़ पर मैगजीन रखते हुए कहा।

"हाँ समीरा!" मैंने समीरा के बगल में सोफ़े पर बैठते हुए उसका हाथ पकड़कर कहा।

"क्या आदिल ऐसा नहीं हो सकता कि ये सारी सरकारी भर्तियाँ बिना किसी भ्रष्टाचार के साफ़-सुथरे ढंग से समय पर हो सकें? इससे न जाने कितने घरों के चिराग जलते रहेंगे बल्कि उन घरों की ज़रूरतें भी पूरी होती रहेंगी और खुशियाँ आती रहेंगी।" समीरा ने सेंटर टेबल पर रखी गणेश जी की मूर्ति की ओर देखते हुए कहा।

"हो सकता है कि हो जाये और शायद न भी हो पाये।" मैंने कहा।

"सिस्टम सही हो जाए बस उसके लिए चाहे मुझे कुछ भी करना पड़े, मैं करूँगी।" समीरा ने कहा।

"अच्छा समीरा! दादा ने एक प्लान किया है कि कैसे इन सब से निपटा जा

सकता है। पर पता नहीं है कि ये कितना सफल होगा।''

''क्या प्लान है?'' समीरा ने मेरी तरफ़ देखते हुए सवाल किया।

मैंने शुरू से आखिर तक का सब समीरा को बता दिया कि दादा कैसे इस प्लान को एग्ज़ीक्यूट करेगा और हम उसके इस प्लान में कैसे साथ देंगे। प्लान को सुनने के बाद समीरा ने कहा, ''ये तो बहुत अच्छा आइडिया है पर इसमें मैं तो कहीं भी नहीं हूँ।''

''अरे तुम हो ना। मेरे साथ ही।'' मैंने बचाव करते हुए कहा।

''नहीं मयंक भाई मेरे को भूल गया है। मैं उससे बात नहीं करूँगी।'' समीरा ने कहा।

''हाँ! तुम उसको पीट देना।'' मैंने हँसते हुए कहा।

''मैं तुम्हारे साथ स्टूडेंट्स को इकट्ठा करूँगी।'' समीरा ने कहा।

''हाँ बढ़िया एकदम।'' मैंने कहा।

~

''साथियों! ये मृत्यु क्या होती है? मृत्यु केवल शरीर से आत्मा का त्याग नहीं होती है, ये अपने पीछे सैकड़ों उम्मीदों, सपनों और ज़िंदगियों की मौत होती है। उम्मीदें आपके माँ-बाप की, उम्मीदें आपके भाई-बहनों की। सपने जो आपके घरवालों ने आपके लिए देखे होते हैं। उन्हें एक पल में ही आप खत्म कर देते हो। साथियों! सूरज के साथ जो हुआ, उसमें उसकी गलती नहीं थी। गलती सिर्फ़ परिस्थितियों की थी। लेकिन क्या ये परिस्थितियाँ हमारी हिम्मत और हौसले से ज़्यादा बलवान होती हैं? क्या हम इतने कायर हैं कि परिस्थितियों से नहीं लड़ सकते? साथियों सूरज की आत्महत्या एक बलिदान है हमारे लिए। उसके बलिदान का मूल्य हम अपनी ज़िन्दगी को यूँ बेकार में न गँवाकर ही चुका सकते हैं। उसका बलिदान सीख है हमारे लिए कि हमें हर हाल में लड़ना है, बस खुद की जान खुद से नहीं लेनी है।'' बोलते-बोलते मयंक का गला भर आया। उसकी आँखों के सामने जैसे सूरज का चेहरा आ गया था।

''भैया! लड़का आत्महत्या नहीं करेगा तो क्या करेगा? इतना फ्रस्ट्रेशन हो जाता है, न एग्ज़ाम टाइम पर होता है और न ही सही ढंग से। इंतज़ार करते-करते ही दम टूटने लग जाता है। उधर गाँव में हमारे माँ-बाप रोज़ मेहनत कर-कर के कैसे भी हमें पढ़ा-लिखा रहे हैं। वो भी तो रोज़ मर रहे हैं।'' सामने बैठे बच्चों में से एक बच्चे ने हाथ खड़ा करते हुए कहा।

''हम्म...फ्रस्ट्रेशन जायज़ है। गुस्सा भी जायज़ है। पर इस गुस्से में तुम अपनी जान ले लोगे? आत्महत्या का कदम उठाने से पहले अपने घरवालों के बारे में सोचना।

अपने गर्लफ्रेंड, बॉयफ्रेंड के बारे में सोचना। सोचना कि तुम्हारे जाने से उनको कोई फ़ायदा होगा? बिलकुल भी नहीं होगा साथियों। बल्कि और नुकसान ही होगा। वो और हार जाएँगे और टूट जाएँगे। अगर आप एक ज़िन्दगी बना नहीं सकते तो आपको कोई हक़ भी नहीं एक ज़िन्दगी खत्म करने का, फिर चाहे वो ज़िन्दगी आपकी ही क्यों ना हो।

''खुद को खत्म करने से अच्छा है कि आप खराब तंत्र को खत्म करो। उससे लड़ो। खुद जियो साथियों। ये ज़िन्दगी बहुत खूबसूरत है। इसे यूँ बर्बाद नहीं करो। एक दिन समय बदलेगा। ज़रूर बदलेगा साथियों।'' बोलते-बोलते मयंक रुक गया। उस एक शाम तालियों की गड़गड़ाहट के साथ बत्रा सिनेमा के सामने का मैदान गूँज गया।

''तो साथियों मेरे साथ संकल्प करो कि हम लड़ेंगे और कभी भी हार नहीं मानेंगे।'' मयंक ने आखिर में कहा।

''हाँ हम संकल्प करते हैं कि हम लड़ेंगे। कभी नहीं हारेंगे।'' बच्चों की भीड़ एक साथ बोल उठी।

~

ये साल 2018 का था। हर साल की तरह तैयारी करने वाले अभ्यर्थियों के लिए कुछ भी नया नहीं था। कई बार एग्ज़ाम की डेट बढ़ने के बाद आखिरकार परीक्षा फरवरी 2018 में होनी तय हुई। दस बटा दस फ़ीट के कमरे में गणित, अंग्रेज़ी की किताब में सिर गड़ाए अभ्यर्थी उस परीक्षा की तैयारी कर रहे थे जिसका कोई छोर नहीं था। सरकारी नौकरी की परीक्षा की तैयारी करने वाले अभ्यर्थी से ज़्यादा आशावादी इस दुनिया में कोई और व्यक्ति नहीं होता होगा। परीक्षा कब होगी, रिज़ल्ट कब आएगा, आएगा भी या नहीं या रिज़ल्ट पर रोक लगेगी। पर्चा लीक हो गया तो दुबारा एग्ज़ाम कब होगा। सरकारी नौकरी में नौकरी लेने से पहले कुछ भी निश्चित नहीं होता है। एसएससी की तैयारी करते-करते अभ्यर्थी एक ज़िंदा लाश बन जाता है, जिसे दुनिया से कोई मतलब नहीं होता। जैसे सर्दी में जानवर और पक्षी अपने-अपने घरों, गुफ़ाओं, घोसलों में दुबक जाते हैं वैसे ही सीजीएल-17 के मेंस देने वाले परीक्षार्थी अपने-अपने कमरों में दुबक के पढ़ाई कर रहे थे। वैसे ही ये परीक्षा मयंक और चंदू के लिए आखिरी परीक्षा थी। इसके बाद उनकी उम्र इस परीक्षा के लिए खत्म हो जानी थी।

आज सीजीएल-17 के मेंस की तारीख थी। मयंक और चंदू की परीक्षा साथ में ही थी। समीरा ने दोनों को ही बोल दिया था कि इस बार अगर आप लोग सिलेक्ट नहीं हुए तो वो उन दोनों से कभी बात नहीं करेगी। मयंक और चंदू परीक्षा देकर आ गए थे। दोनों का पेपर बहुत अच्छा हुआ था। लेकिन फिर भी दोनों का ही मुँह लटका हुआ था। इसलिए नहीं कि उनका पेपर खराब हुआ था, बल्कि इसलिए कि देश के

कई परीक्षा केन्द्रों में पेपर लीक हुआ था।

घर पर आते ही मयंक ने कहा, ''ये परीक्षा कराने वाले कभी नहीं सुधरेंगे। रिमोट एक्सैस से पेपर पार हुआ है। मतलब आप परीक्षा केंद्र में बैठे पेपर दे रहे हो और घर से आपका ही पेपर कोई और दे रहा है। ये टेक्नोलॉजी का विकास हम पर भारी पड़ रहा है।''

''ये तो बहुत बुरा हुआ यार दादा!'' ऐसे कितने परीक्षा केंद्र होंगे जहाँ ऐसे नकल हुई है?'' मैंने सवाल किया।

''कुछ पता नहीं। लेकिन खबर आ रही है कि ऐसे बीसियों परीक्षा केंद्र हैं।'' मयंक ने कहा।

''अब तो पक्का पेपर कैंसिल होगा। साला ज़िन्दगी में पहली बार इतना अच्छा मेंस हुआ और उसमें भी फिर से नौटंकी हो गयी।'' चंदू ने कहा।

''मतलब कितने भी पुख्ता इंतज़ाम करा ले आयोग लेकिन नकल करने वाले माफ़िया नकल करा ही लेंगे।'' मैंने कहा।

''पता नहीं कब सुधरेंगे ये!'' चंदू अपना माथा पकड़ के बेड पर बैठ गया।

''सुधरेंगे, बहुत जल्दी सुधरेंगे।'' मयंक ने लोअर पहनते हुए कहा। ''खैर! चलो बाहर चलते हैं। सुबह से कुछ खाये नहीं हैं। कुछ खा कर आते हैं।'' मयंक ने आगे कहा।

''हम्म...चलो।'' मैंने कहा।

हम तीनों सरदार जी की दुकान पर अमृतसरी छोले-भटूरे खाने के लिए चले आए। हम छोले भटूरे खा ही रहे थे कि मयंक का फ़ोन बजा। मयंक ने फ़ोन रिसीव किया और फ़ोन पर बात सुनते ही उसका मुँह खुला का खुला रह गया। आँखें बाहर हो आने को हो रही थीं। वो कुछ नहीं बोला बस बात सुनता रहा फिर उसने फ़ोन रख दिया। मयंक ने खाना छोड़ दिया और बोला, ''चलो जल्दी।''

''कहाँ दादा? क्या हुआ है?'' मैंने सवाल किया।

''अब न्याय होगा। संग्राम होगा, संग्राम।'' दादा बोल पड़ा।

''पर हुआ क्या है दादा?'' चंदू ने पूछा।

''ए ब्लॉक में एक और लड़के ने फाँसी लगा ली है।'' मयंक ने कहा।

''क्या? अरे साला!'' चंदू ने कहा। ये खबर सुनकर मेरे कान जैसे फट जाने को हो रहे थे।

हम सब तुरंत घटनास्थल पर पहुँचे। वहाँ आत्महत्या करने वाले लड़के के दोस्तों से पता किया तो मालूम पड़ा कि वो लड़का काफ़ी दिनों से परेशान चल रहा था और फिर आज के रिमोट एक्सैस से नकल की वजह से इस लड़के ने डिप्रेशन में आकर फाँसी लगा ली।

मयंक से रहा नहीं गया। वो ज़ीने पर लात मारते हुए वहाँ से घर आ गया। हम भी उसके पीछे-पीछे घर आ गए। उस रात हममें से किसी ने किसी से कोई बात नहीं की। मयंक कभी नहीं चाहता था कि सिस्टम की वजह से किसी एक की भी जान जाए। यही वजह थी कि वो आज बहुत परेशान था।

अगले पाँच-छह दिन मयंक घर से बहुत कम निकला। मुझसे भी उसने ज़्यादा बात नहीं की। मैंने भी मयंक को परेशान करना ज़रूरी नहीं समझा। मैं और समीरा अपनी-अपनी क्लासेज़ लेने में बिज़ी थे और बच्चों को ये समझाने में कि अब किसी भी तरह कोई अपनी जान नहीं देगा। सभी लोग धैर्य के साथ पढ़ाई करते रहें। एक दिन सब सही हो जाएगा।

इधर जैसे-जैसे दिन बढ़ते जा रहे थे, बच्चों में आयोग के खिलाफ़ रोष बढ़ता जा रहा था। अभ्यर्थियों ने सोशल मीडिया के कई प्लेटफ़ॉर्म जैसे फ़ेसबुक, व्हाट्सऐप, ट्विटर इत्यादि के माध्यम से एकजुट होना शुरू कर दिया था और अपनी माँगों के लिए सरकार और आयोग पर दबाव बनाना शुरू कर दिया था। ये रोष धीरे-धीरे एक देशव्यापी जन-आंदोलन का रूप ले चुका था और इसके पीछे कहीं-न-कहीं मयंक का अहम हाथ था। वह अपनी माँगों के साथ पिछले पाँच-छह दिनों से लगातार सोशल मीडिया के माध्यम से अभ्यर्थियों को इस देशव्यापी जन-आंदोलन के लिए एकजुट करने में लगा हुआ था और वो अपने इस मकसद में बहुत हद तक सफल भी हुआ था। उसके इस आग रूपी मकसद में घी का काम किया राकेश कुमार ने। उसने लगातार तीन दिन तक यू-ट्यूब चैनल पर आकर इस परीक्षा में होने वाली धाँधली और लेट-लतीफी पर दमदार तरीके से प्रस्तुतिकरण किया। साथ ही राकेश ने अपने अखबारों में इस परीक्षा की कमियों को लेकर कई बड़े-बड़े लेख निकाले।

देखते-ही-देखते एक हफ़्ते के भीतर ही सीजीएल-17 की परीक्षा में हुई लीक के चलते सोशल मीडिया के माध्यम से अभ्यर्थियों का गुस्सा आयोग और परीक्षा कराने वाली कंपनी पर पूरी तरह निकल रहा था। बिहार के पटना में तो लोगों ने ट्रेनों का चक्का जाम कर दिया था। सीजीएल-17 के अभ्यर्थियों के लिए ये सोशल मीडिया एक बहुत बड़ा हथियार बन कर सामने आया। अभ्यर्थियों के क्रोध और रोष को सही दिशा देने के लिए मयंक ने तमाम शहरों के अभ्यर्थियों से सलाह-मशविरा करके पूरी सहमति के साथ 28 फरवरी को जन-आंदोलन करने की तिथि सुनिश्चित की। जब दिल्ली में जन-आंदोलन की बात हुई तब जाकर पटना में अभ्यर्थी ट्रेन की पटरियों और ट्रेनों पर से हटे। देश भर से अभ्यर्थी अपना-अपना बोरिया बिस्तर के

साथ दिल्ली कूच करने के लिए तैयार थे। बिहार, उत्तर प्रदेश, राजस्थान, हरियाणा, पंजाब, मध्यप्रदेश, उत्तराखंड, हिमांचल प्रदेश, बंगाल, दक्षिण भारत और शेष भारत के कई शहरों, ज़िलों, कस्बों, गाँवों से अभ्यर्थी दिल्ली के लिए कूच करने के लिए तैयार थे। दिल्ली और इसके आस-पास के अभ्यर्थी शेष भारत के अभ्यर्थियों के लिए मैदान तैयार करने में जुट चुके थे। इस जन-आंदोलन की पहली और सबसे महत्त्वपूर्ण शर्त ये थी कि मौजूदा परीक्षा की तय समय पर सीबीआई जाँच हो, बाकी आने वाली परीक्षाओं में किसी भी तरह की अपारदर्शिता न हो, परीक्षा प्रणाली पूरी तरह साफ़ ढंग से हो और पूरी परीक्षा को नोटिफ़िकेशन निकलने से लेकर जॉइनिंग आने तक में साल भर से ज़्यादा का समय न हो। कुछ अन्य माँगें भी थीं जैसे तमाम शिफ्ट्स में परीक्षा होने से परीक्षा पत्रों के डिफ़िकल्टी लेवल में अंतर पैदा हो जाने से अभ्यर्थियों के मार्क्स में भी काफ़ी अंतर आ जाता है तो इसके लिए नोर्मलाइज़ेशन की व्यवस्था की जाए। इसके अतिरिक्त इन माँगों को मान लिए जाने के बाद एक माँग और थी कि तमाम पिछली परीक्षाओं में हुईं अनियमितताओं को देखते हुए उन सभी परीक्षाओं की भी सीबीआई जाँच कराई जाये।

मयंक ने आंदोलन का खाका तैयार कर लिया था और बत्रा सिनेमा के चौक पर सीजीएल-17 के अभ्यर्थियों को इकट्ठा करके समझा दिया था कि कुछ भी हो जाये जब तक हमें न्याय नहीं मिल जाएगा तब तक हम ये आंदोलन बंद नहीं करेंगे। मुझे दादा में वो सीजीएल-2013 प्रोटेस्ट के वक़्त का मयंक नज़र आ रहा था जिसने इलाहाबाद में आयोग के दफ़्तर की छाती पर मूंग दल दी थी।

आज आंदोलन का पहला दिन था लेकिन आंदोलन का आखिरी दिन कौन-सा होगा ये किसी को नहीं पता था। मैं और समीरा कोचिंग्स के स्टूडेंट्स की भीड़ लेकर सीजीओ कॉम्प्लेक्स में आयोग के दफ़्तर के सामने जुट गए थे। मयंक सीजीएल-17 के अभ्यर्थियों के साथ डटा हुआ था। मंच, प्रोटेस्ट के लिए जुटी अभ्यर्थियों की भीड़ और वैसे पोस्टर्स, बैनर्स देख कर मुझे सीजीएल-13 के प्रोटेस्ट की याद आ गयी थी। सब कुछ मानो दोबारा घटित हो रहा था। बस इस बार जगह अलग थी। उस वक़्त जंतर-मंतर था और इस बार आयोग के दफ़्तर के ही सामने—सीजीओ कॉम्प्लेक्स।

सूरज अपनी किरणों को बिखेरते हुए आसमान में बढ़ा चला आ रहा था। आज आसमान पूरा साफ़ था, मानो हवा ने भी ठान लिया था कि अभ्यर्थियों के हौसलों को सूरज का साथ मिलना है। मंच सज चुका था, अभ्यर्थियों ने अपने बुलंद हौसलों के साथ सड़क किनारे और सड़क के कुछ हिस्से पर तम्बू गाड़ दिये थे। उनमें एक नया जुनून और जोश दिख रहा था। अभ्यर्थियों की अब तक की पूरी पढ़ाई आयोग की ऊँची इमारत के सामने आज सड़क पर अपने हक़ के लिए आवाज़ उठा रही थी। आयोग और परीक्षा कराने वाली कंपनी के खिलाफ़ लगने वाले नारे आसमान में गूँज कर विस्फोटित होते जा रहे थे। इस बार की भीड़ आयोग के इतिहास की सबसे बड़ी भीड़ थी।

मयंक ने मंच पर से बोलना शुरू कर दिया था। उसके एक-एक शब्द में जोश और सिस्टम के खिलाफ़ गुस्सा साफ़ नज़र आ रहा था।

''साथियों! बहुत हो गया! अब हम और नहीं सह पाएँगे। सिस्टम की कमियों की वजह से हम और कितनी लाशें देखेंगे। ये तो दिल्ली शहर है, जिसमें खबरें हमें मिल जाती हैं पर ऐसे न जाने कितने शहर और गाँवों में अभ्यर्थी होंगे जिनकी खबरें हमारे कानों तक नहीं पहुँच पातीं और फिर लाश की बात है तो हम सभी लोग जीते हुए मर ही तो रहे हैं। हम अपना हक़ भी नहीं ले पा रहे हैं। मानते हैं कि हर किसी के लिए आयोग सरकारी नौकरी नहीं दे पाएगा, लेकिन जब भर्ती निकाल ही रहा है तो उसे पूरी पारदर्शिता के साथ और तेज़ी से कराये। माना सरकार की मंशा साफ़ है लेकिन फिर भी अगर पेपर आउट हो रहा है तो मैं आप सबके माध्यम से इस सरकार से दरख्वास्त करूँगा कि हमें न्याय दे। हम ये प्रदर्शन तब ही खत्म करेंगे जब हमें न्याय मिल जाएगा। आखिर क्यों परीक्षाएँ इतनी देरी से होती हैं, आखिर क्यों कोई परीक्षा बिना पेपर लीक के नहीं हो पाती? क्या अपराधियों के हाथ सरकार के हाथों से भी ज़्यादा ताकतवर हो गए हैं कि वो इन टुच्चे पेपर लीक कराने वालों को पकड़ नहीं पा रही है? आखिर कब तक? आखिर कब तक हम इसी तरह एक परीक्षा के लिए दो-दो साल बर्बाद करते रहेंगे? हमारी भी ज़िंदगियाँ हैं, हमारे भी ख्वाब हैं हमारे भी परिवार हैं। उन सब का भी तो सोचना है।''

''साथियों! हम यहाँ से बिना अपना हक़ लिए नहीं जाएँगे और हम इस परीक्षा में संलिप्त हर एक अपराधी को जब तक पकड़ने का आश्वासन नहीं ले लेंगे तब तक हम यहाँ से हिलेंगे भी नहीं,'' मयंक दहाड़ते-दहाड़ते रुका और फिर शुरू हो गया...

''हैं अडिग हम अपने संकल्प पर
नहीं हटेंगे कहीं भी इस सड़क से
हक़ अपना हम ले कर ही रहेंगे
करना पड़े बलिदान लहू अपना चाहे
नहीं रुकेंगे, नहीं हटेंगे, नहीं डिगेंगे
चलते रहेंगे हो अटल, और लड़ेंगे
हैं अडिग हम अपने संकल्प पर।

समझ अपनी झेली पीड़ा सबकी
हम हैं वो बेरोज़गार जो सबके साथी
नहीं हटेंगे कहीं भी इस सड़क से
खानी पड़े लाख गाली, डंडे या लाठी
हम हैं वो बेरोज़गार जो सबके साथी।
हमने झेले समाज के ताने हज़ार

चाचा, फूफा, मामा हो या कोई रिश्तेदार
नहीं चूकता था करने में हमें शर्मसार
एहसास कराता जाता था हर बार
कि तुम हो एक निठल्ले बेरोज़गार।

नहीं देखे हालात किसी ने हमारे
समझी न किसी ने मजबूरी हमारी
दुत्कार दिये गए समाज से हम
एक पतित जीव की भांति
कहो, कैसे चल दें यहाँ से हम
बिना लिए हक़ अपना, तुम्हारा, हमारा
बतलाओ है क्या दोष हमारा
कि बस हम हैं एक बेरोज़गार यारा?

हैं अडिग हम अपने संकल्प पर
नहीं हटेंगे कहीं भी इस सड़क से
हक़ अपना हम ले कर ही रहेंगे
करना पड़े बलिदान लहू अपना चाहे
नहीं रुकेंगे, नहीं हटेंगे, नहीं डिगेंगे
चलते रहेंगे हो अटल, और लड़ेंगे
हैं अडिग हम अपने संकल्प पर।''

मयंक ने अपने प्रभावशाली भाषण से प्रोटेस्ट करने वाले अभ्यर्थियों में एक जोश भर दिया। सड़कों पर धरना देने के लिए बैठे अभ्यर्थियों ने आयोग मुर्दाबाद के नारे लगाने शुरू कर दिये। मंच पर समीरा, चंदू और मानसी के साथ बीस अभ्यर्थी अनशन के लिए बैठ चुके थे। यहाँ सड़क पर से अभ्यर्थी अपने-अपने हक के लिए सामने की बिल्डिंग में बने आयोग के दफ़्तर के नीचे आयोग के खिलाफ़ चिल्ला-चिल्ला कर भुस्स भरने की एक ऐसी कोशिश किए जा रहे थे जिसका अंत हम में से किसी को भी नहीं पता था।

धीरे-धीरे पहली शाम हुई। आयोग की तरफ़ से कोई जवाब नहीं आया। शायद हम अभ्यर्थियों का इस देश में कोई मोल नहीं है। अभ्यर्थियों का एक टोला राजस्थान से तीन बसों में भर के आ चुका था। रात आई। जो अभ्यर्थी दिल्ली से थे या जिनका कोई जानने वाला दिल्ली में था वो अपने-अपने घर और जानकार के यहाँ रात गुज़ारने के लिए रवाना हो गए और अगले दिन सुबह आने के लिए कह गए। जो अभ्यर्थी दिल्ली से नहीं थे और जिनका दिल्ली में कोई जानकार नहीं था वो यहीं सीजीओ

कॉम्प्लेक्स के सामने सड़क पर बैठे रहे। रात गुजारने के लिए उनके पास आसमान ही छत थी, ज़मीन ही उनका फ़र्श था। चद्दर, कंबल जो जिसके पास था वो ओढ़-बिछाकर लेट गया। कुछ ऐसे भी अभ्यर्थी थे जिनके पास अखबार और पन्नी के सिवा कुछ भी बिछाने और ओढ़ने को नहीं था। उनके लिए उस रात हवा भी अपनी ठंडक कम करके बही।

''तुम लोग घर चले जाओ आदिल, फिर सुबह आ जाना। ठंड बहुत है। बाकी मैं हूँ ना यहाँ, मैं देख रहा हूँ इधर सब।'' मयंक ने मुझसे, समीरा और चंदू से कहा।

''वाह भैया! आपका ही अकेले का प्रोटेस्ट नहीं है। हम सब का बराबर का है। आप ही चले जाइए। मैं तो यहाँ से कहीं नहीं जाने वाली।'' समीरा ने कहा।

''समीरा तुमने, चंदू और मानसी ने तो सुबह से कुछ भी नहीं खाया है। पहले कुछ खा लो। फिर रुकना यहाँ।'' मयंक ने कहा।

''क्या बात करते हैं भैया? मैंने इन अभ्यर्थियों के लिए अनशन रखा है। मैं तब तक कुछ नहीं खाऊँगी जब तक हमको न्याय नहीं मिल जाता।'' समीरा ने ज़िद की।

''रहने दो ना दादा! हम लोग भी यहीं रुके हैं। ऐसे थोड़े चले जाएँगे इन अभ्यर्थियों को यहाँ अकेला छोड़ कर।'' मैंने कहा।

''आप लोग कुछ खा लो। सुबह से चिल्ला-चिल्ला कर गला सुखा लिया है। देख नहीं रहे, आवाज़ नहीं निकल रही आप दोनों की।'' समीरा ने हँस कर मेरी और मयंक की तरफ़ देखते हुए कहा।

''हाँ आप लोग कुछ खा लो जा कर। हमें तो बस इधर बैठना ही है। आपको तो चिल्लाना और भाग-दौड़ भी करनी है।'' चंदू ने कहा।

''हम्म।'' मैंने मयंक की तरफ़ देखते हुए कहा।

''कितने मक्कार लोग हैं ना ये?'' मयंक ने आयोग की बिल्डिंग की तरफ़ देखते हुए कहा, ''यहाँ हम अभ्यर्थियों का भविष्य दाँव पर लगा है और इनमें से किसी ने भी कोई सुध तक नहीं ली आकर। बस ये दिल्ली पुलिस के नमूने भेज दिये, हम पर नज़र रखने के लिए।'' मयंक ने कहा।

''हम भी देखते हैं आखिर कब तक मक्कारी करेंगे, इस बार तो छोड़ ही देंगे मक्कारी ये।'' समीरा ने भी आयोग की बिल्डिंग की तरफ़ देखते हुए कहा। मैं समीरा का चेहरा देखने लगा।

''जाओ और आप लोग कुछ खाकर आओ अब।'' समीरा ने मुझे धक्का देते हुए कहा।

मैं और मयंक गए। दूर एक रेहड़ीवाले के यहाँ से हम छोले-चावल खाकर

वापिस आ गए। इधर रात बढ़ रही थी। सड़कों पर लेटे अभ्यर्थी अपना-अपना नसीब लेकर कल होने वाले सवेरे से ये उम्मीद लेकर सो गए कि शायद कल उन्हें उनका हक मिले।

मैं जब लौटा तो समीरा मंच पर एक कोने में अपने पैर सिकोड़े हुए आँखें बंद किए लेटी थी। मयंक सड़क पर लेटे और बैठे अभ्यर्थियों के बीच में जाकर उनसे बातें करने लगा। मैं कार से कंबल निकाल के लाया और समीरा को ओढ़ा दिया। मैं उसके पास बैठ गया और उसके माथे पर हाथ फेरने लगा। वो मेरे हाथ के स्पर्श से जग गयी और उठकर बैठते हुए मुझसे पूछने लगी, "अरे कब आ गए तुम? खाना खा आए या ऐसे ही भाग आए?"

"मैं तो खा आया लेकिन मन नहीं लगा। तुम ऐसे भूखी रहोगी तो मेरे से भी नहीं खाना जायेगा।" मैंने कहा।

"चलो बुद्धू! एक-दो दिन की ही तो बात है, इतने में तो आ जाएगा निर्णय। फिर पानी तो पी ही रही हूँ मैं। हे-हे-हे-हे!" समीरा खिलखिला दी।

"देखते हैं।" मैंने उसके नर्म हाथ पकड़ते हुए कहा। उधर मानसी, चंदू और तीन अभ्यर्थी भी उस मंच पर सिकुड़े हुए लेटे थे।

"थक गयी हो ना, पूरा दिन हो गया तुम्हें?" मैंने समीरा से पूछा।

"हम्म! तुम भी तो थक गए हो। देखो एक ही दिन में क्या हालत हो गयी तुम्हारी।" समीरा ने मेरे सिर के बालों पर हाथ फेरते हुए कहा।

"तुम न आज बहुत खूबसूरत लग रही हो समीरा!" मैंने कहा।

"अच्छा। मतलब मैं खाना नहीं खाऊँ तो तुम्हें मैं अच्छी लगती हूँ, हुँह।" वो चिढ़ते हुए बोली।

"अरे मेरा वो मतलब नहीं था।" मैंने उसकी हथेली को अपनी दोनों हथेलियों के बीच दबा लिया। उसने अपनी आँखें बंद कर लीं।

"आदिल! आज ऐसे ही अपने पास सुला दो मुझे! बहुत तेज़ नींद आ रही है।" समीरा ने कहा।

"हाँ सो जाओ फिर।" मैंने कहा और उसका सिर अपनी जाँघों पर रखकर उसको थपकी देने लगा। वो आँखें बंद करके सो गयी। मैं भी थपकियाँ देते-देते यूँ ही बैठे हुए कब समीरा के कंधे पर अपना सिर रख के सो गया, पता ही नहीं चला।

सवेरे मेरी नींद चिड़िया के चहचहाने से खुली। समीरा उठ चुकी थी। वो चिड़िया एक कुशल नेत्री की तरह मंच पर बीचोंबीच चहचहा रही थी। इससे खूबसूरत दिन अभ्यर्थियों के लिए क्या हो सकता था कि एक परिंदा भी इनके हौसलों को बुलंद

करने के लिए मंच पर बैठा था। मैं उसे तब तक देखता रहा जब तक वो खुद से उड़ नहीं गई। थोड़ी देर में मयंक आया और बोला, ''हरियाणा से आज दो बसें भर के अभ्यर्थी आ रहे हैं। अभी-अभी विकास का फ़ोन आया है।''

''बढ़िया है ये तो दादा।'' मैंने आँखें मलते हुए कहा।

बाकी अभ्यर्थी लोग पास के बने सुलभ शौचालय से फ़ारिग होकर आ-आ के आज के धरने के लिए बैठ रहे थे। रात में अपने-अपने घर और जानने वालों के यहाँ चले गए अभ्यर्थी भी अब धीरे-धीरे आते जा रहे थे। नए दिन की शुरुआत उसी हिम्मत, हौसले और उम्मीद के साथ हुई। दिन बढ़ता जा रहा था। अभ्यर्थियों ने आयोग के सामने मुर्दाबाद के नारों का बिगुल छेड़ दिया था। धीरे-धीरे मीडिया, पत्रकार और नेता लोगों की नज़र हमारे इस प्रोटेस्ट पर पड़ने लगी। मीडियावाले, पत्रकार लोग इस खबर को सबसे पहले दिखाने के लिए होड़ में थे। लेकिन सरकार और आयोग की तरफ़ से हम अभ्यर्थियों को अभी तक कोई आश्वासन नहीं मिला था। हमारा प्रदर्शन अब नए-नए अभ्यर्थियों के जुड़ जाने से बढ़ता ही जा रहा था। प्रोटेस्ट में अभ्यर्थियों की बढ़ती संख्या को देखते हुए जवाहरलाल नेहरू स्टेडियम मेट्रो स्टेशन आने वाले यात्रियों के लिए रोक दिया गया। लेकिन फिर भी अभ्यर्थी पास के दूसरे मेट्रो स्टेशन, खान मार्केट, जोरबाग से अपने-अपने साधन, बस, टैक्सी या पैदल भी चले आ रहे थे।

इधर मंच पर समीरा, चंदू और मानसी के साथ अनशनकर्ताओं की भी संख्या बढ़ती जा रही थी। मयंक और उसके कुछ साथी मंच पर से लगातार ज़ोरदार भाषण देते हुए धरने को ज़िंदा रखे हुए थे। वही किस्से-कहानियों का दौर, वही एक-दूसरे की ज़िंदगियों में संघर्षों का दौर सुनाना और सुनना शुरू हो गया था। मुझे फिर से सीजीएल-13 के प्रोटेस्ट का वक़्त याद आ गया। आज प्रोटेस्ट का दूसरा दिन भी ऐसे ही खत्म हो गया लेकिन सरकार की तरफ़ से कोई आश्वासन नहीं आया।

अगला दिन फिर शुरू हुआ। आयोग हम पर नज़र लगातार रखे हुए था लेकिन अपनी तरफ़ से कोई भी कदम नहीं उठा रहा था। प्रशासन ने अब पास के सुलभ शौचालयों को बंद कर दिया था। ताकि अभ्यर्थी परेशान हो जाएँ और ये प्रोटेस्ट टूट जाये। किसी भी बड़े धरने को असफल करने का सबसे आसान तरीका उसे तोड़ देना या बाँट देना होता है। अभ्यर्थियों में इस बात को लेकर गुस्सा लगातार बढ़ता जा रहा था। सभी ने ठान लिया था कि जब तक कोई निर्णय नहीं निकलेगा तब तक ये धरना बंद नहीं होगा।

मयंक ने अपने कुछ साथियों को लेकर कहा, ''सुनो साथियों! आयोग से एक मैसेज आया है। उन्होंने अभ्यर्थियों के एक डेलीगेशन से कल सुबह ग्यारह बजे मिल कर बात करने को कहा है। अब वहाँ ये हमें बाँटने की कोशिश करेंगे। हो सकता है,

हमें कोई लालच देकर इस धरने को शांत करने को भी कहें, लेकिन हमें टूटना नहीं है। हमें अपना एक का नहीं सोचना है। हमें हम सब का सोचना है। हमें बस अपनी माँगों पर डटे रहना है। जब तक वो इस परीक्षा की एक निश्चित समय-सीमा में सीबीआई जाँच कराने का हमें लिखित में नहीं दे देते तब तक हम यहाँ से एक कदम भी पीछे नहीं हटेंगे।''

उन सभी साथियों ने मयंक से सहमति में हाँ में हाँ मिलाई। अगली सुबह मयंक और उसके दो साथी आयोग के दफ़्तर में चेयरमैन साहब से मिलने गए। मीटिंग में निर्णय हुआ कि प्रोटेस्ट को शांत करा लिया जाए और वो सीजीएल-17 में हुए पेपर लीक को लेकर सीबीआई जाँच कराएँगे। लेकिन लिखित में वो कुछ नहीं देंगे। ये गोलमोल प्रलोभन अब मयंक के ऊपर नहीं चलने वाला था। वो बोला कि जब हमें लिखित में आश्वासन मिल जाएगा तो हम खुद-ब-खुद इस प्रदर्शन को बंद कर देंगे। बिना कोई ठोस आश्वासन के मयंक और उसके साथी लौट आए।

अब क्या होना था! प्रोटेस्ट में काफ़िला बढ़ता जा रहा था। ठंड और भूख इधर अभ्यर्थियों के हौसलों को चाहकर भी परास्त नहीं कर पा रहे थे। एक-एक करके दिन बीतते जा रहे थे। मीडिया हमारे धरने को लगातार कवर किए हुए था। राकेश कुमार ने तो अपने यू-ट्यूब चैनल पर आयोग के खिलाफ़ इस परीक्षा प्रणाली को लेकर एक अलग ही बीज बो दिया था। ट्विटर, फ़ेसबुक और अन्य सोशल मीडिया पर अब हमारी बात सुनी जा रही थी। प्रशासन ने हमें कमज़ोर करने के लिए इधर जैमर लगा दिये थे, आस-पास खाने पीने की चीज़ों को बंद करा दिया था। अभ्यर्थी एक-एक किलोमीटर पैदल चल कर खाना खाने के लिए जा रहे थे। इस बीच खुदा कुछ इन्सानों में उतर आया था। गुरुद्वारे से और पास के कुछ घरों से खाना हम अभ्यर्थियों के लिए बनकर आने लगा था। मैं और समीरा ने भी अपनी कोचिंग्स से बच्चों के लिए रोज़ के खाने का प्रबंध कर दिया था।

जितने भी अभ्यर्थी रात में इधर सीजीओ कॉम्प्लेक्स में धरने में रुकते थे, उनकी पढ़ाई खराब न हो इसलिए मैं और समीरा उन्हें रात में पढ़ाते भी थे। मयंक व्हाइट बोर्ड ले आया था। एक छोटी-सी कोचिंग हमने इधर खुले आसमान के नीचे खोल ली थी, जिससे कि अभ्यर्थियों का समय बर्बाद न हो।

अनशनकर्ताओं ने पिछले आठ दिनों से मुँह में एक निवाला भी नहीं डाला था। चंदू का चेहरा पीला पड़ गया था। समीरा का गुलाब जैसा चेहरा मुरझा गया था। आठ दिनों से अनशन पर बैठे अभ्यर्थियों की हालत अब बिगड़नी शुरू हो गयी थी। दो अभ्यर्थियों की तबीयत ज़्यादा खराब हो गयी थी। मयंक कुछ लड़कों को लेकर उन्हें तुरंत सफ़दरजंग अस्पताल में भर्ती करा आया था।

मैंने समीरा से हाथ जोड़कर कहा, ''अब तो खाना खा लो समीरा! ऐसे नहीं

होता। इन आयोग वालों का कोई भरोसा नहीं है कि वो कब कुछ जवाब देंगे। जवाब देंगे भी या नहीं देंगे, कुछ पता नहीं है समीरा। तो क्या तुम तब तक खाना ही नहीं खाओगी? चलो कुछ खा लो ना समीरा। ऐसे बीमार पड़ जाओगी तुम।''

''नहीं आदिल! ये मेरे से नहीं होगा। मैं इन अभ्यर्थियों के साथ धोखा नहीं कर सकती। मुझे लगता है कि निर्णय आएगा, ज़रूर आएगा एक दिन। और उस दिन मैं तुम्हारे हाथों से खाना खाऊँगी। अभी तो मेरा घूमने का मन है। कहीं ले चलो मुझे। इतने दिनों से मेरा यहाँ मन थक सा गया है।'' समीरा ने मेरा हाथ पकड़ते हुए कहा।

''ठीक है। चलो। कहाँ चलना पसंद करोगी?'' मैंने पूछा।

''कहीं भी बस जहाँ थोड़ा सुकून भी हो और थोड़ी-सी ही भीड़ भी। हम्म...खान मार्केट चलते हैं।'' समीरा ने कहा।

''चलो।'' मैंने कहा।

मेट्रो की पार्किंग में मेरी कार खड़ी थी। मैं समीरा का हाथ पकड़े हुए ही कार तक पैदल चलने लगा।

ये हमारे धरने की नौवीं रात थी। रात के ग्यारह बजे थे। दिल्ली पुलिस के जवान अपने-अपने लाठी-डंडों के साथ प्लास्टिक और लकड़ी की कुर्सियों पर बैठे हुए थे। ये विडम्बना ही थी कि इन्हीं दिल्ली पुलिस के कुछ सिपाहियों ने सीजीएल-17 का एग्ज़ाम भी दिया था जो खुद भी उस परीक्षा से त्रस्त थे। वो सिपाही खुद हमारे धरने में हमारे साथ बैठना चाहते थे लेकिन सरकार और अपने फ़र्ज़ से वो मजबूर थे। सड़क पर कुछ अभ्यर्थी पालथी मारे अगली किसी ऐसी ही परीक्षा के लिए पढ़ रहे थे, लेकिन उन्हें ये भी नहीं पता कि उस परीक्षा में भी इसी तरह किसी धरने में बैठकर किसी और परीक्षा के लिए पढ़ना पड़ेगा। मयंक ये सब जानता था इसलिए वो परीक्षा में होने वाले पूरे भ्रष्टाचार को इसी जन-आंदोलन के माध्यम से खत्म कर देना चाहता था। मौसम में हल्की गुलाबी ठंड थी। आसमान पूरा चाँद लिए चमक रहा था, दो-चार स्ट्रीट लाइटों को छोड़कर सड़क किनारे लगी स्ट्रीट लाइटें अपनी दूधिया और पीली रोशनी सड़क पर बिखेर रही थीं। पुराने अखबार के टुकड़े, खाना खाने के बाद इधर-उधर फेंक दिये गए प्लास्टिक और कागज़ के जूठे दोने, पैकेटबंद पानी की खाली बोतलें सड़कों पर और सड़क किनारे इधर-उधर बिखरी पड़ी थीं। अभ्यर्थियों के लिए तो ये रोज़ का हो गया था। वो सुबह उठ कर इस बिखरी पड़ी गंदगी को साफ़ कर देते थे। सड़क फिर से चमचमा जाती थी। सड़क पर कुछ अभ्यर्थी थक कर चूर हो गए थे तो वो कहीं भी कैसे भी सो रहे थे। कोई कागज़ के गत्ते पर सोया हुआ था, कोई अखबार बिछा कर उस पर सिकुड़ा लेटा हुआ था, किसी ने पन्नी बिछाई हुई थी, किसी ने अखबार ही ओढ़ लिया था। कुछ अभ्यर्थी बीच सड़क में खुले में सो रहे थे तो कुछ ने सड़क किनारे लगे पेड़ों की ओट ले ली थी। कुछ अभ्यर्थी गहरी

नींद में थे तो कुछ ऊँघ रहे थे। वहीं कुछ लोग अपने-अपने मोबाइल में गाना, मूवी देख-सुन रहे थे।

मैं और समीरा कार तक पहुँच गए और थोड़ी देर के लिए पीछे छोड़ आए कई हौसले, कई उम्मीदें। पार्किंग से कार निकालकर मैं मेन सड़क पर ले आया। समीरा कार की आगे वाली सीट पर बैठ गयी। मैंने कार खान मार्केट की ओर दौड़ा दी। समीरा ने अपनी तरफ़ की खिड़की खोल रखी थी। हवा से उसके बाल उड़ रहे थे जिसे वो थोड़ी-थोड़ी देर में सँभाल रही थी।

"बहुत खूबसूरत लग रही हो तुम समीरा।" मैंने समीरा से बात करने के लिए इस तरह शुरुआत की।

"अच्छा!" समीरा ने कहा। "यहाँ कितना अच्छा लग रहा है। ये ठंडी-ठंडी हवा, ये संगमरमर जैसी चिकनी सड़कें।" समीरा ने अपना एक हाथ बाहर निकालते हुए कहा।

"अरे हाथ अंदर रखो, वरना मैं यहीं उतार दूँगा तुम्हें अभी।" मैंने कहा।

"अरे कुछ नहीं होगा आदिल मुझे, तुम फ़िक्र मत करो।"

अब तक हम खान मार्केट पहुँच चुके थे। मैंने एक तरफ़ कार पार्क की और समीरा का हाथ पकड़कर उसे उतारा। वो थोड़ा लड़खड़ाई, उसने अपना माथा एक हाथ से पकड़ा और एक हाथ से अपने शरीर का सारा वजन मुझ पर डाल दिया। "क्या हुआ समीरा? तुम ठीक तो हो ना?" मैंने उससे पूछा।

"हाँ ठीक हूँ, बस चक्कर-सा आ गया था।" उसने कहा।

"चक्कर तो आएँगे ही, नौ दिन हो रहे हैं, कुछ खाया तक नहीं।" मैंने कहा।

"अरे ऐसा कुछ नहीं है, अब आ गए तो आ गए चक्कर।" समीरा ने मेरा हाथ पकड़ते हुए कहा।

"तुम आज अपना अनशन नहीं तोड़ोगी तो मैं तुमसे बात नहीं करूँगा। यार समीरा ऐसे थोड़े होता है। कुछ हो गया अगर तुम्हें तो..." मैंने कहा।

"...तो कुछ नहीं होगा रे पगले लड़के।" समीरा ने हँसते हुए कहा। उसके चेहरे से फूल झड़ आये।

खान मार्केट की दुकानें बंद हो चुकी थीं। बस तीन-चार रेहड़ीवाले थे जो अपनी दुकानें समेट रहे थे। मैं और समीरा धीरे-धीरे पैदल-पैदल सड़क के किनारे ही चलने लगे। सड़क पर कुछ आवारा कुत्ते भौंकते हुए भागे जा रहे थे। यूँ तो रात काफ़ी हो चुकी थी। लेकिन फिर भी इधर तीन कपल्स हमारी ही तरह टहल रहे थे।

"आदिल! देखा नहीं कैसे ये बच्चे अपनी-अपनी ज़िन्दगियाँ लिए वहाँ पड़े हैं। मुझसे तो उनका दर्द नहीं देखा जाता। तभी इधर मैंने तुमसे आने को बोला। अब बड़ा सुकून-सा मिल रहा है।" समीरा ने कहा।

"क्या कर सकते हैं, दो दिन बाद से संसद सत्र चालू है, शायद सरकार हमें जल्द सुने अब।" मैंने कहा।

"बस सुन ले।" समीरा ने अपनी दोनों हथेलियाँ आपस में रगड़ते हुए कहा।

"ठंड लग रही है समीरा?" मैंने कहा।

"हम्म...थोड़ी-थोड़ी।" उसने कहा।

मैंने अपनी जैकेट उतारकर उसे देते हुए कहा, "मुझे इतनी नहीं लग रही ठंड। तुम पहन लो।"

समीरा ने जैकेट पहन ली। "आओ आदिल! उधर थोड़ी देर बैठते हैं।" समीरा ने दूर एक पेड़ के साइड में पड़ी बैंच की तरफ़ इशारा करते हुए कहा। और बैंच पर बैठने के लिए भागने लगी।

मैं उसकी इस मासूमियत को कैद कर लेना चाहता था इसलिए मैं वहीं खड़ा होकर उसे भागते हुए देखने लगा। लेकिन मेरी आँखों ने जो कैद किया वो मैं अपनी ज़िन्दगी में कभी भी कैद नहीं करना चाहता था। समीरा बैंच के पास पहुँच ही नहीं सकी। वो बैंच तक पहुँचते-पहुँचते रह गयी। मैं दौड़कर समीरा के पास गया। वो ज़मीन पर मुँह के बल गिरी पड़ी थी। मैंने समीरा के गाल को अपनी हथेली से हिलाते हुए उसका नाम पुकारा, "समीरा, समीरा!" लेकिन उधर से कोई आवाज़ नहीं आई। मैं एकदम से घबरा गया। मैंने उसके नाक के पास उँगली ले जाते हुए महसूस किया कि उसकी साँसें चल रही हैं। मैंने तुरंत अपना फ़ोन निकालकर मयंक को फ़ोन किया। लेकिन जैमर लगे होने की वजह से कॉल नहीं लग पायी। फिर अगले ही पल बिना कोई देरी किए मैंने समीरा को अपने दोनों हाथों से उठाया और गोद में लेकर कार की तरफ़ भागा। मैं बस दुआ कर रहा था कि समीरा को कुछ भी न हो।

कार के अंदर सीट पर समीरा को मैंने लिटा दिया और बोतल से पानी निकाल कर समीरा के मुँह पर छींटे मारे लेकिन समीरा की आँखें तब भी नहीं खुलीं। मैंने तुरंत कार स्टार्ट की और सफ़दरजंग अस्पताल की तरफ़ तेज़ी से दौड़ा दी। मैं बीच-बीच में समीरा को देखे जा रहा था कि काश उसे होश आ जाए। चंदू पहले से ही दो अभ्यर्थियों के साथ सफ़दरजंग अस्पताल में था। उसकी खुद की हालत चलने लायक नहीं थी लेकिन फिर भी वो डटा हुआ था। कई लड़ाइयाँ एक साथ लड़ी जा रही थीं। चंदू को मैंने कॉल करके बाहर बुला लिया था। उसने पहले से ही इंतज़ाम कर रखा था। अस्पताल पहुँचते ही समीरा को मैंने एमरजेंसी वार्ड में भर्ती करा दिया और चंदू

से पूछा कि वो दो बंदे कैसे हैं अब।

चंदू ने कहा, ''वो दोनों अब ठीक हैं लेकिन समीरा को क्या हुआ?''

''पता नहीं अचानक से गिर गयी। तू एक काम कर भाई। ये गाड़ी की चाभी ले और जल्दी से दादा को ले आ। उसका फ़ोन नहीं लग रहा है। ये कमीनी सरकार ने भी जैमर लगवा दिया।'' मैंने सरकार को कोसते हुए कहा।

''ठीक है, भाई अभी तुरंत ही दादा को लेकर आता हूँ। तुम परेशान मत होना।'' चंदू ने कार की चाभी लेते हुए कहा।

चंदू चला गया। मैं समीरा के वार्ड के बाहर खड़ा होकर डॉक्टर के बाहर आने का इंतज़ार करने लगा। उधर दो डॉक्टर्स जल्दी-जल्दी वार्ड में गए और फिर बीस मिनट बाद निकले। मैंने उनके निकलते ही उनमें से एक डॉक्टर का हाथ पकड़ के पूछा, ''सर कैसी है समीरा अब? ठीक तो है ना?''

''घबराने की कोई बात नहीं है। पेशेंट को होश आ गया है। ब्लड बहुत कम हो गया है, जिस वजह से वीकनेस बहुत है, खाने-पीने पर ध्यान देना होगा। वीकनेस की ही वजह से इन्हें चक्कर आ गया और बेहोश हो गईं। हमने इंजेक्शन्स दे दिये हैं। हाँ! दो यूनिट ब्लड की ज़रूरत पड़ेगी आप एक घंटे में अरेंज कर लीजिये।'' कहते हुए दोनों डॉक्टर वहाँ से चले गए। मैं अंदर वार्ड में समीरा के बेड की साइड में पड़े एक स्टूल पर जाकर बैठ गया। समीरा बेड पर लेटी सो रही थी। मैं समीरा का हाथ पकड़े उसे देखे जा रहा था।

थोड़ी देर में मयंक और चंदू भागते-भागते मेरे पास पहुँचे। मयंक ने समीरा को देखा और मुझसे पूछा कि कैसे हुआ ये?

''इतने दिन से कोई इंसान खाना नहीं खाएगा तो क्या होगा?'' मैंने उखड़ते हुए कहा।

''यार ये लड़की भी ना!'' दादा ने मुट्ठी भींचते हुए कहा। ''अब कैसी है ये?''

''ठीक है। डॉक्टर बोले हैं कि दो यूनिट ब्लड अरेंज करना पड़ेगा।'' मैंने कहा।

''तो क्या दिक्कत है? बुलाओ डाक्टरों को, जितना खून चाहिए होगा मैं दूँगा अपनी बहन को। बस ये ठीक हो जानी चाहिए।'' मयंक ने गुस्से में कहा। ''ये सब मेरी वजह से हो रहा है। कितने लोगों की जान पर बन आई है। दो बच्चे और भी भर्ती हुए हैं। उनकी भी तबीयत बिगड़ गयी है। मैं किसी की जान के साथ खिलवाड़ नहीं कर सकता।'' मयंक वहीं वार्ड में दरवाज़े के पास दीवार से सटकर अपना माथा पकड़कर बैठ गया। समीरा कहीं हमारी बातें सुन न ले, इस डर से मैं मयंक को वार्ड से बाहर चलने के लिए उसका हाथ पकड़कर घसीटने लगा, ''दादा! बाहर आ के गुस्सा

कर लो, कहीं उसने सुन लिया तो और भी परेशान होगी वो।'' मयंक कुछ नहीं बोला और हमारे साथ वार्ड से बाहर आ गया। पास में पड़ी बैंच पर मैंने मयंक को बैठाया।

''ऐसे खाली पेट दवा खाएँगे तो और नुकसान करेगी। इनको खाना खिलाना ही होगा। उसके लिए हमें ही कुछ करना पड़ेगा।'' चंदू ने वहीं ज़मीन पर बैठते हुए कहा।

''क्या करोगे तुम ?'' मैंने पूछा।

''सुनो! हमें झूठ बोलना होगा कि आयोग ने हमारी शर्तें मान ली हैं। तब तक इन्हें यहीं रखेंगे और कोई खबर नहीं देंगे। बाकी हम आयोग के अधिकारियों से मिल कर बच्चों की बिगड़ती तबीयत को ध्यान में रखते हुए गुज़ारिश करेंगे कि वो अपना निर्णय हमारे पक्ष में दे।'' चंदू ने कहा।

''ओह ये इतना आसान है क्या?'' मैंने फिर पूछा। ''वो हमारी बात क्यों मानेंगे? माननी ही होती तो अब तक मान न चुके होते?'' मैं बोलता रहा। मयंक अपना सिर पकड़े बस ज़मीन को देख रहा था।

''आसान नहीं है लेकिन कोशिश तो कर सकते हैं ना? फ़िलहाल तो अभी यहाँ झूठ बोलना है और ये झूठ मयंक बोलेगा। इसकी बात पर समीरा कोई सवाल नहीं करेगी। बाकी कल आयोग के दफ़्तर चल कर हंगामा काटते हैं और उस पत्रकार राकेश को भी ले लेंगे साथ में।'' चंदू ने कहा।

''दादा?'' मैंने मयंक की तरफ़ एक याचनाभाव में बोला कि वो समीरा और इस अस्पताल में भर्ती दूसरे बच्चों से बोल दे कि निर्णय आ गया है और ये लोग अब अपना अनशन तोड़ दें।

''दादा?'' मैंने मयंक के कंधे को अपने हाथ से हिलाते हुए फिर से पुकारा।

''हाँ! तुम लोग फ़िक्र मत करो। कल से कोई धरना नहीं होगा। मैंने निश्चय कर लिया है कि अब बच्चों की ज़िन्दगी को मैं यूँ हाशिये पर रख कर लड़ नहीं सकता। मेरी जान चली जाए तो कोई दिक्कत नहीं लेकिन किसी और की ज़िन्दगी से मैं नहीं खेल सकता।'' मयंक ने अपना मुँह दोनों हथेलियों से रगड़ते हुए कहा।

''और तू भी कुछ खा लियो। वरना मेरे पास तेरे को देने के लिए कोई खून नहीं है,'' मयंक ने चंदू से हँसते हुए कहा।

''कोई नहीं दादा! ये संघर्ष आपका अकेले का नहीं है।'' चंदू ने कहा।

''चलो! खुशखबरी देते हैं इन सब को।'' मयंक ने कहा।

''अरे पहले खाने के लिए कुछ खरीद तो लाते हैं।'' चंदू बोला।

''हाँ! आदिल तुम यहीं ठहरो। मैं और चंदू बाहर से खाने के लिए कुछ लेकर

आते हैं बस अभी।'' मयंक बोला।

मैं वहीं बैंच पर बैठ गया। मयंक और चंदू अस्पताल से बाहर चले गए। थोड़ी देर बाद वो सेब, अनार का जूस, केले और पपीता लेकर लौटे। फिर हम तीनों एक साथ समीरा से मिलने वार्ड में पहुँचे।

''समीरा।'' मैंने उसके बेड के पास जाकर हौले से समीरा का नाम पुकारा। समीरा ने पहली पुकार में आँख नहीं खोली।

''प्यार देख रहे हो दादा लड़के का। नाम कितनी मासूमियत से ले रहा है।'' चंदू ने कहा।

''तुम्हें हर जगह बकैती ही सूझती है!'' मैंने चंदू पर चिल्लाते हुए कहा। मेरी तेज़ आवाज़ से समीरा जग गयी और हमें एक साथ देखकर मुस्कुरा दी। उसने बोलने के लिए मुँह खोला लेकिन आवाज़ नहीं निकली। फिर और हिम्मत करके कहा, ''मैं इधर कैसे? और आप लोग इधर हैं? बाकी प्रोटेस्ट में... ?'' फिर चुप हो गयी।

''समीरा! तुम्हारे लिए एक ख़ुशख़बरी है!'' मयंक ने मुस्कुराते हुए कहा।

''क्या ख़ुशख़बरी भैया?'' समीरा ने ज़ोर लगाते हुए कहा।

''यही कि आयोग ने हमारी माँग मान ली है, परीक्षा में सीबीआई जाँच की और अब तुम्हें हमारी भी बात माननी होगी। उठो और अपना अनशन तोड़ो। कुछ खा लो।''

''सच में भैया?'' समीरा ने एकदम से कहा। उसका चेहरा गुलाब के फूल-सा खिल गया और वो बिस्तर पर से धीरे से उठ कर बैठ गयी।

''चलो अब ये खा लो और जूस भी पियो। ज़िद्दी लड़की!'' मैंने समीरा को सेब काटकर दिया।

''लेकिन मैं क्यूँ मान लूँ कि आप सच बोल रहे हो?'' उसने हम सब की तरफ़ देखते हुए कहा।

''अरे मैं बोल रहा हूँ ना। तो उसमें क्या मानना,'' मयंक ने कहा।

''क्यों! आप तो सबसे ज़्यादा झूठ बोलते हो। आपने तो मुझे अपने इस प्रोटेस्ट में भी शामिल नहीं किया था।'' समीरा ने पूरी मासूमियत से कहा।

''खा लो ना समीरा, हम सच बोल रहे हैं, झूठ क्यों बोलेंगे भला और तुम जल्दी से खाओ तो और बच्चों को भी खिलाएँ जाकर।'' मैंने कहा।

''हुँह! ये चंदू भी खाएगा तो ही मैं मानूँगी कि अनशन खत्म हो गया है। ये भी तो मेरे साथ शुरू से अनशन पर बैठा हुआ है। चलो पहले तुम खाओ फिर मैं खाऊँगी।'' समीरा ने कहा।

''अरे मैं तब से खा ही रहा हूँ। बस तुम्हारे होश में आने का इंतज़ार कर रहा था। मेरा पेट भरा है समीरा।'' चंदू ने कहा। लेकिन ये तो चंदू ने भी नहीं सोचा था कि समीरा उसको खुद खाना खाने के लिए बोल देगी। अब मैं और मयंक चंदू की तरफ़ बिना कुछ बोले देख रहे थे और आँखों से ही कह रहे थे कि खा ले भाई तू भी।

''झूठ बोल रहे हैं ना आप लोग?'' समीरा ने मुँह बनाते हुए कहा।

''अरे शिव-शिव! झूठ काहे बोलेंगे!'' और अगले ही पल चंदू ने एक केला उठाया और उसे छीलकर खाते हुए बोला, ''लो अब तो मान गयीं ना तुम?''

मैं और मयंक एक-दूसरे की तरफ़ खुशी से देखते हुए मुस्कुरा दिये। समीरा भी मुस्कुरा दी और मुझे अपने पास बैठने का इशारा करते हुए बोली, ''अब खिलाओ भी अपने हाथ से, देख क्या रहे हो?''

मैंने उसे सेब की एक फाँक खिलाई। उसने मेरी आँखों में देखा और कहा, ''पानी तो लाओ।''

मयंक तुरंत दौड़ कर मेज़ पर रखे जग में से पानी ले आया। समीरा ने पानी पिया। फिर मैंने उसे केला खिलाया और जूस पिलाया। जूस पीने के बाद समीरा ने मुझे चंदू और दादा के सामने ही गले लगा लिया और बोली, ''आज मैं बहुत खुश हूँ आदिल।''

कुछ देर बाद डॉक्टर आ गए। मुझे देखते हुए डॉक्टर ने पूछा, ''ब्लड का इंतज़ाम कर लिया?''

''जी।'' मैंने मयंक की तरफ़ देखते हुए कहा।

''हैलो मिस समीरा! कैसा फ़ील कर रही हैं आप अब? बैटर ना!'' उनमें से एक डॉक्टर ने समीरा से पूछा।

''मेरे को खून नहीं चढ़वाना, मैं तो ठीक हूँ एकदम।'' समीरा ने कहा।

''वो तो चढ़ेगा ही। ठीक हो लेकिन पूरी तरह नहीं हो ना। इसलिए। जल्दी ठीक होने के लिए चढ़वाना पड़ेगा।'' मैंने समीरा से कहा।

''आप मेरा खून लीजिये। ये तो बकबक करती रहेगी।'' मयंक ने कहा।

''दो यूनिट की ज़रूरत है। दूसरे यूनिट के लिए?'' डॉक्टर ने कहा।

''उसके लिए मैं हूँ ना।'' मैंने कहा।

''आप लोग सैंपल के लिए पहले अपना ब्लड दे दीजिये फिर टेस्ट होने के बाद सही पाये जाने पर इन्हें चढ़ा देंगे!'' डॉक्टर ने कहा।

"ठीक है।" मयंक ने कहा। थोड़ी देर में मैं और मयंक अपना ब्लड टेस्ट के लिए दे आए। जाँच के बाद खून समीरा को चढ़ाया गया। समीरा को इंजेक्शन्स और दवाइयों के डोज़ से नींद आ गयी।

मैं और मयंक भी बेड पर सो गए। चंदू दूर कहीं एक बैंच पर लुढ़क गया। चंदू ने आज समीरा के लिए बलिदान दिया था। एक किस्म का बलिदान हर अभ्यर्थी एक-दूसरे के लिए किसी-न-किसी रूप में दे ही रहा था। कोई अनशन कर रहा था तो कोई धरना दे रहा था, कोई फ़ेसबुक, ट्विटर पर आग लगाए हुए था, कोई अपने-अपने घर से खाना, कंबल ला-ला के दे रहा था तो कोई अनशन में बीमार पड़ रहे अभ्यर्थियों के लिए अपनी रातें कुर्बान कर रहा था।

अगले दिन का सवेरा हुआ तो चंदू भागा-भागा फ़ोन लेकर आया। उसमें उसने आयोग की वैबसाइट पर आया नोटिस मुझे और मयंक को दिखाते हुए कहा, "दादा! आदिल! देखो बे! चमत्कार हो गया! सरकार ने हमारी माँगें मान ली हैं और कहा है कि उसने इस परीक्षा की सीबीआई जाँच कराने के लिए आयोग की सिफ़ारिश को स्वीकार कर लिया है।"

"अरे वाह! ये तो बहुत अच्छी खबर है। खुदा ने हमारी सुन ली। अब समीरा से हम लोगों को और झूठ नहीं बोलना पड़ेगा।" मैंने आयोग का वो नोटिस पढ़ते हुए कहा।

मयंक ने चंदू के हाथ से फ़ोन लगभग छीनते हुए उस नोटिस को पढ़ा और बार-बार पढ़ा फिर बोला, "मुझे ये धोखा लगता है।"

"अरे दादा साफ़-साफ़ लिखा है कि सीबीआई जाँच होगी।" मैंने कहा।

"लेकिन ये कहीं नहीं लिखा कि कितने दिन में जाँच खत्म होगी।" दादा ने कहा।

"जो भी हो अब सीजीओ कॉम्प्लेक्स चलकर सबको बता देते हैं।" चंदू ने कहा।

दादा कुछ नहीं बोला।

"पहले ये समीरा को तो दिखा आऊँ मैं।" मैंने कहा।

"हाँ भाई, बिलकुल। दिखा आओ ये नोटिस।" चंदू ने कहा।

मैं समीरा के पास गया और अपने मोबाइल में आयोग की वैबसाइट से वो नोटिस डाउनलोड करके समीरा को दिखाते हुए कहा, "लो ये सबूत! कल माँग रही थीं ना कि हम सच बोल रहे या झूठ, अब खुद पढ़ लो।"

समीरा ने वो नोटिस पढ़ा और खुश होकर उछल पड़ी।

''आराम से समीरा अभी तुम सही से ठीक भी नहीं हुई हो।'' मैंने कहा।

फिर अगले ही पल उसने मेरे हाथ से मोबाइल लिया और वो नोटिस फिर से पढ़ा और बोली, ''क्या सच में हमारी जीत हो गयी आदिल? क्या बच्चों को अब न्याय मिल जाएगा आदिल?''

''हाँ समीरा, अब न्याय मिल जाएगा।'' मैंने समीरा को आश्वस्त करते हुए कहा।

''लेकिन आदिल! इसमें कहीं भी ये नहीं लिखा है कि सीबीआई जाँच इतने समय में पूरी होगी। जबकि यही तो हमारी प्रमुख माँग थी कि तय समय-सीमा में परीक्षा की सीबीआई जाँच हो।'' समीरा ने कहा।

''हाँ समीरा लेकिन आयोग से कुछ भी ले पाना बहुत कुछ ले पाने जैसा है।'' मैंने कहा।

''तुम खुश हो इससे?'' समीरा ने पूछा।

''हम्म...तुम्हारे लिए और तुम्हारे जैसे उन तमाम अभ्यर्थियों के लिए जो पिछले दस दिनों से अनशन पर बैठे थे।'' मैंने कहा।

''पर मैं नहीं आदिल! मैं एक नियत समय में परीक्षा की जाँच चाहती हूँ।'' समीरा ने कहा।

''तुम दोनों भाई-बहन एक जैसे हो। उधर दादा को भी वो खुशी नहीं हुई जो होनी चाहिए थी,'' मैंने कहा।

''हाँ तो सही है ना। क्या गलत है इसमें?'' समीरा ने कहा।

''गलत ये है कि हम बाद में लड़ लेंगे इसके लिए। इतना बहुत नहीं है क्या कि सीबीआई जाँच हो रही है!'' मैंने कहा।

''नहीं है बहुत। बिलकुल भी नहीं है बहुत। तुम्हें ये कैसे नहीं दिख रहा आदिल कि इन्होंने हमें फिर से बाँट दिया है, एक गोलमोल जवाब दिया है। सीबीआई जाँच होगी, लेकिन कब होगी, कब तक चलेगी, बाकी की परीक्षा का क्या होगा? ये सब कुछ भी नहीं है इसमें। इन्हें बस प्रोटेस्ट को खत्म करना था तो इन्होंने कर दिया। लेकिन मैं प्रोटेस्ट खत्म नहीं करूँगी। मैं लड़ूँगी, अपनी आखिरी साँस तक लड़ूँगी।'' समीरा ने कहा।

''तुम कुछ नहीं करोगी। पहले अपनी तबीयत ठीक करो समीरा।'' मैंने कहा। ''बाकी जो होगा, हम लोग देख लेंगे।''

''मैं ठीक हूँ आदिल। देखो मुझे।'' समीरा ने बेड पर से नीचे फ़र्श पर कूदते हुए कहा।

''अरे क्या कर रही हो, अभी लग जाएगी तुम्हें।'' मैंने कहा।

''चलो अब। मुझे यहाँ और नहीं रहना। उलझन होती है हॉस्पिटल में तो और भी।'' समीरा ने कहा।

''कहाँ चलें? कहीं नहीं चलना है। डॉक्टर ने बोला है कि तुम्हें तीन दिन कहीं नहीं जाना है।'' मैंने समीरा को झूठ बोला।

''तीन दिन? तीन दिन में तो मैं मर जाऊँगी इधर, आदिल।'' समीरा ने अपनी आँखें गोल करते हुए कहा।

''हे-हे-हे-हे, कुछ नहीं होगा रे। अभी तो तुम्हें और भी इंजेक्शंस लगने हैं यहाँ।'' मैंने हँसते हुए कहा।

''प्लीज़ ना आदिल! ले चलो मुझे यहाँ से अभी। देखो ना! मैं एकदम ठीक हूँ। इधर मेरा दम घुटता है सच में।'' समीरा ने मेरा हाथ पकड़ते हुए निवेदन किया।

''अरे बाबा मज़ाक कर रहा हूँ। ले चल रहा हूँ। डॉक्टर ने तो सुबह ही तुम्हारी छुट्टी कर दी थी।'' मैंने मुस्कुराते हुए कहा।

''तुम गंदे हो बहुत। मेरे को परेशान करने में बहुत मज़ा आता है ना तुम्हें। हैं?'' समीरा ने अपने हाथ से मेरे हाथ पर एक प्यारा सा घूसा मारते हुए कहा।

''बिलकुल भी मज़ा नहीं आता मुझे तुम्हें परेशान करते हुए।'' मैंने समीरा को अगले ही पल अपने गले से लगाते हुए कहा।

''तो फिर क्यों कर रहे हो मुझे परेशान तुम इतना?'' समीरा ने मेरे गले लगे हुए ही कहा।

बाहर बारिश होने लगी थी। बिजली की कड़कड़ाहट से समीरा ने मुझे ज़ोर से जकड़ लिया था।

''तुम अब और अनशन नहीं करोगी।'' मैंने उसे गले लगाए हुए ही कहा।

''क्यों? अभी तो लड़ाई बाकी है ना आदिल!'' समीरा ने कहा।

''हाँ! जो बाकी है वो हम लड़ लेंगे। बस तुम अनशन नहीं करोगी। मंच पर से जितना मर्ज़ी बच्चों को प्रोत्साहित कर लेना लेकिन अब और अनशन नहीं ना प्लीज़। बहुत वीकनेस है तुम्हें। डॉक्टरों ने भी कहा है कि तुम कुछ दिन आराम करोगी और प्रॉपर डाइट लोगी।'' मैंने कहा।

''ठीक है मैं नहीं करूँगी अनशन, लेकिन मैं उन अभ्यर्थियों के साथ रहूँगी जो अभी और लड़ना चाहेंगे।'' समीरा ने मुझसे कहा।

"ठीक है।" और मैंने समीरा के माथे को चूम लिया।

समीरा मुस्कुरा दी। उसने मेरे गाल पर अपने मुलायम होंठ रख दिये।

"अच्छा चलो अब! प्रोटेस्ट में चल के अभ्यर्थियों के हालचाल लेते हैं।" समीरा ने कहा।

"हाँ...! चलो," मैंने कहा।

~

इधर सीजीओ कॉम्प्लेक्स में आयोग के नोटिस से अभ्यर्थियों में थोड़ी खुशी की लहर दौड़ गयी थी लेकिन उनमें से ही कुछ अभ्यर्थी ऐसे भी थे जो अभी भी डटे रहना चाहते थे। वो आखिर तक लड़ना चाहते थे, वो अपनी माँग पर अब भी दृढ़ थे।

मयंक मंच पर गया, उसने माइक थामा और बोलना शुरू किया, "साथियों! आप सब ने आयोग का नोटिस देख ही लिया होगा। इससे हमें खुश होना चाहिए या दुखी, पता नहीं। आप लोग अपने-अपने हिसाब से खुश और दुखी हो सकते हैं लेकिन मेरे लिए ये लड़ाई अभी खत्म नहीं हुई है। आपको लगता है कि सीबीआई जाँच इतनी जल्दी हो जाएगी तो आप बेशक इस प्रोटेस्ट को छोड़कर जा सकते हैं। मैं आप में से किसी से कुछ भी नहीं कहूँगा। किसी को ठहरने के लिए भी नहीं कहूँगा और न ही किसी को जाने के लिए कहूँगा। सरकार और आयोग अभी दबाव में है। हमें ये प्रोटेस्ट खत्म करने के लिए एक गोली दे दी गयी है। लेकिन ये नहीं बताया कि वो एक निश्चित समय-सीमा में जाँच को पूरी करा लेंगे या नहीं और न ही ये बताया कि क्या वे आने वाले समय में होने वाली तमाम परीक्षाओं के लिए एक समय-सीमा निश्चित करेंगे, जिसमें वो निर्धारित समय में साफ़ तरीके से परीक्षा करा कर हमारी जॉइनिंग दे देंगे।"

"साथियों! ये स्पष्ट है कि सरकार हमारे साथ है, सरकार की मंशा साफ़ है कि वो भी इन परीक्षाओं में पारदर्शिता ला पाये लेकिन आखिर वो कौन लोग हैं जो इन तमाम परीक्षाओं में नकल और देरी के लिए ज़िम्मेदार हैं? हम उन्हीं को तो सामने लाने के लिए लड़ रहे हैं ताकि भविष्य में कोई और परीक्षा लीक न हो, आप, हम और देश के हमारे तमाम साथी आगे फिर कभी इन अनियमितताओं की वजह से दुख न झेलें और न ही कोई भी अभ्यर्थी कभी आत्महत्या करे। साथियों आप चाहते हो जाना तो चले जाओ बेशक। लेकिन मैं इस मंच से तब तक कहीं नहीं जाऊँगा जब तक मुझे आयोग से ये आश्वासन नहीं मिल जाएगा कि इस परीक्षा की सीबीआई जाँच एक निश्चित समय में पूरी हो जाएगी।" बोलते-बोलते मयंक मंच पर ही बैठ गया। उसके साथ कुछ जोशीले अभ्यर्थी भी मंच पर बैठ गए। कुछ अभ्यर्थी जाने भी लगे थे। हममें से किसी ने भी उन जाने वालों को नहीं रोका। ये उनका फ़ैसला था और अपने फ़ैसलों

को दूसरों पर थोप कर ज़बर्दस्ती कुछ भी नहीं कराया जा सकता।

भूख हड़ताल हालाँकि खत्म कर दी गयी थी। लेकिन एक मौन प्रदर्शन अब शुरू हो चुका था। कोई नारेबाज़ी नहीं और कोई किसी भी किस्म का शोर नहीं था। महज़ शांत प्रदर्शन था। आयोग ने कह दिया था कि उसने अभ्यर्थियों की माँग मान ली है। इसलिए मीडिया में अब ये प्रदर्शन महज़ इस तरह दिखाया जा रहा था कि सिस्टम को सही ढंग से काम नहीं करने देना हमारा मकसद है। हक़ीक़त अब अपनी हक़ीक़त से धीरे-धीरे दूर होती जा रही थी। हम अपनी लड़ाई में पिछड़ने लगे थे। हमारे इस प्रदर्शन का अब कोई अंत नहीं लग रहा था। हम सब बस इस हौसले से डटे थे कि इस संसद सत्र में कोई तो हमारी मौन आवाज़ सुनेगा। लेकिन ये भूल गए थे हम कि इस देश में शोर करती आवाज़ें ही इतनी देर में सुनी जाती हैं तो इस मौन आवाज़ को कोई भला क्यों ही सुनेगा। दो दिन बीत गए, धीरे-धीरे हमारे प्रोटेस्ट के अभ्यर्थी भी कम होने शुरू हो गए थे।

मैं और समीरा रोज़ शाम को बाकी के बचे चार-पाँच सौ अभ्यर्थियों को स्ट्रीट लाइट की रोशनी में उनकी दूसरी परीक्षाओं के लिए तैयारी कराते थे। मयंक अभ्यर्थियों को बराबर इस अनिश्चितकालीन शांत विरोध प्रदर्शन के लिए अपने भाषणों और कहानियों से प्रेरित करता रहता था। जब लगता था कि अभ्यर्थी ऊबने लगे हैं तो वो बीच-बीच में चुटकुले सुना दिया करता था और उन अभ्यर्थियों के बीच में से भी कई अभ्यर्थी आ-आकर बाकी के अभ्यर्थियों का अपने किस्से, कहानियों, चुटकुलों, मिमिक्री इत्यादि से मनोरंजन करते थे। समीरा को बीच-बीच में चक्कर आ जाते थे, तो मैं और मयंक उसे पढ़ाने के लिए भी मना करके एक तर.फ शांत बैठने को कह देते थे। वो ज़िद करके फिर से पढ़ाने लग जाती थी। अपनी मासूमियत और समर्पण से समीरा ने प्रोटेस्ट कर रहे अभ्यर्थियों का भी दिल जीत लिया था। लेकिन जब उसे ज़्यादा चक्कर आते थे तो आराम करने लिए उसे हम डाँट कर मंच पर एक तर.फ बैठा देते थे और वो फिर वहीं लेटकर सो जाया करती थी।

इधर सब कुछ सामान्य-सा था। लेकिन कुछ ऐसे भी लड़के थे जिनकी मंशा हमारे प्रोटेस्ट को तोड़ देने की थी, उनका मकसद क्या था कुछ नहीं पता था। वो प्रदर्शन करने वाले अभ्यर्थियों के बीच घुस जाते थे और बीच-बीच में सरकार और आयोग के खिला.फ नारे लगाने लग जाते थे, जिससे हमारे शांत प्रदर्शन का गलत संदेश जा रहा था। मयंक, चंदू, मैं, समीरा, मानसी, अमन और कुछ लड़के ऐसे लड़कों को बार-बार समझाते थे कि इस तरह प्रदर्शन नहीं करना है हमें। लेकिन वो दो-चार असहमतियों और गालियाँ देने के बाद चुप होकर बैठ जाते थे।

पिछले दो दिनों से कई राजनैतिक पार्टियों के नेताओं ने हमारे बीच आ-आ कर अपनी सहानुभूति जताकर हमारे इस धरने के माध्यम से अपना राजनैतिक लाभ उठाना चाहा। हम बस सबके झूठे वादे सुनते रहे। इधर अभ्यर्थियों ने मौन रहकर आयोग के

खिलाफ़ अपना-अपना गुस्सा निकालने के लिए मुंडन कराना शुरू कर दिया। ताकि इस शर्म से आयोग शर्मसार हो। करीबन सौ अभ्यर्थियों ने मुंडन कराया। इस बीच पुलिस ने इस आशंका से कि हमारा आंदोलन अब उग्र न हो जाये तो पानी की बौछारों से मुंडन करते अभ्यर्थियों को रोकना आरंभ कर दिया। लेकिन अभ्यर्थी तो पूरे जज़्बे के साथ आयोग के ढुलमुल रवैये के खिलाफ़ सख्ती से जमे हुए थे। सुबह आसमान एकदम साफ़ था, इस वजह से कुछ घंटों के लिए अचानक से कोहरा छा गया था और ठंड फिर से बढ़ गयी थी। फिर हवा चलने से कोहरा छँट गया। दोपहर आते-आते हवा बंद हो गयी और सूरज की गर्मी से बच्चे बेहाल होने लगे। शाम होते-होते घने बादल छा गए। आसमान में परिंदे अचानक से अपने आशियानों से निकलकर मँडराने लगे थे। आज का दिन तमाम मौसमों के साथ बदलता रहा, जैसे आज का दिन कोई निर्णय लेकर आने वाला हो।

''आदिल! आदिल! चंदू अचानक से उल्टियाँ किए जा रहा है, इसे अस्पताल लेकर चलना होगा। कहाँ है तू?'' मयंक ने मुझे फ़ोन पर कहा।

''क्या? कैसे दादा? पर चंदू है कहाँ?'' मैंने पूछा।

''वो इधर मंच पर हैं हम सब।'' मयंक ने कहा।

''बस आता हूँ दादा तुम वहीं रुको।'' मैंने कहा और दौड़ता हुआ मंच पर पहुँचा तो देखा कि चंदू मंच पर लेटा पड़ा है। हमने तुरंत उसे उठाकर कार में डाला और सफ़दरजंग ले गए।

''का खा लिए थे बे?'' मैंने गाड़ी चलाते-चलाते पूछा।

''का ही खाएँगे। इतने दिन से खाना खाये नहीं थे तो दो दिन से जब से खाना खा रहे हैं तब से तबीयत खराब सी लग रही थी।'' चंदू ने कहा।

''तो पहले नहीं बता पा रहे थे कि तबीयत खराब लग रही है। अब तक ठीक भी हो जाते। नेता बन लो पहले तुम।'' मैंने कहा।

''दादा! इसको समझा लो नहीं तो अभी यहीं कंटाप पर धर देंगे इसके दो ठो।'' चंदू ने वहीं कार के भीतर ही 'होक होक' करते हुए उल्टी करने से पहले कहा।

''अबे तेरी यहीं उगल दिये। बता देते तो गाड़ी रोक के तुम्हारी मुंडी बाहर निकाल के उगलवा देते।'' मैंने कहा।

''यार आदिल! तुम चुप हो जाओ। लड़के की आँते बाहर आ जा रही हैं, एक तुम हो कि मज़े लिए जा रहे हो।'' मयंक ने मुझ पर गुस्सा करते हुए कहा।

''तो कौन बोला था इनको हीरो बनने को। काहे नहीं बताया ये पहले कि तबीयत खराब है।'' मैंने भी कहा।

थोड़ी देर में हम सफ़दरजंग अस्पताल पहुँच गए थे। चंदू को कार में से उतार कर एमरजेंसी वार्ड में भर्ती कराया। डॉक्टर ने चेकअप करके ग्लूकोज़ की बोतल चंदू को चढ़ा दी।

मैंने मयंक से कहा, ''दादा! अब आप जाओ, मैं यहीं रुका हुआ हूँ। इसे मैं देख लूँगा। उधर आप अभ्यर्थियों को देखो।''

''ठीक है। कोई ज़रूरत पड़े तो कॉल कर लेना, मैं आ जाऊँगा नहीं तो अमन को भेज दूँगा।'' मयंक ने कहा।

''ठीक है दादा! और सुनो?'' मैंने कहा।

''वो समीरा का ख़याल रखना, उसे ज़्यादा कहीं जाने मत देना। न बोलने देना। उससे बोल देना कि आज रात में अभ्यर्थियों को न पढ़ाये उधर। कल हम पढ़ा लेंगे आकर।'' मैंने कहा।

''अरे आदिल, टेंशन मत लो। कुछ नहीं होगा उसे। हम हैं ना। मेरी भी तो बहन है। सब कुछ तेरी ही थोड़े है।'' मयंक ने हँसते हुए कहा।

मैं मुस्कुरा दिया। और चंदू की तरफ़ देखने लगा। चंदू कमज़ोरी की वजह से सड़ा सा मुँह बनाए बेड पर लेटा हुआ था। मयंक चला गया। मैं वहीं चंदू के बेड के पास बैठ गया।

''आदिल?'' चंदू ने मुझसे कहा।

''क्या बे?'' मैंने कहा।

''यार मुझे इस प्रोटेस्ट का अब कोई अंत नहीं दिखाई देता। हमें ये प्रोटेस्ट अब बंद कर देना चाहिए ना?'' चंदू ने अपनी बात मेरे सामने सवाल के तौर पर रखी।

''पता नहीं। तू पहले ठीक हो जा, फिर कुछ सोचेंगे।'' मैंने कहा।

''सब लोगों ने कितनी मेहनत की और अब भी कुछ पक्का नहीं है। हम अभ्यर्थियों की किस्मत ही ऐसी है। मेरा कोई दुश्मन होगा तो मैं उसे एसएससी की तैयारी के लिए बोल दूँगा। साला फ्रस्टेट हो के ही दम तोड़ देगा।'' चंदू ने कहा।

''तुम भी ससुर बहुत कमीने हो। इधर अस्पताल में बेड पर पड़े हो लेकिन कमीनापन नहीं बंद हो रहा तुम्हारा।'' मैंने कहा।

''भाई क्या करें! किस्मत पे ताले लगे हुए हैं।'' चंदू ने कहा।

''फ़िलहाल तो आराम कर भाई।'' मैंने कहा।

''हम्म...तुम भी उधर लेट जाओ।'' चंदू ने वार्ड के अंदर पड़ी एकमात्र बैंच

की तरफ़ इशारा करते हुए मुझसे कहा।

''लेट जाऊँगा भाई। तू सो ले। अभी इधर ही बैठा हूँ मैं।'' मैंने कहा।

''ठीक है।'' चंदू ने फिर आँखें बंद कर लीं।

इतने दिनों से थकावट की वजह से नींद मुझे भी आ रही थी। लेकिन बैंच तक जाने में आलस आ रहा था तो मैं कुर्सी पर बैठे-बैठे ही चंदू के बेड पर सिर रख के सो गया।

~

''ऐ हत्यारे! तू सो रहा है इधर! बहुत खुशी मिल रही है ना तुझे इधर सुकून से सोते हुए!'' एक भयानक आवाज़ मेरे कानों में पड़ी। ये आवाज़ मैंने पहले भी कहीं सुनी थी लेकिन बहुत ज़ोर डालने पर भी याद नहीं आ रहा था कि ये आवाज़ मैंने कहाँ सुनी थी। वो आवाज़ फिर बोली, ''सुन आदिल! तू हत्यारा है, उस दिन तूने समीरा की बाँह पर से वो पत्ता उठाकर उसमें लिखा शब्द पढ़ना चाहा था। उसी दिन से तू समीरा की ज़िन्दगी का हत्यारा हो गया था। तुझे पता है ना कि वो तुझे कितना प्यार करती है फिर भी तू उसे वहाँ मंच पर अकेला छोड़ कर आया। तेरे से बुरा कोई नहीं हो सकता। तू हत्यारा है...हा-हा- हा-हा...हत्यारा है तू हत्यारा आदिल।'' इसी आवाज़ के बीच मेरे कानों में समीरा की एक दर्दभरी आवाज़ में मेरा नाम गूँजता चला गया ''आदिल...'' वो भयानक आवाज़ एकदम से गायब हो गयी थी। मैं एक झटके के साथ उठ बैठा। अपने आस-पास निगाह डाली तो मैं चंदू के बिस्तर के पास कुर्सी पर बैठा हुआ था। हवा तेज़ चल रही थी। वार्ड में लगी एकमात्र ट्यूबलाइट मेरे दिल की धड़कनों की तरह कभी जल रही थी तो कभी बुझ रही थी। खिड़की के पर्दे तेज़ हवा की वजह से उड़ रहे थे। दीवार पर टँगी घड़ी में रात के साढ़े तीन बज रहे थे। बाहर आसमान में बिजली की कड़कड़ाहट के साथ तेज़ बारिश हो रही थी। मैं उस बुरे सपने से पसीने-पसीने हो चुका था। हलक सूख रहा था। मैंने अपनी जेब से फ़ोन निकालकर मयंक को तुरंत फ़ोन लगाया लेकिन फ़ोन नहीं लग सका। मैंने अगले ही पल चंदू को जगाया और उससे कहा, ''तू भाई यहीं रह। मैं सीजीओ कॉम्प्लेक्स जा रहा हूँ।''

''क्या हुआ आदिल? ऐसे क्यों अचानक?'' चंदू ने अपनी आँखें मलते हुए कहा।

''कुछ नहीं बस जा रहा हूँ। एक बुरा सपना देखा है। तू अपना ख़याल रखना।'' कहते हुए मैं वहाँ से निकल आया।

भारी बारिश के बीच पार्किंग तक मैं दौड़ कर गया और जल्दी से अपनी कार स्टार्ट करके सीजीओ कॉम्प्लेक्स की तरफ़ दौड़ा दी। कुछ ही मिनटों में मैं सीजीओ कॉम्प्लेक्स के मेट्रो स्टेशन से कुछ दूर था। दिल्ली पुलिस ने व्हीकल की नो एंट्री

लगा रखी थी। दिल्ली पुलिस की भारी फ़ोर्स और अभ्यर्थियों के शोर ने मेरी रूह को अंदर तक सुखा दिया था। मैंने रोड के किनारे कार खड़ी की और भागते हुए अभ्यर्थियों की भीड़ के बीच जा पहुँचा। हंगामा होने के बाद के मातम के सन्नाटे के बीच अभ्यर्थियों की सिसकियाँ और कराहटें हवा में तैर रही थीं। उसी हवा में दिल्ली पुलिस की लाठियों का शोर बजकर कहीं धीरे-धीरे खत्म हो गया था। अभ्यर्थियों के घेरे को तोड़ता हुआ मैं अंदर घुस गया। अंदर पहुँचते ही मैंने देखा कि मयंक की गोद में समीरा का सिर रखा हुआ है। समीरा के सिर से खून की धारा बह रही है। समीरा की आँखें बंद हैं। मयंक दहाड़े मार के रो रहा है। मयंक के हाथ में समीरा को दी हुई घड़ी है जिसका शीशा चकनाचूर हो चुका है, उस घड़ी की सेकेंड वाली सुई चलनी बंद हो चुकी है। मयंक की शर्ट कई जगह से फट गयी है। मयंक के चेहरे और गर्दन पर नीले निशान नज़र आ रहे हैं। उसके कंधे पर से खून बह रहा है। आसमान में बिजली की कड़कड़ाहट मयंक की दहाड़ के साथ गूँज रही है। समीरा को इस हालत में देखते ही मैं धम्म से अपने घुटनों के बल सड़क पर गिर गया। समीरा के गाल पर अपने हाथ फेरते हुए उसका नाम पुकारा, ''समीरा।''

कोई आवाज़ नहीं आई।

मैंने फिर नाम पुकारा, ''समीरा।''

इस बार फिर कोई आवाज़ नहीं आई।

मैं दहाड़ा, ''समीरा...''

मेरी इस दहाड़ के साथ ही आसमान जैसे फट पड़ा हो, बिजली कुछ पलों के लिए चमकती रही और बादल आपस में एक-दूसरे का सिर पीटकर देर तक गरजते रहे, लेकिन समीरा की आवाज़ नहीं आई। मैंने समीरा की कलाई पकड़ कर नब्ज़ टटोली। नब्ज़ बंद हो चुकी थी। मैंने पागलों की तरह समीरा के कंधों को हिलाया। समीरा ने फिर भी आँखें नहीं खोलीं। वो अब आँख नहीं खोल सकती थी। मेरी आँखों से आँसू बहने लगे।

मयंक ने मेरे कंधे पर हाथ रखा और बोला, ''समीरा अब हमारे बीच नहीं रही आदिल!''

मैंने अगले ही पल मयंक का हाथ अपने कंधे पर से हटा दिया और उसे खुद से दूर कर दिया।

''आदिल...!'' मयंक ने कुछ बोलना चाहा।

मैंने उसे बीच में ही टोकते हुए कहा, ''दादा! तुम्हारे भरोसे छोड़ा था मैंने समीरा को आज। फिर भी तुम उसका ख़याल नहीं रख सके। मुझसे दूर रहो दादा अब।''

मैंने समीरा को सड़क पर से उठा कर अपने सीने से लगा लिया और आसमान की तरफ़ सिर उठाकर चिल्लाते हुए कहा, ''क्यों किया ये? बदले में तू मुझे कुछ भी कर देता। क्यों किया ऐसा... ?'' मेरी आवाज़ इतनी तेज़ थी कि सड़क किनारे पेड़ों पर बैठे परिंदे आसमान में फड़फड़ाने लगे।

मैंने तुरंत समीरा को उठाया और दौड़ते हुए अपनी कार में ले गया। उस वक़्त मुझे किसी की परवाह नहीं थी, मुझे समीरा ही नज़र आ रही थी। मैंने कार भगाई और सीधे सफ़दरजंग अस्पताल में रोकी। समीरा की साँसें नहीं चल रही थीं। डॉक्टरों ने समीरा को देखा, उसकी नब्ज़ पकड़ी। ''आई एम सॉरी, शी इज़ नो मोर।'' कहकर डॉक्टरों ने समीरा के इस दुनिया से चले जाने की पुष्टि की।

''अरे सर! एक बार सही से देखिये ना।'' मैंने पागलों की तरह डॉक्टर से कहा।

''देखिये, बेटा। इनके सिर से काफ़ी खून बह चुका है अब ये इस दुनिया में नहीं रही हैं। सॉरी।''

''ऐसे कैसे नहीं रही है। अभी शाम को तो ठीक थी।'' मैंने अस्पताल में चिल्लाते हुए कहा। आस-पास बरामदे में सो रहे लोग मेरे इस तरह चिल्लाने से जग गए।

एक डॉक्टर ने मेरे कंधे पर हाथ रखा और कहा, ''हिम्मत रखो बेटा।''

मैं फूट-फूट कर रो दिया। मैं भागते-भागते चंदू के वार्ड में गया और उसे जगाते हुए कहा, ''चंदू...चंदू उठ...वो समीरा...समीरा अब नहीं रही।''

चंदू अचानक नींद से उठा था और मेरी इस तरह की बातें सुनकर वो कुछ भी यकीन नहीं कर पा रहा था। उसने मुझसे पूछा, ''क्या बक रहे हो बे? पागल हो गए हो क्या?''

''नहीं चंदू। चल मेरे साथ,'' मैं चंदू को घसीटते हुए समीरा के वार्ड में ले आया। समीरा को देखकर चंदू की आँखें भर आईं और बोला, ''ये कैसे हुआ आदिल और दादा कहाँ है?''

मैं कुछ भी बोलने की हालत में नहीं था लेकिन मैंने बस इतना ही कहा, ''मुझे नहीं पता।''

''आदिल?'' चंदू ने कहा।

मैं फिर कुछ नहीं बोला और समीरा के सिरहाने बैठा बस उसके माथे पर अपनी हथेली रख उसे निहारता रहा, जैसे वो अभी तुरंत उठकर मेरे गले लग जाएगी।

उधर चंदू के पास मयंक की कॉल आई। मयंक के पूछने पर चंदू ने बताया कि आदिल यहीं है। कुछ देर बाद मयंक उस वार्ड में आ गया।

मयंक को देखते ही चंदू उसके पास दौड़ता हुआ गया और पूछा, ''दादा! ये सब कैसे हुआ?''

मयंक ने बताना शुरू किया, ''कुछ छात्र नेता हमारे धरने को तोड़ने के लिए अभ्यर्थियों के बीच घुस गए और अचानक से आयोग और सरकार मुर्दाबाद के नारे लगाते हुए दिल्ली पुलिस पर पत्थर फेंकने लगे। ये सब इतनी जल्दी हुआ कि हम समझ नहीं पाये। बचाव में दिल्ली पुलिस ने लाठीचार्ज कर दिया। मैं, समीरा, मानसी, अमन और बाकी के अभ्यर्थी बीच-बचाव करने में लाठी के शिकार हुए। और इस बीच एक लाठी समीरा के सिर पर पड़ गयी। कई अभ्यर्थी चोटिल भी हुए। समीरा उसी पल ज़मीन पर गिर गयी...! मैं दूर बाकी के अभ्यर्थियों और पुलिस के बीच लड़ाई बंद करने में लगा हुआ था। जब भागकर समीरा के पास आया तो वो...खत्म... हो चुकी थी।'' मयंक थूक निगलते हुए बोले जा रहा था, लेकिन अब उससे आगे नहीं बोला गया और उसकी आँखों से आँसुओं का समंदर फूट पड़ा। ''मैं नहीं बचा सका समीरा को। मुझे माफ़ कर देना आदिल!''

मैं बस खामोश समीरा के चेहरे को देखे जा रहा था। सब कुछ एक पल में खत्म हो गया था जैसे। मयंक ने समीरा के घरवालों को समीरा के इस दुनिया में अब न होने की खबर कर दी थी। समीरा के शव को मुखर्जी नगर ले जाया गया।

सीजीओ कॉम्प्लेक्स खाली हो चुका था। उधर सड़कों पर अभ्यर्थियों के बहे खून को बारिश साफ़ कर रही थी। पुलिस के लाठीचार्ज से हुई समीरा की मृत्यु से प्रशासन में हड़कंप मच चुका था। मीडियावाले पुलिस के अधिकारियों से सवाल जवाब कर रहे थे। पुलिसवाले दलील दे रहे थे कि उन्होंने अपने बचाव में उग्र होते प्रदर्शनकारियों पर लाठीचार्ज किया था।

आज बारिश रुकने का नाम नहीं ले रही थी। बादलों ने पूरे आसमान को घेर रखा था। बादलों के गरजने और बिजली के कड़कने से होने वाली आवाज़ अब समीरा को डरा नहीं पा रही थी। मुझे हर गर्जन और कड़कड़ाहट के साथ लग रहा था कि समीरा अभी उठेगी और मेरे सीने में कहीं खुद को दौड़ कर छिपा लेगी। सवेरा हो गया था लेकिन सूरज नहीं निकला था। वो आज निकलना भी नहीं चाह रहा था। पूरे मुखर्जी नगर में मातम छाया हुआ था। अभ्यर्थियों का हुजूम बत्रा सिनेमा में उमड़ चुका था। भारी बारिश में कोई भी अपने सिर पर छत नहीं माँग रहा था। सब उदास बैठे थे। समीरा जा चुकी थी। लेकिन समीरा की रूह यहीं कहीं अभ्यर्थियों से कह रही थी कि आप लोग जाओ और अपनी तैयारी करो। मेरा बलिदान बेकार नहीं जाएगा।

दोपहर तक समीरा के घर से उसकी माँ और भाई आ चुके थे। वे समीरा के शव को देखकर उससे लिपटकर फूट-फूटकर रोने लगे। समीरा के शव को अन्त्येष्टि के लिए ले जाया जाने लगा। शव के पीछे-पीछे मुखर्जी नगर में तैयारी करने वाले

अभ्यर्थियों और प्रदर्शन करने वाले अभ्यर्थियों का एक हुजूम चल रहा था। ये हुजूम नहीं था समीरा के ताश के पत्ते थे। श्मशान घाट पहुँचकर भारी मन से समीरा के भाई ने अपनी बहन की चिता को अग्नि दी।

चिता को अग्नि देने के बाद सब घर लौट आए लेकिन मयंक नहीं लौटा। वो कहाँ है, ये जानने की ज़रूरत मैंने भी नहीं समझी। वो चला गया था। समीरा मर के जा चुकी थी। सब कुछ खत्म हो गया था। मैं महीने भर तक कोई कोचिंग क्लास लेने नहीं गया। फिर एक दिन चंदू मेरे पास आया और बोला, ''आदिल भाई देख! जो हुआ वो हो गया अब आगे बढ़ो भाई।''

''कैसे बढ़ूँ भाई? मेरा सब कुछ थी वो।'' मैंने कहा।

''जानता हूँ भाई, आगे बढ़ना होगा तुम्हें उसके लिए, कुछ तो करना ही होगा उसके लिए। जियो आदिल, खुद के लिए न सही तो समीरा के लिए, समीरा के सपनों के लिए।'' चंदू बोला।

''हम्म।'' मैंने सिर्फ़ हाँ में सिर हिलाया।

''भाई, ऐसे नहीं चलेगा ना। दादा का भी कोई पता नहीं है, वो कहाँ चला गया है। फ़ोन भी बंद है। उसके सारे कॉन्टेक्ट्स और घरवालों से भी पता कर लिया लेकिन किसी को उसकी कोई खबर नहीं है, अब तुम भी खुद को ऐसे बर्बाद मत करो आदिल भाई।'' चंदू ने अपने हाथ से मेरे कंधे को ज़ोर से दबाते हुए कहा।

''करता हूँ कुछ चंदू। समीरा के लिए ही करता हूँ।'' मैंने थूक निगलते हुए कहा।

सात साल बाद 'सन् 2024'

समीरा के इस दुनिया से चले जाने और मयंक के अचानक से गायब हो जाने के बाद वो धरना भी गायब हो गया था। आयोग ने सीजीएल-17 पर सीबीआई जाँच की बात मान ली थी। लेकिन सीबीआई अपनी जाँच दो साल में पूरी कर पाया। जाँच में, देश के कोने-कोने से कई नकल माफ़िया पकड़े गए। एक दिन मेरे घर से अम्मी का फ़ोन आया। उन्होंने मुझे बताया कि मेरे फूफा भी इस जाँच में पकड़े गए हैं।

इस बीच मैं समीरा का सपना पूरा करने में लगा हुआ था। मैंने गुरु-मंत्रा से हटकर अपनी एक अलग कोचिंग संस्था खोल ली थी 'असमीरा कोचिंग इंस्टीट्यूट'। समीरा और अपने नाम से बनाई हुई। मेरी इस कोचिंग में चंदू जीएस पढ़ाने लगा था। धीरे-धीरे हमारी कोचिंग में बच्चों की संख्या बढ़ती गयी। मैंने समीरा के सपने को सच करने के लिए एक बैच गरीब बच्चों के लिए खोल दिया था। मुखर्जी नगर में हमारी कोचिंग बहुत जल्दी ही शीर्ष की तीन कोचिंग्स में आ गयी। मैं, चंदू और बाकी की फ़ैकल्टी पूरे मन से बच्चों को पढ़ाते थे।

फिर एक रोज़...

"अरे आदिल देखो। कौन आया है?" चंदू ने मेरी क्लास के बीच में आते हुए कहा। चंदू के बगल में एक सफ़ेद कुर्ते-पाजामे में एक नेता जैसा आदमी खड़ा था। वो आदमी कोई और नहीं हमारा 'दादा' मयंक था। मैं क्लास को बीच में ही छोड़कर मयंक के पास गया और उसे गले से लगा लिया।

"कहाँ थे बे दादा तुम इतने साल?" मैंने मयंक से पूछा। पूरी क्लास मुझे मयंक से इस तरह गले मिलते हुए देख रही थी।

"माफ़ कर दिया ना तूने आदिल मुझे?" मयंक ने मुझसे पूछा।

"कब का दादा! नहीं तो ऐसे गले थोड़े लगाता तुम्हें! हाँ लेकिन एक बात के लिए कभी माफ़ नहीं करूँगा। ऐसे बिना बताए कोई इतने सालों तक गायब रहता है क्या?" मैंने कहा।

"अरे यहीं पर खड़े-खड़े ही सब बातें कर लोगे या फिर कहीं बिठाओगे भी? सांसद बन गए हैं ये।" चंदू ने मयंक की तरफ़ देखते हुए मुझसे कहा।

‘‘भक्क बे! ऐसा कौन मज़ाक करता है। सही बता भाई।’’ मैंने आश्चर्यचकित होते हुए कहा।

‘‘हाँ भाई सही बता रहा हूँ। प्रयागराज शहर से ये सांसद बने हैं।’’ चंदू ने कहा।

मयंक मुस्कुरा दिया। फिर चंदू ने अपने हाथ में पकड़े अखबार में मयंक की माला वाली फ़ोटो दिखाई जिसमें मोटे अक्षरों में लिखा था, ‘विद्यार्थियों के मसीहा नेता मयंक राजपूत चालीस हज़ार आठ सौ पैंतालीस वोटों से प्रयागराज संसदीय क्षेत्र से विजयी हुए।’

‘‘अरे का बात है भाई! मिठाई मँगवाओ बे। और इधर कुर्सी डालो। आज यहीं सब बच्चों के सामने क्लास में ही दादा से पूछाई होगी कि वो कहाँ थे इतने साल?’’

मैंने क्लास को संबोधित करते हुए कहा, ‘‘बच्चों! ये हमारे मित्र हैं मयंक जी। 2013 और 2017 के एसएससी के प्रोटेस्ट में इन्होंने अहम भूमिका निभाई थी। आज ये सांसद बनकर आए हैं। मैं अपने दोस्त और सांसद महोदय से निवेदन करूँगा कि वो यहाँ आकर आप सबसे अपने सफ़र की दास्ताँ बयां करें। प्रिय मित्र सांसद महोदय जी।’’

बच्चों के चेहरों पर हँसी और मुस्कुराहटों के बीच क्लास हॉल में तालियों की गड़गड़ाहट सुनाई दी। मयंक मंच पर आया और माइक लेते हुए बोला, ‘‘बच्चों सबसे पहले तो आपके उज्ज्वल भविष्य के लिए शुभकामनाएँ! ये आपके आदिल सर और चंद्रदीप सर मेरे उस समय के मित्र हैं जब हम एसएससी की तैयारी किया करते थे। आदिल तो तब से ही कोचिंग पढ़ाने लगा था। सीजीएल-17 के प्रोटेस्ट में हमने, पूरे देश ने संघर्ष किया। बिना खाये-पिये सोलह दिनों तक लड़ते रहे। फिर एक रोज़ कुछ छात्र नेताओं की बदमाशी की वजह से दिल्ली पुलिस को लाठी चालानी पड़ी और उसमें मैंने अपनी बहन को खो दिया। फिर मैं खुद को दोषी मानकर दृढ़संकल्प होकर यहाँ से बिना बताए इलाहाबाद चला गया और वहाँ तैयारी करने वाले अभ्यर्थियों को इकट्ठा कर के उनकी समस्याओं को सुनता था और प्रशासन से परीक्षाओं को जल्दी कराने के लिए धरने और सभाएँ करता रहता था। मुझे कई रातों तक नींद नहीं आई। ऐसा लगता था जैसे मैं उन तमाम आत्महत्याओं और मौतों के लिए ज़िम्मेदार हूँ। मैं उन्हीं सब के लिए रोज़ लड़ता था। धीरे-धीरे वक़्त बीतता गया, बच्चों और उनके अभिभावकों में मैं लोकप्रिय होता चला गया। बच्चों ने मुझे अपना नेता मान लिया था और मुझे चुनाव लड़ने के लिए बोल दिया। मैं चुनाव लड़ा और जीत गया। मैं जानता था कि सिस्टम को अगर सुधारना है तो सिस्टम में जाना पड़ेगा। अब देखते हैं आगे, आपके लिए जो करने यहाँ तक आया हूँ वो तो करके ही दम लूँगा।’’

‘‘बच्चों! जानते हो, आपके लिए आपके ही भाई-बहनों ने न जाने कितनी लड़ाइयाँ लड़ी हैं और आज भी कहीं-न-कहीं किसी-न-किसी रूप में लड़ ही रहे हैं। ये सिस्टम परीक्षा व्यवस्था में एक बड़ा बदलाव चाहता है, कैबिनेट ने चाहा तो मैं अपनी ज़िम्मेदारी से आप लोगों का पूरा भला करूँगा।’’

‘‘अरे दादा! लेकिन इस अज्ञातवास में आप कहाँ रहे, कैसे रहे, क्या-क्या किया, बच्चों को बताइए ना। और हमें भी तो जानना है आपके बारे में अब।’’ चंदू ने मयंक की तरफ़ देखते हुए उत्सुकतापूर्वक सवाल किया।

‘‘इत्मीनान से चंदू। अब तो मैं यहाँ आता-जाता रहूँगा। फिर बताऊँगा ये सब। तब तक के लिए—

‘‘आखिर में इतना ही कहूँगा बस कि परिस्थितियाँ भले लाख बुरी हों, हिम्मत कभी मत हारना बच्चों। तुम्हें अब तक की अपनी ज़िन्दगी का कुछ कर्ज़ भी तो अपने माँ-बाप को चुकाना है। खूब अच्छे से पढ़ते रहो आप सभी लोग। और खूब खुश रहो। खूब खाओ-पियो। धन्यवाद।’’

तालियों की गड़गड़ाहट एक बार और गूँज उठी। मैंने महसूस किया कि समीरा की रूह हवा बनकर मेरे गले से लग गयी है। मैंने भी अपनी दोनों बाँहें फैला कर आँखें बंद करके उस हवा को अपनी बाँहों में कैद करके सीने से लगा लिया।

❑❑❑